浙江大学文科高水平学术著作出版基金
中央高校基本科研业务费专项资金　资助

本书系国家社科基金重大招标项目『敦煌佛教文学艺术思想综合研究（多卷本）』（19ZDA254）阶段性成果之一

浙江学者丝路敦煌学术书系

敦煌宗教文学论稿

李小荣　著

ZHEJIANG UNIVERSITY PRESS
浙江大学出版社
·杭州·

总　　序

　　浙江,我国"自古繁华"的"东南形胜"之区,名闻遐迩的中国丝绸故乡;敦煌,从汉武帝时张骞凿空西域之后,便成为丝绸之路的"咽喉之地",世界四大文明交融的"大都会"。自唐代始,浙江又因丝绸经海上运输日本,成为海上丝路的起点之一。浙江与敦煌、浙江与丝绸之路因丝绸结缘,更由于近代一大批浙江学人对敦煌文化与丝绸之路的研究、传播、弘扬而令学界瞩目。

　　近代浙江,文化繁荣昌盛,学术底蕴深厚,在时代进步的大潮流中,涌现出众多追求旧学新知、西学中用的"弄潮儿"。20世纪初因敦煌莫高窟藏经洞文献流散而兴起的"敦煌学",成为"世界学术之新潮流";中国学者首先"预流"者,即是浙江的罗振玉与王国维。两位国学大师"导夫先路",几代浙江学人(包括浙江籍及在浙工作生活者)奋随其后,薪火相传,从赵万里、姜亮夫、夏鼐、张其昀、常书鸿等前辈大家,到王仲荦、潘絜兹、蒋礼鸿、王伯敏、常沙娜、樊锦诗、郭在贻、项楚、黄时鉴、施萍婷、齐陈骏、黄永武、朱雷等著名专家,再到徐文堪、柴剑虹、卢向前、吴丽娱、张涌泉、王勇、黄征、刘进宝、赵丰、王惠民、许建平以及冯培红、余欣、窦怀永等一批更年轻的研究者,既有共同的学术追求,也有各自的学术传承与治学品格,在不同的分支学科园地辛勤耕耘，为国际"显学"敦煌学的发展与丝路文化的发扬光大作出了巨大贡献。浙江的丝绸之路、敦煌学研究者，成为国际敦煌学与丝路文化研究领域举世瞩目的富有生命力的学术群体。这在近代中国的学术史上，也是一个值得关注的现象。

始创于1897年的浙江大学，不仅是浙江百年人文之渊薮，也是近代中国社会科学与自然科学英才辈出的名校。其百年一贯的求是精神，培育了一代又一代脚踏实地而又敢于创新的学者专家。即以上述研治敦煌学与丝路文化的浙江学人而言，不仅相当一部分人的学习、工作与浙江大学关系紧密，而且每每成为浙江大学和全国乃至国外其他高校、研究机构连结之纽带、桥梁。如姜亮夫教授创办的浙江大学古籍研究所（原杭州大学古籍研究所），1984年受教育部委托，即在全国率先举办敦煌学讲习班，培养了一批敦煌学研究骨干；本校三代学者对敦煌写本语言文字的研究及敦煌文献的分类整理，在全世界居于领先地位。浙江大学与敦煌研究院精诚合作，在运用当代信息技术为敦煌石窟艺术的鉴赏、保护、修复、研究及再创造上，不断攻坚克难，取得了举世瞩目的成就，拓展了敦煌学的研究领域。在中国敦煌吐鲁番学会原语言文学分会基础上成立的浙江省敦煌学研究会，也已经成为与甘肃敦煌学学会、新疆吐鲁番学会鼎足而立的重要学术平台。由浙大学者参与主编，同浙江图书馆、浙江教育出版社合作编撰的《浙藏敦煌文献》于21世纪伊始出版，则在国内散藏敦煌写本的整理出版中起到了领跑与促进的作用。浙江学者倡导的中日韩"书籍之路"研究，大大丰富了海上丝路的文化内涵，也拓展了丝路文化研究的视野。位于西子湖畔的中国丝绸博物馆,则因其独特的丝绸文物考析及工艺史、交流史等方面的研究优势,并以它与国内外众多高校及收藏、研究机构进行实质性合作取得的丰硕成果而享誉学界。

现在,我国正处于实施"一带一路"倡议的起步阶段,加大研究、传播丝绸之路、敦煌文化的力度是其中的应有之义。这对于今天的浙江学人和浙江大学而言,是在原有深厚的学术积累基础上如何进一步传承、发扬学术优势的问题,也是以更开阔的胸怀与长远的眼光承担的系统工程,而决非"应景""赶时髦"之举。近期,浙江大学创建"一带一路"合作与发展协同创新中心,举办"丝路文明传承与发展国际学术研讨会",都是在新的历史条件下迈出的坚实步伐。现在,浙江大学组织出版这一套学术书系,正是为了珍惜与把握历史机遇,更好地回顾浙江学人的丝绸之路、敦煌学研究历程,奉献资料,追本溯源,检阅成果,总结经验,推进交流,加强互鉴,认清历史使命,展现灿烂前景。

浙江学者丝路敦煌学术书系编委会
2015 年 9 月 3 日

出版说明

　　本书系所选辑的论著写作时间跨度较长，涉及学科范围较广，引述历史典籍版本较复杂，作者行文风格各异，部分著作人亦已去世，依照尊重历史、尊敬作者、遵循学术规范、倡导文化多元化的原则，经与浙江大学出版社协商，书系编委会对本书系的文字编辑加工处理特做以下说明：

　　一、因内容需要，书系中若干卷采用繁体字排印；简体字各卷中某些引文为避免产生歧义或诠释之必需，保留个别繁体字、异体字。

　　二、编辑在审读加工中，只对原著中明确的讹误错漏做改动补正，对具有时代风貌、作者遣词造句习惯等特征的文句，一律不改，包括原有一些历史地名、族名等称呼，只要不存在原则性错误，一般不予改动。

　　三、对著作中引述的历史典籍或他人著作原文，只要所注版本出处明确，核对无误，原则上不比照其他版本做文字改动。原著没有注明版本出处的，根据学术规范要求请作者或选编者尽量予以补注。

　　四、对著作中涉及的敦煌、吐鲁番所出古写本，一般均改用通行的规范简体字或繁体字，如因论述需要，也适当保留了一些原写本中的通假字、俗写字、异体字、借字等。

五、对著作中涉及的书名、地名、敦煌吐鲁番写本编号、石窟名称与序次、研究机构名称及人名，原则上要求全卷统一，因撰著年代不同或需要体现时代特色或学术变迁的，可括注说明；无法做到全卷统一的则要求做到全篇一致。

书系编委会

目　录

我与敦煌宗教文学研究 ……………………………………（1）

第一辑

变文与唱导关系之检讨
　　——以唱导的生成衍变为中心 ………………………（9）
变文变相关系论
　　——以变相的创作和用途为中心 ……………………（29）
几个有关"俗讲"问题的再检讨 …………………………（55）
汉传佛教的语言观及其对变文文体生成的影响…………（77）

第二辑

从敦煌本宋文明《通门论》论道经文体
　　——兼论佛经文体和道经文体的关系 ………………（97）
论敦煌道教之譬喻文学 …………………………………（142）

第三辑

疑伪经与中国古代文学关系之检讨 ……………………（225）
"狸猫换太子"与佛典 ……………………………………（248）
佛教与《黔之驴》

——柳宗元《黔之驴》故事来源补说 ……………………（262）

张继《剡县法台寺灌顶坛诗》之解读 ……………………（272）

第四辑

被遮蔽的佛教文学史：杨广《净土诗》略论 ……………（289）

论九色鹿本生的图文传播 …………………………………（307）

净土五会念佛与密教音乐关系之检讨 ……………………（327）

附　录

中国汉传佛教文学思想史研究论纲
　　——从东晋到晚清 ……………………………………（343）

我与敦煌宗教文学研究

  人的命运,有时真的难以预料。向来很听父母教诲的我,中师毕业后在赣南偏僻的乡村小学、中学教了四五年书之时,竟然萌发了要报考硕士研究生的念头,并先后报考过多所名校,直到第三次才幸运地被南开大学中文系录取。在1993年秋天正式跨入大学校门,投身于郝世峰教授门下研习唐诗。遥想二十多年前,正是郝先生把我这个半路出家的学生手把手地引领上古代文学的研究之路。记得第一次见面,先生即以清人戴震的学术理念——"志存闻道,必空所依傍"(《与某书》)、"其得于学,不以人蔽己,不以己自蔽;不为一时之名,亦不期后世之名"(《答郑丈用牧书》)及经学三难"淹博难,识断难,精审难"(《与是仲明论学书》)相要求。时光如驶,虽说三十年快过去了,自己业绩乏善可陈,愧对先师期许,但稍可自勉的是初心不改,始终在学术研究的道路上艰难前行。

  1996年秋,我又有幸考入复旦大学中文系攻读博士学位,在著名佛教文学专家陈允吉教授的指导下,逐渐对敦煌文献产生了一定的兴趣。记得入学后不久,陈先生就跟我们同届的三位同学谈及毕业论文选题,其建议是在夯实专业基础的同时,最好一开始就能进入学术前沿,培养敏锐的观察力以便发现较有学术价值的选题。此后不久,扬州大学王小盾(昆吾)先生来复旦讲学,他在谈及博士生培养时也提出了同样的要求,他还以自己从事的音乐文学研究为例,深入浅出地讲述了自己如何行走在文学边缘进行交叉学科研究的体会。当时我便想到敦煌变文研究虽有近百年的历程，但悬而未决的问题依然不少，于是想从宗教艺术的角度对它重加检讨，陈先生知悉我的想法后，要求我从原始文献入手，一一浏览相关敦煌文献并做好详细的读书笔记。经过一年多的文献搜集，最后选定"变文讲唱与华梵宗教艺术"这一论题，在导师陈允吉先生、副导师陈引驰先生的精心指导下，于1999年4月撰成学位论文，这是我研习敦煌宗教文学的起点。后来，我利用在浙江大学古籍研究所从事博士后研究的机会，对论文略有修改（其间以"变文讲唱研究"之题得到人事部第28批中国博士后科学基金二等资助），书稿先后在台湾佛光山文教基金会、上海三联书店出版，并于2003年11月获得福建省第五届社会科学优秀成果奖三等奖。

1999年7月博士毕业后，我到福建师范大学中文系任教，承蒙当时系领导汪文顶、郭丹等教授的关照，特别是浙江大学古籍研究所张涌泉先生的提携，我才得到从事博士后研究工作的机会。浙大古籍所的敦煌学研究，在国内外学术界享有崇高盛誉。业师张涌泉先生治学谨严，待人宽厚，在他的耐心指导下，我利用古籍所收藏的丰富的敦煌文献资料，对当时学界关注较少的敦煌密教文献进行了初步清理，撰成出站报告《敦煌密教文献论稿》（人民文学出版社2003年版。2005年11月，该书获评福建省第六届社会科学优秀成果奖三等奖）。敦煌密教文献之整理，这是我研习敦煌宗教文学的第二步。

2004年6月，我申请了一个国家社科基金年度项目"敦煌佛教音乐文学研究"（编号04BZW020），得到海内外众多师友的热心指导和无私帮助，特别是王小盾先生、田青先生、张总先生、杨富学先生、张勇先生、宗舜法师以及陈明博士、刘长东博士、林仁昱博士、荒见泰史博士、朱大星博士等仁者，他们或答疑解惑，或惠寄最新研究论著,使我少走弯路,研究进展较为顺利。该项目于 2006 年 10 月结题,并获得"优秀"等级。书稿 2007 年 9 月由福建人民出版社刊行,出版后社会评价较高,2008 年 10 月入选新闻出版总署第二届"三个一百"原创图书工程(人文社科类),2009 年 12 月获得福建省第八届社会科学优秀成果奖一等奖,2010 年 12 月获得新闻出版总署第二届中国出版政府奖图书奖提名奖。敦煌佛教音乐文学文献的整理,算是我研究敦煌宗教文学的第三步。

2006 年 9 月,我申请获得"高校古委会"直接资助项目"敦煌道教文学研究"(编号 0616)。之所以申请这一课题,主要是考虑到当时国内外学术界从文学视角观照敦煌道教文献的研究成果相对缺乏系统性,总量也不多。而且,过往研究基本上是从俗文学或民间文学的理念出发,多是对一些深受道教文化影响或反映了一定道教思想的诗歌(含曲子词)、俗讲作品等进行个案分析。我在通览《敦煌道藏》的基础上,对敦煌道教仪式性文学作品做了较系统的整理和归类,吴光正教授评论此举体现了"道教文学研究的新思维"(同名书评,载《人民政协报》2010 年 3 月 22 日第 12 版《文化周刊》)。书稿 2009 年由巴蜀书社出版,2013 年 12 月获评福建省第十届社会科学优秀成果奖二等奖。对敦煌道教文学文献之整理,是我研习敦煌宗教文学的第四步。

2008 年 5 月,承蒙"敦煌讲座"书系编委会的厚爱,让我来写其中的一种,即《敦煌变文》。这不但使我有机会重新审视国际敦煌学术界百余年来已有的变文研究成果,而且让我得以重新思考敦煌变文与三教思想文化的关系及其在中国文学史上的影响。该书可以说是我读博士以来十三年敦煌研究的一个阶段性小结,2013 年由甘肃教育出版社刊行。2015 年 12 月,它获评教育部第七届高等学校科学研究优秀成果奖(人文社会科学)"成果普及奖"。

20世纪末及本世纪初,我主要从事敦煌宗教文献整理与敦煌宗教文学研究。但2002—2004年之间,我在福建师范大学文学院院长陈庆元先生的指导下从事第二站博士后研究工作,出站报告是《〈弘明集〉〈广弘明集〉述论稿》(获人事部第33批中国博士后科学基金三等资助,巴蜀书社2005年版)。嗣后,我先后承担了教育部人文社会科学研究规划基金项目"汉译佛典文体及其影响研究"(项目编号06JA75011—44009,书稿先后由上海古籍出版社、台北万卷楼图书股份有限公司于2010年、2016年出版,2011年11月获评福建省第九届社会科学优秀成果奖二等奖)、"高校古委会"直接资助项目"《弘明集》校笺"(编号1016,上海古籍出版社2013年版,2014年11月获得第十七届华东地区古籍优秀图书二等奖,2016年6月获得福建省第十一届社会科学优秀成果一等奖)、教育部"新世纪优秀人才支持计划"研究项目"图像与文本:汉唐佛经叙事文学之传播研究"(编号NCET—11—0902,鉴定等级"优秀",2015年1月由福建人民出版社刊行)、国家社科基金项目"晋唐佛教文学史"(11BZW074,鉴定等级"优秀",书稿2017年8月由人民出版社刊行,2019年12月获评福建省第十三届社会科学优秀成果奖二等奖)和国家社科基金重点项目"禅宗语录文学特色之综合研究"(编号16AZW007,结项等级"优秀",人民出版社2022年版)。换言之,本世纪的第二个十年,我主要从事传统佛教文献与佛教文学之研究。

我的人生经历,似乎冥冥之中也有某种轮回,在知天命之年,因得到敦煌研究院王志鹏先生、赵晓星女史,南京艺术学院刘文荣先生,兰州大学文学院喻忠杰博士,福建师范大学音乐学院王晓茹教授等朋友的鼎力支持,我负责申报的"敦煌佛教文学艺术思想综合研究(多卷本)"获得国家社科基金重大招标项目(编号19ZDA254)的资助。由此,我又回到了敦煌学领域,这是我研究敦煌宗教文学的第五步。但它才刚刚起步,能交出怎样的答卷,诸君只有耐心等候了。

纵观二十多年的研究经历,我虽然是以敦煌文献、佛教文学为中心,但我一直希望在文献研究的基础上能把研究对象拓展到文学史、文化史、艺术史甚至思想史领域,进而做到四个结合:一是宗教经典作品之宗教性和文学性解读的结合;二是宗教作品之文献研究和影响研究的结合;三是中外宗教比较研究和中外文化交流研究的结合;四是宗教文学与宗教艺术的结合。然因学殖浅薄、识见不广,故进展甚缓,所得寥寥无几。此次因"浙江学者丝路敦煌学术书系"组委会的抬爱,邀约我编辑有关敦煌宗教文学研究的书稿,作为曾经的浙大学子,既感荣幸,又觉得任务艰巨,即便野芹自献,顶多也只是萤光一闪,无法给母校增加永恒的光辉。

是稿主要分成四辑:第一辑四篇论文着重检讨敦煌变文,第二辑两篇论文重在讨论道经文体的性质和敦煌道教的譬喻文学,第三辑四篇论文分别从宏观和微观视角检讨敦煌佛典及其流播与中国文学(含经典作品)之关系,第四辑三篇论文重点从"文学与艺术共生"的角度讨论敦煌佛教文学生成的多途径问题。最后,"附录"所收一文,可能对"敦煌佛教文学艺术思想综合研究"的开展有所启发,有所借鉴。总之,这十四篇长短不一的单篇论文,它们大致反映了我二十多年来的研究历程、研究方向和学术路径。它们没有得出多少新颖见解,或许对某些具体的研究对象、研究领域能起抛砖引玉之用。果如是,吾心稍安矣!

2022 年 4 月 17 日识于福州仓山深柳堂

第一辑

变文与唱导关系之检讨

——以唱导的生成衍变为中心

关于变文唱导关系之研究,前贤时哲已发表了许多不同的见解:有的学者认为"变文是僧徒——职业的唱导者宣唱的记录本",①即两者是同一之关系;有的主张"变文大致源出佛教中的唱导",②即两者是源流之关系;有的则提出两者是体用之关系。③众说纷纭,未能定论。之所以造成这种状况,其主要原因在于未能确定变文的生成年代,以前的研究者大多认为唐五代才有变文而唐前是没有的,他们所谈的是唐五代变文与六朝唱导之间的关系。事实上,变文作为一种文体概念在六朝即已有了,④因而以前的论述多未触摸到问题的实质。再则,唱导本身亦有发展变化,六朝的唱导和隋唐五代的唱导绝非一成不变。因此,我们得首先弄清楚唱导本身的生成与衍变,才能把握六朝变文与六朝唱导之关系,唐代变文与六朝唱导及唐代唱导之关系。

---

① 路工:《唐代的说话与变文》,载周绍良、白化文编:《敦煌变文论文录》,上海:上海古籍出版社,1982 年,第 401 页。

② 徐嘉龄:《我对变文的几点认识》,载周绍良、白化文编:《敦煌变文论文录》,第 327 页。

③ 陈允吉:《〈目连变〉故事基型的素材结构与生成年代之推考》,载荣新江主编:《唐研究》第二卷,北京:北京大学出版社,1996 年,第 227 页。

④ 相关论述,参姜伯勤《变文的南方源头与敦煌的唱导法匠》(载饶宗颐主编:《华学》第一期,中山大学出版社,1995 年,第 149—163 页)、李小荣《变文生成年代新论》(《社会科学研究》1998 年第 5 期,第 115—119 页)等。

一　唱导的生成

"唱导"一词早在汉译《大方便佛报恩经》卷一即已出现，经云"尔时大众中有十千菩萨，一一菩萨，皆是大众唱导之师。"①后秦译《妙法莲华经》卷五云："是四菩萨，于其众中最为上首唱导之师。"②梁译《阿育王经》卷三云："是时王子畏其父，故不敢发言，便举二指示唱导比丘，表其修福倍多其父。"③据此，唱导在天竺早已流行，那么它指的是什么呢？义净《南海寄归内法传》载那烂陀寺每至晡西便差一能唱导师巡行礼赞：

> 净人童子持杂香华，引前而去。院院悉过，殿殿皆礼。每礼拜时，高声赞叹，三颂五颂，响皆遍彻。迄乎日暮，方始言周。……且如礼佛之时，云叹佛相好者，即合直声长赞，或十颂二十颂，斯即其法也。④

由此观之，西方之唱导是指赞唱导引，导师即赞佛之仪的主持人，起司仪的作用。它与本文所主要论述的"宣唱法理，开导众心"⑤的唱导虽不是一回事，但两者也有一定的联系。赞宁《大宋僧史略》卷中即云：

> 唱导者，始则西域上座凡赴请，咒愿曰"二足常安，四足

----

① （日）高楠顺次郎等编：《大正新修大藏经》（后文简称《大正藏》）第3册，台北：新文丰出版公司1983年景印本，第125页上栏。

② 《大正藏》第9册，第40页上栏。

③ 《大正藏》第50册，第140页下栏。

④ ［唐］义净原著，王邦维校注：《南海寄归内法传校注》，北京：中华书局，1995年，第177页。

⑤ ［梁］释慧皎撰，汤用彤校注：《高僧传》，北京：中华书局，1992年，第521页。

亦安,一切时中皆吉祥"等,以悦可檀越之心也。舍利弗多辩才,曾作上座,赞导颇佳,白衣大欢喜,此为表白之椎轮也。梁《高僧传·论》云:"夫唱导所贵,其事四焉:一声也,二辩也,三才也,四博也。"①

于此,赞宁既区分了东土唱导与西方唱导之不同,同时也指明了这样一个事实:中土唱导的施行曾受过西方唱导的影响,因为中土的表白即源于西方的唱导。事实上,宣唱法理的唱导中有时也用赞唱导引,这点在隋唐时期的唱导活动中尤为突出。兹先论中土宣唱法理的唱导。

慧皎《高僧传》有云:

> 唱导者,盖以宣唱法理,开导众心也。昔佛法初传,于时齐集,止宣唱佛名,依文致礼。至中宵疲极,事资启悟,乃别请宿德,升座说法。或杂序因缘,或旁引譬喻。其后庐山释慧远,道业贞华,风才秀发。每至斋集,辄自升高座,躬为导首,先明三世因果,却辩一斋大意。后代传授,遂成永则。②

这里讲了四个问题:(1)中土初期的唱导,其"宣唱佛名,依文致礼"的形式实源于天竺,因为两者之用皆在赞佛功德。(2)唱导是佛教大众化,即开导众心的手段之一,它早在慧远之前就已流行,其主要内容是请宿德升座说法,可以讲因缘譬喻之类的佛经故事,这类故事在佛经中因情节生动富有文学性而著称,故最吸引人。(3)慧远对唱导的改革,在于他使唱导程式化,确立了导首(首席唱导师)制度,给后世的唱导树立了法则。在唱导中"先明三世因果,却辩一斋大意"是说他在斋会之前,于讲席上先讲有关三世因果的佛经故事作为楔子,目的是说明斋会的意义和作用在

---

① 《大正藏》第54册,第242页上栏。
② 《高僧传》,第521页。

于使信众明了因果报应的佛教教义。另外,慧远讲经时常引用中土俗书使惑者晓然。道安法师既然允许他在讲经中不废俗书,想来在唱导之时也不例外。事实上,后世唱导师也正是这样做的。如刘宋之道照"少善尺牍,兼博经史。十八出家,止京师祇洹寺。披览群典,以宣唱为业",①慧璩是"读览经论,涉猎书史。众技多闲,而尤善唱导。出语成章,动辞制作,临时采博,罄无不妙"。②不论是"兼博经史"也好,"涉猎书史"也罢,讲的都是"不废俗书"之举。(4)唱导举行的场合是在大众斋集时,因此它面对的是广大的清信男女。如齐瓦官寺慧重是"每卒众斋会,常自为唱导"。③另据有关记载,在授大乘菩萨戒时,亦行唱导。如刘宋时灵昩寺释昙宗为孝武帝唱导,即行"菩萨五法"。梁陈两朝,皇帝受戒成为菩萨弟子便成一种时尚,此时也常有唱导之举。综上所述,东土之唱导,较之西方唱导之礼赞,内容得到极大的丰富与发展。再则从慧远"躬为导首"看,参与唱导活动的当还有其他人员,他们到底是哪些人呢?

《高僧传·唱导总论》云:"至如八关初夕,旋绕行周,烟盖停氛,灯惟靖耀。四众专心,又指缄默。尔时导师则擎炉慷慨,含吐抑扬,辩出不穷,言应无尽。"④既然提到唱导之时有"烟""灯"之事,那么,参加唱导活动的定有"香火"一类的宗教礼仪事务性人员。

慧皎又谓"唱导所贵,其事四焉,谓声辩才博",其中第一项讲的是声的问题。"非声无以警众"揭示出"声"在唱导中起着至关重要的作用。"响韵钟鼓"则提到了具体的乐器,因此,这里的

① 《高僧传》,第510页。
② 《高僧传》,第512页。
③ 《高僧传》,第516页。
④ 《高僧传》,第521页。

"声"无疑是指佛教音乐。那么唱导中所用的音乐为经师的转读还是呗赞,或者兼而用之?于此,慧皎是这样说的:

> (尔时导师)谈无常,则令人心形战栗;语地狱,则使怖泪交零。征昔因,则如见往业;核当果,则已示来报。谈怡乐,则情抱畅悦;叙哀戚,则洒泪含酸。于是阖众倾心,举堂恻怆。五体输席,碎首陈哀。各各弹指,人人唱佛。爰及中宵后夜,钟漏将罢。则言星河易转,胜集难留。又使人迫怀抱,载盈恋慕。当尔之时,导师之为用也。其间经师转读,事见前章。皆以赏悟适时,拔邪立信。①

其中提到"各各弹指,人人唱佛",则知唱导之中必有呗赞音乐,这种音乐常常是由梵呗领唱的。又云"其间经师转读",则可确定唱导活动必有经师的参予。若联系前文所说唱导中有"别请宿德,升座说法"之事,既然是讲经说法,便知必有经师的转读。②因此,唱导中的音乐包括了呗赞与转读。泽田瑞穗先生早在20世纪30年代便指出转读与呗赞是唱导文学生成的基础,③可知其识见之超拔了。

虽然唱导过程中有香火、梵呗、经师的参与,但最重要的还是导师。唱导所贵四事中的后三项——"辩、才、博"均是针对导师而言的。所谓"辞吐后发,适会无差,辩之为用也。绮制雕华,文藻横逸,才之为用也。商榷经论,采撮书史,博之为用也",都是对唱导师在唱导过程中的具体要求。唱导还讲究随机应变的临场技巧,如"为出家五众,则须切语无常,苦陈忏悔。若为君王长者,

---

① 《高僧传》,第521—522页。

② 参《高僧传》卷十三《晋京师祇洹寺释法平》所附释法等"转读"之事(第499页)。

③ (日)泽田瑞穗:《支那佛教唱导文学の生成》,《智山学报》新第13卷(1939年),第103页。

则须兼引俗典,绮综成辞。若为悠悠凡庶,则须指事造形,直谈闻见。若为山民野处,则须近局言辞,陈斥罪目。凡此变态,与事而兴,可谓知时知众,又能善说"。① 在不同的场合,面对不同的听众,唱导的内容也迥然不同。对出家五众(比丘、比丘尼、式叉摩那、沙弥、沙弥尼)要讲的是最根本的佛教义理——"诸行无常、诸法无我、涅槃寂静"等三法印。对君王长子,则要从俗典入手,即采用格义的方法来讲经释论。对普通百姓而言,则要直谈闻见,即用所见所闻的有说服力的事例来使他们相信佛教的无量功德。对山野百姓,因他们多以渔猎为生,与佛教慈悲之教义相捍格,所以应陈斥罪目。于此,《出三藏记集》卷十二所载《齐高武二皇帝敕六斋断杀记》《齐武皇帝敕断钟山玄武湖渔猎记》《齐文皇帝文宣王焚毁罟网记》②便是这类止恶劝善的作品。

导师在唱导时,还可使用唱导的文本或底本。慧皎有云:"若夫综习未广,谙究不长,既无临时捷辩,必应遵用旧本,然才非己出,制自他成。"这种"旧本"来自何处? 征诸史籍,原是祖师授习,代代相传。如刘宋道照弟子慧明唱导是"祖习师风"而"有名当世"。③ 南齐瓦官寺法觉唱导是"敦慧重之业",慧重即为其师。此种状况,至隋犹然,所谓"梵导赞叙,各重家风"④是也。

最后需要指出的是,唱导在其发展过程中,除了东晋慧远进行过改革外,至杨隋之际,当有第二次改革。《续高僧传》卷三十

① 《高僧传》,第 521 页。

② [梁]释僧祐撰,苏晋仁、萧炼子点校:《出三藏记集》,北京:中华书局,1995 年,第 489—490 页。

③ 《高僧传》,第 510 页。

④ [唐]释道宣撰:《续高僧传》卷三十,《大正藏》第 50 册,第 704 页下栏。

谓释法韵"诵诸碑志及古导文百有余卷,并王僧孺等诸贤所撰"。①《广弘明集》卷十五载有梁简文帝《唱导佛德文》十首及王僧孺的《唱导佛德文》。据此可知,梁陈以前的唱导文至隋已被称作"古导文"。那么,对古导文进行改革的又是哪位高僧大德呢?于此,《续高僧传》卷二载释彦琮之事云:

> 大定元年正月,沙门昙延等同举奏度,方蒙落发,时年二十有五。至其年二月十三日,高祖受禅改号开皇,即位讲筵,四时相续,长安道俗咸拜其尘,因即通会佛理,邪正沾濡,沐道者万计。又与陆彦师、薛道衡、刘善经、孙万寿等一代文宗著《内典文会集》。又为诸沙门撰《唱导法》,皆改正旧体,繁简相半,即现传习,祖而行之。②

释彦琮(557—610),隋代最著名的学僧之一,他学识渊博,曾撰《众经目录》。开皇元年(581)隋文帝刚即位便委以讲筵之任,讲经释论,名标当世。其所撰《唱导法》,至唐仍"祖而行之",这说明他对唱导的第二次改革取得了极大的成功,已成为隋唐两代的通则。其改革的特点是"繁简相半",即简化了唱导程式。

二　南北朝"古导文"

既然在隋唐时就把南北朝的唱导文称作"古导文",那么它的具体情况又如何呢?在《出三藏记集》卷十二《经呗导师集》中载有《竟陵文宣撰梵礼赞》《竟陵文宣制唱萨愿赞》《导师缘记》《安法师法集旧制三科》等有关唱导文的篇目。③ 该卷《齐太宰竟陵文

① 《大正藏》第50册,第703页下栏。
② 《大正藏》第50册,第436页下栏
③ 《出三藏记集》,第486页。

宣王法集录·序》中又把导文、愿疏归为一类，目录中则载有《礼佛文》二卷、《发愿疏》一卷。据此，可推测出南北朝导文，特别是南朝唱导文的大概面貌。

首先，"古导文"应该包括导师在唱导时所讲的各种事缘，如前文所述"谈无常""语地狱""征昔因""核当果""谈怡乐""叙哀戚"之类。它们是唱导中最精彩和最重要的组成部分，也是最能表现导师才能的内容。

其次，"古导文"还包括唱导活动中的忏悔文、发愿文及初夜文。

忏悔文是僧众或施主在法会上所唱诵的文字，其目的主要是自我揭露罪过以求得佛及菩萨的谅解。刘宋时释昙宗为孝武帝唱导，行菩萨五法礼竟，昙宗要求孝武忏悔。孝武则说："朕有何罪，而为忏悔？"宗曰："昔虞舜至圣，犹云予违尔弼。汤武亦云万姓有罪，在予一人。圣王引咎，盖以轨世。陛下德迈往代，齐圣虞殷，履道思冲，宁得独异？"①由此可见，唱导之中，忏悔是必不可少的一个环节，即便高贵如帝王也无例外可言。《高僧传·昙光传》又云："（宋衡阳文王义季）每设斋会，无有导师。王谓光曰：'奖导群生，唯德之本，上人何得为辞，愿必自力。'光乃回心习唱，制造忏文，每执炉处众，辄道俗倾仰。"②准此，忏文是出自导师之手。但至后世，亦可由清信弟子造之，如沈约、梁武帝、梁简文帝、陈宣帝、陈文帝皆有忏悔文行世。另外，也可直接念诵某些经文以示忏悔，如后世流传最广的是"我昔所造诸恶业，皆由无始贪恚痴，从身语意之所生，一切我今皆忏悔"。③

---

① 《高僧传》，第 513 页。
② 《高僧传》，第 514 页。
③ ［唐］般若译：《大方广佛华严经》卷四十，《大正藏》第 10 册，第 847 页下栏。

发愿文,简称愿文,是指在唱导过程中施主向佛、菩萨申述意愿的表白文字。今存梁简文帝的《唱导文》即属此类。其文先是对佛表示敬意,说"奉为至尊敬礼娑婆世界释迦文佛"。然后分别是愿"圣御与天地比隆","愿皇太子敬礼东方宝海","愿临川、安城、建安、鄱阳、始兴、豫章,又南康、庐陵、湘东、武陵诸王家国戚属,六司鼎贵,归命敬礼","愿一切善神永断无明,长遵正本","愿囹圄空虚"①等等不一而足,凡上至王公大臣,下至黎民百姓,所有有情众生皆在祝愿之列。王僧孺的《礼佛唱导发愿文》亦为同一机杼,分别对皇帝、皇太子、诸王、诸王殿下、六宫眷属、诸公主、现前众生等表示祝愿。不同的是王氏的发愿文省掉了一些唱导过程中的惯用经文或语段,如他在"归命敬礼"后都用"云云"二字,它所代表的内容想必是施主耳熟能详的经文或惯用语。

初夜文,是八关斋唱导时所用。梁王僧孺《初夜文》有云:"制之日夜,称为八关,以八正籥为法关键。斯实出世之妙津,在家之雄行。"②既言"出世"与"在家",可知初夜文是僧俗二众所共用。王氏又云:"众等相与运诚,奉逮南平王殿下礼,云云。愿大王殿下,睿业清晖,与南岳而相固;……得六神通力,具四无碍智。"由此可见初夜文之用亦在祝愿,与发愿文如出一辙。

王僧孺是撰写导文的大家,除了上面提到的《礼佛唱导发愿文》及《初夜文》外,还有《忏悔礼佛文》。所有这些在《续高僧传》中都被归入"古导文"。③可知六朝时期的唱导文用途极为广泛。

另外,还需要指出的是北朝也有唱导。其源头当来自印度、于阗一线,经高昌、敦煌、凉州而至长安。英人 H·W·Bailey 在

---

① 《广弘明集》卷十五,《大正藏》第 52 册,第 205 页上—下栏。
② 《广弘明集》卷十五,《大正藏》第 52 册,第 207 页下栏。
③ 《大正藏》第 50 册,第 703 页下栏。

《中亚佛教时期的说讲故事》一文里指出："于阗的说讲佛经故事，有塞种游牧民族和后代子孙这些口传故事做背景，喜欢听故事的情形，到了佛教时期还是一样。"①《出三藏记集》卷九《贤愚经记》载河西沙门释昙学、威德等八位高僧在于阗大寺遇上般遮于瑟之会。"般遮于瑟者，汉言五年一切大众集也。三藏诸学各弘法宝，说经讲律依业而教。"②昙学等八人回到高昌后便将所听之佛教经论集为《贤愚经》。陈寅恪先生据此认为："《贤愚经》者，本当时昙学等八僧听讲之笔记，今检其内容，乃一杂集印度故事之书。以此推之，可知当日中央亚细亚说经，例引故事以阐经义。此风盖导源于天竺，后渐及于东方。"③

但北方由于北魏太武帝曾经废佛，至胡太后时讲导又被看成与禅诵相对立之事而禁行，所以唱导的发展较为缓慢。到北魏后期，才出现较有名的唱导师。《续高僧传》卷一《菩提流支传》说："又令沙门昙显等依大乘经撰《菩萨藏众经要》及《百二十法门》，始从佛理，终尽融门。每日开讲，即恒宣述，以代先旧五时教迹，迄今流行。香火梵音，礼拜唱导，咸承其则。虽山东江表乃称学海，仪表有归，未能逾矣。"④据此可知昙显所立之唱导已经可与南方相媲美，参与唱导活动的人员亦与南方相类，有香火、梵音（即梵呗）、导师等。但他们的导文今不存，其具体面貌如何就不得而知了。

---

① 许章真译：《西域与佛教文史论集》，台北：台湾学生书局，1989年，第8页。

② 《出三藏记集》，第351页。

③ 陈寅恪：《金明馆丛稿二编》，上海：上海古籍出版社，1982年，第192页。

④ 《大正藏》第50册，第429页中栏。

三 讲导合流后的隋唐唱导文

讲经和唱导都是佛教通俗化的常用手段,因此有的僧人在进行宣教时便可能一身而事二业,如释法愿(414—500)是"善唱导",又"依经说法"。① 这样的僧人至梁陈之际越来越多,当时已经出现了讲(经)导合流的趋势。所谓讲(经)导合流,就是把讲经、唱导合二为一。

"讲导"一词最早见于《续高僧传》,该书载梁时法宠(451—524)"从东夏慧基听其讲导,言论往复,旬日之间,文疑理滞,反启其志,又鼓棹西归,住道林寺"。② 这里的"讲导"就是指讲经与唱导,而慧基和尚身兼二职,因水平有所欠缺而难以胜任,故使法宠大为不满。而同时的释法云(467—529):"于《妙法华》研精累思,品酌理义,始末照览,乃往幽岩,独讲斯典,竖石为人,松叶为拂,自唱自导,兼通难解,所以垂名梁代。"③ 法云经过艰辛的训练,在讲解《妙法莲华经》时才能自唱自导,得心应手。隋唐以后,兼通讲、导的僧人则不胜枚举了。如释法称是"通诸经声,清响动众","又善披导,即务标奇,虽无稀世之明,而有随机之要"。④ 故隋文帝敕正殿常置经座,"日别差读经"。看来法称不但善于唱导,连经师之转读也烂熟于心,更不用说"叙论正义,开纳帝心"的讲经了。释法韵则"诵诸碑志及古导文百有余卷,并王僧孺等诸贤所撰。至于导达,善能引用。……经导两务,并委于韵。"⑤ 唐之法

① 《高僧传》,第 518 页。
② 《大正藏》第 50 册,第 461 页中栏。
③ 《大正藏》第 50 册,第 464 页下栏—465 页上栏。
④ 《大正藏》第 50 册,第 701 页中栏。
⑤ 《大正藏》第 50 册,第 703 页下栏。

真则"讲导之余,吟咏性情",①他不仅讲经唱导,还受时风的影响,会吟咏作诗,可谓多才多艺的了。至若在敦煌所举行的讲导活动中,主讲僧人则另有专称——唱导法将。写于咸通八年(867)的 P. 4660 号遗书中有《敦煌唱导法将兼毗尼藏主广平宋律伯邈真赞》,其中谓宋律伯:"特达资身,香声独跨,一郡轨仪,四方钦雅,离繁去俗,并伏人我。开畅玄宗,七众归化。"开畅玄宗即指讲经释论,离繁去俗则谓在唱导中用简明易懂明白如话的语言调伏众心,宣扬教化。

"法将"一词源出内典,《大智度论》卷二有云:"大师法将各自别离,当可奈何。"卷七又云:"佛为法王,菩萨为法将,所尊所重,唯佛世尊。"②《大唐西域记》卷十二则谓玄奘:"印度学人,咸仰盛德,既曰经笥,亦称法将。"③法将是对深通佛法、德高望重之僧人的尊称,它与南朝的"法匠"一词含义相同。《高僧传》载萧齐释僧印(435—499)事云:"宋大明中,徵君何点招僧大集,请印为法匠,听者七百余人。"④法匠即讲释经论之人。敦煌的唱导师被冠以此称,可见其在当时法会上的重要作用。此亦是讲导合一的力证。P. 2807《释门杂文》云:

> 次则有法将勤法公,德茂禅林,行辉戒月,洞达深理,启悟幽关。升宝座,则善破重昏;震法雷,则妙谈二障。然某乙□沾缁服,觉路由(犹)迷,虚谈法行,毫离(厘)未晓,空渐此席,实愧当仁,幸存宿心,渐升论座,略谈妙理,何乐如之。

---

① [宋]赞宁撰,范祥雍点校:《宋高僧传》,北京:中华书局,1987 年,第735 页。

② 《大正藏》第 25 册,第 68 页下栏、第 109 页上栏。

③ [唐]玄奘、辩机原著,季羡林等校注:《大唐西域记》,北京:中华书局,1985 年,第 1040 页。

④ 《高僧传》,第 330 页。

这里的法将就是论座,二者的关系是同一的。P. 3500 号《庵园大讲时祈愿文》又谓:"当座法将和尚,德高龙树,为艺越生公,谈万万之尊经,如同海口;唱千人之月偈,一似星流。"据此,作为论座的法将,又可称为当座法将和尚,其作用在讲经唱偈,即同时具有导师与经师的双重功能,与讲(经)导合流的性质相同。

隋唐讲导合流后,唱导文是否从此就消失了呢? 答案自然是否定的。虽然史传中正式记载的唐代唱导寥寥无几,如《宋高僧传》仅说穆宗长庆年间的法真是"德望实唱导之元",[①]又谓后唐无迹"言行相高,复能唱导",[②]似乎以唱导出名的唐五代仅此二人,有的学者还据此认为是"由于俗讲兴而唱导衰废了"。[③] 这种说法是不符合历史真实的。赞宁在《大宋僧史略》"行香唱导"条中指出:"陈隋世高僧真观深善斯道,有导文集焉,从唐至今,此法盛行于代也。"[④]由此可知,唱导之法从唐至宋依然盛行不辍。如今,我们从敦煌遗书中得见多种唱导文,如 S. 5660 号《菩萨唱导文》、S. 6417 号《自恣唱导文》、P. 3334 号《声闻唱导文》、P. 3330 号《唱导文》都是极有力的证据。而且佛教唱导之盛,道教亦仿之,《续高僧传》卷三十即载有唐代佛道两家导师同殿唱导之事,[⑤]可见当时唱导并未消歇。

前文我们曾讲到隋代彦琮对唱导的重大改革,其特点是"皆改正旧体,繁简相半"。但因其唱导文本不行于世,故无法具体分析其改革的内容。既言其唱导之法行于唐,那敦煌唱导文的发现便能提供某些参考的依据。其中 P. 3330 号《唱导文》(按,原题作

① 《宋高僧传》,第 736 页。
② 《宋高僧传》,第 752 页。
③ 周叔迦:《漫谈变文的起源》,载《敦煌变文论文录》,第 253 页。
④ 《大正藏》第 54 册,第 242 页中—下栏。
⑤ 《大正藏》第 50 册,第 705 页上—中栏。

《唱道文一本》,唱道即唱导)颇具代表性,兹移录如下:

> 菩萨大士普云集,凡夫佛子众和合,微妙香汤沐净筹,布萨说戒度众生。

> 敬白诸佛子等:合掌至心听!此南瞻部州萨诃世界,今于大唐国沙州永安寺僧伽兰所,于丑年五月十五日,我本师释迦牟尼佛遗法弟子,出家在家二众等。自惟生死长劫,乃由不遇无上慈尊,今生若不发出离之心,恐还流浪,故于是日同崇三宝,渴仰大乘,众共宣传菩萨戒藏。惟愿以此功德资益龙天八部,威光自在,帝王圣化无穷,太子诸王福延万叶,师僧父母常报安乐,见闻随喜,宿障云消,恶道三途,灾殃弥灭。因此功德,誓出娑婆,上品往生阿弥陀佛国。诸佛弟子谛听此菩萨戒藏:三世诸佛同说,三世菩萨同学。汝等诸佛子从今身至佛身,尽未来际,于其中间,能舍邪归正,能菩提心否?能断一切恶、修一切善否?能除菩萨戒行否?能往生净土誓愿成佛否?诸佛子等谛听:众中有微(未)发菩提心,未受诸佛大乘戒者出(三说)!诸佛子等谛听:外清净大菩萨摩诃萨入(三说)!诸佛子等谛听:众中有未发菩提心,未受诸佛大乘戒者已出,外清净大菩萨摩诃萨已入,内外寂静,无诸难事,堪可行筹,广作布萨。

> 我解名菩萨,比丘某甲为布萨,故行筹。惟愿上中下坐,各各端身正意,如法受筹(三说)。诸佛子等谛听:次行在家菩萨筹(三说)。金刚无净解脱筹,难逢难遇如今遇,我今厥喜顶戴受,一切众生亦如是。具足清净受此筹,具足清净还此筹,坚持禁戒无阙犯,一切众生亦如是。

细析该唱导文,可以发现它是用在布萨(佛教教团的定期集会,在会上僧众进行反省或忏悔)及大乘授戒仪式上,它已经是程式化的说唱文本,包括发愿、行筹(在授戒法会上对某些事情进行表决)时所用的文辞。其间导师的讲唱,既有韵语,如开头与结尾的七言诗,又有散文的表白,如中间的一大段"敬白"云云之文字。这类表白,《释氏要览》卷上归之为唱导。[①] 而导文散韵相间的体制,实出于讲经文,于此益见唐代讲导的合流。

最后要讲的是,隋唐时期的唱导文影响世人颇深。柳宗元《答贡士萧纂欲相师书》云:"前时获足下《灌钟城铭》,窃用唱导于闻人,仆常赧然,羞其僭逾。"[②]习作,竟然仿用释家唱导文体,可见它在当时有多么盛行。

四　变文与唱导之关系

明乎唱导的生成与衍变后,现在就能确定它与变文之间的关系了。不过,为了清晰起见,兹分为三个层面来谈,即六朝变文与六朝唱导之关系、唐代变文与六朝唱导之关系、唐代唱导与唐代变文之关系。先论第一个层面。

六朝的变文,从文体言是指对佛教经典的通俗化变易。从文本言,就是指当时的讲经文。[③] 而六朝的唱导亦是佛教通俗化、大众化的手段之一。与当时的变文相比较,两者在讲唱程式方面有许多相似之处。

1. 两者都是在法事人员的共同参与下进行的宣教活动,他们

---

① 《大正藏》第 54 册,第 276 页中栏。

② [唐]柳宗元撰,尹占华、韩文奇校注:《柳宗元集校注》第 7 册,北京:中华书局,2013 年,第 2312 页。

③ 如王重民先生《敦煌变文研究》认为"最早的变文是讲经文"(载《敦煌变文论文录》,第 290 页),他虽然仅是针对唐代变文而言,但若考虑到我们已经发现唐前就有"变文"一词的客观事实,而且,汉晋间讲经活动相当盛行,那就不难理解最早的变文就是指讲经了。

是香火、维那、梵呗。不同的是,在变文宣唱中起主导作用的是法师、都讲,尤其是法师,而在唱导中起主导作用的是导师。

2. 讲唱要求基本相同。讲经变文之要求,《十住毗婆沙论》卷七有云:"如来以四相方便而为演说,一以音声,二以名字,三以语言,四以义理。"①音声,便是指佛教音乐;名字,指称赞佛名而叹佛功德,实即呗赞;语言,谓在不同的场合随机应变而宣教;义理,则指阐释大法,讲畅经论。同书又谓法师需"广博多学,能持一切言辞章句"。② 综而论之,其要求与唱导所贵之四事"声、辩、才、博"亦相类。

3. 两者在讲唱过程中,都可引入本土经典,把相关的佛教名相比附成中土固有的概念便于听众理解,这是外来文化与本土文化相融合的必然结果。

4. 讲唱场合大致相同,两者主要都在斋会上进行,听众僧俗不限,出家在家皆可参与。

但是两者在内容上也有显著的差异,讲经变文以阐说义理为主,而唱导文以宣唱事缘为主,因此二者各有侧重,可见六朝的变文与唱导是并行不悖的,二者虽有关联而相互间的影响不大。僧愍谓当时是"佛以讲、导为精"③(按,讲即讲经,导即唱导),亦透露了这层意思。

至若第二个层面,唐代变文与六朝唱导之关系,这是前辈学者所经常论及的。于此,我们有必要多说几句。

唐代变文与六朝变文相比,已发生了极大的变易,由讲经释论为主变成宣唱事缘为主,这当与讲导合流有关。从今存唐五代

---

① 《大正藏》第 26 册,第 54 页上栏。
② 《大正藏》第 26 册,第 53 页下栏。
③ 《弘明集》卷七,《大正藏》第 52 册,第 47 页下栏。

变文写卷之故事情节看,它与六朝唱导渊源甚深。

《高僧传·唱导总论》谓在八关斋时的唱导内容是:"谈无常,则令人心形战栗;语地狱,则使怖泪交零。征昔因,则如见往业;核当果,则以示来报。谈怡乐,则情抱畅悦;叙哀戚,则洒泪含酸。"业师陈允吉先生把它与唐代《目连变文》相比照,得出如下结论:

> 谈无常——青提夫人欺诳凡圣,不久即告命终。
>
> 语地狱——目连往地狱寻母,备见种种畏恶惨状。
>
> 征昔因——青提不施沙门,谎称已依罗卜行事。
>
> 核当果——青提坠饿鬼及阿鼻地狱,受无间之余殃。
>
> 谈怡乐——目连救母,青提升天,母子皆大欢喜。
>
> 叙哀戚——目连地狱见母,切骨伤心,哽噎声嘶。①

《目连变文》在情节内容上与唱导的巧合,是否有更深的文化蕴含?我们虽不能遽然就此断定慧皎所说的"唱导"就是《目连变文》,但至少有一点是无可置疑的,即唐代的变文讲唱与六朝的唱导有相同之处。

再如《伍子胥变文》,该故事首见于《左传》,至《吴越春秋》《越绝书》中有所发展,其中加入了伍员路遇浣纱女及渔夫自沉的情节。变文中伍氏夫妻用药名作诗以问答,显然仿自西蜀姜维母子间的相同轶事。②《吴录》载伍子胥为江上神,并谓文种剑伏山阴。③ 于此,变文将二者糅合为一,换成伍子胥以剑伏江涛。看来,这是讲唱者的创新。总之,该变文是综合了各种伍子胥的民间传说和历史故事创作而成的。姜伯勤先生指出:"从'刘寄奴是

---

① 《唐研究》第二卷,第 229 页。

② 刘修业:《敦煌本〈伍子胥变文〉之研究》,载《敦煌变文论文录》,第 530 页。

③ [北魏]郦道元:《水经注》,长沙:岳麓书社,1995 年,第 582 页。

余贱'一语,知本篇作于南朝刘宋之后,从'虽得人身有富贵,父南子北各分张',反映出南朝时南北分立的情势,而'前荡'一词为隋代通行口语。此件虽有唐人改写的痕迹,但文本的主体部分应于南朝刘宋以后,隋代以前生成于江南地区。"①此论良是。若联系慧皎谓导师"若为君王长者,则须兼引俗典,绮综成辞"推测,伍子胥的故事极有可能在六朝时就进入了导师的宣唱中,它经过世代相传,不断地扩张和漫衍,至唐才成为洋洋大观的变文讲唱。

由以上两个实例可知,唐代宣唱事缘的变文与六朝唱导是有密不可分之关系,几乎可说是一脉相承。但需特别指出的是六朝讲经变文至唐依然流行,并未因俗讲转变的出现而销声匿迹,两类变文是并行不悖的。

最后谈谈第三个层面,唐代唱导与变文之关系。隋唐讲导合一后,导文的创造性就少多了,留存于世的大都为礼仪性的表白文字。征诸敦煌遗书可知它与当时的变文讲唱已融为一体,既包括在讲经类变文(即讲经文)内,又包融于俗讲与转变中。如 P. 3334 号《声闻唱导文》云:

> 罗汉圣僧集,凡夫众和合,香汤沐静(净)筹,布萨度众生。
>
> 大德僧听! 种种殊少少者守护(三说)! 大德僧听! 外清净大沙门已入内外寂静,无诸难事,堪可行筹,广作布萨。
>
> 我比丘某甲为布萨故行筹。惟愿上中下座,各各端身政依(正意),如法受筹(三说),并受嘱受人筹。
>
> 大德僧听! 次行沙弥筹(三说)。大德僧听! 此一住处一布萨,大僧若干人,沙弥若干人,都合若干人,各于佛法中

---

① 姜伯勤:《敦煌艺术宗教与礼乐文明》,北京:中国社会科学出版社,1996 年,第 404 页。

清净出家,和合布萨,上顺佛教,中报四恩,下谓(为)含识,各
诵经中清净妙偈。

　　大德僧听!众请比丘某甲为众诵戒,比丘律师某甲梵
音,戒师升高座。

这篇唱导文是导师在布萨会上为比丘授戒而讲唱的。导师
之用颇类礼仪或节目主持人,他具体宣唱文辞以指导诵戒师、梵
音及授戒师的入场。其中的诵戒师主要是转读经律,颇类于讲经
中的都讲;梵音与呗赞同,在于唱偈以颂佛德;授戒师则与法师相
类,主要为受戒者阐释戒律之含义。这些程式与讲经变文颇显一
致。B. 7167 号抄卷是为比丘尼布萨所讲的唱导文,与前引 P.
3334 号的文字大同小异,可见此类导文已经程式化。

至若授戒师所说的内容,变化不大,亦具有相对的稳定性,大
多是通俗的唱词或经律故事,B. 8362《和戒文一本》(原卷首题)
有云:

　　深心渴仰,专注法音,惟愿戒师慈悲广说。

　　诸菩萨,莫杀生,煞生必当堕火坑。煞命来生短命报,世
世两目复双盲。劝请道场诸众等,共断杀业不须行(佛子)。

这种"三、三、七、七、七"句式的通俗唱词与讲经变文如出一
辙,显然深受后者影响而成。再如 P. 2931 号是说"净持戒"的文
本,[1]在说诵过程中亦杂有通俗的唱词,如"不论崔卢柳郑,莫说
姓薛姓裴,僧家和合为门,到处悉皆一种"。这种六言偈讲经文里
亦不在少数。此外,该抄卷接着又讲唱了王舍城大论师摩陀罗与
南天竺国论师忧波提论辩的故事。这种故事性的讲唱进入诵戒
授戒仪式中,显然是作为唱导内容的一部分而融合进来的,也与

---

　　① (日)土桥秀高:《戒律の研究》,京都:永田文昌堂,1980 年,第
632 页。

当时俗讲转变的兴盛有关。P. 2044 号《闻南山讲》云唐德宗时有
齐上人"会人天于法堂,开毗尼之妙典",又谓他是"发盟唱导,公
德冥资,助供檀那等陈力修斋"。"毗尼"即戒律之意,该文书言齐
上人在斋会上既讲律藏,又善唱导,可见他是经导两务,身事二
业。由此益见唐代的唱导文与讲经变文实是二而合一的关系了。

另外,在故事性变文(俗讲)的讲唱中,也包融了唱导文,如
S. 5511 号《降魔变文》开头一段中便有对唐玄宗的发愿文。P.
2187 号《破魔变》中则谓:

> 谨奉庄严我当今皇帝贵位:伏愿长悬舜日,永保尧
> 年。……谨将称赞功德,奉用庄严我府主司徒:伏愿洪河再
> 复,流水永绕乾坤;……次将称赞功德,谨奉庄严国母圣天公
> 主:伏愿山南朱桂,不变四时;领(岭)北寒梅,一枝独秀。

这段文字除了对当今皇帝、府主司徒、圣天公主祝愿外,还祝
愿了合宅小娘子、郎君、衙前大将、随从公寮乃至都僧统和尚。这
种行文的性质与前引梁简文帝《唱导文》、王僧孺《礼佛唱导发愿
文》完全一样,其用于俗讲转变,可见在当时两者亦融为一体了。

综上所述,探讨变文与唱导的关系问题,要用历史的眼光、发
展变化的观点去观察思考,才可能得出较为正确的结论。

(本文原载《敦煌研究》1999 年第 4 期,收入本书时文字略有
改动)

变文变相关系论

——以变相的创作和用途为中心

有关变相与变文的关系问题，一直为变文研究者所重视。日本学者长泽规矩也在定义变文时首倡图文说，他认为："变文据说原来是指曼荼罗的铭文。"①后来，该国学者如那波利贞、梅津次郎、金冈照光等皆从变文与变相之关系来定义变文。② 我国学者杨公骥先生则十分明确地说："佛寺中的变相或变大多是具有故事性的图画，'变文'是解说'变'（图画）中故事的说明文，是'图画'的'传''赞'，是因'变'（图画）而得名；'变文'意为'图文'。"③美国学者 Victor H. Mair（梅维恒）则进一步指出只有变相图相配合的释家讲唱才是变文。④ 凡此种种，似在表明变相与变文是同一之关系。然而我们若从变相的创作方法、用途及其在变文讲

---

① 参周绍良、白化文编：《敦煌变文论文录》，上海：上海古籍出版社，1982 年，第 162 页。

② 参那波利贞《俗讲と变文》，《佛教史学》1950 年第 1 期，第 41 页；梅津次郎《变と变文》，《国华》（1955 年）第 760 号，第 193—194 页；金冈照光《变·变相·变文札记》，《东洋大学文学部纪要》第 30 集《佛教学科·中国哲学文学科篇Ⅱ》，第 1—33 页，1977 年 3 月。

③ 杨公骥：《杨公骥文集》，长春：东北师范大学出版社，1998 年，第 415 页。

④ Victor H. Mair: *T'ang Transformation Texts: A study of the Buddhist contribution to the rise of vernacular fiction and drama in China*, p. 99, Cambridge, Massachusetts: Harvard University Council on East Asian Studies, 1989.

唱的具体运用来考察,结论则有很大的不同。

一 变相的创作

在讨论这一问题之前,有必要先交待变相的分类。从内容言,它包括两大类:一是非情节性的人物画,二是有情节的故事画。前者常称为"变像"(有时与"变""变相"通用),它主要有各种佛祖像、菩萨像、明王像、罗汉像、天尊像及由此组合而成的曼荼罗;①后者有佛本生图、说法图、菩萨本行本事图及其他经变图,它们是敷演佛经内容而成,多用几幅连续的画面表现故事与情节,故称佛经变相,简称经变或变。② 上述分类,若用图表示,则为:

$$
变相(变)\begin{cases} 变像(非情节性的人物画) \\ 经变(情节性的故事画) \end{cases}
$$

兹按此分类,先说变像的创作方法。

唐人清昼《画救苦观世音菩萨赞》序云:"乃于玉胜殿内,按经图变。只于壁上观示现之门,不舍毫端,礼分身之国。"③于此,清

---

① 唐菩提流志译《五佛顶三昧陀罗尼经》中提到"变像"之画法,实指曼荼罗的制作(参见《大正藏》第 19 册,第 373 页下栏)。同人译《不空罥索神变真言经》卷二十二又云"曼拏罗中种种变相"(《大正藏》第 20 册,第 347 页上栏),这里的"变相"也指曼荼罗。

② 参见《佛光大辞典》第 6 册,第 5558 页;第 7 册,第 6917 页,北京:书目文献出版社 1989 年影印本。经变、变相简称变的例子在隋唐五代极多,如杜甫《观薛稷少保书画壁》诗:"又挥西方变,发地扶屋椽。"仇兆鳌注曰:"西方变,言所画西方诸佛变相。"(《杜诗详注》,北京:中华书局,1979 年,第 960 页)

③ [清]董诰等编:《全唐文》卷九一七,第 4236 页下栏,上海:上海古籍出版社,1990 年。

昼揭示了变像的创作是按经图变,即严格按照经文的规定来制作变像。《图像卷》第五谓般若菩萨之画法时引《陀罗尼集经》云:"通身白色,面有三眼,师子座上结跏趺坐。两臂作屈,左臂屈肘侧左胸上,仰五指半展,掌中画作经函。右手垂著右膝上,五指舒展。左安梵天,右安帝释。菩萨光上两相,皆画作须陀会天。坐下画作香炉,左右画八神王并十六善神也。具如经文。"①这里不但交待了绘制般若菩萨的具体内容,若坐姿,若手印,若侍从,若供养,而且进一步指出所有诸神的变相皆是"具如经文"制作而成。

敦煌遗书 P. 3916《佛说七俱胝佛母准泥(提)大明陀罗尼经》则详细地描述了七俱胝佛母的绘法:

> 取不截白叠(氎)清净者择去人发,画师受八戒斋。不用胶和色,用新椀盛彩色而用画之。其像作黄白色,种种庄严其身。腰著白衣,衣上有花。又身著轻罗绰袖天衣,以绶带系要(腰),朝霞络身。其手椀(腕)以白螺为钏,七宝庄严。一手上②著指环,都十八臂。面有三目。上二手作说法相,右第二手施无畏,第三手把剑,第四手把数珠,第五手把微若布啰迦(唐言满果,此间无,西国有),第六手把钩,第七手把越(钺)斧,第八手把跋析啰,第九手把宝鬘。左第二手把如意宝幢,第三手把莲花,第四手把澡灌(罐),第五手把索芽,第六手把轮,第七手把螺,第八手把贤瓶,第九手把般若波罗蜜经夹。菩萨下作水池,池中安莲花,难陀、拔陀二龙王共扶莲花茎。于莲花上安准提菩萨,其像周围安光明火焰。其像作怜愍眼看,行者在下坐,手执香炉,面向上看菩萨。于菩萨

---

① 《大正藏·图像部》第 3 册,第 22 页下栏—23 页上栏。
② "一手上",《大正藏》本(第 20 册第 178 页中栏)作"一一手上",是。

上画二净居天,手捧花作供养势。像法如是。

七俱胝佛母,又称准提菩萨、准提观音,他是胎藏曼荼罗第二佛母院七尊中之一。前述经文,对其制作方法、内容、材料都做了极其严格的规定,可见依经图变绝非虚言。

至若佛祖释迦牟尼的画法,晋译《观佛三昧海经》卷一叙观佛三十二相时有所交待。其云:"自有众生乐观如来掌文间成如自在天宫,其掌平正,人天无类,当于掌中生千辐相,于十方面开摩尼光,于其轮下有十种画,一一画如自在天眼,清白分明。"①此即提示了佛陀掌纹之画法。该经又谓如来髭相是"诸髭毛端开敷三光,紫绀红色。如是光明,直从口边旋颈上照,围绕圆光作三种画,其画分明,色中上者,一一画间生一宝珠",②此即指出了释迦髭相之绘法。唐译《大毗卢遮那成佛神变加持经》卷一亦谓:"东方初门中,画释迦牟尼,围绕紫金色,具三十二相,被服袈裟衣,坐白莲花台。"③由斯可见,绘制佛陀相,主要表现的是他的三十二相。所谓三十二相,是指佛有三十二种美好的相状,《大智度论》卷八十八即说:"一者足下安平立,平如奁底;二者足下千辐辋轮,轮相具足;三者手足指长,胜于余人;……三十一者眉间白毫相,软白如兜罗绵;三十二者顶髻肉成。是三十二相,佛身成就。"④与此同时,佛还有八十种随形好,真是美轮美奂,妙不可言。

次说经变的创作。经变因其内容繁杂,故事情节丰富,所以常需要用连续的几幅画面来表现。于此,汉译佛典中也有所提示,北魏吉迦夜、昙曜共译《付法藏因缘传》卷一有云:

令阿阇世王坐斯池中,而复更以鲜净白氎图画如来本行

---

① 《大正藏》第 15 册,第 648 页中栏。
② 《大正藏》第 15 册,第 657 页上栏。
③ 《大正藏》第 18 册,第 7 页中-下栏。
④ 《大正藏》第 25 册,第 681 页上栏。

之像。所谓菩萨从兜率天化乘白象,降神母胎。父名白净,母曰摩耶,处胎满足,十月而生。未生至地,帝释奉接,难陀龙王及拔难陀吐水而浴。摩尼跋陀大鬼神王执持宝盖,随后侍立。地神化华,以承其足。四方各行,满足七步。至于天庙,令诸天像悉起奉迎。阿私陀仙抱持占相,既占相已,生大悲苦,自伤当终不睹佛兴。……舍至树下,六年苦行,便知是苦,不能得道。尔时复到阿利跋提河中洗浴。

尔时有二牧牛女人,欲祀神故,以千头牛搆取其乳,饮五百头,如是展转,乃至一牛,即取其乳,煮用作糜,涌高九尺,不弃一滴。……于是女人便奉菩萨,即为纳受而用食之。然后方诣菩提树下,破魔波旬,成最正觉。于波罗捺为五比丘初转法轮,乃至诣于拘尸那城力士生地入般涅槃。如是等像,悉皆图画。①

此处所说,乃是佛传画的内容,即所谓"八相成道",它包括降兜率相、托胎相、降生相、出家相、降魔相、成道相、说法相、涅槃相。这种佛传画正是中土最常见的。还有另一种绘法与此大同小异,无"降魔"而加"住胎"一相,亦称八相成道。据丁明夷先生考定,克孜尔第110窟的佛传壁画即绘有此八项之内容。②

南传佛教的佛传图,只绘有释迦诞生、降魔、初转法轮和涅槃等四相图,也叫四大事,此在《法显传》及《洛阳伽蓝记》中均有记载。但无论八相、四相,所依据的都是有关叙述佛陀本行事迹的经典,它们主要是《修行本起经》《太子瑞应本起经》《普曜经》《佛本行集经》《佛本行经》《过去现在因果经》《方广大庄严经》,等等,

① 《大正藏》第50册,第299页中—下栏。
② 丁明夷:《克孜尔第110窟的佛传壁画——克孜尔千佛洞壁画札记之一》,《敦煌研究》1983年创刊号,第83—94页。

33

不一而足。此种佛本行变相见于文献记载的,在唐代两京长安和洛阳,大云寺有杨契丹画《本行经变》,菩提寺、化度寺有董谔、杨廷光、杨仙乔画《本行经变》,圣慈寺有程逊画《本行经变》,宝刹寺有杨契丹绘《涅槃变相》,永泰寺有郑法士绘《灭度变相》,光宅寺有尉迟画《降魔变》等,[①]林林总总,举不胜举。

除了佛本行经变外,还有绘佛本生的经变。此在印度所建的山奇(sāñchi,又译桑奇)大塔上,即绘有"睒子本生""猴王本生""独角仙人(rshi)"等本生故事。[②] 这些故事大都见于康僧会译《六度集经》,宣扬的是佛教的六种方便——布施、持戒、忍辱、精进、禅定、智慧。这种本生经变在早期佛画中亦很常见,如克孜尔石窟就有《象王施牙》《猕猴舍身救人》《兔王梵身供养梵志》等壁画。在敦煌,这种本生画则举目皆是,如第 275 窟有《毗椤竭梨王本生》《快目王施眼本生》《月光王施头本生》,第 257 窟有《九色鹿本生》,第 254 窟有《萨埵太子舍身饲虎本生》《尸毗王割肉贸鸽本生》,第 428 窟有《须大拏太子本生》,第 299 窟有《睒子本生》,其内容极其丰富。

与此同时,根据各种盛行的大乘经典所绘制的经变画也十分流行,裴孝源《贞观公私画史》即载有董伯仁所绘的《弥勒变相》,展子虔的《法华变相》,[③]顾名思义,它们是分别据《弥勒经》《法华经》创作而成。张彦远《历代名画记》卷三又有如下记载:兴唐寺塔院内西壁有吴道玄画《金刚经变》,荐福寺有吴画《维摩诘本行

---

① 参[唐]张彦远著,范祥雍点校:《历代名画记》,北京:人民美术出版社,1964 年,第 49—71 页。

② 常任侠:《印度与东南亚美术发展史》,上海:上海人民美术出版社,1980 年,第 15 页。

③ 《文渊阁四库全书》,台北:台湾商务印书馆,1986 年(景印本),第 812 册,第 26 页。

变》,千福寺有吴画《弥勒下生变》,懿德寺有《华严变》,光宅寺有《西方变》,大云寺有《净土经变》,昭成寺有《净土变》《药师变》。①可见名目繁多,甚为时人所重视。

变相的具体制作,带有极强的宗教色彩,仪式较为繁琐。日人净然撰《行林钞·画像品第七》云:"先须画像,择取吉祥善好月好时日,于晨朝起首画像。好月者,正、二、三、四、五、八、十二月等。好时日者,日月蚀时,或地动时,或鬼宿合日,或白月十五日、二十三日等。即唤画师,先沐浴了,与三昧耶戒,便与三昧耶灌顶,每出入常须洗浴换衣,亦不得还贾。"②《陀罗尼集经》卷二又谓:

> 当作阿弥陀佛像。其作像法,先以香水泥地作坛,唤一二三好巧画师,日日洒浴,与其画师受八关戒。咒师身亦日日洒浴,作印护身,亦与画师作印护身。咒师画师两俱不得犯戒破斋,不吃五辛酒肉之物。作坛,中央著帐,四方著饮食果子,种种音乐供养阿弥陀佛。其画师著白净衣服,用种种彩色,以熏陆、安悉等香汁和之,不得用皮胶。咒师坐于坛外,面向西,画师面向东。咒师前著一香炉,烧种种香,及散诸华,夜即然灯。咒师作阿弥陀佛身印,诵陀罗尼咒。③

据此,画师画制变相,一定要先受戒,受佛身印,并且不能违戒破斋。另外,还要选择吉祥时日,不是随时随地都可行事。画像之始,应举行种种仪式以示庆贺,以表庄严,场面壮观,想必亦为释家重要法事之一,不能游戏视之。

变相制作中,其画像顺序亦有讲究。金刚智译《金刚顶瑜伽

---

① 参《历代名画记》,第49—71页。
② 《大正藏》第76册,第78页上栏。
③ 《大正藏》第18册,第800页中栏。

中略出念诵经》卷三云：

> 十六大菩萨，第一画弥勒，其次不空见。次画一切能舍
> 恶趣。复画乐摧一切黑暗忧恼。次画香象，复画勇猛。次画
> 虚空藏，次画智藏，次画无量光，次月光，次贤护，……及画所
> 有不退转者、诸有趣者，乃至诸轮转有路。[①]

这是以弥勒为主尊的变相画，最重要的是弥勒佛，故先画之，
然后又按主次尊卑画诸菩萨、诸有趣之类。

变相制作之工序，要求亦严。敦煌莫高窟第 216 窟题记有
云："粉之绘之，再涂再䐜，或饰或装，复雕复错。"[②]其过程有起
草、上色、反复修改及最后定稿，力求做到尽善尽美。

综上所述，变相的创作具有多方面的要求，从程序言，必须遵
守宗教仪轨，丝毫来不得半点马虎，真是严格依经图变。但从变
相所绘制的内容看，是否按经图变则不尽然。大概非故事性的变
像及曼荼罗基本上遵循这一原则，因为其内容较单纯执行起来较
方便。而经变画则可根据需要作灵活处理，因为不可能把经文的
每一细节都用画面的形式表现出来，所以只能截取最典型的场景
来表达经文的主要内容。如前文所述佛传图之"八相变""四相
变"及其他经变画均如此。另外，画家绘制经变画，还可有自己的
即兴创造，如敦煌第 146 窟的《天请问经变》壁画中的忉利天宫及
帝释天形象便是经文中所没有的内容。[③]《弥勒下生变》则把唐
代世俗生活中的婚礼场景挪用过来。凡此种种，皆表明变相与佛
经原典之关系并不完全统一。若笼统言之，说变相是变佛经为图

---

① 《大正藏》第 18 册，第 241 页上栏。

② 敦煌研究院编：《敦煌莫高窟供养人题记》，北京：文物出版社，1986
年，第 98 页。

③ 李刈：《敦煌壁画中的〈〈天请问经变相〉〉》，《敦煌研究》1991 年第 1
期，第 1—6 页，特别是第 6 页。

像也未尝不可。

二　变相之用

至若变相之用，征诸史籍，大致有以下几种。

（一）与抄经一样，用于追亡祈福

中古以降，抄经写经以求福报蔚为风气。敦煌遗书 P. 2055《佛说盂兰盆经》题记云："六月十一日是百日斋，写此经一卷为亡家母马氏追福，愿神游净土，莫落亡途。"同卷《佛母经》题记又云："为亡过家母写此经一卷，年周追福，愿托影好处，勿落三途之哉（灾）。佛弟子马氏一心供养。"这是写经以追念亡灵。P. 2056《阿毗昙毗婆沙卷第五十二》题记则说："龙朔二年七月十五日右卫将军鄂国公尉迟宝琳与僧道奕及鄠县有缘知识等，敬于云际山寺洁净写一切尊经，以此胜因上资皇帝皇后七代父母及一切法界苍生。庶法船鼓枻，无溺于爱流；慧炬扬晖，靡幽于永夜。释担情尘之累，咸升正觉之道。此经即于云际上寺常住供养。"这是为生者祈福的写经。

变相之用，亦如佛经。阿斯塔那 29 号墓出土文书《唐咸亨三年（公元 672 年）新妇为阿公录在生功德疏》曰：

（前略）

15. 一复于安西悲田寺讲堂南壁众人出八十

16. 疋帛练画维摩、文殊等菩萨变一捕（铺）。又

17. 发心为阿公修造愿知。

……

75. 开相起咸亨三年四月十五日，遣家人祀德

76. 向冢间堀底作佛，至其月十八日，计成佛

77. 一万二千五百册佛。日作佛二百六十,元元廿佛。

78. 于后更向堀门里北畔新塔厅上佛堂中

79. 东壁上,泥素(塑)弥勒上生变,并菩萨、侍者、

80. 天神等一捕,亦请记录。

……

86. 《法华经》一部,《大般若经》一袟十卷。作更于生绢画两

87. 捕释迦牟尼变,并侍者诸天。①

由此分析,唐初西域之地即以变相作为供养来超度亡灵,变相的内容相当丰富,既有佛陀、菩萨之变像,又有弥勒上生之经变。

饶宗颐先生编《唐宋墓志》也载有天宝十四载(755)正月廿日的《供养人碑记》,碑中亦含有一幅变相图。饶先生谓:"此碑图占四分之三,文占四分之一,分刻左右上角,右为韵语一段:夫人韩兮贞女,忆故夫兮羁侣,立浮图兮长□,□生死兮齐举。天宝十四载正月三十日立。弟韩贞王赞,女二娘□□二姑。左段为佛经,中列供养人名字二人,残损不可读。左方为'罗侯罗□弟子韩八娘一心供养。'"②这里的变相与佛经的作用相同,同时作为荐亡追福之物。另外,从碑记中的人名韩二娘、八娘推测,这是一户普通的百姓人家。可知变相作供养,在当时已成为一种风气。

敦煌第 192 窟保存的龙兴寺沙门明立所撰《发愿功德赞文并序》又云:

---

① 唐长孺主编:《吐鲁番出土文书》(叁),北京:文物出版社,1996 年,第 334—339 页。

② 饶宗颐编:《唐宋墓志》,香港:香港中文大学出版社,1981 年,第 71 页。

乃于莫高岩窟龛内塑《阿弥陀佛像》一铺七事。于北壁画《药师变相》一铺，又画《天请问经变相》一铺。又于南壁上画《西方阿弥陀□变相》一铺，又画《弥勒佛变相》一铺。又于西壁上内龛□……文殊普贤各一躯并士从……佛……十种好，随形若似。又背恶回社为斋，每年三长，以……是供奉献三宝。又年岁至正月十五日□七……分就窟燃灯，年年供养不绝，此功德先奉为当今皇帝御宇，金镜常悬，国祚永隆！又愿我河西节度使万户侯□司空张公，命同劫至，寿等像□，……支罗眷属，永辞灾障！①

这里虽然说到洞窟变相有多方面的作用，但最为重要者是为生者祈福（包括当世皇帝、河西节度使及普通百姓等），同时也有荐亡之用。

（二）观想之用

唐善导《观念阿弥陀佛相海三昧功德法门》云："又若有人，依《观经》等画造《净土庄严变》，日月想观宝地者，现生念念除灭八十九亿劫生死之罪。又依经画变，想观宝树宝池宝楼庄严者，现生除灭无量亿阿僧祇劫生死之罪。"②观想念佛是释家修行方式之一，它通过观看佛的变相来想象佛国土的种种庄严从而导入正悟之途，在净土宗中极为流行。善导本人光大净土宗时，就与此有关。史载他"少出家，时见《西方变相》，叹曰：'何当托质莲台，栖神净土！'"③

---

① 敦煌研究院编：《敦煌莫高窟供养人题记》，第85页。
② 《大正藏》第47册，第25页上栏。
③ 《大正藏》第51册，第105页中栏。

（三）瞻仰礼拜之用①

无论是洞窟壁画，还是佛寺变相，都可供人瞻仰礼拜。如《酉阳杂俎·续集》卷六载慈恩寺的法力上人"时常执炉寻诸屋壁，有变相处，辄献虔祝，年无虚月"②，这里说的是出家人对于变相的虔诚礼拜。《益州名画录》卷上则说：

> 辛澄者，不知何许人也。建中元年大圣慈寺南畔创立僧伽和尚堂，请澄画焉。才欲援笔，有一胡人云："仆有泗州真本。"一见奇特，遂依样描写。及诸变相，未毕，蜀城士女瞻仰仪容者侧足，将香灯供养者如驱。③

这里叙述的是普通民众对变相的瞻仰。当然，辛澄绘画技艺的高超，也是吸引信众趋之若鹜的关键因素之一。故道宣《续高僧传》卷二十九"论"中说到佛教东传后的情况是："建寺以宅僧尼，显福门之出俗；图绘以开依信，知化主之神工。"④所谓"图绘"，自然包括变相在内。易言之，信众通过瞻礼变相会生起崇拜之心，从而皈依佛教。

（四）醒世之用

变相在宣扬传布佛教教义时，常能用直观的方式警醒世人。《往生西方瑞应传》云："后周朝静霭禅师在俗时，入寺见《地狱变

---

① 于向东《敦煌变相与变文研究》（兰州：甘肃教育出版社，2009年，第49—50页）曾提及此点，可参看。

② ［唐］段成式撰，方南生点校：《酉阳杂俎》，北京：中华书局，1981年，第263页。

③ ［宋］黄休复撰，秦岭云校点：《益州名画录》，《寺塔记·益州名画录·元代画塑记》合刊本，北京：人民美术出版社，2004年，第11页。

④ 《大正藏》第50册，第699页上栏。

相》,谓同辈曰:'审业如之,谁免斯苦?'遂白母出家。"①因果报应观在中土最深入民心,故梵宇之壁大都绘有《地狱变相》,它通过描绘各种恐怖的地狱场景使人相信善恶之报毫厘不爽。《唐朝名画录》云吴道玄所绘景云寺《地狱变相》:"时京都屠沽渔罟之辈见之而惧罪改业者往往有之,率皆修善,所画并为后代之规式也。"②足见其震撼人心之强。

(五)辅助变文讲唱

有关这种记载,不胜枚举,如房翰《大唐扬州大都督府六合县冶山祇洹寺碑》云:"真仪灭已,图像俨然,可以导利迷途,可以发明觉路者矣。……今上座怀亮、寺主惠勔、都师德本、道裕、元逸、惠瑳等,扬枻净域,鼓枻法流,发四谛之良音,辩百非之妙旨。……虽佛在虚空,固难闻见,而人瞻影像,或易凭依。"③李华《衢州龙兴寺故律师体公碑》也说:"建讲堂、门楼、厨库、房宇,画诸佛刹,凿放生池,闻者敬,观者信,听者悟。"④敦煌遗书 P. 2044《闻南山讲》则谓:"于是张翠幕,列画图,扣洪钟,奏清梵。"⑤由斯可知,变文讲唱确实常有图画相助而行。这一方面是利用变相的直观性来吸引观众(听众),此诚如欧洲教皇格利哥利(Gregory, the Great Pope)所说:"绘画对于文盲,犹如书籍之对于能读会写的人。"⑥对于大多数文化水平不高或者根本就没有机会接受教

① 《大正藏》第 51 册,第 104 页下栏。

② 《文渊阁四库全书》,第 812 册,第 384 页。

③ 《全唐文》卷三五三,第 1581 页下栏－1582 页上栏。

④ 《全唐文》卷三一九,第 1430 页下栏。

⑤ 黄征、吴伟编:《敦煌愿文集》,长沙:岳麓书社,1995 年,第 149 页。

⑥ 唐纳德·雷诺兹、罗斯玛丽·兰伯特、苏珊·伍德福特著,钱乘旦、罗通秀译:《剑桥艺术史》,第 3 册,北京:中国青年出版社,1994 年,第 349 页。

育的悠悠凡庶而言,绘画艺术更有助于他们形象地理解宗教教义,中外皆然。另一方面,变相在变文讲唱中,能在关键的情节及内容重要之处给听众(观众)以提示,便于他们及时了解讲唱的进程。吉师老《看蜀女转〈昭君变〉》云:"翠眉颦处楚边月,画卷开时塞外云。"所谓"画卷开时塞外云"就是说讲唱《王昭君变文》之时,每述及昭君出塞这一情节,便把相关的图画展现在观众面前。

三 变相与变文之配合

变文讲唱中常用变相,这是不争的事实。但两者如何配合,这倒值得探讨。

以前的研究者认为变相只用于俗讲转变中,这其实是一种误会。前揭 P.2044《闻南山讲》引文讲到"列图画"之举,可见变相也用于僧家讲经文中。现存敦煌卷子 P.2003《佛说十王经一卷》、P.2010《妙法莲华经观世音普门品》、P.2013《佛说灌顶拔除过罪生死得度经》、P.3074《人头鸟身迦楼罗天像及观王药药上二菩萨经文》等皆图文并茂,疑其为讲经之用。兹举 P.2003 为例,以见其要。

P.2003《佛说十王经一卷》前题为"谨启讽《阎罗王预修生七(斋)往生净土经》,誓劝有缘以五会启经入赞念阿弥陀佛",题下有注云:"成都府大圣慈寺沙门藏川述。"可见此卷是藏川和尚讲说《佛说十王经》的记录,听讲对象是五会念佛之法会上的净土信众。其中的变相插图亦当是藏川法师或在他组织下请人绘制而成。该卷共有图十四幅,题前一幅总绘佛陀说法场面,述的是经之缘起部分(序品),与藏川的赞文"如来临般涅槃时,广召天龙及地祇,因为琰魔王授记,乃传生七预修记"相符。述经主体部分则有十三幅变相,呈左图右文之制,每幅画的内容皆与经文相契合,特别是后面的十一幅把亡灵出入十大阎王——秦广王、初江王、宋帝王、五官王、阎罗王、变成王、太山王、平正王、都市王、五道转轮王的经过——绘出。其形象与世俗生活中的王者相类，具有较浓的生活气息。其中图二所绘穿黑衣、黑帽、骑黑马、执黑幡的人物形象与经文所说"我等诸王皆当发使乘黑马，把黑幡，著黑衣，检亡人家造何功德"之内容完全相符。再如图三述第二七日过初江王，人物中有头戴冠冕的，正坐审判桌前查阅亡人生前所造业簿者为初江王。手持铁叉的催行鬼则站在奈河岸边，正监督亡人渡河。另一牛头狱卒却用棍棒接引亡灵。因此这幅变相与所述讲经文"二七亡人渡奈河，千群万队涉江波。引路牛头肩挟棒，催行鬼卒手擎叉"亦吻合。可知藏川法师讲《佛说十王经一卷》时，变相变文相辅相成，效果定然不差。

其实，这种图文配合用以讲经的方法，其祖祢确确实实在印度。义净译《根本说一切有部毗奈耶杂事》卷三十八有云：

尔时世尊才涅槃后，大地震动，流星昼现，诸方炽然，于虚空中诸天击鼓。时具寿大迦摄波在王舍城羯兰铎迦他竹林园中，……即依次第而为陈说，仁今疾可诣一园中，于妙堂殿如法图画佛本因缘。菩萨昔在睹史天宫将欲下生，观其五事，欲界天子三净母身作象子形，托生母腹。既诞之后，逾城出家，苦行六年，坐金刚座，菩提树下成等正觉，次至婆罗痆斯国为五苾刍三转十二行四谛法轮。次于室罗伐城为人天众现大神通，次住三十三天为母摩耶广宣法要。宝阶三道，下赡部洲，于僧羯奢城人天渴仰，于诸方国在处化生，利益既周，将趣圆寂，遂至拘尸那城婆罗双树，北首而卧，入大涅槃。如来一代所有化迹既图画已，次作八函与人量等，置于堂侧。前七函内满置生酥，第八函中安牛头旃檀香水。若因驾出，可白王言："暂迁神驾，躬诣芳园，所观其图画。"时王见已，问行雨言："此述何事？"彼即次第为王陈说，一如图画，始从睹史降身母胎，终至双林北首而卧。[1]

行雨为其大王所说之经，乃是有关佛陀的本行因缘，其用图画相助而成，生动细致，令人信服。

在南传佛教中，亦有图画变相配合讲唱之例。《法显传》载师子国事云："佛齿常以三月中出之。未出十日，王庄校大象，使一辩说人，著王衣服，骑象上，击鼓唱言：'菩萨从三阿僧祇劫，苦行不惜身命，以国、妻、子及挑眼与人，割肉贸鸽，截头布施，投身饲虎，不惜脑髓，如是种种苦行，为众生故。成佛在世四十五年，说法教化，令不安者安，不度者度，众生缘尽，乃般泥洹。泥洹已来一千四百九十七年，世间眼灭，众生长悲。却后十日，佛齿当出至无畏山精舍。国内道俗欲殖福者，各各平治道路，严饰巷陌，办众花香，供养之具！'如是唱已，王便夹道两边，作菩萨五百身已来种种变现，或作须大拏，或作睒变，或作象王，或作鹿、马，如是形像，皆彩画庄校，状若生人。"[2]由此可见，在庆贺佛齿巡行的法会期间，其主要内容是使一辩说人宣唱佛之本生故事，此种本生故事又以图画形式绘出，图文结合，宣教效果极佳。

至若配合俗讲变文的变相，则更常见，B. 8347《八相变》中有云：

况说欲界，有其六天：第一四天王天，第二忉利天，第三须夜摩天，第四兜率陀天，第五乐变化天，第六他化自在天。如是六天之内，近上则玄极太寂，近下则闹动烦喧。中者兜率陀天，不寂不闹，所以前佛后佛总补在依（于）此宫。今我

① 《大正藏》第 24 册，第 399 页中一下栏。
② ［东晋］法显撰，章巽校注：《法显传校注》，北京：中华书局，第 131 页，2008 年。

如来世尊,亦当是处。(此是上生兜率相。已上总管,自下降质相。)①

讲唱法师特意标明前文所讲的是如来上生兜率天的变相,据有关佛经记载,世尊为菩萨时曾居于兜率天之内院,所谓上生兜率相便指此事。为了引起听(观)众的注意,讲唱法师又特意提醒下文所说的是"降质相",即如来下生为太子事。由此看来,变相与变文之配合,真是天衣无缝。

讲唱民间故事的变文有的也配以图画。《汉将王陵变》中说"从此一铺,便是变初",这显然亦在提醒观众下文所讲的内容与变相中哪一部分相对应。《孟姜女变文》也有图相配,P. 5019 号的插图即可拟为《孟姜女变相》。该图共绘两人,有的学者指出"实为孟姜女一人的两个动作,身负竹筐,脚著长靴,顶盘云髻,往返于断壁残垣之间,正与 P. 5039'更有数个骷髅,无人搬运'及'角束夫骨,自将背负'之语相合",②此说洵是。而著名的《王昭君变文》,从前引吉师老之诗看,也是配有图画的。

变相图在变文讲唱中相当于情节单元,如 P. 4524《降魔变文画卷并文》中描绘舍利弗与六师斗法,共有六个回合,与之相应配有六幅变相。如第一回合是"金刚智杵破邪山",第二回合是"师子降水牛",第三回合是"六牙象破七宝池",第四回合是"金翅鸟破毒龙",第五回合是"毗沙门破黄头鬼",第六回合是"巨风破双树"。舍利弗与六师的变现遵循物物相克的规律,可表如下:

舍利弗:	金刚杵	师子	象	金翅鸟	毗沙门	风
↓	↓	↓	↓	↓	↓	↓
劳度叉:	邪山	水牛	池	毒龙	黄头鬼	树

---

① 黄征、张涌泉:《敦煌变文校注》,北京:中华书局,1997 年,第 507 页。
② 《敦煌变文校注》,第 62 页。

讲唱中法师先用散文介绍故事之进展,再用诗颂重复一遍刚才散文所述的内容,如说第二回合的争斗:

六师见宝山摧倒,愤气冲天,更发瞋心,重奏王曰:"然我神通变现,无有尽期,一般虽则不如,再现保知取胜。"劳度叉忽于众里化出一头水牛。其牛乃莹角冲天,四蹄似龙泉之剑,垂斛(胡)曳地,双眸犹日月之明,喊吼一声,雷惊电吼,四众嗟叹,咸言外道得强。

舍利弗虽见此牛,神情宛然不动,忽然化出师子,勇锐难当。其师子乃口如溪壑,身类雪山,眼似流星,牙如霜剑,奋迅哮吼,直入场中。水牛见之,亡魂跪地。师子乃先慑(折)项骨,后拗脊根,未容咀嚼,形骸粉碎。帝王惊叹,官庶忙然。六师乃悚惧恐惶。太子乃不胜庆快处若为:

六师忿怒在王前,化出水牛甚可怜。

直入场中惊四众,磨角掘地喊连天。

外道齐声皆唱好,我法乃遣国人传。

舍利(弗)座上不惊忙,都缘智惠(慧)甚难量。

整理衣服安心意,化出威稜师子王。

哮吼两眼如星电,纤牙峻爪利如霜。

意气英雄而振尾,向前直拟水牛伤。

慑(折)锉登时消化了,并骨咀嚼尽消亡。

两度佛家皆得胜,外道意极计无方。

值得注意的是法师讲说介绍故事情节时多标出"某某处",这即是提示听众,要注意变相所绘的与之相应的内容,亦即最为精彩的部分。变相因受形式的限制,不可能把每一个场景、每一个动作细节都描绘出来,而是抓住最动人的瞬间。此处所说狮、牛之战,所绘的便是师子扑水牛并奋力撕咬的细节(而法师所讲唱的其他动作与细节则不见于变相,当是他合理补充出来的)。

变相辅助变文讲唱时,一般都用某些特定的提示词,如"且看×处,若为陈说",或"当××时,有何言语"之类。它们所起的作用,除了表明此处有变相相配合外,更重要的是划分故事的情节单元,使变文讲唱层次分明。

有"××处"为标记的变文有《汉将王陵变》《大目乾连冥间救母变文》《频婆娑罗王后宫彩女功德意供养塔生天因缘变》《伍子胥变文》《李陵变文》《王昭君变文》《张议潮变文》《张惟深变文》。兹先举《汉将王陵变》为例。该卷尾题作"《汉八年楚灭汉兴王陵变》一铺",据此可知该变文是配有变相图的,讲唱时便照图而行。该故事讲楚汉相争时,汉将王陵偕灌婴夜半偷劫楚军大营,楚将钟离末设计捉取王陵母亲为人质,以此要挟王陵来降。可陵母忠贞不二,大义凛然,不为所动而自刎身亡。该变文共出现四个"××处",皆在故事讲唱的关捩处,起着提纲挈领的作用:"二将辞王,便往斫营处"一节是交待故事的开端,谓王陵、灌婴二将准备夜劫楚营;"二将斫营处,谨为陈说"一节则讲二将偷营一举成功,此为故事的发展;"说其本情处,若为陈说"一节是故事的高潮,述陵母被执为人质;"祭礼处若为陈说"则是故事的结局,交待陵母身死受到汉王的祭奠。由斯观之,文中的四个"处"字,与故事的发生发展紧密相连,它们所展现的就是四幅最为生动的变相画面,抓住的是故事发展中四个最吸引人的场景。

再看《大目乾连冥间救母变文》这一较完整的讲唱故事。关于这个故事,现存有多个抄卷,其中 S. 2614 原题为《大目乾连冥间救母变文并图一卷并序》,可见该变文亦有变相与之配合。该变文有十七个"××处",可以说表示的都是情节单元,兹胪列如次:"且看目连深山坐禅处",这一段是述故事的缘起,目连因为父母双亡而出家修行,证得阿罗汉果后便想报恩而寻觅双亲亡灵。"目连向前问其事由之处""王问目连事由之处""目连问其事由处""至五道将军坐所,问阿娘消息处""目连闻语,便向诸地狱寻觅阿娘之处""支支节节皆零落处""逢守道罗刹问处",此七"处"是故事的发展,叙目连在地狱寻找其母青提夫人的经过。"白言世尊处""和尚化为灰尘处""亦得亡魂胆战处""母子相见处""言'好住来,罪身一寸肠娇子'处"等五"处",是故事的进一步发展,讲述目连承佛威力得入阿鼻地狱,见到其母之经过。"(目连)腾空往至世尊之处""如来领八部龙天,前后围绕,放光动地,救地狱之苦处"二节,是故事的转折部分,谓世尊愿救地狱之苦。"长者见目连非时乞食,盘问逗留之处""看与母饭处"二节,是故事的高潮部分,述目连的孝心孝行,一心救度已成饿鬼的青提夫人。"阎浮世界不堪停,生死本来无往处"一节,则属故事的结尾,讲目连设盂兰盆斋,终于把母亲接到了西方极乐世界。由此可知"处"字的作用十分明显,它表示的空间概念与变相图中的空间概念含义相同,甚至是将视觉艺术(变相)的用语挪借到听觉艺术(变文讲唱)中,变相与变文讲唱配合时,其主要内容基本上可一一对应。这点从敦煌壁画的榜题中可得到印证。

据梅维恒先生 1981 年调查敦煌第 76 窟,他发现绘有佛本行的图画有题识(榜题)如下:"熙连河澡浴处,太子六年苦行处,太子雪山落发处,教化昆季五人处,太子夜半逾城(无'处',按,据前题识当有'处'字)。"①此每一"处"字即代表变相中的一幅画面或一个场景,由此推断,变相题识中的"处"字与变文讲唱中的"处"字,其用一也,都为故事情节单元的标志。后来《大唐三藏取经诗话》的回目中也有以"××处"作小标题的,如"行程遇猴行者处第

---

① Victor H. Mair: *T'ang Transformation Texts: A study of the Buddhist contribution to the rise of vernacular fiction and drama in China*, p. 74.

二"、"入鬼子母国处第九"。① 此"处"之用法，当是承袭变相、变文而来。

另外，变文讲唱还有用"当(于)……时"作为提示语的，如《八相变》《破魔变》《金刚丑女因缘》《目连变文》等。"时"字的用法与"处"字相当。兹举 B.8437 号《八相变》为例以见其端绪。该卷开首说："今我如来世尊，亦当是处。"下小字注云："此是上生兜率相，已上总管，自下降质相。"据此该变文讲唱中定有变相相配合。经检录，法师讲唱中共用了十六处"于此之时""当此之时""当尔之时"一类的提示词，依次揭橥了如来降质、右胁降生、九龙吐水、大臣献疑、文殊进谏、仙人占相、城南验身、南门游观、途遇老人、忧愁生老病死四苦、启请出家、和尚点化、雪山学道等十六个情节单元。这十六个情节全部属于"八相成道"的内容。

"时"在敦煌壁画中亦作情节单元的标志。如在第 10 窟东壁有十一幅故事画，每一幅的题铭都以"时"字结尾，如第一幅榜题为"须达长者辞佛(将)向舍卫国(造)精舍，佛(告)舍利弗共(须达)建告(造)精舍，辞佛之时"，②此即表示须达长者告别释迦牟尼与舍利弗前往舍卫国建造精舍的情形。在第 98 窟"劳度差斗圣变相"中则有这样的榜题："外道劳度差变作大树，问舍利弗其叶数其根深浅时"；"舍利弗答叶数讫，化作大蛇拔树时"；"风神镇(震)怒放风吹劳度差时"；"外道被风吹急遮面时"。③ 其中"时"字毫无疑问表现的是劳度差与舍利弗争斗的场景。S.4527《舍利弗与外道劳度差斗法俗文》(拟)中亦有如下标题：

> 风吹幄帐绳断，外道却欲系时

---

① 李时人、蔡镜浩校注：《大唐三藏取经诗话校注》，北京：中华书局，1997 年，第 2 页、第 24 页。

② 金维诺：《敦煌壁画〈祇园记图〉考》，载《敦煌变文论文录》，第 343 页。

③ 金维诺：《〈祇园记图〉与变文》，载《敦煌变文论文录》，第 357 页。

风吹幄帐欲倒,外道将梯想时

外道诸女严丽装饰拟共惑舍利弗时

大外道劳度差共舍利弗斗神力时

……

　　可见"时"字在变相与变文中的作用是一致的,提示的都是最精彩的场景与内容。再如谢稚柳先生《敦煌艺术叙录》载:第九窟佛传图(右壁中)画内题字"睒子将盲父母……作草屋,采甘果供养父母时",①此所表现的为睒子本生的一个场景。其实,"时""尔时"(梵文 atha)用于交待故事发展过程的用法,在内典中十分常见,如刘宋求那跋陀罗译《杂阿含经》中就多次用到"时"字,其卷二一之第570品中用了七个"时"字,②交待了质多罗长者问法的前后经过。东晋瞿昙僧伽提婆译《增一阿含经》中则多次用"尔时"来表述事件的发展变化,如卷四四《十不善品第四十八》之三就用了近三十个"尔时"来叙述弥勒下生的前因后果。③ 更有趣的是竺佛念译《菩萨璎珞经》卷一一《譬喻品第三十二》叙述"师子王和木雀"之故事时,用了三个"尔时",分别介绍了世尊叙故事之由来、木雀偈答师子王、师子王忘恩受惩罚三个情节单元。④ 变

---

　　①　谢稚柳:《敦煌艺术叙录》,上海:上海古籍出版社,1996 年,第 431 页。又,在中土文献中,"时"字用于佛教造像之榜题,出现时间较早,如东魏武定元年(543)的《道俗等九十人造像铭》有云"太子得道送刀于太子时""定光佛入国□□菩萨花时""摩耶夫人生太子,太子九龙吐水洗想时""随太子乞马时"等(陆增祥:《八琼室金石补正》,北京:文物出版社,1985 年,第 114 页)。

　　②　参《大正藏》第 2 册,第 151 页上－中栏。

　　③　《大正藏》第 2 册,第 787 页下栏－789 页下栏。

　　④　《大正藏》第 16 册,第 98 页上－中栏。

文讲唱及变相榜题中用"时"字作提示语,当是源于汉译佛经。①

变文讲唱中"处""时"等词语的提示作用,它表明了讲唱者运用的是全知全能的叙事方式,因而观(听)众是他们俯视的对象。讲唱中他们有时径直要求听讲者该如何如何按其指示行事。如《降魔变文》中有云:"且看直诉如来,若为陈说。"《李陵变文》中则云:"看李陵共单于火中战处",此一"看"字非同小可,它一方面联系了变相与变文是如何配合而讲唱,另一方面也沟通了讲唱者与听众(观众)共同关注的焦点——变文与变相中最为精彩的情节单元。所以,有时听讲经便说成"看讲经",刘禹锡《送慧则法师归上都因呈广宣上人》便谓"昨日东林看讲时,都人象马踏琉璃"。②承袭此种用法,宋元说书者就把听讲故事者称为看官了。

不过,谈到这里还有个问题需要澄清。因为有学者把变文之变定义为故事,所以认为故事文才是变文,故事画才是变相,③而且进一步推断讲唱中出现了前述两类提示词的才是变文。质言之,变相与变文配合时,都是建立在故事与情节之上的。这其实是一种不够全面的看法,虽然俗讲类变文讲唱中确实如此,但讲经文却不尽然。如前述 P.2003 号《佛说十王经一卷》的变相,既有故事画,也有人物画,可见非故事类的变相也可配合讲唱。再如俄罗斯藏符卢格编 110 号遗书《维摩诘讲经文》中云:"看看欲出离王城,未审拟于何处?"又云:"何以如此?缘是世尊无量劫中无分毫违背有情,方感如此(云云)。"诸如此类的设问之用,莫不

---

① [隋]慧远《无量寿经义疏》卷上有云"佛将说经,先托时、处"(《大正藏》第 37 册,第 92 页上栏),由此可见,变文讲唱及变像榜题用"时"与"处"作提示语,皆有内典依据。

② 《全唐诗》卷三五九,第 896 页中栏。又,题下注云:"师精《净名经》。"

③ 周绍良:《唐代变文及其它》(上),《文史知识》1985 年第 12 期,第 11—18 页。

是法师在提醒听（观）众听讲之同时要注意变相所绘图景与所说经文之内容。其与故事文中"××处""××时"之作用同。

另外，还要说的是变相和变文不能画等号。有学者认为变文讲唱必须有变相相配合，否则就不算变文。[①] 这其实也犯了以偏概全的错误。毋庸否认，现存敦煌卷子中确有一部分讲经变文和俗讲转变配有变相，但也有未用变相的。因此，变相在变文讲唱中仅为辅助手段，而非唯一手段。

四　变相变文之关系

在全面分析了变相的生成及衍变规律，特别是它配合变文讲唱的具体过程后，现在便可就两者的关系做一概括。

首先，变相与变文都是释家宣教的艺术形式，它们都具有二元化的倾向，即在恪守有关宗教仪轨的同时，又遵循艺术本身的规律。两者的创作主要依据释家经典，变相是通过处理空间关系而表现形象的视觉艺术，后者则为更多地诉诸听觉的时间艺术。变相的制作和变文的讲唱都在特定的场合，[②]画师与法师都得受戒，以示宗教法事（会）的庄严与肃穆。

其次，两者都遵循由宗教向世俗衍化的规律。初期的变相创作及讲经变文均较严格地按经教之要求来进行，前者的方法是

---

① Victor H. Mair：*T'ang Transformation Texts：A study of the Buddhist Contribution to the Rise of Vernacular Fiction and Drama in China*，p. 99.

② 关于变文的讲唱程式，可参向达《唐代俗讲考》、孙楷第《唐代俗讲轨范与其本之体裁》，载《敦煌变文论文录》，第41—128 页。

"按经图变"，后者常是"经传变文"或"变文易体"。① 但是随着三教合流的出现，两者都彻底世俗化了。变相也可以描绘世俗生活的图景，变文则由讲经文发展成俗讲与转变，甚至社会现实生活、民间传说及历史故事也成了其宣唱的素材。

复次，变相与变文的生成年代（就佛教上两个术语的出现而言）都在东晋，②而极盛均在唐代，消歇约在南宋。③

以上三点，是变相与变文相同处，但它们也有各自的特点，主要是变相的用途较变文广，它既可追亡祈福，也可用于观想入悟。变相常见于寺宇石窟，变文讲唱则在变场与讲院，④可见两者的

---

① "经传变文"见于《弘明集·正诬论》，含义考释，参拙文《变文生成年代新论》，《社会科学研究》1998 年第 5 期，第 115—119 页；"变文易体"出于吉藏《中观论疏》，其含义，参姜伯勤《变文的南方源头与敦煌的唱导法匠》，载《敦煌艺术宗教与礼乐文明》，第 395—422 页。

② 关于变文生成年代是东晋，参前引拙撰《变文生成年代新论》。至若变相的生成年代，《法显传》里有"睒变"说，即绘制睒子本生的变相，据此可知也在东晋。

③ 有关变文消亡年代约在南宋的分析，可参周飞《变文绝迹考》（《人文杂志》1997 年第 4 期，第 114—118 页）、袁书会《也谈变文的消亡》（《敦煌研究》2001 年第 2 期，第 128—131 页）等。而变相的绘制，到北宋以后的画谱中已少有记载，如《宣和画谱》卷四"道释四"中所列宋代佛画名家仅有"孙梦卿、孙知微"等十来人（参《丛书集成初编》，第 1652 册，北京：中华书局，1985 年，第 117—144 页），其成就远远不如唐代。故而推断变相艺术的消歇年代亦大约在南宋。不过，正如佛教讲经文至清依存一样，佛教变相的绘制至清亦存，如纪昀《阅微草堂笔记》卷十九就载有热河碧霞元君庙"塑地狱变相"之事（成都：巴蜀书社，1997 年，第 452 页）。

④ 段成式《酉阳杂俎·前集》卷五即说元和中有定水寺僧批评李秀才"望酒旗玩变场者，岂有佳者乎"（刘传鸿：《〈酉阳杂俎〉校证：兼字词考释》，北京：北京大学出版社，2014 年，第 120 页）。P. 2305 号写卷云："早求生，速抛此，莫厌闻经频些子。……劝即此日申间劝，且乞时时过讲院。"据此可知，变文演出之场所常在变场与讲院。

生成空间并不完全相同。而且,两者受各自艺术形式的限制,自有殊胜和不足之处。变相为视觉艺术,变文讲唱为时间艺术,两者本不相涉。但是释家讲唱者巧妙地把它们配合在一起,才出现"××处""××时"之类的特殊用语。也正是由于两者的结合,才使变文讲唱在唐五代家喻户晓,成为释家最通俗、最有效的艺术。

（本文原载《敦煌研究》2000 年第 3 期,《中国古代近代文学研究》2001 年第 3 期转载,收入本书时略有修改）

几个有关"俗讲"问题的再检讨

学术界对佛教俗讲(后文简称俗讲)①的生成年代、含义演变及某些具体作品的讨论,十多年来,进展不是太大,最重要的原因有二:一是史料的限制,二是对相关史料的理解也存有差异。有鉴于此,笔者不畏浅陋,对几个问题再进行检讨。

一 俗讲的生成时代及含义演变

有关俗讲的生成年代及其含义的演变,是两个关联性很强的问题,所以笔者放在一块研讨。

较早讨论俗讲生成年代的是向达先生,其《唐代俗讲考》一文中指出:"俗讲一辞,不见于唐以前书。唐人纪此,最早亦止于元和,然其兴于元和以前,似可以悬测而知也。"②刘铭恕先生则从《续高僧传》卷二十六《唐衡岳沙门释善伏传》中找出了"俗讲"一词的最早出处,原文云:

> 释善伏,一名等照,姓蒋,常州义兴人。生即白首,性知

---

① 道教也有俗讲,详细讨论,参拙撰《敦煌道教文学研究》,成都:巴蜀书社,2009 年,第 101—110 页。

② 向先生是文最初刊于《燕京学报》第 16 期,第 119—132 页,1934 年 12 月;经修改后,再发表于《国学季刊》第 6 卷第 4 号,第 1—42 页,1950 年 1 月。而修订稿收入《唐代长安与西域文明》(石家庄:河北教育出版社,2001 年),第 286—327 页。笔者参考的是最后一种版本,引文见第 301 页。

远离,五岁于安国寺兄才法师边出家,布衣蔬食,日诵经卷,目睹七行,一闻不忘。贞观三年,窦刺史闻其聪敏,追充州学,因而日听俗讲,夕思佛义。博士责之,对曰:"岂不闻乎,行有余力,所以博观。如不见信,请问前闻。"乃试之,一无所滞。①

其中的"窦刺史",据郁贤皓先生考证,当指窦德明,他确于贞观三年(629年)担任常州刺史。② 因释善伏是在州学听"俗讲",故刘先生认为:俗讲最初是指儒家的讲经,是佛教对儒家讲经的贬辞,后来才被佛家用以名佛教的通俗讲经。③ 但后到何时,刘先生则未明言。不过,潘重规先生在《敦煌变文新论》④一文中,从《大唐大慈恩寺三藏法师传》卷九中发现玄奘法师于显庆元年(656)十二月献给唐高宗《报恩经变》一部,潘先生认为它是《报恩经》的俗讲经文。如果此说成立,则俗讲变文的出现年代就可以上推至七世纪中期。对此,冉云华先生表示了怀疑,他认为那份《报恩经变》到底是文是画,目前还没有材料证实。⑤ 他从宗密(780—841)《圆觉经大疏释义钞》卷二找出了另外的证据,进而考订变文的成立和分化。宗密原文曰:

---

① 《大正藏》第 50 册,第 602 页下栏。

② 郁贤皓:《唐刺史考全编》,合肥:安徽大学出版社,2000 年,第 1874—1875 页。

③ 参刘铭恕《关于俗讲的几个问题》,《郑州大学学报》(社会科学版)1980 年第 4 期,第 7—8 页。但笔者以为:道宣是著名的律师,严于僧俗之别,这当是他称儒家讲经为俗讲的原因,其间并不一定有贬低之意。

④ 该文最早刊载于《幼狮月刊》49 卷 1 期(第 18—41 页,1979 年 1月),后附录于《敦煌变文集新书》(台北:文津出版社,1994 年,第 1297—1315 页)。笔者参考的是后一版本。

⑤ 冉云华:《"俗讲"开始时代的再探索》,《普门学报》2010 年第 1 期,第 327 页。

今意云:法相学是人重论轻经,展转加名数,致令求法求道者,听闻不得一一闻经。况此方人,百年已来,俗讲之流,多是别诵后人撰造顺合俗心之文,作声闻讽咏。每上讲说,言百分中无一言是经是法;设导者,经亦是乱引杂用,不依本血脉之义,连环讲之。①

冉先生指出:“《圆觉经大疏释义钞》的著作日期,是西元八二三年至八二七年之间,文中说‘百年已来’,表示已超过了一百年。从那时算起,上推百年当为七二〇年前后。……俗讲在西元八二〇年前后,已经非常普遍;并且由那时起,就更世俗化了。这是俗讲分化的明白记载。”②细绎冉先生之意,他认为俗讲风行于玄宗时代,而分化于九世纪二十年代前后。但是,冉先生于此有三方面的疏忽:

一是《圆觉经大疏释义钞》的撰出时间,据清人释续法辑《法界宗五祖略记》,它与《圆觉经大疏》一样,是在长庆三年(823)冬初。③ 当然,这一点并不太影响其结论。

二是宗密对俗讲的记载其实有多处,而冉先生仅就一点做出推论,有以偏概全之嫌。现分疏如下:

1.《圆觉经大疏》卷三云:

解曰:辨相中作如是言者,思惟揣度,计校筹量,兴心运为,拟作行相:造塔造寺,供佛供僧,持咒持经,僧讲俗讲,端然宴坐,种种施为,止息深山,游历世界,勤忧衣食,谓是道缘。故受饥寒,将为功德,观空观有,爱身厌身,于多行门,随

---

① 《大藏新纂卍续藏经》(后文简称《卍续藏》)第 9 册,石家庄:河北省佛教协会,2006 年,第 502 页中—下栏。

② 冉云华:《“俗讲”开始时代的再探索》,《普门学报》2010 年第 1 期,第 328 页。

③ 《卍续藏》,第 77 册,第 625 页上栏。

执其一，托此一行，欲契觉心。既是造作生情，岂合无为寂照？此病从前幻观中来。……即于上来诸行，遇缘力及便为随病随治，不顺妄念，但得妄尽，性自开明。歇即菩提，不从外得。肇公云："玄道在乎妙悟，妙悟在乎即真，二任意浮沉。"①

按，这段引文之大部分又见宗密于长庆三年（823）至大和二年（828）撰出的《圆觉经略疏》卷二，其中"僧讲俗讲"同样是并列提出的。② 但是，《圆觉经大疏》的内容更丰富，而且宗密在文中指出：若从禅之妙悟的角度看，则无论僧讲俗讲、持咒诵经等，都是"病"相的表现之一，因为它们属于外在的行为，而不是内心的自悟。

2.《圆觉经大疏释义钞》卷十二云：

疏：随执其一者，但说同一类行，于一类中，不妨亦有作两翻三翻者。如修造供养是一类，或僧俗讲，或经咒，或宴坐止山，及观空有等……

疏：失彼文意者，不知彼皆以净觉心于观行中作如是等行，今乃但见度生等言，便务僧讲俗讲；但闻起行之言，便欲修造供养持经咒等。……但凭此行，欲契圆觉，故云成病。③

按，这段引文的内容，则见于《圆觉经略疏钞》卷十一，④仅个别文字稍有不同。两者都在说两大问题：一是僧人行为的归类，如持经、诵咒为一类，而僧讲、俗讲为一类，后者同属于讲经之范畴；二是各类行为"成病"之根源，其中，僧讲、俗讲之病根在于执着"度生"，即以为讲经是济度芸芸众生的最佳方式。

---

① 《卍续藏》，第 9 册，第 407 页中—下栏。

② 《大正藏》第 39 册，第 568 页下栏。

③ 《卍续藏》第 9 册，第 732 页上—中栏。

④ 《卍续藏》第 9 册，第 944 页上栏。

3.《圆觉经大疏释义钞》卷十三云：

疏：供养者，下二备述八种也。今当第一，复有其三。（在疏）初云内外者，外财则钱帛金宝衣食等，如须达长者之类；内财则头目身命等，如萨埵王子之类。故言事皆可知者二意：一者寻常处处俗讲皆说，道俗无不知故；二者既是事相之法，不假辩明义理，举之即知为之，即是何假苦言耶？①

按，这里则专门就"俗讲"的内容特色、宣教效果进行分析，意即俗讲旨在以故事性强的佛经（如须达长者故事、萨埵王子故事）来宣扬佛教的某些义理，如三施（财施、供养恭敬施与法施）之一的财施（也叫物施），便可分成内施、外施两大类。其中，须达长者，也叫须达多长者（梵名 Sudatta，意译"善授"、"善施"等），关于他好行布施的记载很多，据后汉昙果、康孟详合译《中本起经》卷下《须达品》、北魏慧觉等译《贤愚经》卷十《须达起精舍品》等，他曾以黄金布地施建祇园精舍而供养佛尊；而萨埵王子，则为佛本生故事，据《贤愚经》卷一《摩诃萨埵以身施虎缘品》、唐义净译《金光明最胜王经》卷十《舍身品》等，佛在过去世曾为三王子，名叫摩诃萨埵，他在山林游行时看见饿虎产子，心生悲悯，便舍身饲虎。宗密所揭示的俗讲内容之特色，在敦煌文献中也可以找到相关证据，如北大 D245《注维摩诘经序疏释》（拟）云：

（前略）

1. 此座高广，吾不能升者，于文殊师利与

2. 八千菩萨、五百声闻、百千天人俱诣摩[□]（诘），推方丈，立谈一品经文，斯诸

3. 菩萨及大弟子身当于何座？长者身云云。随时任引，不定长短。

---

① 《卍续藏》第9册，第738页中栏。

4. 俗讲引：雪山之下，顿舍全身；宝塔之花，焚烧两臂。翘足七日，

5. 无惮劬劳；暂立须臾，何以辞倦？

张玉范、李明权二先生所作《叙录》指出："引'俗讲'者，应为中晚唐事。"[1]而"俗讲引"所及的文字，同样清楚地表明了俗讲的内容特色在于故事性强，即俗讲多以本生、本事、因缘、譬喻等叙事类佛经为讲说依据。如"雪山之下，顿舍全身"，当指佛本生"雪山童子"故事，据昙无谶译《大般涅槃经》卷十四载：释迦牟尼佛在过去世时曾为婆罗门，住于雪山修菩萨行。当时，释提桓因化身为罗刹，到雪山宣说过去佛所说的半偈——"诸行无常，是生灭法"，雪山童子闻听之后，心大欢喜，欲知后半偈，可是罗刹说自己因饥苦所逼，要食人暖肉、饮人热血才能续说后半偈。童子说愿为半偈而舍全身，罗刹便说出了"生灭灭已，寂灭为乐"。童子闻听之后，便将它书于壁、树等处，然后爬上高树，投身树下。正在此时，罗刹还复帝释之身，于空中接住童子，安置平地，帝释还与诸天人顶礼童子，谓童子于未来定成就阿耨多罗三藐三菩提。而"宝塔之花，焚烧两臂"，据鸠摩罗什译《妙法莲华经》卷六，则指药王菩萨之本事故事，该菩萨在过去无量恒河沙劫日月净明德如来时，名叫一切众生喜见菩萨，他曾焚烧两臂以供宝塔，所以感得天雨宝华。最后的"翘足七日，无惮劬劳"，则又是佛本生故事，据唐玄奘译《阿毗达磨俱舍论》卷十八，是说佛祖在因地时：

> 勇猛精进，因行遇见底沙如来，坐宝龛中，入火界定，威光赫奕，特异于常，专诚瞻仰，忘下一足，经七昼夜无怠，净心以妙伽他赞彼佛曰："天地此界多闻室，逝宫天处十方无。丈

① 北京大学图书馆、上海古籍出版社编：《北京大学图书馆藏敦煌文献》第 2 册，上海：上海古籍出版社，1995 年，见《附录》之《叙录》，第 24 页。

夫牛王大沙门,寻地山林遍无等。"如是赞已,便超九劫,齐此精进波罗蜜多,修习圆满。①

是则故事,除了宣扬勇猛精进的佛教精神外,还有以佛祖为修行榜样来激励信众的用意,故俗讲法师反问云:"暂立须臾,何以辞倦?"听众听到此语,当会深受触动。

而宗密谓俗讲可使"道俗无不知",则表明俗讲的宣教效果极佳,受众广而影响大。但宗密对当时俗讲的态度,却很鄙视。

三是冉先生忽略了宗密对法相学人的批评。按照前揭《圆觉经大疏释义钞》卷二之引文,宗密对法相宗重论轻经的做法很是不以为然,因为他们忽视了佛教各宗派共尊的经典,只讲自家的各种论典,而法相唯识学本来就名相繁杂,结果是越讲越让信众如坠云雾,茫然不知所措,更遑论求道求法了。易言之,宗密认为讲经,尤其是俗讲,应当重视三藏(经、律、论)中的"经",而不是什么"论"。从今存敦煌变文写卷情况看,目前只发现了讲《金刚经》《妙法莲华经》《维摩诘经》《佛说阿弥陀经》《仁王般若经》《弥勒上生经》《盂兰盆经》等大乘经典的讲经文,确实没有以"论"为解说对象的讲经文(按,讲解过程中有引及《大智度论》《金刚经论》等论典者,则另当别论)。这说明宗密的批评相当中肯,从某种意义上说,他还预见了后世佛经俗讲的发展态势。

当然,冉云华先生的分析也有合理的地方,比如他联系开元十九年(731)四月颁发的《诫励僧尼敕》,指出敕文中有的地方正是针对当时的俗讲而言:

敕文中所说的"此风尤甚",指的是当时许多人士,有"尽躯命以求缘、竭资财而作福"等事。"因依讲说"指的是以求缘、作福为主的俗讲内容。"眩惑闾阎""恣行教化"等等,正好与宗密对俗讲僧的指责相合。"六时礼忏"说明俗讲和佛教斋戒的关连。①

诸如此类,皆给我们的后续讨论以良多启迪。

综合宗密讨论俗讲的各条史料,可以发现其中心论点有三:

一者对佛教讲经的分类,他用的是二分法。但他不是从主讲人角度进行区分,而是从听众对象来分,即僧讲指僧众内部的讲经,而俗讲对象是非出家者。② 对此,于仁寿三年(853年)入唐求法的日本高僧圆珍,在《佛说观普贤菩萨行法经记》卷上有更详细的说明:

> 凡讲堂者,未审西天样图;若唐国堂,无有前户,不置佛像,亦无坛场及以床座。寻其用者,为年三月俗讲经,为修废地、堂塔,劝人觅物,以充修饰。例如余国知议矣。讲了闭之以荆棘等,若无讲时不开之。言讲者,唐土两讲:一俗讲,即年三月就缘修之,只会男女,劝之输物充造寺资,故言俗讲。僧不集也。云云。二僧讲,安居月传法讲是。不集俗人类也,若集之,僧被官责。上来两寺事皆申所司,京经奏,外申州也,一日为期。蒙判行之。若不然者,寺被官责。云云。③

准此可知,僧讲、俗讲虽然都是由僧人在寺院之讲堂组织举办,但是二者区别较大,主要表现在四个方面:(1)听讲对象不同,僧讲是专为僧尼而讲说,俗讲则针对在家的善男善女;(2)目的不

---

① 冉云华:《"俗讲"开始时代的再探索》,《普门学报》2010年第1期,第328—329页。

② 又,对于"俗讲"之"俗",福井文雅认为它不是"通俗""鄙俗"的意思,而是"圣俗""僧俗"的"俗",即没有出家的居士等,参《俗讲の意味について——ドミェヴィル先生に捧ぐ》,《フィロソフィア》第53号,第51页—64页,1963年3月。

③ 《大正藏》第56册,第227页下栏。

同,僧讲为的是给安居月期间的僧尼传扬佛法要义,俗讲则是为寺院建设服务;(3)举办的时间有别,僧讲是在安居月期间(夏安居一般在每年农历 4 月 16 日至 7 月 15 日,冬安居则在 12 月 16 日至翌年 3 月 15 日),而俗讲则在年三月(即每年的正月、五月、九月,叫三长斋月);(4)举行的途经不一,僧讲不用经过官方的批准,而俗讲必须得到相关政府部门的允诺才可行。而这些区别,同为出家人的宗密,当然也是一清二楚的。若综合宗密、圆珍之说,则知俗讲本义原指释家针对世俗者的讲经,是一种对外而非对内的弘法活动。①

　　二者宗密对八、九世纪百余年之俗讲的演变规律进行了深刻剖析。一方面,他总结出俗讲经文的特点是以佛经故事为主体,宗旨则在宣扬佛教义理(例证见前文,此不赘述)。另一方面,他对某些俗讲作品还相当熟悉。如《佛说盂兰盆经疏》卷下解释经文"佛言:汝母罪根深结"时云:

　　　　有经中说:定光佛时,目连名罗卜,母字青提。罗卜欲
　　行,嘱其母曰:"若有客来,娘当具膳。"去后,客至,母乃不供,
　　仍更诈为设食之筵。儿归问曰:"昨日客来,若为备拟?"母

---

　　①　于此,另外一条材料也引起了我的特别注意,日僧宗叡在《新书写请来法门等目录》中载有从唐朝长安得到的《授八戒文》一卷",并且注明是"俗讲法师文"(《大正藏》第 55 册,第 1110 页下栏)。八戒,是八关斋戒、八支斋戒、八分斋戒、八关斋、八支斋等的简称,它是佛陀专为在家弟子所制定的关于暂时出家的戒律(具体戒条是:不杀生,不偷盗,不邪淫,不妄语,不饮酒,不以华鬘装饰自身,不歌舞观听,不坐卧高广华丽床,不非时食),要求受戒者必须一日一夜离开家庭而在寺院居住,以便学习有关出家人的生活律仪。受戒时间一般在每月的六个斋日,即初八、十四、十五、二十三、二十九和三十日(若以中国农历算,小月则可改在 28、29 两天)。正因为授八关斋的对象是在家居士,所以,相关的授戒文才能成为俗讲法师的使用文本。易言之,俗讲之所以称为俗讲,在于听讲对象是在家者而非出家众。

曰："汝岂不见设食处耶？"从尔已来，五百生中悭悭相续，故
云罪根深结。①

陈允吉先生指出《佛说盂兰盆经疏》："撰作目的当然是为了
向群众进行普及和宣传，与变文差不多处于同一个文化层面上，
两者之间非常容易达成贯通。"而"有经中说"只不过是托词，实际
上目连小名罗卜是从当时盛行的《目连变》中来，宗密"利用《目连
变》的材料来解释《盂兰盆经》的经文，显示了他对佛教通俗文艺
的关心和重视"。②

更为重要的是，宗密指出了俗讲演变的根本原因在于："百年
已来，俗讲之流多是别诵后人撰造顺合俗心之文。"其中，"俗心"
一词尤为关键，当指"世俗心"。本来，佛教为了吸引更多的信徒，
也提倡弘法者要有"世俗心"，要"随顺世俗"，如刘宋求那跋陀罗
译《杂阿含经》卷二十五说佛陀为了使教法千岁不动而"起世俗
心"，③佚名译《别译杂阿含经》卷九则说世尊："随顺世俗故，亦说
我非我。"④但是，"顺合俗心"是一把双刃剑，好处在于可扩大俗
讲的影响（道俗皆知），坏处则是宣教宗旨发生了转变，即把"俗
讲"之"俗"的含义，从"僧俗"之"俗"转化成了"世俗""通俗"甚至
"媚俗"之"俗"。从俗讲经文之选择言，便出现了后人撰造之文，
而不是正宗的译经。易言之，疑伪经，甚至于世俗典籍如中土史

---

① 《大正藏》第 39 册，第 509 页下栏。
② 陈允吉：《〈目连变〉故事基型的素材结构与生成时代之推考》，载荣
新江主编：《唐研究》第二卷，第 232—233 页。
③ 《大正藏》第 2 册，第 177 页中栏。
④ 《大正藏》第 2 册，第 435 页下栏。

传、民间故事都进入了宣讲之列,今存敦煌变文①即体现了这一特点,尤其是讲唱历史与民间传说者,自然如宗密所批判的那样"言百分中,无一言是经是法"了。② 另外,即便讲说的是佛经,但在"顺合俗心"旗号的驱动下,经也仅是一种借口或装饰而已。这在宗密之后的讲经变文中,依然可以找出例证,如后唐长兴四年(932)为明宗皇帝李嗣源生日(农历九月九日)讲筵而作的《长兴四年中兴殿应圣节讲经文》(P.3808 写卷),③虽说标明要讲的经是不空新译的《仁王护国般若波罗蜜多经·序品第一》,但讲唱法师的重点却在赞颂皇上的盖世功德。

有趣的是,宗密对俗讲演变规律的认识与总结,与之同时代的另一高僧释栖复也有所呼应。后者于大和(827—835)末"罢律讲后,屡涉京师,辄厕经论末行,多戴星霜,不惮寒暑,……巡历数度先辈法席,随记得少善言,集成一家之说"④的《法华经玄赞要集》中,亦有两处涉及"俗讲"者。卷十一云:

> 言"六警觉群情"等者,由观光明,有缘皆至,如俗讲下于种召人。如来说法,先放光召,令生觉察,来起道场。⑤

---

① 学术界对变文的理解有狭义、广义之分:狭义者多指故事类作品,特别是题名中含有"变"字者;广义则包括讲经文、押座文等。笔者于此取广义说。

② 不过需要指出的是,宗密此语有夸张成分在内,其实,即使是僧人讲唱历史与民间故事,也蕴含了一定的教义宣扬,如因果报应思想等。具体论述,可参拙撰《变文讲唱与华梵宗教艺术》,上海:上海三联书店,2002 年,第267—269 页。

③ 录文见黄征、张涌泉校注:《敦煌变文校注》,第 617—624 页。而作者与讲经者,据刘铭恕先生考证,同为当时的俗讲名僧释云辩,参《敦煌遗书丛识》,载《敦煌语言文学论文集》,杭州:浙江古籍出版社,1988 年,第 50—51 页。

④ 《卍续藏》第 34 册,第 171 页上一中栏。

⑤ 《卍续藏》第 34 册,第 442 页上栏。

卷二十五则云：

> 动身贪者喻鹜。鹜取欲求食，先须空中回翔盘转三五匝，运动其身，夜后山中藏，白日向王城中觅食吃，诸鸟悉无，乃敢求食。商人经纪，亦薄张俗讲，法师外处觅讲等。①

其中，前者所说是"俗讲"之用，强调了"俗讲"的教化意义（宗教性），即栖复认为俗讲所阐发的佛教义理就象种子一样，能在听众心中生根发芽，最终使诸受众主动参与各种道场法会。后者则在批评俗讲法会产生的弊端，即它会使法师生起贪婪之心，只求供养。而这一点，正与开元十九年《诫励僧尼敕》所批判的"近日僧尼，此风尤甚。因依讲说，眩惑闾阎。溪壑无厌，唯财是敛。津梁自坏，其教安施"②多有相似之处。易言之，栖复心目中理想的俗讲（以如来说法为例）与现实生活中的俗讲（以商人所设为例），形成了极大的反差。

三者宗密对俗讲的态度是分层次的。从真（悟道）的角度看，他认为无论僧讲、俗讲都不能达到禅的真谛——妙悟；从俗（化俗）的角度，他有时又比较重视俗讲之用。这两点，前面已有所分析，故不赘述。

行文至此，我们只回答了俗讲含义的演变，而没有回答俗讲的生成年代。如果按照宗密、圆珍释家讲经类型的二分法，那么这种专门针对在家世俗大众的俗讲，事实上，其开始年代要远远早于唐代。而这又涉及一个根本的问题，即如何看俗讲的名与实？

关于唐前无"俗讲"之名而有"俗讲"之实的例子，其实不少。如《高僧传》卷五《晋剡东仰山竺法潜传》云：

---

① 《卍续藏》第 34 册，第 704 页中栏。
② ［宋］宋敏求编：《唐大诏令集》，北京：商务印书馆，1959 年，第 588 页。

　　至哀帝好重佛法,频遣两使殷勤征请,潜以诏旨之重,暂
　游宫阙,即于御筵开讲《大品》,上及朝士并称善焉。①

　　竺法潜讲解《大品般若经》的对象,虽然为帝王及朝士,然从
身份言,皆属在家者之列。南宋释志磐《佛祖统纪》卷三十九则载
隋开皇十四年(594):

　　冬十月,智者过岳州为刺史王宣武授戒法,沙门昙捷等
　请讲《金光明经》,其俗闻法感化,一郡五县一千余所咸舍
　渔捕。②

　　智者即天台大师智顗,他在岳州讲《金光明经》时,听讲对象
是全州县的普通百姓。因此,有学者认为,俗讲制度在隋以前即
已确立。③

　　隋末唐初,这种面对世俗大众的讲经活动已颇受时人的欢
迎。《续高僧传》卷三十《唐京师法海寺释宝岩传》即说:

　　释宝岩,住京室法海寺。气调闲放,言笑聚人,情存道
　俗,时共目之说法师也,与讲经论名同事异。论师所设,务存
　章句,消判生起结词义。岩之制用,随状立仪,所有控引,多
　取《杂藏》《百譬》《异相》《联璧》、观公《导文》、王孺《忏法》,梁
　高、沈约、徐、庾晋宋等数十家,包纳喉衿,触兴抽拔。每使京
　邑诸集,塔寺肇兴,费用所资,莫匪泉贝。虽玉石通集,藏府
　难开,及岩之登座也,案几顾望,未及吐言,掷物云崩,须臾坐
　没,方乃命人徙物。谈叙福门,先张善道可欣,中述幽途可
　厌,后以无常逼夺终归长逝,提耳抵掌,速悟时心,莫不解发
　撤衣。书名记数,克济成造,咸其功焉。时有人云:"夫说法

---

①　《高僧传》,第156页。
②　《大正藏》第49册,第360页下栏。
③　王昆吾:《汉唐音乐文化史论集》,台北:学艺出版社,1991年,第191页。

者当如法说，不闻阴界之空，但言本生本事。"岩曰："生事所明为存阴入无主，但浊世情钝，说阴界者皆昏睡也，故随物附相，用开神府，可不佳乎？"以贞观初年卒于住寺，春秋七十余矣。①

道宣批评释宝岩"与讲经论名同事异"，言下之意是说宝岩的说法根本就不符合僧人讲经的规范，因为他没有做到"务存章句"，即严格疏解经文本意或大意。由此可知，道宣的评判标准是站在"僧讲"的立场，而时人（即在家者）"共目之说法师"，则显然为"俗讲"的立场。

宝岩的说法特点是"随状立仪"，而且特别注意广引《杂宝藏经》《百喻经》《经律异相》《法宝联璧》②中的本生、本事类的佛经文学故事来吸引听众，注重教义的通俗性、故事性及娱乐性，他不是要阐释五阴、十八界等枯燥的佛教名相，而是重在宣扬人生无常、善恶报应之类最简单明了的佛教义理，这样就容易为广大没

---

① 《大正藏》第50册，第705页中—下栏。其中，"阴"指五阴，也叫做五蕴，是指构成一切有为法的五种要素，具体包括色蕴、受蕴、想蕴、行蕴和识蕴。"蕴"意为积集，旧译作"阴""众""聚"。"界"是梵语dhatu的意译，音译叫作驮都。它一般作为分类范畴来使用，如十八界（指眼、耳、鼻、舌、身、意等六根，对色、声、香、味、触、法等六境，从而产生眼识、耳识、鼻识、舌识、身识、意识等六识，三者合称为十八界）、六界（指地、水、火、风、空、识）等。

② "杂藏"本是佛经四种摄藏（经藏、律藏、论藏、杂藏）之一，其内容重在宣说佛、阿罗汉之本行因缘以及菩萨的本生故事。这里似专指元魏吉迦夜、昙曜共译之《杂宝藏经》。该经系以佛陀及其弟子为中心人物的佛教故事集，主要内容有佛传、本生、因缘、譬喻等故事。"百譬"，指求那毗地于南齐永明十年（492年）译出的《百喻经》（也称《百句譬喻经》《百句譬喻集经》《百譬经》《百喻集》），它集录的是有关善恶罪福报应的譬喻故事。"异相"，指释宝唱于梁天监十五年（516）编成的《经律异相》，它汇集的是散见于经、律中的奇异故事。"联璧"，则指萧纲组织萧子显等人所编的《法宝联璧》。其中前二种是译经，后两种则为佛教类书。

有受过多少文化教育的普通民众所接受。此与前引圆珍所说"只会男女,劝之输物充造寺资"的俗讲完全相符,因此,其说法活动的性质就是俗讲。道宣作为持戒精严的律师,故对此颇有微词,借别人之口云"夫说法者当如法说",其实这种观点正是他自己所坚持的,他在《四分律删繁补阙行事钞》卷一一《导俗化方篇》中引《三千威仪》,明确要求讲经说法必须"如法而说,若不如法问、如法听,便止"。① 此外,比照宗密对俗讲的批判之语,则知释宝岩亦具有"乱引杂用,不依本血脉之义,连环讲之"的特点。其中,又有"后人撰作顺合俗心之文",如释真观(观公)的《导文》以及世俗信徒王僧孺、沈约、徐陵、庾信等人的作品。总之,宝岩讲经,若让宗密来判别,也应归入俗讲。

或许正是看到了"俗讲"名、实之间的时间差,所以,冉云华先生把俗讲的生成史划成两个阶段,指出其前身是"唱导"(唐前),正式成立时代是初唐,到高宗时代俗讲有时已经世俗化得很严重。② 但笔者以为,如果从俗讲之名、实相对一致的历史,特别是道宣对宝岩讲经特征的描述,俗讲的生成年代定于隋末唐初比较妥当一些。

二 "《报恩经变》一部"当指《孝子报恩经变》

潘重规先生《敦煌变文新论》一文中认为玄奘法师献给唐高宗儿子佛光王满月的礼物"《报恩经变》一部",应该是《报恩经》的俗讲经文,而且以藏于前苏联的变文《双恩记》作为分析依据,并

指出："玄奘的《报恩经变》是否即《双恩记》，不得而知；但《双恩记》是《报恩经变》的一种，则无问题。"①此说一出，或怀疑，或赞成，未能定论。如著名的美国汉学家梅维恒先生从版本和语言习惯方面提出了质疑，他指出《大慈恩寺三藏法师传》最早的完整版本是日本奈良兴福寺1021年的抄本，然抄本中无"变"一字，而是作"《报恩经》一部"。另外，即使"变"字确实见于原本，"××经变一部"的说法也极不寻常。② 但梅氏之说遭到了潘先生的高足郑阿财教授的逐条反驳，郑先生要力证师说之确。③

不过，笔者以为之所以双方观点相左，是因为对相关史料的理解不一。于此，我们另辟蹊径，即用排除法来讨论《报恩经变》不可能是什么的问题。

首先，玄奘《报恩经变》绝对不能可是指《双恩记》。为了更清楚地说明这一点，先交待相关的历史背景如下：

在显庆元年冬十月时：

> 中宫在难，归依三宝，请垂加佑。法师启曰："圣体必安和无苦，然所怀者是男，平安之后，愿听出家，当蒙敕许。"至十一月五日，皇后施法师纳袈裟一，并杂物等数十件。五日申后，忽有一赤雀飞来，止于御帐，玄奘不胜喜庆，陈表贺曰：……表进已，顷间有敕令使报法师："皇后分难已讫，果生男，端正奇特，神光满院，自庭烛天。朕欢喜无已，内外舞跃，

---

① 潘重规：《敦煌变文集新书》，第1303—1304页。

② （美）梅维恒著，杨继东、陈引驰译：《唐代变文——佛教对中国白话小说戏剧兴起的贡献之研究》（下册），香港：中国佛教文化出版有限公司，1999年，第49—51页。

③ 郑阿财：《敦煌讲经文是否为变文争议之平议》，载《百年敦煌文献整理研究国际学术讨论会论文集》（上册），第9—25页，杭州：2010年4月。

必不违所许。愿法师护念,号为佛光王。"①

至十二月五日,唐高宗因儿子满月,"敕为佛光王度七人,仍请法师为王剃发",玄奘于是日又重庆佛光王满月,并进法服等,并在表中说:

> 辄敢进金字《般若心经》一卷并函,《报恩经变》一部,袈裟法服一具,香炉、宝字香案、藻瓶、经架、数珠、锡杖、藻豆合各一,以充道具,以表私欢。②

这里所说的佛光王,即高宗李治与皇后武则天的儿子李显。但李显出生时难产,所以,皇帝皇后答应玄奘法师,只要他平安降生,便让他日后随法师出家。当李显满月时,尚在襁褓之中,哺乳期内,自然不能马上出家,皇帝便先让玄奘度僧七人,带有先代替佛光王李显修行之意。而玄奘此时,也进奉了诸多佛教类的礼物,粗略一分,可别为二:一是学习佛法义理的读物,即《心经》和《报恩经变》;二是修行时的日常用品,如袈裟以至藻豆等。不过,最值得探究的是《报恩经变》。

潘先生发现《双恩记》原卷有《佛报恩经第七》《报恩经第十一》《佛报恩经第十一》等题署,行文中又有"说报恩经于此处""于佛会之中听说报恩经典""知佛欲说大报恩经"等语句,故而他推断变文是根据《佛报恩经》来讲唱。③ 今存《双恩记》三卷,确实是

---

①　《大正藏》第50册,第270页下栏—271页中栏。
②　《大正藏》第50册,第272页中栏。
③　潘重规:《敦煌变文集新书》,第1303—1304页。

在演绎《大方便佛报恩经》，①其中卷三演绎的是《序品第一》，卷七、卷十一则演绎《恶友品第六》。考《大方便佛报恩经》，原文五万多字，如果全部演绎成俗讲变文，字数将增加数倍，当在二十万字以上，玄奘法师把它和只有区区二百六十字的《心经》并列，总有点不伦不类的味道吧；况且，即使将来李显年岁稍长之后真要出家，②他也不太可能去钻研篇幅如此大的《双恩记》吧。

更为重要的是，争论双方都忽略了一个极其重要的关键因素，那就是玄奘献《报恩经变》的动机是什么？依据前面的分析，显然在说佛光王的"出家"之举是在报父母之恩，特别是报母亲武则天之恩，因为武则天难产。但回过头来看《大方便佛报恩经》及其俗讲经文《双恩记》，都无报父母生产之恩的内容。

其次，我们要考察佛教史上，《报恩经》除了是《大方便佛报恩经》的简称之外，它还可以指代哪些经典？据宗密《佛说盂兰盆经

---

①　按，原经七卷九品，可简称为《大方便报恩经》《方便报恩经》《大报恩经》《佛报恩经》《报恩经》，而各种简称被引用的文献，现各举一例，如：《大方便报恩经》见于隋吉藏《弥勒经游意》卷一（《大正藏》第38册，第264页中栏）；《方便报恩经》见于释澄观《大方广佛华严经随疏演义钞》卷十九（《大正藏》第36册，第151页上栏）；《大报恩经》见于释延寿《万善同归集》卷二（《大正藏》第48册，第980页下栏）；《佛报恩经》见于宋释道诚《释氏要览》卷一（《大正藏》第54册，第259页下栏）；《报恩经》见于隋吉藏《仁王般若经疏》卷一（《大正藏》第33册，第316页中栏）。又，《大方便报恩经》又有一卷本，隋费长房《历代三宝纪》卷四谓出于《吴录》，是支谦译本（《大正藏》第49册，第53页上栏），唐靖迈《古今译经图记》卷上则说是支娄迦谶译（《大正藏》第55册，第348页下栏），但经本早佚，其具体内容如何，不得而知，故不予讨论。

②　按，李显并不是真正出家，按照《释氏要览》卷下的说法，叫做"寄褐"，曰："今世人护惜儿孩，遂服以僧衣，谓之寄褐。《大唐开元释教录》云：始因中宗孝和皇帝，初生奇特，神光满院，自庭烛天，因号佛光王。即受三归，被袈裟服。"（《大正藏》第54册，第304页下栏）

疏》卷下,《盂兰盆经》的三种译本中,就有一种叫做《报恩经》,它是"约所行之行而立名",①即指目连行孝而报父母养育之恩。但目连行孝道借助了盂兰盆会,而盂兰盆会的宗教特性在于荐亡,因此把与《盂兰盆经》有关的《报恩经变》献给佛光王的满月庆典,显然是悖于常理的。另外,与《佛说盂兰盆经》同本异译的《报恩奉盆经》《灌腊经》《净土盂兰盆经》,②同样载有盂兰盆仪式,故当一并排除。

既然关于《大方便佛报恩经》和《盂兰盆经》系列译经的俗讲经文不在玄奘献礼之列,剩下可供选择的对象只有 3 种,它们分别是《父母恩难报经》《父母恩重经》和《孝子报恩经》。

其中,《父母恩难报经》一卷,首见于《出三藏记集》卷四,僧祐注曰"抄《中阿含》",③隋法经等撰《众经目录》卷四则说《父母恩难报经》,"一名《报父母恩经》","出《中阿含经》"。④ 可知该经不是译经,而是中土的抄经,它收于《大正藏》卷十六,题后汉安世高译,这显系后来者的伪题。⑤ 玄奘也不太可能把一部"抄经"献给唐高宗,更重要的是经文中也没有报父母生产之恩的内容。

《父母恩重经》也是一卷,首见释明佺等人于武则天天册万岁

---

① 《大正藏》第 39 册,第 506 页下栏。
② 道宣《大唐内典录》卷九认为这四部经是同本异译(《大正藏》第 55 册,第 322 页下栏)。
③ 《出三藏记集》,第 168 页。
④ 《大正藏》第 55 册,第 134 页中栏。
⑤ 经查,最早把译者归为安世高的是道宣《大唐内典录》卷一。

元年(695)撰出的《大周刊定众经目录》卷十五,①并被归入伪经行列,既然它未见此前道宣麟德元年(664)撰成的《大唐内典录》,则知它撰出于 664—695 年之间。而玄奘法师献《报恩经变》是 656 年,因此是经也应排除在外。

至此,剩下的选项就是《孝子报恩经》了。它首见于《出三藏记集》卷三《新集安公失译经录第二》,僧祐说它"一卷",并注曰:"一名《孝子经》。"②据此,是经本见于《安录》,只是译者佚名而已,并非伪经。智昇《开元释教录》卷二十则说"《孝子经》一卷,亦云《孝子报恩经》,二纸",③因此,《孝子报恩经》的份量也很小。是经见于《大正藏》卷一六,只有 800 来字,④确与《心经》比较相配。更为重要的是,该经所强调的报恩缘由、方法悉与佛光王出生前后一个多月的场景十分吻合。比如,经中说:"佛问诸沙门:亲之生子,怀之十月,身为重病,临生之日,母危父怖。"这不是和

① 《大正藏》第 55 册,第 474 页上栏。又,唐智昇《开元释教录》卷十八说"《父母恩重经》一卷",并注曰:"经引丁兰、董黯、郭巨等,故知人造。"(《大正藏》第 55 册,第 673 页上栏)据此,则知是经确为伪经。另外,敦煌写卷中发现了两类名同实异的《父母恩重经》:一者见于 S. 2084 等,校录本收于《大正藏》第 85 册,第 1403 页中栏－1404 页上栏;二者为 P. 3919₁,由张涌泉师发现,校录本收于《旧学新知》,杭州:浙江大学出版社,1999 年,第 327—332 页。而且,张先生发现和第一种为同一系统的写本还有 S. 2269、S. 6087 等,但后者引有丁兰、郭巨等孝子故事(同前,第 326 页),而 S. 2084 却没有。不过,第一类经文,因涉及盂兰盆事,当可排除。第二类经文,其撰出年代,史书不载。然其言及父母十恩德,笔者以为当是袭取中唐高僧澄观(738—839)《大方广佛华严经随疏演义钞》卷三十五之"如来十恩"而来,如第四"咽苦吐甘恩",即取自后者第二恩"难行苦行恩,犹如慈母咽苦吐甘"(《大正藏》第 36 册,第 265 页上栏)。如此说不误,这类经文亦可排除。
② 《出三藏记集》,第 103 页。
③ 《大正藏》第 55 册,第 693 页下栏。
④ 《大正藏》第 16 册,第 780 页中栏－781 页上栏。

佛光王出生前遭遇难产时其父母忧愁不已极其相似吗？经中又说孝子报恩的最好方法是"奉持五戒，执三自归"，而佛光王刚满月时，玄奘法师即与佛光王"受三归，服袈裟，虽保养育，所居常近于法师"。① 南宋释志磐《佛祖统纪》三十九对玄奘之举，解释得更清楚，说佛光王是受诏"于奘法师寺出家落发，授归戒"，并注曰："归依三宝及授五戒。"② 即佛光王受三归五戒的依据，当源于《孝子报恩经》。

综上所析，玄奘进奉给高宗皇帝的《报恩经变》一部，只能与《孝子报恩经》有关。但它究竟是《孝子经》的俗讲变文还是绘画呢？如果从情理推断，当是绘画比较合适，因为图画具有直观性，容易引起小孩的兴趣。再则，就"经变"一词的用法而言，确实没有用于俗讲变文的情况，它仅指根据佛经内容绘制而成的图画，一般的取材和当时流行的佛教思想有关：如南北朝时代的经变多采自小乘经典，宣扬自我牺牲的精神，内容以本生经变相、佛传故事居多；隋唐以后，大乘思想盛行，所以大乘经变极其常见，著名的有《维摩诘经变》《本行经变》《金刚经变》《金光明经变》等，此在唐张彦远《历代名画记》卷三中记载颇详，故不备举。另外，玄奘说得非常清楚，《报恩经变》《般若心经》等都是"道具"，即悟道（进入佛门）的工具。而《般若心经》，用金粉书写，足见珍贵，若是抄一部有关报恩经的俗讲变文，显然不太相称吧。况且，玄奘是冰雪聪明之人，《心经》虽小，却是自己的译作，又是大乘佛典的精髓，作为礼物，自然得体。同时加上一幅绘画，有经有像，悟道之具也算是比较全面了。一般说来，佛教义理的主要载体就是佛经和佛像（包括经变），而中土取经者，大都经、像并重。如东晋法显

---

① 《大正藏》第 50 册，第 272 页上栏。

② 《大正藏》第 49 册，第 376 页上栏。

是"凡经三十余国,独身达南海师子国,乃泛海,将经、像还",[①]玄奘自己贞观十九年(645)从印度回到长安时,也是带回了经、像数百件。[②] 所以,《报恩经变》当是作为佛教绘画方面的礼物,结合前面考定的内容,它应指《孝子报恩经变》。

(本文原载《敦煌学辑刊》2012 年第 1 期)

[①]　《大正藏》第 51 册,第 969 页中栏。

[②]　《大正藏》第 50 册,第 252 页中－下栏。

汉传佛教的语言观及其对变文文体生成的影响

　　在敦煌文学的研究中,变文研究一直是最为热闹的领域,前贤时彦,贡献良多,尤其在含义辨析、作品的整理与校注及对中国文学艺术之影响方面,成果最富。① 但是,对一些根本性的理论问题,学人仍有所忽略。比如,敦煌变文的语言学研究,无论在语法、词汇,还是在音韵,其成果都说得上是汗牛充栋了,可其语言运用原则是什么,它们来自何处,却鲜有人予以深入检讨。

　　在未进入正题之前,笔者拟先明确两个概念:一者学术界对变文的理解有广义与狭义之分,②本人则倾向于广义说,即包括讲经文、押座文以及宣唱宗教故事、历史故事和民间故事在内的敦煌所出的通俗性讲唱作品,此类作品主要见于黄征、张涌泉师《敦煌变文校注》(北京:中华书局,1997 年)。二者学术界对变文是不是一种文体,也众说纷纭,莫能定论。如伏俊琏先生在《关于变文体裁的一点探索》中,主张"变文"实际上是一个"文种"概念,

---

　　① 关于敦煌变文近百年来的研究史,拙撰《敦煌变文》(兰州:甘肃教育出版社,2013 年)有详介,此不重复。

　　② 按,持狭义说的突出代表是美国汉学家梅维恒(Victor H. Mair)(参梅维恒著,杨继东、陈引驰译《唐代变文》第二章,上海:中西书局,2011 年);持广义说的则有王重民(《敦煌变文研究》,载《敦煌遗书论文集》,北京:中华书局,1984 年,第 175—227 页)、潘重规(《敦煌变文新论》,载《敦煌变文新书》,台北:文津出版社,1994 年,第 1297—1315 页)等先生。

77

而不是严格意义上的"文体"概念。① 不过,笔者以为,变文作为讲唱文学,并非是单一性文体,而是多种文体的综合,或曰综合性文体,如金文京先生就细致地分析了变文文体中骈体、散体、赋体和诗的表现形式。②

一 汉传佛教语言观的两个原则

众所周知,印度语言有雅、俗之分,这颇类于古汉语的文言、白话之别。雅语,即梵语(Sanskrit),它是古印度的标准用语,主要有吠陀梵语(Vedic Sanskrit)和古典梵语(Classical Sanskrit),前者为公元前 1000 年左右婆罗门教根本圣典《吠陀》所使用的语言,至公元前四五世纪,大语法学家波你尼(Pāṇini)加以规范而成古典梵语。大乘佛教兴起之后,则使用混合梵语。俗语(Prākrit),即口语。而释迦牟尼出身四大种姓的第二等级刹帝利,从小学习的就是梵语。但据季羡林先生比对巴利文、汉文佛典之后的研究可知:佛陀为了反对婆罗门教,他却准许弟子们使用各自的方言俗语来学习、宣传佛教教义。③ 由此确立了佛教使用语言的第一原则,即通俗易懂原则。

对于语言之通俗易懂原则,自佛陀之后,印度佛教诸派,尤其是大乘教派,仍然一以贯之地予以遵守。这在汉译佛典之经、律、论三藏中都有充分的表现。经者如后秦鸠摩罗什译《持世经》卷二曰:"如来于此欲教化众生,说是法性,以世俗语言示无性法,是

---

① 伏俊琏:《敦煌文学文献丛稿》,北京:中华书局,2004 年,第 54 页。

② 金文京:《敦煌变文の文体》,《东方学报》第 72 册,第 243—265 页,京都:2000 年。

③ 季羡林:《原始佛教的语言问题》,载《季羡林文集》第三卷(印度古代语言),南昌:江西教育出版社,1998 年,第 408 页。

法性不在内,不在外,不在中间。"①北凉昙无谶译《大般涅槃经》卷二十八曰:"善知世中所有事艺,善解众生方俗之言,读诵书写十二部经,不生懈怠懒堕之心。"②律者如后秦佛陀耶舍、竺佛念译《四分律》卷五十二云:"佛言:听随国俗言音所解,诵习佛经。"③失译人名之《毗尼母经》卷四则谓:"佛告比丘:吾佛法中不与美言为是,但使义理不失,是吾意也。随诸众生,应与何音而得受悟,应为说之,是故名为随国应作。"④论者如鸠摩罗什译《成实论》卷一曰:

> 问曰:如向所疑,当云何断? 答曰:佛随俗语。世间亦有知而问者不以为过,佛亦如是,在世间,故随俗而问。又世间亦有心无贪著而言似有贪,有如是等,佛亦如是,利众生故现有是言。⑤

总之,从佛教三藏之记载,我们发现释家传教时之所以要求语言通俗易懂,其根本原因是为了使信众更好地理解佛教义理,而不是追求语言的华美高雅。易言之,其传播对象之主体在世俗信众。因此,释家要求传教者应精通各地方言,无疑这是很现实的做法。因为,当时印度邦国林立、语言(方言)众多。更为有趣的是,不少佛典对佛陀的语言能力大加神化,谓其声有六十四种清净殊妙之相——如来六十四梵音。而在说如来八十随形好时,亦有涉及语言功德相者,元魏菩提流支译《大萨遮尼乾子所说经》卷六即谓:

> 七十四者,沙门瞿昙所有言音,随众生意,闻皆和悦;七

---

① 《大正藏》第3册,第653页上栏。
② 《大正藏》第12册,第534页上栏。
③ 《大正藏》第22册,第955页上栏。
④ 《大正藏》第24册,第822页上栏。
⑤ 《大正藏》第32册,第242页上栏。

十五者,沙门瞿昙语随方音,不增不减;七十六者,沙门瞿昙说法应机,无有差谬;七十七者,沙门瞿昙语能随俗方音为说。[①]

"沙门瞿昙",即释迦牟尼;所谓"方音",实际上指印度各地的方言。同经卷八又说:

> 沙门瞿昙辞无碍智者,悉能了知一切音声语言,所谓知诸天、龙、鬼神、乾闼婆、阿修罗、迦楼罗、紧那罗、摩睺罗伽、人、非人等,所有音声、语言、文字悉能了知,随所应闻种类差别,一一能同方音差别,说法说义,是名辞无碍智。[②]

此则把宣教对象扩展一切有情众生,暗含有众生及其语言皆平等的思想。

一般说来,宗教与世俗生活是对立的。但释家善于化解二者之矛盾,其方法是教内、教外要有分别。《成实论》卷二指出:

> 又有二种论门:一世俗门,二贤圣门。世俗门者,以世俗故说言月尽,月实不尽。如摩伽罗母说儿妇为母,其实非母。……又如一器,随国异名,佛亦随名。又如佛言:是吾最后观毗耶离。诸如是等,随世语言名世俗门。贤圣门者,如经中说因缘生识,眼等诸根,犹如大海。[③]

此处所谓"世俗门"与"圣贤门",其实就是针对教外、教内人士所作的区分,即对世俗之人宣教说法,应使用他们所能理解的语言,采取他们所喜闻乐见的形式,选择他们所能理解的内容。而这样的例子,在汉译佛典中比比皆是,鸠摩罗什译《大智度论》卷八十二曰:

---

① 《大正藏》第 9 册,第 344 页下栏。
② 《大正藏》第 9 册,第 353 页上栏。
③ 《大正藏》第 32 册,第 248 页上一中栏。

佛可言:"如是! 如是! 我说六波罗蜜分别,皆为世俗故。何以故? 世人不可但为说诸法实相,闻则迷闷,生于疑悔,是故以第一义为心,用世俗语言为说;是故说分别有诸波罗蜜,教化众生。"①

经文的意思是说,从实相(即真谛)角度讲,六波罗蜜(即六度)并无分别,其本质是空,故而对它们应无所著。但是,由于世人不解实相,所以佛只好分别说之,使之开悟。言下之意就是,对世俗之人而言,应藉俗入真,而最为关键的工具是俗语言。北凉昙无谶译《大方等大集经》卷一即要求宣教者:

善知众生诸根利钝,知众生界,随意说法,常能宣说清净法界;善解一切方俗之言,能得一切清净梵音,具足成就慈悲之心。②

易言之,若能做到善解一切方俗之音,便可藉此普度一切有情众生,进而悟入菩提,证成佛果。

与通俗易懂原则密切相关的则是随机应变原则,佛典也常称之为方便说法、因缘说法,即针对不同的对象,或在不同的场合,宣教的内容与方式都应有所变化,而不能一成不变。对此,《四分律》卷四十二举出了许多具体的事例,曰:

私呵闻佛方便说法,心大欢喜,白佛言:我闻瞿昙说无作法以化诸弟子,若有人言大德说无作法以化诸沙门,为是实语法语不耶? 佛语私呵:或有因缘方便,言我说无作法以化诸弟子者,是实语法语;或有因缘方便,言我说有作法以化诸弟子者,是实语法语;或有因缘方便,言我说断灭法以化弟子,是实语法语;或有因缘方便,言我说秽恶法以化弟子,是

---

① 《大正藏》第 25 册,第 637 页上栏。
② 《大正藏》第 13 册,第 5 页上栏。

实语法语；或有因缘方便，言我说调伏法以化弟子，是实语法语；或有因缘方便，言我说灭暗法以化弟子，是实语法语；或有因缘方便，言我说我生已尽不受后身以化弟子，是实语法语；或有因缘方便，言我到无畏处说无畏法以化弟子，是实语法语。①

这种随机应变的说法方式，《大萨遮尼乾子所说经》卷六把它归为佛陀八十种随形好之一，曰："七十九者，沙门瞿昙，随有因缘次第说法。"②更值得注意的是，鸠摩罗什译《自在王菩萨经》卷下除了明确指出"辞无碍智"的特点是"随以方便言辞令其得解"外，还特别指出：

> 云何乐说无碍智？若菩萨于一切文字皆能乐说，于一切音声亦能乐说，一切名字亦能乐说，是名乐说。云何为乐？菩萨若说法时，乐法乐实乐谛。若信乐修多罗者，为说修多罗；信乐岐夜、伽陀、弊迦兰奈、讴陀那、……阿浮陀达摩者，皆为说之。信乐过去者，为说本事。一切众生所乐诸根，皆随所乐而为说法：乐信根者，因信根为说法；乐进根者，因进根为说法；乐念根者，因念根为说法；乐定根者，因定根为说法；乐慧根者，因慧根为说法。③

据此，即便是十二部经，文体虽别，④却各有特定的听众，并不能固定和程式化，因为信众的喜好，诸如乐于信、进、念、定、慧根者，各不相同。

佛教随机应变、因缘说法的实质，其实在于"随顺世俗"。于

---

① 《大正藏》第 22 册，第 871 页中－下栏。
② 《大正藏》第 9 册，第 344 页下栏－345 页上栏。
③ 《大正藏》第 13 册，第 931 页中栏。
④ 关于这方面的分析，参拙撰《汉译佛典文体及其影响研究》(上海：上海古籍出版社，2010 年)。

此,佛陀本人即为典范,《别译杂阿含经》卷一说他是"随顺世俗故,亦说我非我"。① 释家甚至还把"随顺世俗"作为佛教经典的特质之一。玄奘译《阿毗达磨藏显宗论》卷二十四即云:"言契经者,谓能总摄容纳,随顺世俗胜义,坚实理言。如是契经,是佛所说;或佛弟子,佛许故说。"②言下之意即为,无论佛还是佛弟子的宣教,都是随顺世俗之意而说的。

以上所说印度佛教语言观的两大原则,它们在汉传佛教中同样大加遵循。这主要表现在两个方面:一是佛经汉译多用方言(方音)俗语,二是宣畅教义时亦随机应变方便说法。兹先论第一点。

梁慧皎《高僧传》卷三从"夷夏不同,音韵殊隔"的角度论证了译经的必要性,并总结译经规律是:

随方俗语,能示正义,于正义中,置随义语,盖斯谓也。其后鸠摩罗什,硕学钩深,神鉴奥远,历游中土,备悉方言。复恨支、竺所译,文制古质,未尽善美,乃更临梵本,重为宣译,故致今古二经,言殊义一。③

于此,慧皎既提出了"随方俗语"是译师翻译时语言运用的基本准则,又特别赞颂了大翻译家鸠摩罗什的伟大业绩,他之所以超越之前的大译师支谦、竺法护,原因在于他能备悉方言(即译本用语),力求尽善尽美。④ 比如《维摩诘所说经》有支译本等,《法华经》有竺译本,然最为通行的都是什译本。

隋吉藏大师撰《胜鬘宝窟》卷一则云:

---

① 《大正藏》第 2 册,第 435 页下栏。
② 《大正藏》第 29 册,第 891 页下栏-892 页上栏。
③ 《高僧传》,第 141—142 页。
④ 当然,罗什译场人才济济,其弟子竺道生、道融、昙影、僧叡、慧严、慧观、道恒、僧肇等,皆一时龙象,执笔承旨,助译之功亦著。

今行为"经",言"綖本"者,盖是翻译之家随方音便,故以"经"名代于"綖本"。类如毗含藏,正翻为"灭"。若依根本翻名,应言《四分灭》《十诵灭》等。但翻译之家,见此方俗法判罪教门名之为"律",是以佛法制罪教门亦为"律",故名《四分律》《十诵律》等。此亦如是,若依根本翻名以为綖本,应言《涅槃綖》《法华綖》等,亦是翻译之家,以见此方先传国礼训世教门名为五经,是以佛法训世教门亦称为"经",故言《涅槃经》等。①

按吉藏法师解释可知,梵文 sūtra、vinaya 的本意,分别是"綖本"和"灭",但译师为了适应接受者的语言习俗,便译之为大家耳熟能详的"经"和"律"。

更有甚者,译师还会使用各地的方言俗语。如慧琳《一切经音义》卷二十二引慧苑《新译大方广佛花严经音义》卷中之"宜时疾舍"条:"时,速也。此盖蒲坂方俗之言也。"②而译音,尤其是咒语、陀罗尼之类,地域差别则更加明显,如南方译经多用"吴音",北方多用"唐音"。

汉传佛教之所以强调要使用"方言俗语",原因正如北宋元照律师在《四分律行事钞资持记》卷八中所指出的那样:"口言方俗之语,使人易解。"③即追求宣教的有效性。

至若方便说法,主要体现在"四辨"④之中的"乐说"与"辞

---

① 《大正藏》第 37 册,第 4 页中栏。
② 《大正藏》第 54 册,第 442 页中栏。
③ 《大正藏》第 19 册,第 243 页下栏。
④ 四辨,也作四辩、四无碍智、四解等,指四种自由自在而无所滞碍的理解能力(智解)和言语表达能力(辩才),具体包括义辩、法辩、辞辩和应辩(即乐说)。诸辩之含义,可参《大智度论》卷二十五、《大方等大集经》卷四、《大萨遮尼乾子所说经》卷八等。

辨"。隋慧远撰《大乘义章》卷十一有云：

> 辨法不同，略有四门：一教法为法，二谛为义。依此法
> 义，随方言音，辨宣之仪，用之为辞。辞中差别，能应物情，名
> 为乐说。……一切教法，名之为辞，随方言音，辨宣之仪，名
> 为乐说。①

吉藏此处反复强调的是"随方言音"的重要性，意即针对不同的听众（信众）应采用不同的语言表达方式。隋唐之际法砺所撰《四分律疏》卷七则云："四辨之体，其唯智慧。……既识二谛，必须称机授与，深达根药，而无滞碍，名了了辨，亦名应辨，亦名乐说辨。善于方音，言说流泽，无所滞碍，名为辞辨。"②其谓"称机"云云，正是随机应变之意。对此，《高僧传》卷十三提出了"唱导"四要求——声、辩、才、博：

> 若能善兹四事，而适以人时。如为出家五众，则须切语
> 无常，苦陈忏悔。若为君王长者，则须兼引俗典，绮综成辞。
> 若为悠悠凡庶，则须指事造形，直谈闻见。若为山民野处，则
> 须近局言辞，陈斥罪目。凡此变态，与事而兴。可谓知时知
> 众，又能善说。③

慧皎所谓"知时知众"，"时"者场合也，"众"者，信（听）众也，他依然旨在强调"善权方便"是宣畅佛法的根本方法，或曰最有效的途径。

二　汉传佛教语言观对变文文体生成的影响

中古时期的佛教讲唱文学，除了前面所讲的唱导之外，还有

---

① 《大正藏》第44册，第691页下栏。
② 《卍续藏》第41册，第716页上栏。
③ 《高僧传》，第521页。

另外一种重要的形式,那就是讲经。而在变文中,最早产生并形成规范体制的也就是佛教讲经文。这一类变文的生成,同样受到汉传佛教语言观的深刻影响,甚至于变文的原初含义,也可溯源于此。

考存世文献中,内典中言及"变文"者,最早见于《弘明集》卷一未详作者的《正诬论》:"若怀恶而讨不义,假道以成其暴,皆经传、变文讥贬累见。"①而《正诬论》一文最早见于宋明帝(465—472 年在位)敕中书郎陆澄(425—496)所撰《法论》第六帙目录②中,汤用彤先生疑其作于晋孝武帝(373—396 在位)之前,③笔者则根据论文本身所涉及的历史事实、佛教义理、佛学用语,认为汤先生的猜测是正确的,该文当作于东晋的中前期;并且从儒、释两家"经""变"关系出发,从而确立了变文就是指对经传的通俗化。④ 此与姜伯勤先生揭橥出的《中观论疏》卷一所载三论宗大师兴皇法朗(507—581)之"释此八不,变文易体,方言甚多"的含义⑤完全一致。易言之,早期的佛教变文,就是指讲经文。

有关兴皇法朗对《中论》"八不"核心思想——"不生亦不灭,不常亦不断,不一亦不异,不来亦不出"的释义,吉藏《中观论疏》

---

① "经传变文"之"经",《高丽藏》《赵城金藏》《大正藏》《频伽藏》作"结",语意不通,故不取。此依《资福藏》《碛沙藏》《普宁藏》《永乐南藏》《永乐北藏》《嘉兴藏》《乾隆藏》等。

② 《出三藏记集》,第 436 页。

③ 汤用彤:《汉魏两晋南北朝佛教史》,北京:北京大学出版社,1997年,第 245 页。

④ 关于这方面的分析,详参拙撰《变文生成年代新论》(《社会科学研究》,1998 年第 5 期,第 115—120 页)、《释家变文原初意义之推考》(《敦煌研究》2003 年第 3 期,第 94—99 页)。

⑤ 姜伯勤先生对此中"变文"一词的解释是"变文是因通俗的说法需要在文体上对正式经文文体的变易"(《敦煌艺术宗教与礼乐文明》,第 397 页)。

卷一记述颇为详尽:

> 就初牒"八不",述师三种方言:第一云所以牒"八不"在初者,为欲洗净一切有所得心。所以然者,有所得之徒,所行所学,无不堕此八计之中。……
>
> 师又一时方言云:所以就"八不"明三种中道者,凡有三义:一者为显如来从得道夜至涅槃夜常说中道。……
>
> 师又一时方言云:世谛即假生假灭,假生不生,假灭不灭;不生不灭,为世谛中道;非不生非不灭,为真谛中道。二谛合明中道者,非生灭非不生灭,则是合明中道也。①

此"三种方言",是指兴朗法师在三种不同的场合对"八不"之中道观所作出的不同解释。对此,印顺法师在《中国禅宗史》中指出:"三论宗以为,佛说一切法门,是适应不同的根机。根机不同,所以不能固执一边。因此,自己说法或解说经论,也就没有固定形式。"②但实际上,讲解其它经典,同样要求随机应变。如吉藏撰《法华统略》卷一曰:

> 释章段,此经言约义周,非一意之可尽。又大圣适机演教,变文转势,义亦多方。昔已叙一途,今更陈异意。大明此经,凡有三分:一说经因缘分,二正说分,三信受奉持分。……一切诸佛,要备六缘,方得说经:一众生有信心,即"如是"也。二有持法之人,即"我闻"也。三根缘时熟,即"一时"也。四有化主,谓"佛"也。五要须待处,谓"住处"也。六所为之人,及证明众,故有徒众。要具六缘,方得说法也。③

---

① 《大正藏》第 42 册,第 10 页下栏-11 页下栏。

② 《印顺法师佛学著作全集》(第 19 册),北京:中华书局,2009 年,第 89 页。

③ 《卍续藏》第 27 册,第 442 页中栏。

　　虽然吉藏认为讲经说法需要具备六个条件,但是,一旦机缘成熟,所说经义却可"适机"而发,所用语言则是"变文转势",甚至针对不同的听众,可以宣说不同的义理。明乎此,我们就不难理解为什么同一经题的变文会有多种写本的原因了,因为讲经时间、地点乃至听讲对象,皆非固定不变啊。比如 P. 2931、P. 2955、S. 6551 三个写卷都是依据鸠摩罗什译《佛说阿弥陀经》演绎而来的讲经文,但是,由于听众对象不一,故其文本迥然有别。其中,S. 6551 因是在给信众授三归五戒之法会上所讲,故其内容更侧重于经义的解说,而其它两个写本,更偏重于经文名相之释义,特别是经中人物背景的介绍(P. 2931 尤为明显)。

　　在敦煌变文中,还有一种现象,即同一主题(或题材)的作品,其文本形式也千差万别,风格迥异。比如以西晋竺法护译《佛说盂兰盆经》为依据来演绎目连救母故事的变文写卷,竟然有十多件,但细究起来,可分为两大类型:一是讲经变文类,以台北"中央图书馆"藏《盂兰盆经讲经文》为代表,它重在经文之疏讲;二是缘起故事类,则重在叙事(于此,笔者统称之为《目连变文》),具体情况见下表。

《目连变文》写本情况一览表

写卷编号	首题名	尾题名	题记	完整与否
P. 2193	目连缘起		界道真本记①	首尾俱全

---

　　① 题记中的"界"指敦煌三界寺,道真(约 915—987)是五代宋初敦煌名僧,曾主持沙州僧政三十年。关于其人其事,详参季羡林主编:《敦煌学大辞典》,上海:上海辞书出版社,1998 年,第 365 页。

续　表

写卷编号	首题名	尾题名	题记	完整与否
S. 2614	大目乾连冥间救母变文并图一卷并序①	大目犍连变文一卷	贞明七年辛巳岁四月十六日，净土寺学郎薛安俊写，张保达又书。	首尾俱全
P. 2319	大目乾连冥间救母变文一卷②	大目犍连变文一卷		首尾俱全
P. 3485	目连变文③			首全尾残
P. 3107	大目乾连冥间救母变文一卷并序	大目乾连变文一卷，宝护④		首全尾残
P. 4988V				首尾俱残

---

　　①　张涌泉师认为"并图"二字原卷似已抹去，不当录，参黄征、张涌泉校注《敦煌变文校注》第 1038 页。又，陆永峰指出该写卷中所涉目连父亲事，与宗密(780—841)《盂兰盆经疏》有关，故其创作年代或在此前后(《敦煌变文研究》，成都：巴蜀书社，2000 年，第 167 页)。另，曲金良则根据晚唐孟棨《本事诗》所载张祜戏称白居易《长恨歌》有《目连变》的格调，从而推断《目连变文》的创作年代当在白居易刺史苏州的宝历元年(825)之前(参《敦煌写本变文讲经文创作时间汇考》，《敦煌学辑刊》1987 年第 1 期，第 65 页)。

　　②　王庆菽先生认为与 S. 2614 号写卷相比，本卷内容有所缺漏，但张涌泉师认为是书手有意删略(《敦煌变文校注》，第 1039 页)，是。

　　③　王于飞博士根据写卷背面有"张大庆记"，并结合 S. 0367《沙州伊州地志》是张大庆抄于光启元年(885)，故推测《目连变文》也是同人所抄，且可能稍晚于 885 年，参氏著《敦煌变文写卷著录》(四川大学博士后出站报告，2004 年)第 107 页。

　　④　此行抄在卷子背面。"宝护"似为人名，可能是书写者，也可能是写卷的持有者。

续 表

写卷编号	首题名	尾题名	题记	完整与否
B. 7707(盈字 77 号)		大目犍连变文一卷	太平兴国二年岁在丁丑闰六月五日,显德寺学仕郎杨愿受,一人思微(惟),发愿作福,写画此《目连变》一卷。后同释迦牟尼佛,壹会弥勒,生作佛为定。后有众生同发信心,写画①《目连变》者,同池(持)愿力,莫堕三途。	首残尾全
B. 8445(丽字 85 号)				首尾俱残
B. 8443(霜字 89 号)				首尾俱残
S. 3704				首尾俱残②
P. 4044				首尾俱残③

---

① 题记中两个"画"字,以前的校录作"尽",此据刘波、林世田的意见而改(参《〈孟姜女变文〉残卷的缀合、校录及相关问题研究》,《文献》2009 年第 2 期,第 25 页)。

② 王于飞博士疑本卷与 B. 7707 一样,同出于杨愿受之手,参《敦煌变文写卷著录》,第 109 页。

③ 是卷由叶贵良博士发现并作校录,参《敦煌写本 P. 4044 号〈目连变文〉钩沉》,《古籍研究》(2004 年卷上),合肥:安徽大学出版社,2004 年,第 115—117 页。

续　表

写卷编号	首题名	尾题名	题记	完整与否
B. 8444(成字 96 号)①				首尾俱残

　　从上表及相关研究成果可知,今存《目连变文》的创作年代,最早在中唐,到了晚唐五代及宋初,又衍生出多种写本,且大多数文本在文字上有较大的差异。易言之,同一主题的变文,随着历史场景与时空的转换,其文本也会呈现出截然不同的面貌,而这种变易性产生的根源,正是出于方便说法之原则。

　　以上所析,只是揭示了佛教变文在内容上对佛经的通俗化变易。其实,从表现形式言,变文与所依据的佛经也有较大的区别。其最突出的表现是语言的变易,即佛经原典语言简洁,而变文语言繁复(但平易浅切,易于听众理解),且多与佛经注疏有关(常引经疏为例)。这方面的研究成果颇为丰富。②笔者于此,仅举一个实例,如 P. 3093《佛说观弥勒菩萨上生兜率天经讲经文》云:

　　　　上来别解"弥勒"二字已竟。从此别解"菩萨"二字。"菩萨"者不足,梵语应云"菩提萨埵",唐言好略,"菩"下去"提",

---

　　① 本卷开头缺失标题,向达拟题为《目连变文》(参王重民等编:《敦煌变文集》,北京:人民文学出版社,1957 年,第 756 页)。学术界一般认为,讲经文是变文中最先发展起来的,张涌泉师指出本篇"或许就是由讲经文向非讲经文过渡时期的作品"(参《敦煌变文校注》,第 1072 页)。

　　② 按:有关代表性的研究论文有平野显照《敦煌本讲经文と佛教经疏との关系》(《大谷学报》40 卷第 2 号,1960 年 9 月)、《敦煌本讲经文と佛教经疏との关系(续)》(《大谷学报》41 卷第 2 号,1961 年 10 月)。又,二者收入作者论文集《唐代的文学与佛教》(张桐生译,台北:业强出版社,1987 年,第 214—244 页),罗宗涛《佛经注疏与讲经变文之比较研究》(《中华学苑》27 期,第 39—106 页,1983 年 6 月),尚永琪《佛经义疏与讲经文因缘文及变文的关系探讨》(《社会科学战线》2000 年第 2 期,第 169—178 页)等。

"萨"下去"埵",故名"菩萨"。此云"觉有情"。《疏》云:"梵云菩提萨埵,此略云菩萨。菩提觉义,智所求果;萨埵有情义,悲所度生;依弘誓语,故名菩萨。"①

本来经文中"菩萨"仅两个字而已,讲经变文却穷原竟委,不但交待了其梵语名称(bodhi-sattva),还特别说明了译名的由来与真实含义。而"疏云"之后的文字,实出于唐代窥基大师《观弥勒上天兜率天经赞》卷一。②

窥基大师《说无垢称经疏》卷二又说:"转换旧形名变。"③如果我们把这句话应用到佛经与讲经变文之关系上,不也合适吗?因为,相对于佛经原典而言,变文所转换的不是经文的主体内容,而是表现方式,特别是语言的表达形式。

三 余 论

通过以上分析,我们可以说,通俗易懂和随机应变原则在佛教变文文体的生成过程中起到了十分积极的作用。但辩证地看,其中也有负面的影响,特别是"随顺世俗",终于导致了佛教变文的消亡。

前面已言,中古时期佛教讲唱文学主要有两种形式:一曰唱导,二曰讲经。当时,讲经重义理,而唱导重故事。但随着讲、导合流的形成,至唐五代,唱导已完全融入变文讲唱之中。④此时的变文,因了随顺世俗的缘故,不但在佛教题材中大量宣唱世俗

---

① 《敦煌变文校注》,第 960 页。
② 《大正藏》第 38 册,第 284 页下栏。
③ 《大正藏》第 38 册,第 1020 页中栏。
④ 参拙撰《变文与唱导关系之检讨——以唱导的生成衍变为中心》,《敦煌研究》1999 年第 4 期,第 1—11 页。

内容,如儒、道思想,①而且广泛涉及世俗题材,像历史故事(如
《汉将王陵变》《李陵变文》《王昭君变文》等)、民间故事(如《孟姜
女变文》《董永变文》等)甚至社会时事(如《张议潮变文》和《张淮
深变文》)之类。对于这种变化,著名学者郑振铎先生曾有所
分析:

> 为什么僧察里会讲唱非佛教的故事呢? 大约当时宣传
> 佛教的东西,已为听众所厌倦。开讲的僧侣,为了增进听众
> 的喜爱,为了要推陈出新,改变群众的视听,便开始采取民间
> 所喜爱的故事来讲唱。大约,这作风的更变,曾得了很大的
> 成功。……但后来也因为僧侣们愈说愈野,离开宗教的劝诱
> 的目的太远,便招来了一般士大夫乃至执政者们的妒视。②

虽说先生的论述不够全面,但还是抓住了重点,即主题、题材
的双重世俗化,终于使变文走上了消亡之路。

(本文原载《河南师范大学学报》2011 年第 6 期,有删改,此
则恢复全貌)

---

① 参拙撰:《变文讲唱与华梵宗教艺术》,上海:上海三联书店,2002
年,第 269—293 页。
② 郑振铎:《中国俗文学史》,北京:东方出版社,1996 年,第 204 页。

第二辑

从敦煌本宋文明《通门论》论道经文体
——兼论佛经文体和道经文体的关系

在敦煌藏经洞所出的道教文献中,P. 2861＋P. 2256 写卷宋文明《通门论》①(简称《通门》,又称《灵宝经义疏》)极其重要。日本著名学者大渊忍尔经过仔细的考辨,从而恢复了佚失已久的陆修静(406—477)所撰的《灵宝经目》,进而从卷帙浩繁的《道藏》中找出了二十多部最早的《灵宝经》,②由此奠定了道教学界研究中古灵宝派的文献基础。

其实,《通门论》在道经文体学的研究上也具有无比重要的史料价值。学术界虽然有人注意到了这一点,③但是未能全面展开讨论。笔者的想法是以《通门论》为中心,同时旁及其他的传世文献,对道经的文体分类、来源、作用及其影响做些力所能及的梳理。

---

① 按,《通门论》全文见李德范辑《敦煌道藏》第5册(北京:中华全国图书馆文献缩微复制中心,1999年,第2507—2525页)。此后引文皆出此,不赘注。

② 参(日)大渊忍尔著,刘波译:《论古灵宝经》(陈鼓应主编:《道家文化研究》第13辑,北京:生活·读书·新知三联书店,1998年,第485—506页)。另,对 P. 2861＋P. 2256残卷的定名,王卡先生表示了怀疑(《敦煌道经校读三则》(同前,第129页),笔者以为在没有找到更有利的直接证据之前,大渊先生的观点尚可接受。

③ 蒋振华:《汉魏六朝道教文学思想研究》,长沙:中南大学出版社,2006年,第158—165页。

一 三洞十二部经典分类法的确立

众所周知,道教经典的分类模式是三洞十二部经与四辅的结合。其中前者的作用(特别是十二部经的说法),若从宗教文体学的视角看,是第一次全面地整理和区分了性质、表现形式迥异的经典;而四辅说的提出,则把道经分出了等级。①

三洞十二部经之分类法的提出和定型,学术界普遍的看法是刘宋道士陆修静所为。近年来,中山大学历史系的王承文博士致力于敦煌所出古灵宝经与晋唐道教史的研究,得出了不少新见。如揭出中古道教"三洞"一词的最初出现,与东晋后期《三皇经》中的"三洞尊神"有关;古灵宝经中已有相当完整的"三洞经书"传授仪式;陆修静的十二部分类以及"三十六尊经"的思想,是早期灵宝派固有的思想等。② 但是,这依然否定不了陆氏承前启后的宗师作用。

考陆修静在世的时候,做过两个道经目录:一是元嘉十四年(437)所作的《灵宝经目》,二是宋明帝泰始七年(471)奉诏所上的《三洞经书目录》。然而在后一个经目中,也含有灵宝经的目录。敦煌本宋文明《通门论》中所引陆氏《灵宝经目》,究竟是作于元嘉十四年,还是作于泰始七年呢? 敦煌学界对此是莫衷一是,未能定论,大多数学者主张这个经目属于前者,但日本学者小林正美

---

① 参(日)小林正美《三洞四辅与"道教"的成立》,陈鼓应主编:《道家文化研究》第16辑,北京:生活·读书·新知三联书店,1999年,第10—21页,特别是第20页。又:考虑到四辅说与道经文体学特别是道经文学的关系不甚密切,故笔者对它不予讨论。

② 王承文:《敦煌古灵宝经与晋唐道教》,北京:中华书局,2002年,第264—265页。

别出心裁,主张敦煌本《灵宝经目》属于后者。① 本人倾向于小林氏的说法。

P.2861＋P.2256《通门论》不但保留了陆修静的《灵宝经目》,而且宋文明对陆氏以《灵宝经》为基础所作的十二部分类进行了详细的疏解(按,这部分内容全保存在 P.2256 写卷中)。

宋文明其人,具体的生卒年不详。但《太平御览》卷六六六中有曰:

> 宋文同,字文明,吴郡人也。梁简文时,文明以道家诸经莫不敷释,撰《灵宝经义疏》,题曰(目)谓之《通门》。又作大义,名曰《义渊》。学者宗赖,四方延请。长于著撰,讷于口辞。②

从中可知,《通门论》撰出的年代在 549—551 年之间。

P.2256 的主体内容,是在解释十二部经的分类依据、来源和作用。宋文明与陆修静的看法,虽大同小异,然详略有别,即宋氏详而陆氏略。为便观览,兹先把两人对十二部经的称名之异同列表如次。

陆修静之十二部经说	宋文明之十二部经说
经之本源	本文
神符	神符
玉诀	玉诀
灵图	灵图
谱录	谱录
戒律	诫律

---

① (日)小林正美著,李庆译:《六朝道教史研究》,成都:四川人民出版社,2001 年,第 130—136 页。

② [北宋]李昉等撰:《太平御览》,北京:中华书局,1960 年,第 2975 页。

续 表

陆修静之十二部经说	宋文明之十二部经说
威仪	威仪
方诀	方法
众术	众术
记传	记传
玄章	赞颂
表奏	表奏

宋文明与陆修静的最大不同有二:一者对十二部经的称名略有区别。其中最重要的有两条:一是宋文明将陆修静的"经之本源"改为"本文",并明确指出"本文"自身有两个层面的意义,即"一者叙变文"和"二者论应用"。当然,总括体用的方法,是二人所共用的(按,关于"本文"与"变文",涉及到道教的语言观问题,论述详后);二是把"玄章"改称"赞颂",陆氏说它是"赞诵众圣之法",其定义的着眼点在内容,宋文明则从内容、形式、功用多方面进行定义,甚至还与佛教经典中的相似文体进行比较(具体论述参后文)。至于宋氏将"戒律"改名为"诫律"、把"方诀"改为"方法",基本上是同义词之替换,可以略而不论。二者在具体的解释过程中,宋文明对陆氏的个别观点有所修正。譬如两人对三元与三才关系的分析,就不尽相同。陆修静在《文统》中有云:"混元既判,分为三才,谓之三元。三元既立,五行咸具。"即三才与三元是同一之关系。但宋文明说:

> 《灵宝赤书五符真文》,出于元始之先。即此而论,则三元应非三才之三元,五行非天地之五行也。而此正应是三宝丈人之三元,三元自有五德,不容关三才既判之三光(元)五行也。何以言之?《九天生神章》云:天地万物,自非三元所育、九无(炁)所导,莫能生也。又曰:三炁为天地之首,九无(炁)

为万物之根。故知此三元在天地未开、三才未生之前也。

可见宋氏眼中的三元与三才，定非同一关系，而是有先后、本末、源流之分。三者宋文明引证的经典更多，其中有在陆修静之后所出者，像宋氏所说的"太清道本无量法门百二十[囗]（九）条""观身大戒三百条"，即分别指齐梁之际所出的《升玄内教经》和上清派之《上清洞真智慧观身大戒文》中的戒律。①

陆修静对十部《灵宝经》正文所作的判别——十二部经分类法，细绎其意，在逻辑顺序上表现出三个突出的特点：一是强调"经之正文"的源、流和体、用之别。从大的方面说，第一部"经之本源"是源、是体，而其余的十一类，则都是由它所派生的，是流是用。宋文明则更进一步，把"体用"范畴运用到了对全部十二部经的解说之中，他对每一部的疏释，皆说有两种含义，其着眼点即主要在于此；二是强调体用一如。如"经之本源"中"自然天书八会之文"共有 1109 字，但属于本源、本体的只有 668 字，而它们本身又可表现为修用四科；三是强调玄圣在道经制作、流播过程中的主导作用，如陆氏认为"神符"以下的十一部类中有十类都不是常人制作，而是玄圣对自然天书、天道、地道、神道等根本精神所作的阐述。② 由此可知，"经之正文"的来源有两种表现形式：一是自然天书八会之文和自然云篆之文，二是玄圣所述。与此同时，陆修静还特别注意道经的使用场合，突出了仪式、法术等技术性的内容。易言之，道经是"道"与"术"的有机统一。

---

① 参伍成泉《汉末魏晋南北朝道教戒律规范研究》（成都：巴蜀书社，2006 年，第 168 页、第 162—163 页）。又，伍成泉博士指出敦煌本《通门论》"太清道本无量法门百二十条"之"百二十"当作"百二十九"及《上清洞真智慧观身大戒文》的源头可能在灵宝派早有其雏形，二论悉是。

② 从前后语境推断，P. 2256 写卷在"第十一玄章"后，亦当有"玄圣所述"四字。但这种理解正确与否，尚待发现更直接的材料方能证实。

陆修静以灵宝经文为基础确立了十二部经分类法之后,其分类模式对其他道派的经典分类也产生了重要的影响。如《洞真太上仓元上录》曰:

> 此十二事,备在三乘。三乘之学,各有其人伦,多受名乘,成为号。上洞为大乘,中洞为中乘,下洞为小乘。大略举之,以其事多者为称,譬如目锦,亦以其彩多者立名也。此十二事,又各有十二事:一曰自然文字,二名符策,三曰注诀,四曰图象,五曰谱录,六曰戒律,七曰威仪,八曰方法,九曰术数,十曰记传,十一曰赞颂,十二曰表奏。行十二事者,各有此十二阶。①

按,《洞真太上仓元上录》是上清派的经典,简称《仓元上录》,又名《太清内文》《玄览宝录》《人鸟山经》《玉镜宝章》《金生策文》《威武太一扶命》。北周所编《无上秘要》卷四七《受法持斋品》引录其经时题作《洞真紫微始青道经仓元上录》。大渊忍尔先生指出其成书年代在南朝萧梁或稍后。② 王承文博士则认为可能在刘宋时代。③ 要之,是在陆修静元嘉十四年所撰《灵宝经目》之后吧。本经的特色在于:它将修道分成三阶,即洞真、洞玄、洞神,名为三洞,亦称三乘。每乘各有经戒十二部,其名称显然是承袭陆修静的说法而稍加变异而来,即将陆氏所说的"经之本源""神符""玉诀""灵图""众术"更名为"自然文字""符策""注诀""图象""术数"。此外,《上清太上开天龙蹻经》卷一亦曰:

---

① 《道藏》第33册,第585页上栏。

② (日)大渊忍尔:《道教とその经典》,东京:创文社,1997年,第36页。又,王宗昱先生则把《洞真太上仓元上录》作为最早提及十二类的经典(参《〈道教义枢〉研究》,上海:上海文化出版社,2001年,第169页),对此观点,本人未取。

③ 王承文:《敦煌古灵宝经与晋唐道教》,第206页。

言下界传经者,应化法门十二等事:一者本文,三洞宣说;二者神符,奉宣告信;三者玉诀,示无疑难;四者灵图,图写相好;五者谱录,历代授道;六者戒律,防非禁恶;七者威仪,庠序轨格;八者方法,修行节度;九者术数,隐景贵形;十者记传,传示学人;十一者赞颂,歌诵圣德;十二者章表,章请表奏。①

而这部《上清经》所说的十二等事,与陆、宋二氏所说的十二部经,差别已是微乎其微了。②

陆、宋二人的十二部经之称名,得到了后来者普遍的认同和运用。兹以宋氏说法为主,择取七种代表性的经典进行比较,列表如次(按:若同一经中有不同的命名,悉皆列出。经之顺序,大致依时代之先后):

宋文明之十二部经分类	P.2795《本际经》卷三《圣行品》	《太上洞玄灵宝十号功德因缘妙经》③	《洞玄灵宝玄门大义》④	《道门经法相承次序》⑤	孟安排《道教义枢》⑥	杜光庭《太上黄箓斋仪》卷五二⑦	谢守灏《混元圣纪》卷二⑧
本文	自然本文	本文	本文	本文	本文	自然本文	三洞本文

① 《道藏》第33册,第731页中—下栏。
② 王宗昱在研究《道教义枢》之"十二部"时,认为它们晚于上清派的"十二事"(参《道教义枢研究》第169—181页),本人对此并不赞同。
③ 《道藏》第6册,第131页中栏。
④ 《道藏》第24册,第734页中栏。又,《云笈七籤》卷六对"十二部"的论述(见《道藏》第22册,第38页上—下栏)全是袭取《洞玄灵宝玄门大义》之"正义第一"与"释名第二",仅是文字稍有不同。
⑤ 《道藏》第24册,第783页上栏。
⑥ 王宗昱:《道教义枢研究》附录《道教义枢校勘》,第314页。
⑦ 《道藏》第9册,第344页中—下栏。
⑧ 《道藏》第17册,第801页下栏。

续　表

宋文明之十二部经分类	P. 2795《本际经》卷三《圣行品》	《太上洞玄灵宝十号功德因缘妙经》	《洞玄灵宝玄门大义》	《道门经法相承次序》	孟安排《道教义枢》	杜光庭《太上黄箓斋仪》卷五二	谢守灏《混元圣纪》卷二
神符	神符	神符	神符	神符	神符	神符	神符告信
玉诀	宝诀、玉诀	宝诀	玉诀	玉诀	玉诀	宝诀	玉诀秘讳
灵图	灵图	灵图	灵图	灵图	灵图	灵图	灵图图写
谱录	谱录	谱录	谱录	谱录	谱录	谱箓	历代授道
诫律	戒律	戒律	戒律	诫律	戒律	戒律	戒律防非
威仪	威仪	威仪	威仪	威仪	威仪	威仪	威仪序序
方法	方法	方法	方法	方法	方法	方法	方法修行
众术	术数	术数	众术	众述(术)	众术	术数	术数隐景
记传	记传	记传	记传	传记	记传	传记	记传传示
赞颂	赞颂	赞颂	赞诵	赞诵	赞颂	赞颂	赞咏歌颂
表奏	章表	章表	表奏	表奏	章表	章表	章表奏请

　　虽然各家所定的名称与陆、宋二氏小有区别(按,《混元圣纪》的称名虽说较为特殊,它们其实是作者谢守灏对前引《上清太上开天龙蹻经》卷一有关"十二事"之经文的缩略),但他们对每一部类的理解并无本质上的差异。

二 三洞十二部经分类的文化渊源

陆修静、宋文明等人所确立的三洞十二部经的分类法,若探究其文化渊源,则相当复杂,可以说它们是中古时期外来佛教文化与本土传统文化相碰撞的产物。

(一)外来佛教文化的影响

在中古出现的诸道经中,灵宝经特别是古灵宝经所受的佛教思想之影响最多。此已为学术界所公认。如:柏夷先生的《灵宝经的来源》,即比较全面地考察了古灵宝经的"度人"思想与支(谦)译大乘佛教经典的关系;[1]神塚淑子的《灵宝经与初期江南佛教》,则进一步考察了古灵宝经的因果报应和轮回转生思想和三国时期支谦、康僧会所译佛经的关系,[2]小林正美的《中国的道教》,则着重强调了古灵宝经与鸠摩罗什所传译的大乘经典的内在联系。[3] 最近出版的王承文先生的博士论文《敦煌古灵宝经与晋唐道教》,在前人的基础上又有所发明,[4]笔者于此也曾略加探涉。[5] 特别是许里和先生的《佛教对早期道教的影响:经典证据的考察》一文,对笔者的研究启迪尤多。该文择取了东汉至六世

---

① Stephen R. Bokenkamp,"Sources of the Ling-pao Scriptures",In M. Strickmann eds. , *Tantric and Taoist Studies in Honour of R. A. Stein*,Vol. 2,pp. 434-486,MCB XXI,Brussels,1983.

② (日)神塚淑子:《灵宝经と初期江南佛教——因果报应思想を中心に》,《东方宗教》第 91 期,第 1—21 页,1998 年。

③ (日)小林正美:《中国の道教》,东京:创文社,1998 年,第 343—346 页。

④ 王承文:《敦煌古灵宝经与晋唐道教》,第 31—137 页。

⑤ 参拙撰《〈弘明集〉〈广弘明集〉述论稿》,成都:巴蜀书社,2005 年,第 576—615 页。

纪间的 123 份道典,详细地讨论了佛教对道教影响的几种表现方式,指出道教对佛教内容借用的类型有三种:一是形式的借用(Formal Borrowing),指的是词汇和文体的吸收,此为最基本的借用;二是概念的借用(Conceptual Borrowing),指的是把佛教的某些名相(如三界等)所表现的义理加以融会;三是综合的借用(Borrowed Complexes),即对佛教的某一系列的宗教概念和实践予以部分的借用和吸收。[①] 下面主要从两个方面分析外来佛教文化对三洞十二部经的分类法的影响。

1. 三洞和三乘

中古时期所提出的三洞学说,一般的研究者都是把它作为道教文献的一种分类方法。这当然是没有问题的。但是除此之外,"三洞"一词,有无其他的含义呢?

主要活动于武则天时期的僧人玄嶷在其护教著作《甄正论》卷上指出道教:

> 三洞之名,还拟佛经三藏。三洞者,一曰洞真,二曰洞玄,三曰洞神,此之谓三洞。洞者,洞彻明悟之义,言习此三经,明悟道理,谓之三洞。洞真者,学佛法大乘经,诠法体实相;洞玄者,说理契真;洞神者,符禁章醮之类。[②]

对于玄嶷此论,有人嗤之以鼻,如陈国符先生曰:"释子未尝详检道藏,辄论《三洞经》来源,以是所述率误谬不可据。"[③]更多的是模棱两可:像大渊忍尔先生一方面认为道教三洞说的缘起不

---

① Erik Zürcher, "Buddhist Influences on Early Taoism: A Survey of Scriptural Evidence", T'oung Pao, Vol. 66, 1980, pp. 84-147.

② 《大正藏》第 52 册,第 561 页上栏。

③ 陈国符:《道藏源流考》,北京:中华书局,1963 年,第 2 页。

能说是模仿佛教"三藏"而来,同时又指出它和佛教的"三乘说"有关;①尾崎正治先生也是一方面强调"有人以佛教三藏去理解三洞是绝对错误的",但另一方面又认为"三洞说同佛教的三藏也并非毫无关系"。② 然据《开元释教录》卷十、《宋高僧传》卷十七,则知玄嶷俗姓杜,幼年入道,因出类逸群,时称杜乂炼师,且被推举为洛都大恒观主。后来武则天皈依佛法,玄嶷便弃道入僧,蒙诏剃度,住洛阳佛授记寺,很快升任寺都,并参与译场,协助译经。作为一个"方登极箓""游心《七略》,得理《三玄》,道术之流,推为纲领"③的道士,他对道教经典的学习和理解当十分深入。特别是他皈依佛教接触了大量的佛典之后,他对两教经典的比较性结论,当有自己的深刻认知,虽然其说法含鲜明的倾向性,但绝非是毫无文献依据。

考佛教中的"三藏"一词,较早出现在后汉支娄迦谶译《佛说阿阇世王经》卷下曰:"何谓三藏? 声闻藏,辟支佛藏,菩萨藏。声闻藏者,从他人闻故。所以者何? 闻其音故。辟支佛藏者,缘十二因缘故,以因缘尽而致是。菩萨藏者,入无央数法,而自然逮成佛。"④另外,本经还有同本异译者,如西晋竺法护译《文殊支利普

①　Ofuchi Ninji, "The Formation of the Taoist Cannon, Facets of Taoism", In Holmes Welch and Anna Seidel, eds., *Facets of Taoism: Esaays in Chinese Religion*. New Haven: Yale University Press, 1979, pp. 260-261.

②　(日)福井康顺等监修,朱越利等译:《道教》第一卷,上海:上海古籍出版社,1990 年,第 66、69 页。

③　《宋高僧传》,第 414 页。

④　《大正藏》第 15 册,第 398 页上栏。又,据陈明《梵汉本〈阿阇世王经〉初探》(《新疆师范大学学报·哲学社会科学版》2003 年第 4 期,第 68—73 页),可知《阿阇世王经》确实早已传入中土。所以,经中有关"三藏"的教义之说,亦定然同时输入。

超三昧经》,该经卷中《三藏品第七》有云:

> 菩萨有斯三箧要藏,何谓三? 一曰声闻,二曰缘觉,三曰菩萨藏。声闻藏者,承他音响而得解脱。缘觉藏者,晓了缘起十二所因,分别报应因起所尽。菩萨藏者,综理无量诸法正谊,自分别觉。又族姓子! 其声闻乘,无有三藏。其缘觉者,亦无斯藏。诸所说法,菩萨究练三藏秘要,因菩萨法而生三藏。声闻、缘觉、无上正真道,故曰三藏。菩萨说法,劝化众生,令处三乘,声闻、缘觉、无上正觉,是故菩萨名曰三藏。有斯三藏,无余藏学。何谓为三? 声闻学,缘觉学,菩萨学。何谓声闻学? 但能照己身行之相。缘觉学者,是谓中学。行大悲者,谓菩萨学。[①]

于此,竺法护还用了"藏"之梵文(pitaka)的原义,箧者,藏也。在印度,pitaka 的本义是指盛放东西的箱子、笼子、篮子等器皿。古印度没有纸张,主要把经文刻、写在贝多罗树叶上来保存或传播,由此形成了所谓的贝叶经。因为僧侣常常把贝叶经放在箱子或笼子(即箧藏)中,所以"藏"也就渐渐变成佛典的计量单位乃至代称。然综合前引两种译经,则知它们所说的"三藏",实是指对声闻、缘觉、菩萨等三乘人所说的教法,可以分别命名为声闻藏、缘觉藏、菩萨藏。而且,在具体的宗教实践中,它们尚有高下之分,即菩萨藏的境界最高,缘觉、声闻次之。

本来,"三藏"一词,如果从佛典内容特色的角度理解,是指经藏、律藏和论藏。但是,从教义的深浅和劝化对象的不同,正如前引《阿阇世王经》诸译本所彰显的那样,它又可以作为"三乘"(trīni-yānāni)的同义词。而"三乘"一词,早在两晋的译经中已频繁出现。如:竺法护译《正法华经》卷一《善权品第二》即曰:

---

① 《大正藏》第 15 册,第 418 页上栏。

设如来说众生瑕秽,一劫不竟。今吾兴,出于五浊世:一曰尘劳,二曰凶暴,三曰邪见,四曰寿命短,五曰劫秽浊。为此之党,本德浅薄、悭贪多垢故,以善权,现三乘教,劝化声闻及缘觉者。若说佛乘,终不听受,不入不解。无谓如来法有声闻及缘觉道,深远诸难。若比丘比丘尼已得罗汉,自已达足,而不肯受无上正真道教,定为诽谤于佛乘矣。虽有是意,佛平等训,然后至于般泥洹时。诸甚慢者,乃知之耳。①

东晋鸠摩罗什译《大智度论》卷四十一则曰:"复次,般若波罗蜜中种种因缘说空解脱门义,如经中说:若离空解脱门无道无涅槃,以是故三乘人皆应学般若。复次,舍利弗自说因缘,于般若波罗蜜中广说三乘相,是中三乘人应学成。"②而中土僧人在修行实践中,对三乘观念也有自己的理解。如慧远(334—416)法师的《念佛三昧诗集序》有语曰:"于是洗心法堂,整襟清向,夜分忘寝,夙宵惟勤。庶夫贞诣之功,以通三乘之志。"③特别是刘宋陆澄所编《法论》第六帙《教门集》中载有多篇探讨"三乘"的论文,如支道林(314—366)的《辨三乘论》,慧远法师的《无三乘统略》,竺法汰(320—387)的《问释道安三乘并书》《问三乘一乘》(什答),王稚远的《问得三乘》(什师答)。④ 可见即使在东晋佛教的内部,有关三乘的次第、三乘和一乘的关系等问题,也是时人所关心的问题。当然,这和《法华经》所倡"会三归一""开权显实"的教法、教义之传播密切相关。

陆修静作为道教三洞学说的集大成者,其所处的时代、地域,皆受到佛教文化的极大浸染。据《三洞珠囊》卷二《敕追召道士

---

① 《大正藏》第 9 册,第 69 页下栏。
② 《大正藏》第 25 册,第 363 页下栏。
③ 《大正藏》第 52,第 351 页下栏。
④ 《出三藏记集》,第 435 页。

品》引马枢《道学传》卷七曰：

> 陆修静，字元德，吴兴东迁人也。隐庐山瀑布山修道。宋明帝思弘道教，广求名德，悦先生之风，遣招引。太始三年三月，乃诏江州刺史王景宗以礼敦劝，发遣下都，先生辞之以疾。频奉诏，帝未能致，弥增钦仁。中使相望，其在必至。先生乃曰："主上聪明远览，至不肖猥见采拾，仰惟洪眷，俯深惭惕。老子尚委王官以辅周室，仙公替金锡佐吴朝，得道高真犹且屈己，余亦何人，宁可独善乎？"即命弟子陈飘之出都也。初至九江，九江王问道佛得失同异，先生答："在佛为留秦，在道为玉皇，斯亦殊途一致耳。"王公称善。至都，敕主书计林子宣旨，令住后堂。先生不乐，权住骠骑航扈客子精舍，劳问相望，朝野欣属。天子乃命司徒建安王、尚书令袁粲设广谶之礼，置招贤座，盛延朝彦，广集时英，会于庄严佛寺。时玄言之士飞辩河注，硕学沙门抗论锋出，掎角李释，竞相诘难。先生标理约辞，解纷挫锐，王公嗟抃，退迹悦服。坐毕，奏议于人主，旬日间又请会于华林延贤之馆，帝亲临幸，王公毕集。先生鹿巾谒帝而升，天子萧然增敬，躬自问道，咨求宗极。先生标阐玄门，敷释流统，并诣希微，莫非妙范，帝心悦焉。王公又问："都不闻道家说二（三）世。"先生答："经云：'吾不知谁之子，象帝之先。既已有先，居然有后。既有先后，居然有中。'庄子云：'方生方死。'此并明三世，但言约理玄，世未能悟耳。"①

于此，有三点引起了我们的特别注意：一是陆修静修道于庐

---

① 《道藏》第25册，第305页下栏－306页上栏。又，钟国发先生指出《道学传》中所说的江州刺史王景宗当为王景文之误（《陶弘景评传》附《陆修静评传》，南京：南京大学出版社，2005年，第561页），是。

山,而庐山在晋宋之际乃中国南方的佛教中心之一,前揭慧远法师即驻锡于此。二是九江王问佛道同异时,陆氏的回答颇为有趣。其所说的"留秦",即是过去七佛之第四佛(梵文Krakucchandha-buddha)之音译拘留秦、俱留秦、鸠留秦佛的略称。① 此佛之译名,佛陀跋陀罗(359—429)之后,多音译为"拘留孙佛"。② 三是陆氏引老、庄之语来解释佛教的三世观念,虽有狡辩的嫌疑,却进一步表明他对佛典的了解很不一般,应当说相当深入。由此,我们推断陆氏在整理道典时,确实有条件援引、融汇佛教的三乘(三藏)观念。正如有的学者在分析陆修静的新道教思想时所说的那样,虽然"陆修静没有采用'判教'的概念,但是实际上使用了判教的方法",其"总括三洞,为世宗师","就是通过教相判释将上清、灵宝和三皇等各派整合成统一的新道教,自己则成为新道教的领袖"。③ 这种方法,和《法华经》所倡导的会三归一十分相似。

此外,在陆修静所编的《灵宝经目》中,收录了两部重要的古灵宝经——《太上洞玄灵宝仙公请问本行因缘众圣难经》和《太极左仙公请问经下》,在今存《道藏》中它们分别题名为《太上洞玄灵宝本行因缘经》《太上洞玄灵宝本行宿缘经》,经中明确提出了小乘和大乘之分。如前者载有太极左仙公对地仙道士三十三人之

---

① 音译作"拘留秦"者,如东吴支谦译《佛说老女人经》(《大正藏》第 14 册,第 912 页中栏)、西晋竺法护译《普曜经》卷五之《迦林龙品》(《大正藏》第 3 册,第 514 页中栏);作"俱留秦"者,如刘宋沮渠京声(? —464)译《佛说末罗王经》(《大正藏》第 14 册,第 791 页下栏);作"鸠留秦"者,像南本《大般涅槃经》卷二十一(《大正藏》第 12 册,第 694 页上栏)。

② 佛陀跋陀罗译《观佛三昧海经》卷十《念七佛品》(《大正藏》第 15 册,第 693 页中栏)。

③ 钟国发:《陶弘景评传》附《陆修静评传》,第 568、576 页。

语曰：

> 子辈前世学道受经，少作善功，唯欲度身，不念度人，唯
> 自求道，不念人得道。不信大经弘远之辞，不务斋戒，不尊三
> 洞法师，好乐小乘，故得地仙之道。然亦出处由意，去来自
> 在，长生不死，但未得超凌三界，游乎十方。①

后经则曰：

> 昔正一真人学道时，受灵宝斋。道成后，谓此斋尊重，乃
> 撰《灵宝五称文》。中出斋法，为《旨教经》，大同小异，亦次本
> 经斋法也。太乙斋法，于此大斋，玄之玄矣，教初学小乘之阶
> 级耳。宗三洞玄经，谓之大乘之士，先度人，后度身，坐起卧
> 息，常慈心一切。②

由此可知古灵宝经也是从教义之深浅、境界之大小、救度对
象之不同等方面来判别教派的高下。其中，三洞经书是大乘，三
洞经书之外的则为小乘。易言之，古灵宝经虽然借鉴了佛教的
"三乘"观念，但实际上只引进了"大乘"和"小乘"，这与后来上清
派将"三洞经书"本身分为大乘（洞真）、中乘（灵宝）和小乘（洞神）
的做法有着很大的不同。前引玄嶷的言论，反映的正是上清派的
三乘观。

2. 十二部经和十二分教

陆修静等人对道教"十二部经"的命名，显然借鉴了佛经翻译
中的"十二分教"，并且同样具有文体分类的功能和作用。③

考汉译佛经的文体分类，主要有两种说法：一曰九分教，二曰
十二分教。但最流行的还是后者，而且传入的时间相当早。如支

---

① 《道藏》第 24 册，第 671 页中栏。
② 《道藏》第 24 册，第 667 页中－下栏。
③ 关于这方面的研究，可参看姜伯勤《道释相激：道教在敦煌》（《敦煌
艺术宗教与礼乐文明》，第 266—320 页，特别是第 293—294 页）。

谦所译《七知经》曰:"诸比丘! 何谓知法? 谓能解十二部经。一曰文,二曰歌,三曰说,四曰颂,五曰譬喻,六曰本起纪,七曰事解,八曰生傅(传),九曰广博,十曰自然,十一曰行,十二曰章句。"①此处是为意译。僧伽提婆于苻秦建元年间(365—385)译出的《增一阿含经》卷三十三则谓:"比丘知法,所谓契经、祇夜、偈、因缘、譬喻、本末、广演、方等、未曾有、广普、授决、生经。若有比丘不知法者,不知十二部经,此非比丘也。"②此则音译、意译混用。鸠摩罗什在《成实论》卷一《十二部经品第八》中则音译为:"一修多罗,二祇夜,三和伽罗那,四伽陀,五忧陀那,六尼陀那,七阿波陀那,八伊帝曰多伽,九阇陀伽,十鞞佛略,十一阿浮多达磨,十二忧波提舍。"③而中土士人,也常常用十二部经指代一切佛法,如东晋郗超(336—377)所撰《奉法要》开篇即曰:"三自归者,归佛、归十二部经、归比丘僧。过去见在当来三世十方佛! 三世十方经法! 三世十方僧!"④

由于陆修静对十二部经的含义没有展开充分的讨论,故我们拟以宋文明的具体解说为基础,深入探讨一下那些和佛教关系较为密切的文体。

其一,宋文明论"变文"时所谈及的"顺形梵书",显然是含有统合佛教经典的用意。其谓"条例支流,为六十四种,播于三十六天、十方众域也",指的是印度所使用的六十四种文字及其书写形态。如西晋竺法护译《普曜经》卷三《现书品第七》中即详列了其名目,曰:梵书、佉留书、佛迦罗书、安佉书、曼佉书、安求书、大秦书、护众书、取书、半书、久与书、疾坚书、陀比罗书、夷狄塞书、施

---

① 《大正藏》第 1 册,第 810 页上栏。
② 《大正藏》第 2 册,第 728 页下栏。
③ 《大正藏》第 32 册,第 244 页下栏。
④ 《大正藏》第 52 册,第 86 页上栏。

与书、康居书、最上书、陀罗书、佉沙书、秦书、匈奴书、中间字书、维耆多书、富沙富书、天书、龙书鬼书、捷沓和书、真陀罗书、摩休勒书、阿须伦书、迦留罗书、鹿轮书、言善书、天腹书、风书、降伏书、北方天下书、拘那尼天下书、东方天下书、举书、下书、要书、坚固书、陀阿书、得昼书、厌举书、无与书、转数书、转眼书、闭句书、上书、次近书、乃至书、度亲书、中御书、悉灭音书、电世界书、驰又书、善寂地书、观空书、一切药书、善受书、摄取书、皆响书。①（按：其中的"秦书"是指汉语言文字，这与历史显然不合，佛典的用意在于显示佛祖的全知全能。）僧祐《出三藏记集》亦曰："仰寻先觉所说，有六十四书，鹿轮转眼，笔制区分，龙鬼八部，字体殊式。唯梵及佉楼为世胜文，故天竺诸国谓之天书。西方写经，虽同祖梵文，然三十六国，往往有异。譬诸中土，犹篆籀之变体乎？案：苍颉古文，沿世代变，古移为籀，籀迁至篆，篆改成隶，其转易多矣。"②于此，僧祐透露了两个重要的信息：一者六十四书说乃是随着佛典汉译传入中土的；二者僧祐所理解的六十四书，其实是一种类似于汉地篆、籀等形式的书写方法，是字体学的概念。更为重要的是宋文明论变文有六（天书、地书、古文、大篆、小篆、隶书）时，其思路甚至所用文字皆和僧祐的说法颇为相同。只是出发点不一样，宋氏是把佛教纳入了道教的思想体系，而僧祐则是用格义的方法，以中国固有的概念和印度佛教进行比附。当然，若深究起来，则两人都直接利用了东汉许慎《说文解字·叙》中的材料。③

其二，宋文明对于道教诫（戒）律的解说，打上了佛教戒律的

---

① 《大正藏》第 3 册，第 498 页中栏。

② 《出三藏记集》，第 13 页。

③ 有关宋文明《通门论》和许慎《说文解字叙》的关系，王承文《敦煌古灵宝经与晋唐道教》（第 743—744 页）已有讨论，可参看。

深刻印记。如"诫名体者,诫,界也,外也。善恶之心于此为断,为其界域,故言界也。能消诸法,解除众结,故曰外也",其中的"众结"是从佛典中借用的名词。结者,梵文作 bandhana,也译作"结使",①意为烦恼。即诸有情众生由于烦恼系缚,不能出离生死苦海。结之种类,诸经说法不一,如《中阿含经》卷三十三举出悭、贪二结,《光赞般若经》卷二列出贪身、狐疑、毁戒三结,《增一阿含经》卷二十又列出欲结、嗔结、痴结、利养结等四种结,《杂阿含经》卷一八则有九结(爱、恚、慢、无明、见、取、疑、嫉、悭)之说。西晋竺法护译《贤劫经》卷一曰:"何谓菩萨常备道心?断除非法,奉告等业,消除众结。"②什译《维摩诘所说经》则曰:"稽首住于不共法,稽首一切大导师,稽首能断众结缚,稽首已到于彼岸。"③由此可知,菩萨修行的目的即在于断灭诸种烦恼,然后才可进入涅槃的境界。

宋文明又说:"戒法有二:一者止,心口为誓,从今日始能断众恶,恶于此止,故曰止也;二者行,从今日始,至于道场,常行善行,广为善业。于此常行,故曰行也。止行之戒,有详有略。"他对戒法止、行之二分,则与鸠摩罗什译《大智度论》卷十三中的观点颇显一致,后者有云:"尸罗秦言性善,好行善道,不自放逸,是名尸罗。"④尸罗,是梵文梵语 śīla 的音译。其动词语根 śīl 有履行之义,转成名词后,则含有行为、习惯、性格、道德、虔敬等诸多义项。在大乘六度中,它属于持戒(戒行)。什译"好行善道",即相当于宋文明所说的"行",而"不自放逸"相当于宋文明所说的"止"。另

① 如《大智度论》卷一曰:"一切众生为结使病所烦恼,无始生死已来,无人能治此病者。"(《大正藏》第 25 册,第 58 页下栏)
② 《大正藏》第 14 册,第 1 页下栏。
③ 《大正藏》第 14 册,第 538 页上栏。
④ 《大正藏》第 25 册,第 153 页中栏。

外，在题为后汉安世高所译的《阿难问事佛吉凶经》中，也有类似的说法，如："魔世比丘四数之中，但念他恶，不自止恶，嫉贤妒善，更相沮坏；不念行善，强梁嫉贤，既不能为，复毁败人。断绝道意，令不得行。贪欲务俗，多求利业，积财自丧，厚财贱道，死堕恶趣大泥犁中、饿鬼、畜生，未当有此。"①只不过，本经是从反面点出了不持戒的严重后果。

其三，宋文明在为"记传"文体追溯其根源时有语曰："此记则有进（讲）述过去之事，亦有豫记未来之事也。"于此一方面把佛教的三世观念加以糅合，另一方面则用"记传"一体至少涵盖了佛经中的本生、本事和授记等三种文体。本生者，讲述的是佛陀前世的各种修行故事，此在汉译佛经中极其常见，重要的有《六度集经》《生经》等。本事者，指的是本生经以外的经典中所记载的佛陀及其弟子的前生故事。授记，也作授决、受记、记别、记、预记等，本来是指分析教说，或者用问答体进行解说教理的说法方式，后来专指有关佛弟子未来世证果等事的证言或预言。南本《大般涅槃经》卷一四即云："何等名为授记经？如有经律，如来说时为诸天人授佛记别：汝阿逸多，未来有王名曰蠰佉，当于是世而成佛道，号曰弥勒，是名授记经。"②此处所述，即是对未来佛弥勒的预言。北魏凉州沙门慧觉等人所译《贤愚经》卷十二《师质子摩头罗世质品》则说摩头罗瑟质："求索出家，父母恋惜，不肯放之。儿复殷懃白其父母：若必违遮，不从我愿，当取命终，不能处俗。父母议言：昔日世尊，已豫记之，云当出家。今若固留，或能取死，就当听之。"③此则是佛为一般弟子的授记之事。

---

① 《大正藏》第14册，第755页中－下栏。
② 《大正藏》第12册，第693页下栏。
③ 《大正藏》第4册，第430页上栏。

宋文明对"记传"的解释还有一处特别重要,曰:"述阶次,此次千流万品,不可悉论。略言大乘,数有三:上品曰圣,中品曰真,下品曰仙也。圣复有三,真品复有三,仙品复有三,合为九品。九品又各有三,合为二十七品也。虽有二十七品为其大纲,至于分致,职僚无数,各随品类推之也。其小乘下仙及功满三百无过失者,……意谓此是福田家义,若功德一千者,田力强,故身自得仙;田力弱者,方便滋长,故下及子孙,方获其利也。"其中,对于大乘、小乘品第的区分,前面已揭示出它们和佛教的关联,故不赘言。而"福田"之喻,其实也是出自佛教方面的经典。如西晋法立、法炬共译《佛说诸德福田经》曰:"佛告天帝:众僧之中有五净德,名曰福田,供之得福,进可成佛。何谓为五?一者发心离俗,怀佩道故;二者毁其形好,应法服故;三者永割亲爱,无适莫故;四者委弃躯命,遵众善故;五者志求大乘,欲度人故。以此五德,名曰福田,为良为美,为无早丧,供之得福,难为喻矣。"①福田的种类,诸经说法不一:如《大智度论》卷十二列出怜悯、恭敬二福田,北凉昙无谶译《优婆塞戒经》卷三《供养三宝品》则举出了报恩、功德、贫穷三种福田,北魏般若流支译《正法念处经》卷六十一又举出母、父、如来、说法法师四种福田,鸠摩罗什译《梵网经》卷下则有诸佛、圣人、师僧、父母、病人等八种福田说。诸如此类,皆是把皈依三宝、孝敬父母、布施等行为比作良田,如果在上面撒播善行的种子,将来就一定能结出福德的果实。当然,宋文明在吸收佛教福田说的同时,依然保留了道教传统的承负观念。究其用意,同样旨在劝世教化,让人行善积德。更为重要的是,今存敦

---

① 《大正藏》第 16 册,第 777 页上栏。

煌遗书 S. 1438《宋文明道德义渊》(拟)①中提出了福田七义说,曰:

(前略)

1. 前科既明,自然道性为德之源,率性立功则

2. 福田滋长,故次明福田也。福田义有七

3. 重:

4. 第一序本文;

5. 第二称名义;

6. 第三明身业;

7. 第四述口业;

8. 第五分心业;

9. 第六例三一;

10. 第七论种子。

其中,三业的观念,亦出于佛教。

其四,宋文明论述"赞颂"时说:"赞颂有二义:一者序名状(义),二者论变通。序名义者,赞以表事,颂以歌德也,亦得[□](名)偈,偈者解也,有四解也,此赞或四[□](言),或言五(五言),或七言也。"本来在佛经文体中,"偈"有广义狭义之分。广义之偈,它包括前述十二分教中的伽陀和祇夜,两者虽是偈颂之体,但含义不同:在偈前没有长行(散文),直接用韵文记录的教说,叫伽陀(又称为孤起偈);偈前有散文,并用韵文重复散文之义者,则叫祇夜(重颂)。狭义的偈,专指伽陀(又音译伽他、偈陀、偈他等)。当然,经中也有把祇夜等同于偈的说法,如《成实论》卷一《十二部

---

① 此拟题最早由卢国龙先生考定,后来王卡《敦煌道教文献研究——综述·目录·索引》(北京:中国社会科学出版社,2004 年,第 177 页)承之,可从。

经品》曰：

> 修多罗者，直说语言。祇夜者，以偈颂修多罗，或佛自说，或弟子说。问曰：何故以偈颂修多罗？答曰：欲令义理坚固，如以绳贯华，次第坚固。又欲严饰言辞，令人喜乐，如以散华或持贯华以为庄严。又义入偈中，则要略易解，或有众生乐直言者，有乐偈说。又先直说法，后以偈颂，则义明了，令信坚固。又义入偈中，则次第相著，易可赞说，是故说偈。……第二部说祇夜，祇夜名偈。偈有二种：一名伽陀，二名路伽。路伽有二种：一顺烦恼，二不顺烦恼。不顺烦恼者，祇夜中说，是名伽陀。除二种偈，余非偈。①

宋文明把偈理解为"颂"，则是中土佛教内部比较流行的观点。如东晋慧远在《阿毗昙心序》中明确指出《阿毗昙心》："凡二百五十偈，以为要解，号之曰心。其颂声也，拟向天乐，若云籥之自发，仪形群品，触物有寄。"②甚至在佛经翻译中，偈和颂字也常连用。如法炬共法立译《法句譬喻经》卷一《无常品》曰："尔时世尊以偈颂曰：所行非常，谓兴衰法。夫生辄死，此灭为乐。譬如陶家，埏埴作器，一切要坏，人命亦然。"③此即为四言偈。竺法护译《生经》卷三《佛说国王五人经》则说："其智慧者，嗟叹智慧天下第一，以偈颂曰：智慧最第一，能决众狐疑。分别难解义，和解久怨结。"④此即是五言偈。什译《维摩诘所说经》卷一《佛国品》复曰："长者宝积，即于佛前以偈颂曰：目净修广如青莲，心净已度诸禅定。久积净业称无量，导众以寂故稽首。"⑤此则为七言偈。从这

---

① 《大正藏》第 32 册，第 244 页下栏－245 页上栏。

② 《出三藏记集》，第 378 页。

③ 《大正藏》第 4 册，第 575 页下栏。

④ 《大正藏》第 3 册，第 87 页中栏。

⑤ 《大正藏》第 14 册，第 537 页下栏。

些所引偈颂看,四言、五言、七言确是汉译佛典偈颂中最常见的句式,宋文明的观察也是相当细致的。本来,宋文明所要归纳的是道经的偈颂体例,但他能比较出佛、道二经在偈颂方面的共同点,由此可知他对佛经文体的了解还是相当深入的。

另外,需要指出的是,佛经文体长行(散文)、偈颂相应的观念,也被古灵宝经所吸收。如《太上洞玄灵宝三元玉京玄都大献经》(敦煌本 S.3081 题作《太上洞玄灵宝中元玉京玄都大献经》)即曰:

> 天尊以次而说偈言:天尊以其向来问答次序重申其意,详而说之,其名曰偈。偈者,赞颂之别名也。重明其义,故易之曰偈。
>
> 篡杀于君父,杀害无辜人。死受金链打,铁杖不去身。此即偈之文也。前文中"篡杀"在后,今偈则"篡杀"在前者,但君父之重,自古为先,三千之条无杀,故于偈中而为称首,此重明上长行中"杀君父"义。①

于此,注文显然是直接把道经之偈比附成佛经中的祇夜之偈来理解。因为,祇夜才是重申长行之意。

(二)本土文化的渊源

宋文明《通门论》所展现的十二部经分类法,除了受到佛教文化的影响外,更直接的文化渊源则在本土固有文化。对此,笔者拟谈两大层面的问题。

1. 古灵宝经"天文"的来源及其语言观

有关古灵宝经,特别是敦煌本宋文明《通门论》与灵宝"天文"的来源,王承文博士作过精彩的研究。② 另外,葛兆光先生用比

---

① 《道藏》第 6 册,第 270 页上栏。
② 王承文:《敦煌古灵宝经与晋唐道教》,第 740—789 页。

较的方法对佛、道两教的语言观进行过深入的分析。① 现综合两人的观点,略述《通门论》之"天文"观、语言观在道教文体分类中的重要作用。

　　P. 2861＋P. 2256 宋文明《通门论》保留了陆修静所作的《灵宝经目》,著录了一批东晋末年在江南地区产生的灵宝派经典,它们被称为古灵宝经。其中,古灵宝经中的《元始五老赤书玉篇真文天书经》中的《灵宝赤书五篇真文》、《太上灵宝诸天内音自然玉字》中的《大梵隐语自然天书》、《太上灵宝五符序》中的《皇人太上真一经诸天名》等篇目,采用了神秘的书写形式,即灵宝"天文"。王承文博士指出:古灵宝经对于这些"天文"是极度神化,它们被看成是"道"的本体和表现形式,它既是宇宙万化之源,又是道教所有经教特别是"三洞群书"的本源。灵宝"天文"是灵宝经教义的核心,也是理解中古道教的整合以及统一性经教体系的关键性要素。②

　　《通门论》原文有云:

　　　　(前略)

　　　　120. 本文一条有二义:一者叙变文,二者论应用。变

　　　　121. 文有六:一者阴阳之分,有三元八会之炁,以

　　　　122. 成飞天之书。又有八龙云篆明光之章也。

　　　　123. 此三元八会,通诵之文者,分也,理也。析二仪,

　　　　124. 故曰分也;理通万物,故曰理也。《谥法》:经纬

　　　　125. 天地曰文。此经之出,二仪以分,万物斯理,经

　　　　126. 纬天地曰文也。《真迹》,紫微夫人说。今三元八

---

　　① 葛兆光《"不立文字"与"神授天书":佛教与道教的语言传统及其对中国古典诗歌的影响》,《中国宗教与文学论集》,北京:清华大学出版社,1998 年,第 42—63 页。
　　② 王承文:《敦煌古灵宝经与晋唐道教》,第 740—741 页。

127. 会之[□](书)，太极高真所由也。云篆明光之章，今所

128. 见神灵符(符)书之字是也。陆先生《文统》略云：混

129. 元既判，分为三才，谓之三元。三元既立，五行咸

130. 具，三五合和，谓之八会，为书之先。次则八龙

131. 云篆明光之章，自然凝飞玄之炁，结炁成

132. 文，字方一丈，笔于未天之中。二仪持之以开，

133. 三景持之以明，百神持之以化，品物资之以

134. 生。案《真迹》，紫微夫人说，三元八会，建文章，祖

135. 八龙云篆，是其根宗所起，有书而始。先生

136. 既明八会为先、八龙为次者，既在未天之中，

137. 先者何容，方在既判之后。赤书，又云《灵宝

138. 赤书五符(符)真文》，出于元始之先。即此而论，则

139. 三元应非三才之三元，五行非天地之五行也。

140. 而此正应是三宝丈人之三三元元(三元，三元)自有五德，

141. 不容关三才既判之三光(元)五行也。何以言之？

142. 《九天生神章》云：天地万物，自非三元所育、九

143. 无(炁)所导，莫能生也。又曰：三炁为天地之首，九

144. 无(炁)为万物之根。故知此三元在天地未开、三

145. 才未生之前也。篆者，撰集云书，谓之云篆

146. 也。此三元八会之文、八龙云篆之章，皆是天

147. 书。三元八会，则《五篇》方文、《内音》八字例是也。

148. 二者演八会为龙凤之文，谓之地书。书者，舒

149. 也。舒布情状，故曰舒也。此下皆玄圣所述，以写

150. 天文。三者轩辕之世，苍颉傍(仿)龙凤之势，采鸟

151. 迹之文，为古文，即为古体也。四者周时史籀

（籀），变

152. 古文为大篆。五者秦时程邈,变大篆为小篆。

153. 六者秦后肝(旴)阳,变小篆为隶书。此为六也。就

154. 第二中,又有云篆明光之章,为顺形梵书,

155. 条例支流,为六十四种,播于三十六天、十方

156. 众域也。今经书相传,皆以隶字解天书,相

157. 杂而行也。二者论应用:第一部本文八会

158. 之文,凡一千一百九字,其六百六十八字是三

159. 才之元根,生天立地,开化人神,万品之所由,故

160. 云天道、地道、人道、神道。此之神也,修用此法,

161. 凡有四条:一者主名(召)九天上帝校神仙图录、

162. 求仙致之真法;二者主名(召)天宿星官,正天分

163. 度、保国宁民之道;三者校制丰都六天之炁;

164. 四者敕令水帝,制名(召)龙鸟也。其二百五十六

165. 字,论诸天度数期会,大圣真仙名讳位号,

166. 所治官府城台处所,神仙变化,升堂品次,众

167. 魔种类、人鬼生死、轮转因缘。其六十三字是五

168. 方元精名号,服御求仙练形,白日腾空之法。

169. 余一百二十二字,阙无音解也。第二部神符

170. 一条,即云篆明光之流也。二重明义:一者叙

171. 其力(功)用,一切万有莫不以精炁为用也,故二

172. 仪既判,三景以别,皆以精炁守其中,万物

173. 莫不有精炁者也。神者,以变通不测以为言。

174. 符(符)者,扶也,合也。文以分理,符(符)以合契,

言天文

175. 合契以扶救于物也。何以救物由其精炁? 若

176. 悬在于天,故以精炁救物,布之简默。亦以精

177. 为用,以道之精炁会物之精炁,物之精炁有

178. 耶有正、有伪有真。伪既服真,耶不干正,故以

179. 此云篆之文六十五条为神真之信,名(召)会群

180. 灵,制御生死,保持劫运,安镇五方也;二者异

181. 同:天文发于始青之天,而色无定方,文势曲

182. 折,不可寻详。元始于是命太真仰写天文,置

183. 方位,区别符(符)书,总括图象。符(符)者逐取云炁,

184. 星辰之□(炁)。书者,分析音句之旨。图者昼(书)取云

185. 变之情。此其异也。至于符(符)中有书,参以图象,

186. 书中有图,形声并用,故有八体六文,更相显

187. 发。六文者:一曰象形,日月是也;二曰指事,上下是

188. 也;三曰形声,江河是也;四曰会意,武信是也;

189. 五曰转注,考老是也;六曰假借,令长是也。八

190. 体者:一曰天书,八会是也;二曰神书,云篆是

191. 也;三曰地书,龙凤之象;四曰内书,龟龙鱼鸟

192. 所吐;五曰外书,鳞甲毛羽所载;六曰鬼书,杂

193. 体微昧;七曰中夏书,摹范云篆;八曰戎夷,

194. 类于昆虫。此六文八体,或今字同古,或古书

195. 同今。符(符)采交加,共成一法,合为一用,此其同。

196. 问曰:符(符)何以往往有今字? 答:洞经中符(符),今字

197. 与古字不变者,因而用之。犹如古文《尚书》中有

198.与今字同者也。

由此可知,灵宝"天文"也叫"本文""天书""真文"或"三元八会之文",它是道教主尊元始天尊命太真仰写而出,代表的是天地之理(即宇宙之法则)。考其写出方式,则和《周易·系辞》的说法如出一辙,后者曰:"古者庖牺氏之王天下也,仰则观象于天,俯则观法于地,观鸟兽之文,与地之宜,近取诸身,远取诸物,于是始作八卦,以通神明之德,以类万物之情。"①易言之,只是换了一下写出主体、写出对象的名称而已。

宋文明对"天文"来源与演变过程(即变文)的解释(如八体、六文等),王承文博士指出它直接依据了汉代的有关材料,如东汉许慎《说文解字叙》论汉字起源和演变及相关纬书。② 而道教之所以能把文字神秘化,主要原因是汉字的象形性及其书写方式的多样性。特别是象形文字本身,容易产生象征性、暗示性及解释的多样性。道教提出的"神授天书"说,用意则在确立经典的权威性。③

文字作为语言的物质载体,其终极指向是理(思想的意义)。这种传统在中土文化中可谓是根深蒂固,如梁代高僧释僧祐在《胡汉译经文字音义同异记》中即说:

夫神理无声,因言辞以写意;言辞无迹,缘文字以图音。故字为言蹄,言为理筌,音义合符,不可偏失。是以文字应用,弥纶宇宙,虽迹系翰墨,而理契乎神。昔造书之主凡有三人:长名曰梵,其书右行;次曰佉楼,其书左行;少者苍颉,其书下行。梵及佉楼居于天竺,黄史苍颉在于中夏。梵佉取法

---

① ［清］阮元校刻:《十三经注疏》,上海:上海古籍出版社,1997 年,第 86 页中栏。

② 王承文:《敦煌古灵宝经与晋唐道教》,第 743—745 页。

③ 葛兆光:《中国宗教与文学论集》,第 44—49 页。

于净天,苍颉因华(革)于鸟迹。文画诚异,传理则同矣。①

本来,古印度传统语言观中更重视声音的作用,大乘佛教兴起之后,"不立文字"的观点更为流行。但是僧祐对印度语言、文字的解释,显然带有中土文化的深刻印记。

既然灵宝"天文"具有极度的神圣性和权威性,那么从逻辑角度我们便可推出这样的结论:即由"经之本文"所派生出的其他道经类别,虽然在书写形式上发生了变异,但其本质并未随之改变。换而言之,所有十二部经都是道教主尊意志的体现,是宇宙之道的文本表现。

2.十二部经中的本土文化特色

在道教十二部经中,大多数文体的得名和本土文化的关系更为密切。兹择要略析如下:

其一,宋文明在解释"神符"之含义时,所引例证中的"八体"和"六文",除了前面所说的文字学之依据外,还与中国书法的起源说有关。对此,学界已有不少人加以关注。② 其实,古人早就指出了这一点,像崔瑗《草书体》即谓:"书体之兴,始自颉皇,写彼鸟迹,以定文章。"蔡邕《篆书体》则曰:"因鸟遗迹,皇颉循圣作则,制斯文,体有六。"③考葛洪《抱朴子内篇》"诸符"条中所载之《自来符》《金光符》《太玄符》《通天符》《五精符》等近六十种大符,而小符"不可俱记",然而都是"通于神明""神明所授"。④ 宋文明对

---

① 《出三藏记集》,第12页。
② 参齐凤山《道教的"神符"和书法艺术》(《中国道教》2004年第2期,第40—41页)、黄勇《道教文字观与书法艺术》(《中国道教》2004年第6期,第37—39页)、任宗权《道教章表符印文化研究》(北京:宗教文化出版社,2006年,第211—220页)等。
③ [唐]徐坚等著:《初学记》,北京:中华书局,2004年,第507页。
④ 王明:《抱朴子内篇校释》,北京:中华书局,1985年,第335页。

"神符"性质的理解与此基本一致。

其二,陆修静和宋文明对"玉诀"的定义,其内涵基本相同,皆指对玉书八会的解释性文书。不过,宋文明特别强调了它和传经盟授威仪之间的关系,意思是说玉诀之用必须和相应的道教行仪相结合。又宋氏所谓"诀者决也",实际上用的是同义互训方法。如李善注《文选》鲍照《东门行》之"将去复还诀"曰:"诀与决同。"①杨伯峻先生则指出《列子》卷八《说符篇》中"卫人有善术者,临死,以决喻其子"中的"决"字,《道藏》白文本、林希逸本、世德堂本、吉府本并作"诀",并谓诀,法也。② 可见玉诀之"诀",则指要诀与法则。如果结合道教经、诀传授的规则,则应指秘诀。另据孟安排《道教义枢》曰:"第三玉诀者,如河上公释柱下之文。玉诀,解金书之例是也。玉名无染,诀语不疑。谓决定了知,更无疑染。"③由此可知,玉诀类道经,其实是类似于河上公对《道德经》的注释或疏义,而注疏体正是两汉阐释经学最重要的文体。易言之,玉诀对玉书八会的解释,就像河上公的老子注一样,具有无上的权威性。

其三,"灵图"类道经是指用图像对经之"本文"进行解释,常常呈现出复合型文体的特征,往往是文字(或文学)和图画的有机组合。如《汉书·艺文志》中就载有:《楚兵法》七篇图四卷,《孙轸》五篇图二卷,《王孙》十六篇图五卷,《魏公子》二十一篇图十卷,《黄帝》十六篇图三卷,《风后》十三篇图二卷,《鹖冶子》一篇图一卷,《鬼容区》三篇图一卷,《别成子望军气》六篇图三卷,《鲍子兵法》十篇图

---

① [梁]萧统编,李善注:《文选》,上海:上海古籍出版社,1986年,第1323页。

② 杨伯峻:《列子集释》,北京:中华书局,1979年,第268页。

③ 王宗昱:《道教义枢研究》附录《道教义枢校勘》,第314页。

一卷,《五子胥》十篇图一卷。① 虽然这些图文结合的具体形式到底如何我们已不得而知,但是王逸《楚辞章句·天问序》载屈原放逐,彷徨山川时"见楚有先王之庙及公卿祠堂,图画天地山川神灵,琦玮谲诡,及古圣贤怪物行事。周流罢倦,休息其下,仰见图画,因书其壁,呵而问之,以泄愤懑,舒泻愁思",②却给我们极大的启示。孙作云先生《楚辞〈天问〉与楚宗庙壁画》即指出:《天问》所写的先王庙就是春秋末年、楚昭王十二年(前 504)从郢(今湖北荆州)迁往都(今湖北宜城县东南)所建筑的楚宗庙。《天问》中所问的重要事项,一定见于这座宗庙的壁画。《天问》是根据壁画而作的。③ 细绎王逸序,可知《天问》原是楚国宗庙壁画上的题画诗,其原初形态应是图文合一。宋文明举例时提到的"八景""人鸟",则分别指《太上洞玄二十四生图三部八景自然神真箓仪》《灵宝五符人鸟经》(《道藏》则题作《洞玄灵宝二十四生图经》《玄览人鸟山经图》),它们也用到了图(箓)、文合一。④

其四,宋文明指出"谱录"一条有二义:"一者序谱录之体,谱者记其源之所出。……二者述谱录之用,……录之用者,条牒名录,以付学人,令其镇存思敬。"孟安排的解释与此大同小异,曰:"谱录者,如《生神》所述三君,《本行》之陈五帝,其例是也。谱,绪

---

① 班固撰:《汉书》,第 1758—1761 页。

② 《文渊阁四库全书》,台北:台湾商务印书馆,1986 年,第 1062 册,第 25 页。

③ 孙作云:《楚辞〈天问〉与楚宗庙壁画》,载河南省考古学会编《楚文化研究论文集》,郑州:中州书画社,1983 年,第 1—9 页。又收入《天问研究》,北京:中华书局,1989 年,第 52—60 页。

④ 著名汉学家梅维恒先生在研究中国的看图讲故事起源时,搜集了大量域外的材料(参王邦维、荣新江、钱文忠译:《绘画与表演》,北京:北京燕山出版社,2000 年),极具参考价值。

也；录，记也。谓绪记圣人，以为教法。亦是绪其元起，使物录持也。"①综合起来看，谱录指的是纪录高真上圣应化事迹、功德名位等内容的道典。谱录的出现，和魏晋南北朝十分兴盛的谱牒之学不无关联。如刘孝标注《世说新语》"方正第五"之诸葛恢事时，引用了《庾氏谱》《羊氏谱》《诸葛氏谱》《谢氏谱》，②注"贤媛第十九"之周浚事时，又引用了《周氏谱》。③《隋书·经籍志二》中则载有当时所存隋代以前的谱系类著作四十一部三百六十卷，重要的如宋衷《世本》、王俭《百家集谱》、王僧孺《百家谱》。谱的作用在于"第其门阀"与"纪其所承"。④ 与世俗之谱牒不同的是，道经中的谱录的记载主体从人换成了仙与真。宋文明举例时说的《生神章》之"三宝君"，指的是《太上洞玄灵宝自然至真九天生神章》（《道藏》本作《洞玄灵宝自然九天生神章经》），是经开篇即提到了天宝君、灵宝君和神宝君的来历、功德名位。

其五，宋文明论"威仪"一条有二义："一者序名数，二者论功德。名数者：威者，畏也；仪者，宜也；……随事制宜，故曰宜也。有法有式，故曰戒也。……二论功德者，有六法：一者金录（箓）斋……"对此，《道教义枢》的解释更为简洁精确，曰："第七威仪者，如斋法典式，请经轨仪之例是也。威是严巍可畏，仪是轨式所宜。亦是曲从物宜，而为威制也。"⑤可见，"威仪"就是指斋醮科仪一类的经籍。然考"威仪"一词，最早是指人庄严的容貌举止，

① 王宗昱：《道教义枢研究》附录《道教义枢校勘》，第 314 页。

② ［南朝宋］刘义庆撰，［南朝梁］刘孝标注，余嘉锡笺疏：《世说新语笺疏》，上海：上海古籍出版社，1993 年，第 306—307 页。

③ 《世说新语笺疏》，第 688 页。

④ 参［唐］魏徵撰：《隋书》，北京：中华书局，1973 年，第 988—990 页。

⑤ 王宗昱：《道教义枢研究》附录《道教义枢校勘》，第 314 页。

如《诗经·邶风·柏舟》曰："威仪棣棣,不可选也。"①《左传·襄公三十一年》则曰："有威而可畏,谓之威;有仪而可象,谓之仪。君有君之威仪,其臣畏而爱之,则而象之,故能有其国家,令闻长世。臣有臣之威仪,其下畏而爱之,故能守其官职,保族宜家。"②后来又指儒家礼仪的细节或规范,如《礼记·中庸》即有"礼仪三百,威仪三千"③之说。很显然,宋氏对"威仪"名数的解释,部分地吸收了儒家经典的说法。④ 但他有一点和孟安排不同,那就是宋文明似乎把戒也作为威仪的一部分,虽然他前面也专门讨论了"诫律"一条的含义。

其六,宋文明论述的"方法"一条,实际上同于陆修静所说的"方诀",但他给出的解释性文字远远多于后者(参 P. 2861＋P. 2256 写卷之 275—290 行)。而且,后人对"方法"的理解并不尽一致,如《太上洞玄灵宝十号功德因缘妙经》曰："方法者,众圣著述丹药秘要、神草灵芝、柔金水玉修养之道。"⑤孟安排则曰："方法者,如存三守一,制魄拘魂之例是也。方是方所,法者节度。明修行治身,有方所节度也。"⑥结合宋文明举例时说到的神药、灵

---

① 《十三经注疏》,第 297 页上栏。

② 《十三经注疏》,第 2016 页中栏。

③ 《十三经注疏》,第 1633 页下栏。

④ 于此,需要指出的是,佛经翻译中也用到了"威仪"一词,如僧祐《出三藏记集》卷四就载有两种失译人名的《大比丘威仪经》各两卷(第 125 页),唐般剌密帝译《楞严经》卷五则曰："三千威仪,八万微细,性业遮业,悉皆清净,身心寂灭,成阿罗汉。"(《大正藏》第 19 册,第 127 页上栏)。"威仪"也罢,"三千威仪"也罢,皆出于儒家经典。若就僧尼日常生活所守戒律而言,又有四威仪之说,刘宋求那跋摩译《菩萨善戒经》卷五即曰："威仪苦者,名身四威仪:一者行,二者住,三者坐,四者卧。"(《大正藏》第 30 册,第 986 页上栏)但在佛教律学中,一般认为戒重而威仪轻。

⑤ 《道藏》第 6 册,第 131 页下栏。

⑥ 王宗昱:《道教义枢研究》附录《道教义枢校勘》,第 314—315 页。

芝以及九种"变易"等，则知他所说的"方法"，主要指的是阐述修
仙养性之方法的道书，如医方、药方、胎息、存思等。诸如此类，皆
是中土传统文化中源远流长的东西。特别是医书一类，秦汉时期
已经相当发达，像1973年在长沙马王堆三号汉墓中就发现了十
四种，其中不少即与方仙道有关。① 而道教在创立过程中，借医
弘教成了一种必不可少的手段，如东汉顺、桓之时的张陵所创的
五斗米道、灵帝时张角的太平道悉如此。而在历代高道中，擅长
医道的更是为数也不少，著名者如东晋葛洪(撰有《玉函方》《肘后
备急方》)、南朝陶弘景(撰有《本草经集注》《效验方》《药总诀》《养
生经》)等。即便在灵宝派内部，也有丰富的医学思想。②

　　其七，宋文明对"众术"的解释，亦比陆修静详细(参 P. 2861
＋P. 2256 写卷之 291—313 行)，且分成两大层面：冥通和变化。
前者主要有思神存真、心斋坐忘、步虚空飞、吸飡五元、导引三光；
后者则有白日升天、尸解、灭度。而孟安排的解释是："众术者，如
变丹炼石，化形隐景之例是也。众，多也；术，道也。修炼多途，为
入真初道也。"③可知，孟安排眼中的"众术"类经典，其范围比宋
文明更广，除了法术之外，还包括了外丹类道书。

　　其八，宋文明对"记传"的解释，除了前面揭示的融汇了佛教
三世、福田等观念外，更直接的依据是中国悠久的史传文学传统。
早在先秦时代，中土就出现了《春秋》《左传》《国语》等史书，两汉
则有司马迁《史记》、班固《汉书》等巨著问世，至南北朝，史学已成
为传统学术的重镇之一。据《宋书》卷九十三《雷次宗传》载，元嘉
十五年(438)所立国子学中，史学和儒学、玄学、文学并称为"四

---

① 盖建民：《道教医学》，北京：宗教文化出版社，2001 年，第 27—29 页。
② 盖建民：《道教医学》，第 78—84 页。
③ 王宗昱：《道教义枢研究》附录《道教义枢校勘》，第 315 页。

学"。① 与宋文明同时代的刘勰在《文心雕龙》中,则专门讨论了
"史传"文体,如其所说"传者,转也;转受经旨,以授于后""纪纲之
号,亦宏称也",②则和宋文明所说"传者转也,转相继续也""记者
纪也,纪纲其事,令不绝也"(见 P. 2861＋P. 2256 写卷第 317、315
行)的行文方式基本一致。所异者在于:宋文明所讲的传主是仙
真,而刘勰所讲多为儒家圣人或重要的历史人物。

其九,宋文明所说"赞颂",其实指的是歌颂神灵类的道经。
不过,宋氏的分析,颇具特色:一方面他着眼于赞颂的"创制"主
体,分成本文赞颂和玄圣赞颂:前者(如《九天生神章》)的写出形
式是自然本文(天文),它们代表的是三洞飞玄之炁。后者则由诸
仙真、圣人咏出。另一方面,对于赞颂的句式,如四言、五言、七
言,则将之比附成四时四象、五行五德、七元七曜,充分表达了天
人合一的理念。另外,刘勰《文心雕龙》也专门论述了"赞颂"文
体。宋文明所言"赞以表事,颂以歌德"简直就是对刘氏"赞者,明
也,助也。……及益赞于禹,伊陟赞于巫咸,并飏言以明事,嗟叹
以助辞也""颂者,容也,所以美盛德而述形容也"③的高度概括。

其十,宋文明所说的"表奏",指的是斋醮时的上章和奏请。
他的解释分为两个层面:一者事,二者心。事者指的是斋醮的具
体场合,心者指的是参与者应对所礼拜的神灵怀有十分的虔诚、
恭敬之心,唯有如此,才能实现人神相会,体道成仙。宋氏所说的
"表奏",在刘勰《文心雕龙》中则被分开讨论("表"属刘氏之"章
表"篇,"奏"则在"奏启"篇。其实,刘勰对"章表""奏启"的解释有
时相当混乱,头绪不是很清晰)。但仔细比较,两人对"表""奏"的

---

① 参[梁]沈约撰:《宋书》,北京:中华书局,1974 年,第 2293—2294 页。

② [梁]刘勰著,范文澜注:《文心雕龙注》,北京:人民文学出版社,1958
年,第 284 页。

③ 《文心雕龙注》,第 158、156 页。

理解基本相同：如宋氏之"表者，明也，奏也，各明至心而凑会真境，故曰奏表也"，就接近于刘氏所说的"章者，明也""原夫章表之为用也，所以对扬王庭，昭明心曲"。[①] 此外，道经的"表奏"与世俗生活的"章表""启奏"一样，是卑（贱）者向尊（贵）者所进，表明的是等级之分。

三 余论

陆修静、宋文明的十二部经，一般认为是基于灵宝经而做出的分类。其后，则贯通于三洞四辅。如《洞玄灵宝玄门大义》"正义第一"即曰："夫十二部经者，盖是通三乘之妙典，贯七部之鸿规。"[②]七部者，三洞四辅也。可惜的是，今存文献中尚未发现太清、太平、太玄、正一等四辅和十二部经具体相配的材料。而三洞与十二部相配，则称为三十六部经。[③]

前文所言陆修静、宋文明对十二部经的分类，虽然运用了"总

---

① 《文心雕龙注》，第 406、408 页。

② 《道藏》第 24 册，第 734 页中栏。

③ 如北宋张君房编《云笈七籤》卷三"道教三洞宗元"条有归纳性的说法云："其三洞者，谓洞真、洞玄、洞神是也。天宝君说十二部经为洞真教主，灵宝君说十二部经为洞玄教主，神宝君说十二部经为洞神教主，故三洞合成三十六部尊经。第一洞真为大乘，第二洞玄为中乘，第三洞神为小乘。从三洞总成七部者，洞真、洞玄、洞神、太玄、太平、太清为辅经，太玄辅洞真，太平辅洞玄，太清辅洞神，三辅合成三十六部。正一盟威通贯，总成七部，故曰三洞尊文七部玄教。又从七部泛开三十六部，其三十六部者：第一本文，第二神符，第三玉诀，第四灵图，第五谱录，第六戒律，第七威仪，第八方法，第九众术，第十传记，第十一赞诵，第十二表奏。右三洞各十二部，合成三十六部。"（《道藏》第 22 册，第 13 页中栏）。由此可知，"三十六"部可指代一切道经。但是，在唐宋时期，"三十六部"又可以指三十六部具体的经典（参陈国符：《道藏劄记·三十六部异说》，载《道藏源流考》第 252—257 页）。

括体用"的基本方法,但两人具体的解释并不完全一样,故给后来者的理解带来了一定程度的困惑。有鉴于此,《洞玄灵宝玄门太义》对十二部的内容和主旨,从"释名""出体""明同异""明次第""详释"等五个方面做出了新的检讨。如王宗昱先生特别指出:释名部分主要讨论十二部名目的涵义,也兼及内容。有的条目(如戒律、方法、赞颂等)从宋文明的十二义中摘引了文句,其余的则是保存或综述了前人的材料,但就整个综述而言仍有浓重的灵宝色彩。"出体"一节则将十二部再分为三种类型,所立标准是"文"与"理"。① 尤其是"出体"部分,极有助于我们讨论十二部经的文体特征。为便于分析,兹先逐录其文如下:

> 十二部经,通皆以文为体。名味往寻,自有全以文为名者,自有全以诠理为名者,自有文、理合为名者。有四部但以文名,别体即是本文、神偈符颂(神符、偈颂)、灵图等也。按此四名无的明义,但以文为其体。灵图乃不是文,既言象相类,亦从文摄。次有四部全以诠理之名,别体即是威仪、谱录、记传、表奏等也。威仪是容上(止)之法,谱录是祖系之源,记传序其功名,表奏启其心迹,故皆就理事工能为体也。次有四部通以文、理之名,别体即是戒律、玉诀、方法、众术等也。戒律则通心与教。戒是心善,亦通戒教。律是言语铨量,亦通心之秉直也。玉诀即道事理,解玉诀文之理事。方也(众术)诣事处法,该文理。术通经术,故为文。众智数,故为理也。②

于此有两点值得注意:一是作者对于"文"的理解有广义和狭义之分。广义的文是十二部经的载体,既是道教义理的本源或来

---

① 王宗昱:《道教义枢研究》,第 192—193 页。
② 《道藏》第 24 册,第 735 页上一中栏。

源,同时也是其表现形式。狭义的文,则仅指本文和神符(按,二者在形式上并无本质的区别,都是天文大字,是特殊的符),故而作者排除了灵图。但是若从灵图是象,是本文(自然天文)的表现这一点出发,灵图仍然可以归属到狭义之文的行列。至于偈颂,也列入狭义之"文",它当指宋文明所说的"本文赞颂",而非"玄圣赞颂"。另外,狭义的文,特别是本文,又是广义之文的本体,故作者在"释名"中有云:"十二部内,唯本文有通相、别相。以十二部皆是文字,为得理之本,[通名为本文。]本文犹是经之异名,十二[部]既通名为经,是通相本文也。"①二是文、理标准的确定,其实只是对陆、宋二氏"体用"说的变通而已,其中的"文"相当于后者所说的"体","理"则相当于"事"。如此一来,便改变了陆、宋二氏十二部经皆为"总括体用"的观点。按照《洞玄灵宝玄门大义》的分类:表现体的是狭义之文的四类,即本文、神符、偈颂和灵图,表现用的是威仪、谱录、记传和表奏(当然,威仪、表奏归于此没有什么不妥,因为二者是道教行仪,即具体的法事活动。但把记传和谱录归为此类,区别的界限就变模糊了),而体用合一也是四类,即戒律、玉诀、方法和众术。

此外,《洞玄灵宝玄门大义》在对十二部的具体解释时,还吸收了一些佛教的思维观念。如:

释名时所用的"通相、别相",显然和佛经所讲的"总相、别相"含义相同。考什译《大智度论》卷三十一有云:

自相空者,一切法有二种相。总相、别相,是二相空,故名为相空。问曰:"何等是总相? 何等是别相?"答曰:"总相者,如无常等;别相者,诸法虽皆无常,而各有别相。如地为

---

① 《道藏》第 24 册,第 735 页上栏。又,其中"[]"号内的文字,据《云笈七籤》卷六补(参《道藏》第 22 册,第 38 页下栏)。

坚相,火为热相。"①

北凉昙无谶译《优婆塞戒经》卷一《三菩提品第五》则曰:

> 法性二种:一者总相,二者别相。声闻之人总相知,故不
> 名为佛;辟支佛人同知总相,不从闻,故名辟支佛,不名为佛;
> 如来世尊,总相别相,一切觉了,不依闻思,无师独悟,从修而
> 得,故名为佛。②

总相指的是整体和本质,别相指的是个别和现象。如"无常"
"无我"等相通于所有诸法,是为总相。但是,具体到每一事物,它
都有自己的属性以区别其他的事物,像水之湿性、火之热性等。

另外,"明同异"时则云:"体同异者有四句:一者异,二者同,
三者亦同亦异,四者非同非异。"③此"四句"模式,亦借自佛典。
"四句",指的是两个关系项在作逻辑组合时所构成的四种形式,
可以图示为:A 是 B,A 非 B,亦是 A 亦是 B,亦非 A 亦非 B。如
什译《中论》卷三有偈曰:"一切实非实,亦实亦非实,非实非非实,
是名诸佛法。"④卷四又曰:"寂灭相中无,常无常等四。寂灭相中
无,边无边等四。"对于后一偈,青目之注说得相当清楚,曰:

> 诸法实相,如是微妙寂灭。但因过去世起四种邪见:世
> 间有常、世间无常、世间常无常、世间非常非无常,寂灭中尽
> 无。何以故? 诸法实相,毕竟清净不可取,空尚不受,何况有
> 四种见! 四种见皆因受生,诸法实相无所因受;四种见皆以
> 自见为贵,他见为贱。诸法实相,无有此彼,是故说寂灭中无
> 四种见。如因过去世有四种见,因未来世有四种见亦如是:

① 《大正藏》第 25 册,第 293 页上栏。
② 《大正藏》第 24 册,第 1038 页中栏。
③ 《道藏》第 24 册,第 735 页中栏。
④ 《大正藏》第 30 册,第 24 页上栏。

世间有边、世间无边、世间有边无边、世间非有边非无边。①

当然,按照刘宋求那跋陀罗译《楞伽阿跋多罗宝经》卷四之"若非有非无,则出于四句。四句者,是世间言说;若出四句者,则不堕四句。不堕,故智者所取,一切如来句义,亦如是"②的要求,佛教对"四句"中的任何一句都不能执着。

综合前述各家对道教十二部经的定义和解释,我们可以归纳出道经文体的四大特征:一者道教所说之"文",是广义的文,它可用不同的书写形式,甚至是图和符的形式,它强调了文字的神圣性及文字和思想之间的同一关系。二者道经文体间有本末体用之别,即"本文"是其它各部之本根。三者,诸文体的言说方式、创制主体有别,本文和神符(尤其是本文)乃是自然之炁化出,非人力所成,其余十部则是玄圣所述。四者陆、宋之后对多数文体(本文、神符除外)的理解往往不尽相同,似有与时俱进的特点。特别是随着佛、道思想的交涉,道教对某些文体(如戒律、记传、赞颂等)的例释,还融会了一些大乘佛教的思想观念。诸如此类,皆与佛经文体的有较大的区别。

道教对十二部经的文体观念的阐发,还对中国文学批评史产生了一定的影响。兹以刘勰《文心雕龙》为例进行一些简单的比较。③

---

① 《大正藏》第 30 册,第 30 页下栏。
② 《大正藏》第 16 册,第 505 页下栏。
③ 关于《文心雕龙》与道教思想的关系,已引起不少学人关注,如杨清之有《道教生命哲学与刘勰的养气说》(《海南师范学院学报》(社会科学版),2006 年第 1 期,第 108—111 页),王更生先生有《刘勰〈文心雕龙〉"养气论"与道教》(《文史哲》第 9 期,第 152—167 页,2006 年 12 月)。另外,蒋振华在《汉魏六朝道教文学思想研究》(长沙:中南大学出版社,2006 年)中也有探讨。

　　首先，刘勰在《文心雕龙·原道第一》①中指出：最根本的"文"是天文，它所表现的是"自然之道"。这和陆、宋二氏考察十二部经时的方法相同，后者亦溯源到天文（本文）。易言之，刘勰与陆、宋二氏皆认为"道"（刘氏称"自然之道"，陆氏称"天道、地道、神道"）是诸种文体得以产生的本源和依据。

　　其次，刘勰在分析文学（体）特色时，十分重视"变"的作用。如《通变第二十九》曰："夫设文之体有常，变文之数无方。"②《时序第四十五》又曰："时运交移，质文代变""文变染乎世情，兴废系乎时序"。③ 而宋文明在阐述"本文"之含义时，讲到其表现形式时，亦提出了"变文"说。虽然宋氏着眼点在于文字（广义）的书写形态，但同样强调了"变"对道经诸文体重要作用。

　　第三，刘勰在追溯诸种文体的渊源流变时，突出强调了儒家圣人与"文"的关系，《原道第一》即说："道沿圣以垂文，圣因文而明道。"《征圣第二》又说："夫作者曰圣，述者曰明，陶铸性情，功在上哲。夫子文章，可得而闻，则圣人之情见乎文辞矣。"④也就是说，刘勰认为圣人是道和文之间的中介，没有圣人体道作文，就没有儒家经典的生成和流播，进而就没有各种文学和文体的出现。此种思路，和陆修静也相同，后者指出"第三玉诀"至"第十二表奏"等十类道经，皆是玄圣所述，体现的也是"经之本源"（本文、道）。两者相异处在于：刘氏心目中的"道"是儒家之道，"圣"是儒家之圣，而陆氏则换成了道教的"道"和"圣"。

　　第四，刘勰《文心雕龙》重视探讨各体文学（文体）的特点，周振甫先生指出《明诗》《乐府》《诠赋》《颂赞》《祝盟》《铭箴》《诔碑》

---

① 　《文心雕龙注》，第1—3页。
② 　《文心雕龙注》，第519页。
③ 　《文心雕龙注》，第671、675页。
④ 　《文心雕龙注》，第15页。

《哀吊》《杂文》《谐隐》《史传》《诸子》《论说》《诏策》《檄移》《封禅》《章表》《奏启》《议对》《书记》讲的都是文体论。①《序志第五十》云"原始以表末，释名以章义，选文以定篇，敷理以举统"，②四句话讲了四层意思：一是讨论各文体的产生、流变，二是论述各文体的名称意义，三是举出各文体的代表性篇目，四是阐述各文体的写作要求。这种分析模式和宋文明的区别十二部经之方式大体相同。如后者论每一部类的道经时，都分成两个方面：一者讲名数时，多述不同类别道经的来源和涵义；二者说"应用"时，则多论不同部类道经的流变和表现形态，同时常以具体的道经为例，进而说明不同部类道经的特点。但是，宋氏对道经的创作要求，则未有说明，因为是"神授天书"。对神如何创制道经，世俗之人能提要求吗？

第五，刘勰讨论的文体，大多都落实于用的层面，不少属于应用性文体。而陆、宋二氏的道经分体，同样注意到了戒律、威仪、表奏等实用类经典的重要性。

对于刘勰的文学（体）思想，以往的研究更强调儒家经典所起的作用。其实，他对道家道教并非一无所知，反而是有比较深入的了解。如他在《灭惑论》中有云：

> 道家立法，厥品有三：上标老子，次述神仙，下袭张陵，太上为宗。寻柱史嘉遁，实惟大贤，著书论道，贵在无为，理归静一，化本虚柔。然而三世不纪，慧业靡闻，斯乃导俗之良书，非出世之妙经也。若乃神仙小道，名为五通，福极生天，体尽飞腾，神通而未免有漏，寿远而不能无终。功非饵药，德沿业修，于是愚狡方士，伪托遂滋。张陵米贼，述纪升天；葛

---

① 周振甫：《文心雕龙今译》，北京：中华书局，1986 年，第 52 页。
② 《文心雕龙注》，第 727 页。

玄野竖,著传仙公。愚斯惑矣,智可罔欤? 今祖述李叟,则教
失如彼,宪章神仙,则体劣如此。上中为妙,犹不足算,况效
陵、鲁,醮事章符,设教五斗,欲拯三界,以蚊负山,庸讵胜乎?
标名大道,而教甚于俗;举号太上,而法穷下愚。何故知耶?
贪寿忌夭,含识所同,故肉芝石华,谲以翻腾;好色触情,世所
莫异,故黄书御女,诳称地仙。肌革盈虚,群生共爱,故宝惜
涕唾,以灌灵根;避灾苦病,民之恒患,故斩缚魑魅,以快愚
情;凭威恃武,俗之旧风,故吏兵钩骑,以动浅心。至于消灾
淫术,厌胜奸方,理秽辞辱,非可笔传。事合泯庶,故比屋归
宗。是以张角、李弘,毒流汉季;卢悚、孙恩,乱盈晋末。余波
所被,寔蕃有徒。爵非通侯,而轻立民户;瑞无虎竹,而滥求
租税。糜费产业,蛊惑士女。运屯则蝎国,世平则蠹民。伤
政萌乱,岂与佛同?①

虽然刘勰分别道家、道教的目的在于贬低道家,批判反对道
教,但从其行文看,他对道教史实是十分清楚的,对不同派别(如
天师道、灵宝派、上清派等)的道教经典也相当熟悉。② 所以,他
在建立文论体系时,极可能受到道教十二部分类法的潜在影响。
何况道经的这一文体分类本身和佛教十二部经也有关系呢。

最后,我们要讲一下十二部经在道藏编撰(或编目)时的重要

---

① 《大正藏》第52册,第51页中—下栏。
② 据道宣《续高僧传》卷二十载,著名禅师牛头宗的创立者释法融
(594—657)曾进学于丹阳南牛头山的佛窟寺。该寺有"七藏经画:一佛经,
二道书,三佛经史,四俗经史,五医方图符",这些书籍是"宋初刘司空造
寺……写之永镇山寺,相传守护"(《大正藏》第50册,第604页中栏)可知南
朝时期的寺院藏书中也有道教经典,因此博学的刘勰是有机会亲读道书的。
况且,当时佛道论争激烈,为了知己知彼,参加论战的僧人也有必要了解一
点道经。

意义。它常和三洞相配,构成三十六部体系。如今存明白云霁所编《道藏目录详注》四卷,它实际上是明《正统道藏》和《万历续道藏》的总目提要。其中前三卷注释的分别是洞真部、洞玄部、洞神部,而每一部又细分为十二部。①

　　(本文原载《普门学报》2008 年第 1 期,收入本书时略有修改)

----

① 　参《道藏》第 36 册,第 760 页上栏－819 页下栏。

论敦煌道教之譬喻文学

　　与佛教譬喻文学的研究相比,道教譬喻文学的研究成果显然要少得多,也不成系统。[①] 事实是,道教和其他宗教一样,不但善用譬喻,而且作为道教文学类别之一的譬喻文学作品(或曰寓言)内容丰富,数量巨大。于此,敦煌道教文献便是明证。本章的目的即在确立道教譬喻文学定义的基础之上,对敦煌道教譬喻文学的来源、思想表现和影响做一些初步的梳理。

　　[①]　有关佛教譬喻文学的研究情况,台湾学者丁敏在《佛教譬喻文学研究》(台北:东初出版社,1996 年)中有详细介绍,可参看(是书基础是作者于1990 年在台湾政治大学中文所提交的博士学位论文,至今仍是该领域代表性的研究成果)。嗣后,相关成果较为常见,单台湾方面就有谭惠文《〈妙法莲华经〉譬喻文学研究》(嘉义:中正大学中国文学系硕士学位论文,1996 年)、王昭仁《唐代传奇与譬喻类佛典之关系研究》(台中:逢甲大学中国文学系硕士学位论文,1998 年)、李玉珍《佛教譬喻文学中的男子美色与情欲——求美丽的宗教意涵》(《新史学》第 10 卷第 4 期,第 31—66 页,1999 年 12月)、萧丽华《东坡诗论中的禅喻》(《佛学研究中心学报》第 6 期,第 243—270页,2000 年 5 月)、林韵婷《〈杂阿含经〉譬喻故事研究》(新竹:玄奘大学宗教学系硕士学位论文,2005 年)等,内容涉及原典研究与影响研究等多个侧面。而有关道教譬喻文学的研究,则较为少见,仅有零星的论述,如吴海勇在《中古汉译佛经叙事文学研究》中初步检讨了佛教譬喻文学对道教经典的影响(北京:学苑出版社,2004 年,第 507—514 页)。另外要说明的是:笔者行文时,经常把古典文献中的"譬喻"与当今修辞学中的"比喻"视为同义词使用,未作严格的区分。

一　道教譬喻文学略说

道经十二部之文体分类中,虽然没有像佛经文学那样把譬喻单独列为一类,但无论是早期的道家著作,还是后来的道教经典,譬喻的运用极其常见,其实也构成了一种独特的文学样式——譬喻文学——我们通常称之为寓言。

(一)譬喻和寓言的关系

对于这一问题,学术界已达成基本的共识,故我们不必再作详细检讨,兹综述相关论断如次:

一者,陈蒲清先生指出"寓言和比喻本来同源。寓言是用故事作为寓体,因而有情节,一般比喻则没有情节",[①]"寓言和一般故事的差别,就在于有没有比喻寄托"。[②]

二者,陈允吉先生认为:"'寓言是比喻的高级形态',又寓教育于形象的故事之中,它兼备叙事和说理两者之长。"[③]

三者,白本松先生亦认为寓言文学这一形式最根本的特点:"就是它的比喻的性质。因为其一,举凡寓言,都有着比喻的意义,比喻性是寓言普遍具有的特点。其二,比喻性又是寓言特有的赖以同其他文学形式相区别的一种特点。"[④]并指出:

> 寓言产生于比喻,但比喻并不是寓言,二者属于不同

---

① 陈蒲清:《中国古代寓言史》,长沙:湖南教育出版社,1983年,第2页。

② 陈蒲清:《中国古代寓言史》,第3页。

③ 陈允吉:《柳宗元寓言的佛经影响及〈黔之驴〉故事的渊源和由来》,载《古典文学佛教溯源十论》,上海:复旦大学出版社,2002年,第202—233页,特别是第202页。

④ 白本松:《先秦寓言史》,开封:河南大学出版社,2001年,第2—3页。

的范畴。寓言是一种特殊的文学形式,而比喻则是一种修辞手段。因此从比喻到寓言之间,必然要经历一段较长的发展过程,还必然存在一个过渡形式,这就是复杂的比喻形式。如果我们研究一下我国古代的文献资料,就不难发现由一般比喻到复杂比喻、再到寓言这样一条发展路线的痕迹。①

四者,美国汉学家倪豪士在论述中国小说的起源时,则从早期文学作品里找出了从比喻到寓言的故事例证。②

综上可知,譬喻主要属于修辞学的范畴,③而寓言则是建立在比喻基础上的一种特殊的文体形式,是譬喻的故事化。

(二)道教文学中的譬喻和寓言

1. 道教文学中的譬喻

道家对于譬喻的重视,早在老、庄就开始了。道教成立之后,譬喻的运用技巧、内涵则更加丰富多彩。

兹先以《老子》及其注疏本为例。老子为了把复杂的道理说得浅显易懂,经常使用譬喻。如《五章》曰:"天地之间,其犹橐籥乎?虚而不屈,动而愈出。"王弼注曰:"橐,排橐也。籥,乐籥也。橐籥之中空洞,无情无为,故虚而不得穷屈,动而不可竭尽也。天地之中荡然,任自然故不可得而穷,犹若橐籥也。"④这一比喻建立的相似性在于"空洞",旨在说明道"任自然"的特性。《八章》

---

① 白本松:《先秦寓言史》,第3页。

② [美]倪豪士:《中国小说的起源》,载《传记与小说——唐代文学比较论集》,北京:中华书局,2007年,第1—21页,特别是第5页。

③ 当然,"譬"也有逻辑学的意义,具体参看黄朝阳《中国古代的类比——先秦诸子譬论》,北京:社会科学文献出版社,2006年。

④ 《二十二子》,上海:上海古籍出版社,1986年,第1页。

曰:"上善若水,水善利万物而不争,处众人之所恶,故几于道矣。"
王弼注曰"人恶卑也""道无水有,故曰几也"。① 此亦为明喻,其
相似性在于"卑下",但圣人体道(无),而水性为"有",用它作喻
时,并没有完全揭示出圣人的秉性,所以老子补充说"几于道矣"。

后世阐释《老子》时,也经常揭示出这一方法。如:

(1)敦煌本 S.3926《老子道德经河上公章句》曰:

(前略)

1. 天之道,其犹张弓乎? 天道暗昧,举物

2. 类为喻。高者抑之,下者举之,有余者损之,不足

3. 者与之。言张弓,和调之如是,乃可用耳。夫抑高

4. 举下,损强益弱,天之道。天之道,损有余而补不足。

河上公于此所注的是《老子》七十七章的经文,他概括的"举
物类为喻",实点明老子对"天道"的论证方法即为喻证。

(2)敦煌本 S.6825V《老子想尔注》曰:

(前略)

1. "天

2. 地不仁,以万物为刍苟(狗)。"天地像道,仁于诸善,

3. 不仁于诸恶,故煞之。万物恶者,不爱也。视之如

4. 草,如苟(狗)畜耳。"圣人不仁,以百姓为苟(狗)。"
圣人

5. 法天地,仁于善人,不仁恶人,当王政,煞恶,亦

6. 视之如苟(狗)也。是以人当积善功,其精神与

7. 天地通。设欲侵害者,天地救之。庸庸之人,皆是

8. 刍苟(狗)之徒耳。精神不能通天,所以者,譬如盗

9. 贼,怀恶不敢见部吏也。(后略)

---

① 《二十二子》,第1页。

这段文字,是对《老子》第五章开头两句的注解。注文本身,即采用了两个明喻(着重号所标示者)。

(3)敦煌本 P.2517 成玄英《老子道德经义疏卷第五》不但用比喻法释文,而且还举出了一种特殊的比喻辞格——合喻。前者如疏第六十四章之"合抱之木,生于豪(毫)末"时说:

1.夫百围之木,生于豪(毫)微,喻三涂重叠,元乎一心。以木

2.为喻者,言木从小至大,遂能障蔽日光,譬染心

3.从微至著,亦能覆盖真性也。若推此树,起自虚无,即空而言,树

4.亦非有,为四尘不(所)成故也。烦恼为义,亦起自虚无,即空而言,亦非有也。①

又如疏第七十六章之"人之生柔弱,其死刚强,万物草木生之柔弱,其死枯槁"②曰:

1.言人生存有命,则枝节柔弱,及其死也,骨肉坚强。

2.草木之类也,生时软脆,及其死也,条柯枯槁。所

3.以生而柔者软者,和炁归也。死而坚强者,和气离也。举

4.此有识为无识喻者,意存勖励行人,令去刚用柔也。

后者亦出于第七十六章的义疏,曰:

1.第二合喻,辩其优劣。"故坚强者死之徒,柔弱者生之

---

① 敦煌本的注文原作双行小字形式。后同,不赘述。又,敦煌本文字与后世通行本文字稍有区别,如"元乎一心",蒙文通辑校本作"原乎一念"(蒙文通:《道书辑校十种》,成都:巴蜀书社,2001 年,第 507 页),何者为是,俟考。

② 敦煌本此句与通行本相比,少了四个"也"字。具体可参《二十二子》,第 8 页。

徒"。徒,类也。是行刚强者,

　　2.乖于和理,故与为胜生;行柔弱者,顺于和气,故与生为胜死。此合喻也。①

　　所谓合喻,是指两个或两个以上的比喻相辅相成,"合"而为"喻"。而且,每个分喻都有自己的本体和喻体。②

　　至于道教成立之后的经典中,譬喻句俯拾皆是。如:

　　(1)南北朝或隋唐所出《太上中道妙法莲华经》卷四《解脱品第七》载天尊复告天众曰:

　　　　我观下界人民,不修十善,我当化度。未成仙道,在世界中,不免轮回:如旸艳,如水聚,如苂蕉,如石火、化人,如风中烛,如蕉(焦)谷芽,如梦、幻、影,如石火久住,如电光常照,如烦恼形。今正是时,诸仙成道。③

　　此显然是一博喻,喻体旸艳(阳焰)、水聚、苂蕉、化人等悉与大乘佛典有关(关于这一点,详细的分析请参第二节)。

　　(2)约出于南北朝或隋唐的《洞玄灵宝千真科》谓出家之人:

　　　　守持正戒,有五种譬喻:一者如富贵之家,忽生一子,而无两目,经涉三月,两目复明,众家欢喜,无戒之人,犹如无

_____

　　①　此句的双行小注,蒙文通辑校本作:"徒,类也。是知行刚强者,乖于和理,故与死为类;行柔弱者,顺于和气,故与生为徒。此合喻也。"(《道书辑校十种》,第527页)于义为胜。

　　②　陈林森:《合喻初探》,载《修辞学习》1986年第6期,第55—57页。又,合喻的说法,较早的文献见于佛典汉译,如后秦鸠摩罗什《大智度论》卷七十二曰:"佛自结句,乃至'住是无得、无相、心中应布施'等。此经中合喻,义自明了,故不说。"(《大正藏》第25册,第566页下栏)吉藏《中观论疏》卷七中亦多次提到了"合喻",如"第三合喻,破想阴正就无自性门。"(《大正藏》第42册,第106页上栏)考虑到成玄英重玄学曾受大乘中观学影响的事实,其"合喻"之说,也似承袭佛典而来。

　　③　《道藏》第34册,第562页上栏。

目;二者喻如磨镜,渐渐增明,有戒之人,念念功积;三者喻如婴儿,细细长大,能持戒者,以下之高;四者喻如饥人,终念得食,不得食故必死无疑,不受戒人,长沦盲道;五者喻如航,能度大海,能持戒者,必度生死苦海。①

从修辞格的形式分析,此亦为博喻,然每一分喻的喻体,与前一例显然有别,是一个个具体的事件,而非单一的名词(或名词短语)。

(3)南北朝或隋唐之际所出《洞玄灵宝太上真人问疾经》中专门有一品,是以譬喻说法,叫《德覆譬喻品第十》,经曰:

> 天尊言:"我是众生之父母,怜汝爱汝,慈愍一切,覆育一切,润泽一切。一切物得我,如鱼之得渊,如儿得母,如饥得饭,如渴得饮,如病得医,如民得王,如恐得旅,如溺得船,如贫得宝,如刑得赦,如绝得苏,如败得成。我法普度众生,如大云弥天,布瑷瓃细雨,无不蒙泽。"②

按,这一段经文里的比喻形式多样:"我是众生之父母,……润泽一切",用的是暗喻和借喻;"如鱼之得渊,……如败得成",为博喻;最后一句,则为简单的明喻。

(4)约出于南北朝末或隋唐之际的《无上内秘真藏经》卷一载天尊语曰:

> 譬如有人行路,拾得遗箧,开箧视镜,自见其影,谓是箧主,心地惶怖,稽首而谢,弃之而去。众生迷惑,舍真取伪,弃

---

① 《道藏》第34册,第372页中栏。
② 《道藏》第24册,第679页上一中栏。又,吴海勇指出了本段经文的佛典来源,参《中古汉译佛经叙事文学研究》,第509页。

本寻末，亦复如是。①

这显然用的是倒喻格，即先说喻体，再说本体。②

(5)元代陈致虚《上阳子金丹大要》卷四载其师语：

> 圣人恐失天机，道家以妙有真空为宗，多借喻曰朱砂、水银、红铅、黑汞、婴儿、宅女、丁公、黄婆、黄牙、白雪等类，近于着实，致令迷人妄乱猜度。③

此则揭示了道教黄白术的一大特点，即多用"借喻"。④

据《历世真仙体道通鉴》卷二十八"王嘉"条载王嘉事云："问

---

① 《道藏》第 1 册，第 455 页中栏。又，本则譬喻亦袭取佛典而来。如后汉佚名译《杂譬喻经》卷下第 29 喻（参《大正藏》第 4 册，第 509 页中—下栏）、萧齐求那毘地译《百喻经》之 35 喻"宝箧镜喻"（参《大正藏》第 4 册，第 548 页中栏）、后秦僧肇撰《注维摩诘经》卷六（参《大正藏》第 38 册，第 383 页下栏）。而且，是喻对中土的笑话创作影响甚大，单敦煌本《启颜录》中就有三则故事承此喻而来。

② 南宋罗大经《鹤林玉露》乙编卷六"诗文反句"条曰："杜诗有反言之者，如云'久拚野鹤如双鬓'，若正言之，当云'双鬓如野鹤也'。"（王瑞来点校本，北京：中华书局，1983 年，第 232 页）这里的"反言"，实即同于今天所说的"倒喻"。

③ 《道藏》第 24 册，第 16 页中栏。

④ "借喻"在佛典中也十分常见，如唐人佚名所作《金刚般若义记》曰："今言金刚者，此借喻之名。然世间金刚，有其多义。金略明三种：一宝中最精，希有难得，若人得者，则除贫得福；二体性坚实，能坏万物，不为万物所俎；三随宝住处，能辟毒气，喻般若亦尔，明般若妙慧，万行中主，若人得者，则离生死贫穷，证涅槃福乐之果。二明般若智慧，以此法性为体，能弥或尽原，不为烦或所俎。三明般若住处，不为邪魔所绕。有此相似，借之为况，故云金刚。"（《大正藏》第 85 册，第 138 页上—中栏）此即借"金刚"为喻，旨在揭示般若的精妙性质与神奇功用。再如延寿《宗镜录》卷二十五释《妙法莲华经》经题中的"莲华"时谓"经云：'色非染非净，色生般若生。'色性虚微名妙色，体自离假名为法。色无尘垢，借喻莲华。文字性空，目之为经"（《大正藏》第 48 册，第 556 页中栏）。

当世之事，随问而对。好为譬喻，如调戏者言未然之事，辞如谶记，当时人莫能晓，过皆有验。"①可知道内人士好用譬喻是一种风尚，究其目的，则在于随机教化。《无上内秘真藏经》卷一即曰：

> 天尊重告诸仙及善男女等真："道非言说，向虽譬喻，随机为显，何以故？一切众生，浅根微弱，不可直说。若直说者，群迷倒惑，转生不信。若证法者，非譬喻说，亦非直说。随法即证，迳入大乘，入功德本，入无所入，证无所证。"②

敦煌遗书 P.2429《太上妙法本相经综说品第五》则指出："真人之化，方便引喻，以智润物，故不威赦。"易言之，譬喻只是道教方便说法的一种方式，它虽然不能揭示道的本质属性，却有助于世人对道的理解，故盛行不辍。而且，道典中有的喻体还形成了特定的喻义，如《云笈七籤》卷九十五有"梦喻虚妄"条，③薛幽栖注《元始无量度人上品妙经》则说："宝珠者，喻道也。故悬于空玄之中，亦同玄珠之义。"④意即梦一般喻指虚妄，而宝珠往往比喻道性。

2. 道教文学中的寓言

"寓言"一词最早出现于《庄子》，其《杂篇》中有一篇的篇名即叫做《寓言》，文中作者夫子自道，谓其创作方式是"寓言十九"。⑤这便表明"寓言"这一文学样式备受庄子及其后学的重视。事实

---

① 《道藏》第 5 册，第 261 页上栏。
② 《道藏》第 1 册，第 453 页下栏。
③ 《道藏》第 22 册，第 652 页下栏。
④ 《道藏》第 2 册，第 193 页上栏。
⑤ 《二十二子》，第 74 页。又，有研究者认为《庄子》"寓言"篇中所说的三言——"寓言""重言""卮言"，其实都同于"我们今天所说的寓言"，"'寓言'和'重言'是指故事的本体，'卮言'指作者所发表的议论，即点明寓意的部分，它们有机的结合构成寓言的整体"（参白本松《先秦寓言史》，第 113 页），其说可行。

上,不少大家耳熟能详的典故,都源自《庄子》里的寓言故事,如"庄生梦蝶""越俎代庖""庖丁解牛""螳臂挡车""探骊得珠""望洋兴叹""东施效颦""井底之蛙""呆若木鸡""螳螂捕蝉,黄雀在后""数米而炊""得鱼忘筌"等,它们或寄寓作者对社会现实的不满,或讲述作者自己的人生感悟,主题丰富多彩,形式自由活泼,且富于浪漫气息。对此,前贤时彦多有探讨,我就不再饶舌了。

道教成立之后,不少经典里都有寓言的运用,特别是在魏晋以后的经典中比比皆是,而且大量地吸收融会了佛教方面的内容,体现出闳通的气象。兹举四例如次:

(1)陶弘景《真诰》卷六载:

> 南极夫人语曰:"人从爱生忧,忧生则畏,无爱即无忧,无忧则无畏。昔有一人诵经甚悲,悲至意感,忽有怀归之哀。太上真人忽作凡人,径往问之:'子尝弹琴邪?'答曰:'在家时尝弹之。'真人曰:'弦缓何如?'答曰:'不鸣不悲。'又问:'弦急何如?'答曰:'声绝而伤悲。'又问:'缓急得中何如?'答曰:'众音和合,八音妙奏矣。'真人曰:'学道亦然,执心调适,亦如弹琴,道可得矣。'"①

这段经文,又重见于《上清众真教戒德行经》卷上,②仅是个别文字稍有不同,可知"学道如弹琴"这一寓言故事对后世影响较大。然考其来源,当受佛经影响。如题为"后汉西域沙门迦叶摩腾共法兰译"的《四十二章经》中有云:

> 有沙门夜诵经,甚悲,意有悔疑,欲生思归。佛呼沙门问之:"汝处于家,将阿修为?"对曰:"恒弹琴。"佛言:"弦缓何如?"曰:"不鸣矣。""弦急何如?"曰:"声绝矣。""急缓得中何

---

① 《道藏》第 20 册,第 524 页中栏。
② 《道藏》第 6 册,第 896 页中栏。

如?""诸音普悲。"佛告沙门:"学道犹然,执心调适,道可得矣。"①

两相比照,道经承袭佛典的痕迹十分明显。

(2)《无上内秘真藏经》卷一曰:

> 天尊曰:"善哉善哉!快问是义。我今当为汝分别解说。譬如大医,观诸草木,皆入医方,种种方便,救治疾病,皆得差愈。弟子寻师,学诸道术,三年欲成,师故试之。示疾卧床,语学医者:'我今患重,须无用草与我服之,病便得差。若不得者,我今当死。我有好马,随意即到,汝当驰之。'弟子受师之命,装饰骏马,纵情寻求,随意即到,不盈旬日,天上地上,悉皆周普,求无用草,终不能得。行泣归家,而启师曰:'遍历天下求无用草而不可得,今当奈何?'师即戁然而起,语诸弟子:'我实不患,故试汝耳。汝今药成,堪能救物,随汝方便,在外救疾,得识病源,悉皆差愈。'当知此经,最为第一,无上医王以此证者,悟法之人,周遍虚空,上至九天,下通九地。"②

于此,寓言的主体故事是医王示疾,然此实和大乘经典《维摩诘所说经》之"维摩示疾"如出一辙。所不同者,维摩示疾之后是佛派遣他的弟子们前去问疾,然大多数弟子都加以推脱(如大目犍连、须菩提、弥勒等),不愿前往,只有文殊师利堪当此任;而在道经中,医王示疾之后,是要自己的弟子去寻找无用草,而无用草终不可得,然后藉此反衬经典本身的重要性。由此可知,这则道教寓言虽然借鉴了佛典的形式,寓意却迥然有别。

---

① 《大正藏》第17册,第723页下栏。
② 《道藏》第1册,第453页中一下栏。

(3)《无上内秘真藏经》卷七又载：

天尊曰："如是如是，众生颠倒，易牵易诱，悉入邪道，何以故？昔有一国王名曰自通，常行善行，智劣不深，信邪善法。有一野狐，即是狐王，多妖诈惑，种种方术欲化国王，语狐徒众：'自通之国，国王乐善弃恶，智浅不深，闻善则信。我有妙术，能飞能隐，聪明智朗。飞向殿前，变作人像，端正第一，悬坐虚空，去地百丈，说诸妙经，谈空解义，辨别阴阳，声响如钟，言泉河泻，遂不辍音。国内宫人嫔妃彩女及诸眷属，境内臣民，信我灵圣，必当聚集，观听我说，以为希有。随我所要，必用我语。我当劝其舍命，脱取衣裳并及宝物，收摄归家，入市货易，买取肥肉，与我妻子眷属共相餐食，岂非上计美乐之业。'野狐徒众，俱声唱善，启白王言：'徒众常行偷盗，并取野物，恒怕畏人捉获身命，无量辛苦，供给大王，不能得给。王有如此上妙才伎，绝世希有，何不急与？'

狐王闻此语已，即便起心暗诵幻术经文，弃恶从善，三日四夜诵得数百余卷，悉皆利滑，即变形体飞空而去，直到国王殿前，去地百丈，坐虚空中口诵经典，果如前言。国王宫人彩女妃嫔及百千眷属，一时云集，举目仰视，观见狐王，说法奇特。哀鸣哽咽，悲泣交流，劝善舍恶，宫人彩女并及群臣嗟叹无已：'圣人出世，希有难闻。'国内宝物并及百姓人民，悉皆舍施，复有三十余人于王殿前，一时舍命。狐王语时众曰：'如此舍命，最是上士。我以神力摄持将去，安置玉山宝台之内，常行供养。'作是语已，化作疾风，死尸宝物悉皆摄去，无有遗失。到群狐窟，共食人肉。复遣狐子，变作人形，赍持宝物，入市货卖，用将买肉，至屠儿行中，评论肉价。屠儿行中有数猛狗，争骨相啮。狐子见狗，心生忙怕，不觉变形，狗便啮杀。屠儿惶怖，得此宝物不敢私藏，即告市官，具说如是。

市官不敢藏之,即告州县,州即申奏国王,陈狐宝物,具述迹状。国王见表宝物之状,便即觉悟,识此物是我小儿所玩,宝物前施圣道,何故在狐手中?尔时有一慧解之士,名曰仙灵,即前伏地,上启大王:'赐臣万死,敢以上陈。'王即开恩:'百死不问,若有别见,任当说言。'仙灵长跪而启王曰:'前空中说经教化者,即是狐媚妖术,臣当欲启大王,惧违王意,不敢出言。'王曰:'汝何得知?'仙灵曰:'但诵其文,不解其理,劝人弃恶从善,心口乖违,复能飞空,即知虚伪。一切大圣,寂灭无端,云何有此惑众?'王曰:'错失奈何?'仙灵曰:'可集军众,多将猛狗,围彼大陵,断除妖种,正法流行。'王即命诸军众,刻定时日围彼丘陵,狐即变作人形,稽首再拜,奉迎于王。猛狗来逼,变为狐状,狗即啮杀。王命群臣凿地窟中,必得宝物。群臣即寻凿掘,得至狐窟,大得宝物。王即敕下天下召来认物,所来认者,皆得其宝。当知世间难辩口是心非,假说伪途,情迷倒惑。汝等四众,善自观察六正法中,取其一义,无毁无坏,无邪无惑。"①

此则狐媚故事,在后世流传较广,如唐人朱法满《要修科仪戒律钞》卷二中就曾加以节录。② 吴海勇指出,其故事来源与萧齐释昙景译《佛说未曾有因缘经》卷上所载野干为帝释说法授戒故事有关。③ 王青则认为这则故事中的狐狸形象在影射僧人讲经聚敛钱财。④ 不过,初唐所出的佛教伪经《究竟大悲经》卷四之《对一切众生辩邪正品》同样引用了这则故事,只是把人物和少量

---

① 《道藏》第 1 册,第 481 页下栏－482 页下栏。
② 参《道藏》第 1 册,第 481 页下栏－482 页下栏。
③ 吴海勇:《中古汉译佛经叙事文学研究》,第 518 页。
④ 王青:《西域文化影响下的中古小说》,北京:中国社会科学出版社,2006 年,第 278 页。

文字稍作改变(如"天尊""仙灵"换成了"世尊""灵真",等等,不一而足),①但狐王却成了佛教批判的对象,矛头所指就是道教。由此可见,一则故事成了佛道互诤的工具,相当有趣。此实开了唐人用小说(包括寓言体、传奇)影射社会现实的先河。

(4)金王丹桂《草堂集》有《骷髅喻》诗曰:

日日迷花酒,朝朝竞气财。偶然命尽掩泉台,郊外曝遗骸。 任使砖敲棒打,不似从来尖傻。劝人早悟此因由,物外做真修。②

这一则诗体寓言显然是从《庄子·至乐》化出,同时又融会了佛教的色空思想。

综上所述,我们可给道教譬喻文学下一定义,它是指使用比喻,特别是复杂比喻形式(包括寓言故事)的道教文学作品,并且寄寓了特定的道教教义、教理和信仰。它往往具有鲜明的说理功能,起着警世与劝化之用。从文体形式看,散文体通常多于诗歌体。

二 敦煌道教譬喻文学的来源与思想表现

(一)敦煌道教譬喻文学的来源

敦煌道教譬喻文学作品,其主要来源有二:一是源于中土固有的传统文化(包括儒家和道家文化)与日常生活及社会生活者,二是源于印度佛教文化。当然,有时候则把两者融为一体。兹以举例方式,分论如次。

---

① 《大正藏》第 85 册,第 1376 页下栏－1377 页中栏。
② 《道藏》第 25 册,第 482 页下栏。

1. 源于中土固有传统文化与日常生活、社会生活的譬喻文学

(1)P.2429《太上妙法本相经综说品第五》曰：

（前略）

　1. 耶之盛,其神歇;真之盛,其妙

　2. 盈。亦如强弩射空中,其力猛大,必有返期。耶

　3. 道力猛,必有歇废。所以者何? 患无的,白虚发

　4. 而已。修其正道,亦如端心向白射之。调御弓

　5. 矢,至心端向,寻射不辍,必有破期。白者,譬

　6. 道真;弓者譬人身,箭者譬人心。弓调箭端,终日

　7. 射之,必有着时。人修道法,勿使强弩射空而

　8. 无的,白虚发而无所适。若尔者,岂不悟哉! 劳

　9. 功损身,终无真果,可不枉形? 瞻之斯比,甚可

　10. 哀哉!

本喻实取自《老子》第七十七章,它与前文所引 S.3926《老子道德经河上公章句》的注释实出于同一机杼,都以调弓喻修道,故不赘述。

(2)P.2257《太上大道玉清经》卷二有颂曰：

　1. 冥契本无偏,随机感业缘。愿得长生稻,

　2. 散着我心田。六度清源水,流澍无崖边。

原卷首残尾全,并有尾记曰:"天宝十二载五月　日白鹤观奉为皇帝敬写。"可见本卷是唐玄宗时期的官方写经。是卷内容又见于《正统道藏》本卷二《方便度人品》,但文字稍有区别。如前引偈颂中的"长生稻",后者作"长生道"。① 从上下文语境看,显然敦煌本为胜,因为稻、田可以对举,且构成了一种隐喻关系。而喻体"长生稻"中的"稻",则是中国最早人工种植的农作物之一。它

① 《道藏》第33册,第303页下栏。

很早就进入了文学作品，如《诗经·豳风·七月》即云："八月剥枣，十月获稻。"①不过，需要指出的是，本偈中的比喻，与佛教的"业田"说也有一定的关系。《八十华严》卷三十八曰："业为田，爱水润，无明暗覆，识为种子生，后有芽相。"②意即人情众生的行为（业）定能招致苦乐果报，就像田能生长谷物一样。然《玉清经》把"长生"一词加于"稻""田"之前，使佛教的业感说完全变成了道教思想体系内的东西，被消解得无影无踪。

（3）P.3021＋P.3876《道教中元金箓斋会讲经文》③是一份道士讲经时的提纲，其中使用了大量譬喻文学作品，部分取材于本土文化、日常生活或社会政治生活。兹按原卷内容之先后顺序，择要举例如下：

例1：

　　1.喻如一碗水，将朱里着即见朱色，墨里着即见墨色，一切色中着而

　　2.见一切色。为水性柔弱，随刑（形）变改。如一切众生，取善者必能善应，从恶者

　　3.亦见之。今日天尊大尊，应物化人，是我一切众生所求皆得，随人禀

　　4.受。云云。

第3行中的"大尊"二字，疑为衍文，可删；而最后一行中的小字"云云"，表示讲经法师对经文的解释，但具体内容书手未加录出。这则比喻的喻体是水，讲其性柔，则是承《老子》第七十八章

---

① 《十三经注疏》，第391页中栏。

② 《大正藏》第10册，第202页中栏。

③ 本卷拟题，依据王卡先生意见，参《敦煌道教文献研究——综述·目录·索引》，第233页。

"天下莫柔弱于水"①而来;"将朱里着……见一切色",则是承晋傅玄《少傅箴》之"夫金木无常,方员应形。亦有隐括,习以性成。故近朱者赤,近墨者黑"②而来。讲经者把二者融而为一,旨在强调天尊不执常规的教化方法,成效显著。

例2:

  1.喻藤萝,托一枝松木而上至千寻,如出家人是松树,凡夫是藤萝。贫道今

  2.日将大乘经典接引众生,登上天堂,消遥自在。

藤萝攀缘松树这一现象,是人们在日常生活中随处可见的自然场景。诗文中相关的描写亦多,如《永嘉集》中载《大师答朗禅师书》曰:"郁郁长林,峨峨耸峭,鸟兽鸣咽,松竹森梢,水石峥嵘,风枝萧索;藤萝萦绊,云雾氤氲。"③敦煌文书 P. 4640《沙州释门索法律窟铭》曰:"溪芳忍草,林秀觉花。贞松垂万岁之藤萝,桂树吐千春之媚色。"《宋高僧传》卷十二《唐福州雪峰广福院义存传》曰:"怪石古松,……其树皆别垂藤萝。"④李山甫《松》曰:"桃李傍他真是佞,紫萝攀尔亦非群。"⑤黄滔《送僧归北岩寺》曰:"新松五十年,藤萝成古树。"⑥诗文描述了藤萝缠松的现象,揭示的都是藤萝对松树的攀缘性,道教讲经法师借之作喻(从比喻形式言是暗喻,同时也用了对比辞格),别出心裁,指出道士讲经对于信徒(听

---

  ① 《二十二子》,第 8 页。

  ② [唐]虞世南编纂:《北堂书钞》卷六十五,参董治安主编:《唐代四大类书》,北京:清华大学出版社,2003 年,第 273 页上栏。又:《墨子·所染第三》曰:"子墨子言:见染丝者,而叹曰:'染于苍则苍,染于黄则黄。所入者变,其色亦变。'"(《二十二子》,第 225 页)傅玄的用法当由承此而来。

  ③ 《大正藏》第 48 册,第 394 页上栏。

  ④ 《宋高僧传》,第 287 页。

  ⑤ 《全唐诗》卷六四三,第 1619 页上栏。

  ⑥ 《全唐诗》卷七〇四,第 1774 页下栏。

众)悟道成仙的重要。另外,从传统文化来说,松是人格高洁的象征,《论语·子罕》载:"子曰:'岁寒然后知松柏之后彫也。"①而中国民谚有云:"藤缠松,松必死。"讲经道士以松自喻,当有为法献身的寓意。

例3:

1.法师今日向此间讲说,譬如蒲桃,蒲桃本姓柔弱,若架兜引,即得触处,去不着

2.梁,兜引还不得去?喻如此间施主是蒲桃,法师即是蒲桃架,得此梁乃兜

3.引。法师将此间说法来喻,如蒲桃有叶即触,覆盖弟子,可不是法师共弟

4.子有缘?

蒲桃之物,虽来自西域,佛典中也经常提及。不过,笔者以为,到了唐代蒲桃已是时人日常生活中司空见惯的物品,特别是栽种之时,常常用到架子,即蒲桃架。对此,敦煌文学作品中也能找出例证:如 P.3597 中抄有《白侍郎蒲桃架诗》,②S.0328《伍子胥变文》(拟)则说说伍氏之妻对逃难中的伍子胥答诗曰:"欲识残机情不喜,画眉羞对镜中妆。偏怜鹊语蒲桃架,念燕双栖白玉堂。"③讲经道士于此层层设喻,把听众比作蒲桃,自喻为蒲桃架,意即道士的讲经说法具有接引众生之用,就像蒲桃架能兜引蒲桃一样。其后的另一比喻,则和佛教的因缘观念有关(具体分析见后文,此不赘述)。

---

① 阮元校刻:《十三经注疏》,第 2491 页下栏。

② 徐俊先生认为该诗的作者实为姚合,参《敦煌诗集残卷辑考》,北京:中华书局,2000 年,第 276—278 页。

③ 《敦煌变文校注》,第 6 页。

例4：

1. 世间众生，由如一个井，井里有一群鱼，井洼常暗，平章事。忽然有龙从天上下，来

2. 向井中，鱼、虾蟆可能平章，将龙事。一切众生恒常暗，平章道佛，由如井中

3. 鱼。喻如龙，即是大道天尊；所有众生诽谤天尊，由如井中鱼平章龙

4. 事相似。

这则此喻，显然是从《庄子·秋水》的寓言故事"坎井之蛙"[①]化出，所不同者，是将《庄子》中的"东海之鳖"换成了"龙"，并且增加了"鱼"，显示出继承与创新的关系。

例5：

1. 譬如世间众生，由如蝼蚁子，向酢瓮中

2. 来，以为快乐，不知大鹏鸟一举翅翼即得千里万里，向于云中游戏，受大快

3. 乐。一切众生，今日于世间将大快乐，不知诸天贤圣免生死处大是（是大）快乐。且观世

4. 间即有生老病死苦、不净苦、不自在诸种苦，诸种苦，一切众生不知有如此苦恼，将作

5. 世间以为快乐。弟子今日由如蝼蚁子，可不如是？

此喻则综合《庄子·逍遥游》中的"大鹏"意象、[②]《至乐》之"食醢颐辂"[③]及《知北游》之"蝼蚁"喻[④]而来。其中，讲经法师对"大鹏"基本上是直接借用，而把"食醢颐辂"与"蝼蚁"之喻捏合为

---

① 参《二十二子》，第52页。

② 参《二十二子》，第12页

③ 参《二十二子》，第54页。

④ 参《二十二子》，第62页。

一,变成了"酕瓮蝼蚁",和"大鹏"形成了鲜明的对比。

例6:

1. 譬如世间众生,背(皆)莫向伪信假,不

2. 信真正法师,讲说即(时)不看不信,见假伪法师,被他诳惑,即生信心。昔日叶

3. 公子爱画龙画蛇,得见真龙,乃怕即走,为何故? 为不识故。譬如弟子一切

4. 众生,见假伪法师,喻如见画龙画蛇,总皆欲看,即生敬信;一切众生,见正法

5. 师与说法,由如见真龙,乃生怕心,总皆走去。真龙尽可不及假龙,为众生

6. 愚痴不识,不是背真向伪,心里颠倒,不识正真。

本则比喻,乃从刘向《新序·杂事五》之"叶公好龙"①的典故化出。而且,以真龙、假龙喻真、伪法师,相当贴切。

例7:

1. 譬如一家有两个女,并皆不解缝褙,即向他东家西家凭他巧者,裁一个

2. 褙模,拟学裁褙。其中即有一个女人,有智惠性识,把得褙模,心中悟解,

3. 即学将。一个乃无智惠,性□拙,学他裁即不得,不知自拙,裁不得径,即

4. 却嗔他与褙模人:"伊未知解裁,只是惬我来。"譬如何物? 如法师今讲此大乘

5. 经典,喻如与人褙模,众生听,由如学裁褙。若其解听

---

① 〔汉〕刘向编著,石光瑛校释,陈新整理:《新序校释》,北京:中华书局,2001年,第766—767页。

法,喻如巧儿裁

6.鞑把着模,心中即得悟解,听得其法,心生欢喜,生敬信心,即道好(好道)。其中

7.即有愚痴众生,不能听法,无此裁(识)性者,却嗔法师。只底(诋)道士解何物,

8.讲说只是诳惑百姓,何足可观? 如此之者,只是自愚痴众生,喻如拙儿裁

9.鞑,虽得其模,学缝不得。今日座下女男(男女),虽然听讲,其中即有不解义趣,

10.却嗔法师者,亦大有。愿座下弟子生敬信心者,皆是智惠性者,各各顶礼

11.十方三宝。

案:这里的比喻则是从现实生活中取材,与《论语·雍也》中孔子所说的"能近取譬"①完全一致,即用自己身边最熟悉的东西作喻,生动活泼,易于听众理解和接受。另外,巧儿喻聪明开悟的听众,拙儿喻愚痴众生,与人鞑样者喻法师,从修辞格看,则可归入"合喻"。

例8:

1.譬如马秦客,马[□](秦)客旧日身是道士,极是逍遥快乐,今日从其

2.名利,更觅官职,既身得国家荣官,即生骄溢不盈,暂时即被

3.斩身。此可不为徒其名利,性命不存。云云。

案:从"今日"一词可知这里是以时事作喻。据《旧唐书》卷五一《后妃上·中宗韦庶人传》曰:"时国子祭酒叶静能善符禁小术,

---

① 《十三经注疏》,第2479页下栏。

散骑常侍马秦客颇闲医药,光禄少卿杨均以调膳侍奉,皆出入宫掖。"①则知马秦客私通韦庶人时官任散骑常侍。同书卷七《本纪第七·睿宗纪》则曰:

> 景龙四年夏六月,中宗崩,韦庶人临朝,引用其党,分握政柄,忌帝望实素高,潜谋危害。庚子夜,临淄王讳与太平公主子薛崇简、前朝邑尉刘幽求、长上果毅麻嗣宗、苑总监钟绍京等率兵入北军,诛韦温、纪处讷、宗楚客、武延秀、马秦客、叶静能、赵履温、杨均等,诸韦、武党与皆诛之。②

综合敦煌文书与正史材料可知,马秦客是以道士的身份发迹而得到中宗韦皇后的重用,但很快就被李隆基剪除于公元710年6月。讲经法师以时事为例作喻,显然是想告诫听众不可为荣华富贵冲昏了头脑,而应淡泊名利。

例9:

1. 世间众生不识真

2. 正法师,喻如江南人常吃粳米,人过北地,觅米未遂,即见一稗莠,将作

3. 是谷,即移将山南栽去,锄理灌溉,非常爱惜。于后即至熟时,打得子,

4. 总皆是莠子,即不信[□](他)有谷。禾莠虽即相似,莠中上有[□],谷在[□],只是自不

5. 识,何得不信他有谷? 只今一切众生,为曾经假伪法师被诳或(惑),为言真

6. 正阿师赤收(亦假)伪,总皆不信。喻如吴儿得莠,不[□](识)有(真)禾,一切众生亦复如是。

---

① 《旧唐书》,第2174页。
② 《旧唐书》,第152页。

　　此则比喻,与出于《左传·成公十八年》的成语"菽麦不辩"①颇为相似,都有讽刺那些愚蠢者的用意。但是,讲经法师所设的诸喻象似乎有些混乱,如所举稗与莠,粳与禾,从严格意义上来说,并不是同义词。好在讲经者的重点在禾、莠之别上,而在中国传统文化中,莠常常用来比喻恶人。《孟子·尽心下》引孔子语曰:"恶似是而非者,恶莠,恐其乱苗也。"②《左传·襄公三十年》则载公孙挥与裨灶过伯有氏,见"其门上生莠,子羽曰:'其莠犹在乎?'"杜预注曰:"子羽,公孙挥。以莠喻伯有。伯有侈,知其不能久存。"③当然在本比喻中,讲经法师对于禾、莠的比喻意有所创新,分别喻真假法师,而"吴儿"一词,则用来比喻是非不辨的普通信众。并且,该词也表明讲经者当为北方人,极可能就是京城长安的道士,有十分明显的地域倾向性。

　　例 10:

　　　　1.譬如吴牛常不耐热,见日出,即出舌向日喘。即见夜月出明,水牛为

　　　　2.言是日,即吐舌向月喘。然举此喻,譬如何等? 世间众生当(尝)见假伪法

　　　　3.师被湛来,只今见真正法师,亦眼磣,不欲得见,一切众生不[□](识)真正,喻

　　　　4.如吾(吴)牛见月,有将作是日,一切众生亦复如是。

　　本比喻,在写卷中先后使用了两次,此为第二次,文字更多,故引之。从比喻的寄意看,它和例 8 完全一样,都在劝谕众生要有辨识真假是非的能力。考其本源,则为中土传统文化中所习

---

①　原文曰:"周子有兄而无慧,不能辩菽麦,故不可立。"(《十三经注疏》,第 1923 页上栏)

②　《十三经注疏》,第 2780 页上栏。

③　《十三经注疏》,第 2013 页上栏。

用。如《太平御览》卷四引《风俗通》曰:"吴牛望见月则喘,使之苦于日,见月怖喘矣。"①《世说新语·言语》曰:"满奋畏风,在晋武帝坐,北窗作琉璃扇屏风,实密似疏,奋有难色。帝笑之,奋答曰:'臣犹吴牛,见月而喘。'"②此"吴牛喘月",比喻的是见到类似事物起疑心而生害怕的人。讲经法师于此,借之比喻不识真假是非者,倒也贴切自然。

例11:

1.喻如人见山鸡向山飞,唤作凤凰,何为故? 为不识故。一切众生不识真

2.正法师,喻如人见山鸡唤作凤凰。一切众生不识真正法师,亦复如是。云云。

此喻与例8、例9一样,反复强调辨别真假是非对于信众修道的重要性。考其出处,则属中土传统笑话之一。《太平广记》卷四百六十一"楚鸡"条引《笑林》曰:

楚人有担山鸡者,路人问曰:"何鸟也?"担者欺之曰:"凤皇也。"路人曰:"我闻有凤皇久矣,今真见之。汝卖之乎?"曰:"然。"乃酬千金,弗与,请加倍,乃与之。方将献楚王,经宿而鸟死,路人不遑惜其金,惟恨不得以献耳。国人传之,咸以为真凤而贵,宜欲献之。遂闻于楚王,王感其欲献己也,召而厚赐之,过买凤之直十倍矣。③

后来李白《赠从弟冽》隐括其事,成诗曰:"楚人不识凤,重价

---

① [宋]李昉等撰:《太平御览》,北京:中华书局,1998年,第22页。其中,"使"当是"彼"之误。

② 杨勇校笺:《世说新语校笺》,北京:中华书局,2006年,第70页。

③ 《太平广记》,第3781—3782页。

求山鸡。献主昔云是,今来方觉迷。"①可知此喻流传极广。

2. 源于印度佛教文化的譬喻文学

敦煌道教譬喻文学直接取材于印度佛典者,随处可见。如:

(1)《太上灵宝元阳妙经》

是经又名《太上元阳经》,简称《元阳经》,在敦煌发现了五个抄本,即 S. 0482、P. 2366(2)、P. 2450、S. 3016、台北 4717(散0065),可知它是当时比较流行的道典之一。据北周释道安《二教论》云:"《黄庭》《元阳》,采撮《法华》,以道换佛,改用尤拙。"②《法苑珠林》卷五十五"妄传邪教第三"则说:"如大业年中,五通观道士辅慧祥改《涅槃》为《长安经》,被杀不行。今复取用改为《太上灵宝元阳经》。"③综此可知,《元阳经》当产生于南北朝末期,至唐初才定型,其制作过程中受到《法华》《涅槃》等佛典(实际上并不限于大乘经典)的影响,特别是大量地从佛经譬喻中取材。请看:

1)卷五有譬喻曰:

善男子,譬如有人身被毒箭,其人亲戚欲令贞吉,为除毒故,即命良医而为拔箭。彼人方言:"且待莫解,我今当观如是毒箭,从何方来,谁之所射,为是憎恶之人,为是鬼神所害,为是自然自有?"如是痴人,竟未能知,寻便命终。④

此喻,源自东晋瞿昙僧伽提婆译《中阿含经》卷六十之《箭喻经》,经曰:

犹如有人身被毒箭,因毒箭故受极重苦,彼见亲族,怜念愍伤,为求利义饶益安隐,便求箭医。然彼人者方作是念:未

---

① [唐]李白著,[清]王琦注:《李太白集》,北京:中华书局,1977 年,第627 页。

② 《大正藏》第 52 册,第 141 页中栏。

③ 《大正藏》第 53 册,第 703 页中栏。

④ 《道藏》第 5 册,第 947 页下栏。

可拔箭，我应先知彼人如是姓，如是名，如是生，为长、短、麤、
细？为黑、白、不黑不白？为刹利族、梵志、居士、工师族？为
东方、南方、西方、北方耶？未可拔箭，我应先知彼弓为柘、为
桑、为槻、为角耶？未可拔箭，我应先知弓扎，彼为是牛筋，为
獐鹿筋，为是丝耶？未可拔箭，我应先知弓色为黑、为白、为
赤、为黄耶？未可拔箭，我应先知弓弦为筋、为丝、为纻、为麻
耶？未可拔箭，我应先知箭箤为木、为竹耶？未可拔箭，我应
先知箭缠为是牛筋、为獐鹿筋、为是丝耶？……彼人竟不得
知，于其中间而命终也。①

两相比较，《元阳经》只是语言更简练而已。

2)卷六有比喻曰：

善男子，譬如牧牛有二人，一持酪饼，一持浆饼，俱共诣
市而欲卖之。于路脚跌，二饼俱破，一则喜悦，一则愁恼。持
戒破法，亦复如是。能用心恭敬持净戒法者，心生欢悦。②

这则比喻，出于北凉昙无谶译《大般涅槃经》卷十七，经曰：

善男子，譬如牧牛有二女人，一持酪瓶，一持浆瓶，俱共
至城而欲卖之。于路脚跌，二瓶俱破，一则欢喜，一则愁恼。
持戒破戒，亦复如是。持净戒者，心则欢喜。③

因此可知，《元阳经》所作的改动极少，而且所改文字更符合
中土文化的特点。如把《涅槃经》中持瓶者的性别变为男性，就和
中国男主外、女主内的传统吻合。

---

① 《大正藏》第 1 册，第 804 页下栏－805 页上栏。
② 《道藏》第 5 册，第 952 页中栏。
③ 《大正藏》第 12 册，第 467 页上栏。

3)卷八曰：

> 凡夫之人，不摄六根，驰骋六尘，犹如牧牛，不善收录，犯
> 人苗稼。凡夫之人，不检六根，常在诸有，多受苦恼。……若
> 能闻是元阳上品大乘经典，则得智慧。得智慧已，则能专检
> 六根。善男子，如善牧牛，设牛放逸东西，啖他苗稼，则能遮
> 止，不令犯物。真人道士，亦复如是。①

以牧牛作喻，佛典习见。鸠摩罗什译《佛垂般涅槃略说教诫
经》(即《佛遗教经》)曰：

> 若人能持净戒，是则能有善法；若无净戒，诸善功德皆不
> 得生。是以当知，戒为第一安隐功德之所住处。汝等比丘，
> 已能住戒，当制五根，勿令放逸，入于五欲。譬如牧牛之人，
> 执杖视之，不令纵逸，犯人苗稼。若纵五根，非唯五欲将无崖
> 畔，不可制也。②

《中阿含经》卷二十五《念经》则曰：

> 犹如春后月，以种田故，放牧地则不广。牧牛儿放牛野
> 泽，牛入他田，牧牛儿即执杖往遮。所以者何？牧牛儿知因
> 此故，必当有骂，有打，有缚，有过失也，是故牧牛儿执杖往
> 遮。我亦如是。③

此中"牛""牧人""执杖"等悉有深刻的比喻义。《佛遗教经论
疏节要》即云："牛喻五根，人喻比丘，执杖喻摄念，苗稼喻三昧方
便及正受功德。五欲不起，正念成就，如不犯苗稼。"④强调的是
持戒摄念对于修行的意义。对此，《元阳经》全承之，仅是作了一
些技术性的更换，如将"五根"换成"六根""六尘"(案：五根、六根

---

① 《道藏》第5册，第967页中一下栏。
② 《大正藏》第12册，第1111页上栏。
③ 《大正藏》第1册，第589页上栏。
④ 《大正藏》第40册，第848页中栏。

等亦为佛教名相），将持戒的主体比丘换成道士、真人而已。

同卷又有比喻曰：

> 我今已值元阳清净法宝，难得见闻，我今已闻，犹如盲龟，值大浮木。①

此亦为佛典之常用比喻，如刘宋求那跋陀罗译《杂阿含经》卷十五曰：

> 世尊告诸比丘："譬如大地悉成大海，有一盲龟寿无量劫，百年一出其头。海中有浮木，止有一孔，漂流海浪，随风东西。盲龟百年，一出其头，当得遇此孔不？"
>
> 阿难白佛："不能，世尊！ 所以者何？ 此盲龟若至海东，浮木随风，或至海西，南北四维，围遶亦尔，不必相得。"
>
> 佛告阿难："盲龟浮木，虽复差违，或复相得。愚痴凡夫，漂流五趣，暂复人身，甚难于彼。"②

北魏吉迦夜译《称扬诸佛功德经》卷中曰：

> 一切世界，设满中水，水上有板，而板有孔。有一盲龟，于百岁中，乃一举头，欲值于孔，斯亦甚难。求索人身，甚难甚难。③

北本《大般涅槃经》卷二曰："生世为人难，值佛世亦难，犹如大海中，盲龟遇浮孔。"④《元阳经》借用其喻，就在自我赞颂本经的难值难遇。

（2）《太玄真一本际经》

是经同样从佛典中采撷譬喻者颇多，且专门有一品叫《譬喻品》（即卷七）。兹举三例如下。

---

① 《道藏》第 5 册，第 971 页上—中栏。
② 《大正藏》第 2 册，第 108 页下栏。
③ 《大正藏》第 14 册，第 95 页上—中栏。
④ 《大正藏》第 12 册，第 372 页下栏。

1）P.3371《太玄真一本际经》卷第一《护国品》曰：

    1.譬如病人诸根

    2.昏乱，虽服甘露，谓如毒药。其病若愈，诸根平

    3.复，向之毒药还成甘露。众生亦尔，颠倒烦恼，

    4.妄想执见，无常逼迫，不得自在，虚妄病愈，自

    5.然安乐。

本处的"甘露""毒药"之喻，源于《大般涅槃经》。北本卷八曰："《方等经》者，犹如甘露，亦如毒药。"①卷十又载：

    佛言："善男子，汝今善得乐说之辩。且止，谛听！文殊师利，譬如长者身婴病苦，良医诊之，为合膏药。是时病者，贪欲多服。医语之，言：'若能消者，则可多服。汝今体羸，不应多服。当知是膏，亦名甘露，亦名毒药。若多服不消，则名为毒。'善男子，汝今勿谓是医所说，违失义理，丧膏力势。善男子，如来亦尔，为诸国王、后妃、太子、王子、大臣，因波斯匿王、王子、后妃憍慢心故，为欲调伏，示现恐怖，如彼良医。"②

于此，《本际经》的用法与《涅槃经》有所不同，后者旨在强调说法者因地制宜的重要性，而前者则重点在批判世俗众生的颠倒和虚妄。

2）P.2393《太玄真一本际经咐嘱品卷第二》（案：原卷首题，尾题则作《太玄真一本际经卷第二》）曰：

    1.上士在世，不畏尘劳，虽居世间，无所染

    2.汗，犹如宝珠，体性明净，处智慧山，依无相野，

    3.是名善解山栖之相。青童君曰："云何名为念

    4.道之相？"天尊曰："夫念道者，通能制戒，灭一切恶

---

① 《大正藏》第12册，第409页上栏。

② 《大正藏》第12册，第426页中栏。

5. 根,犹金刚刀,无所不断,犹如猛火,无所不烧。"

这里的喻体里面,"宝珠"和"金刚刀"皆出于佛典。前者如什译《妙法莲华经》卷一曰:"又见具戒,威仪无缺,净如宝珠,以求佛道。"①陈月婆首那译《胜天王般若波罗蜜经》卷三之《法性品第五》则曰:

> 菩萨摩诃萨行般若波罗蜜,能知法性清净,如是无染无着,远离垢秽,从诸烦恼,超得解脱。此性即是诸佛法本,功德智慧因之而生,体性明净,不可思量。大王! 我今喻说,汝善谛听! 王言:"世尊! 唯然愿闻。"佛告胜天王言:"譬如无价如意宝珠,装饰莹冶,皎洁可爱,体圆极净,无有垢浊,堕在淤泥已经多时,有人捡得,取而守护,不令堕落。法性亦尔,虽在烦恼,不为所染,后复显现。大王,诸佛如来,悉知众生自性清净,客尘烦恼之所覆蔽,不入自性。"②

后者如刘宋沮渠京声译《治禅病秘要法》卷上曰:"一梵王手持梵瓶,与诸梵众捉金刚刀,授与行者。"③智者大师《摩诃止观》卷五下曰:"止观逐之,无远不届。常寂常照届,治之不休。如金刚刀,所拟皆断。"④卷六下又曰:"以无生门如上等诸法度入余门,纵横无碍,如金刚刀,无能障者。"⑤如果说宝珠被借用来比喻众生的道性,"金刚刀"则比喻众生因持戒念道产生的念力。

3) P. 2806《太玄真一本际经道性品第四》(首题如是,尾题作《太玄真一本际经卷第四》)曰:

1. 我等志小亦钝根,闻值深法不能解。

---

① 《大正藏》第9册,第3页中栏。
② 《大正藏》第8册,第700页下栏-701页上栏。
③ 《大正藏》第15册,第334页中栏。
④ 《大正藏》第46册,第69页上栏。
⑤ 《大正藏》第46册,第84页上栏。

2. 今此大会奇特事，无量世来未曾睹。

3. 见已发趣求道心，譬如飞蛾思赴火。

4. 迷惑天真所言说，不能前进行退堕。

本卷有抄经题记曰："证圣元年闰二月廿九日神泉观[□□](法)师汜思庄发心敬写，奉为一切法界苍生，同会此福。"是知抄出于公元695年。其中的"飞蛾赴火"喻，佛典中常见。三国东吴康僧会译《六度集经》卷七《常悲菩萨本生》曰："众佑自说为菩萨时，名曰常悲。……时世无佛，经典悉尽，不睹沙门贤圣之众，常思睹佛闻经妙旨。时世秽浊，背正向邪，华伪趣利，犹蛾之乐火。"①卷八《凡人本生》曰："吾睹诸佛明化，以色为火，人为飞蛾，蛾贪火色，身见烧煮。"②什译《大智度论》卷十七则有偈曰："诸欲乐甚少，忧苦毒甚多，为之失人身，如蛾趣灯火。"③什译《菩萨呵色欲法经》又说："女人之罪，实是阴贼，灭人慧明，亦是猎围趁得出者。譬如高罗，群鸟落之，不能奋飞；……无目投之，如蛾赴火。"④可知此喻在佛典中，火多喻色欲，飞蛾则喻因欲乐而丧身命者。《本际经》只是借用了其形式，寓意则有所变化，讽刺的是那些执着于经典而不悟义理的求道者。

（3）《太上一乘海空智藏经》

是经譬喻，同样多有取材佛典者，如：

1）P.2254《太上一乘海空智藏经》卷五《问病品》曰：

1. 世间诸法，所不

2. 能染，犹如莲花，从于尘水，不受尘水，是

3. 故海空生于诸法，亦非智藏，是名海空，是

----

① 《大正藏》第3册，第43页上栏。

② 《大正藏》第3册，第47页中—下栏。

③ 《大正藏》第25册，第181页中栏。

④ 《大正藏》第15册，第286页中栏。

4. 名智藏。

此显然是从佛典的莲华喻而来。佛教认为莲华出污泥而不染，清净微妙，故诸经论中常用它作譬，象征众生的清净佛性。西晋竺法护译《文殊师利净律经》之《道门品》曰："人心本净，纵处秽浊则无瑕疵，犹如日明不与冥合，亦如莲花不为泥尘之所沾污。"[①]东晋僧伽提婆译《中阿含经》卷二十三《青白莲华喻经》说："犹如青莲华、红赤白莲华，水生水长，出水上不着水，如是如来世间生、世间长，出世间行，不着世间法。"[②]

2) B. 8449《太上一乘海空智藏经卷第六》(原卷尾题如是)曰：

(前略)

1. 善男子，若有众生善

2. 能受持，断离恶根。云何为恶？恶心意恶念。

3. 如是等恶，悉能速离，即得增长，住于善根、

4. 善相、善思，智慧方便，以是因缘，是名远离。善

5. 男女，真人童子住烦恼城，自观其身，如病如疮，

6. 如恶毒箭，入其身体。如是身体，是大苦聚。善

7. 恶根本，以是因缘瞻视于身，非为贪身。若将

8. 养身，是饿鬼身，是地狱身，是生死身。善男

9. 子，譬如猛火烧焚枯木，亦如芭蕉逢于霜雹，

10. 如电石光，如炎如化。善男子，真人童子住烦

11. 恼城，观身其相亦复如是。

本段经文用到了多种比喻辞格，如："烦恼城"是借喻，指人虚妄不实的色身(肉身)；"如病如疮，如恶毒箭""譬如猛火……如火

---

① 《大正藏》第14册，第452页中栏。

② 《大正藏》第1册，第575页上栏。

如化"则为明喻,进一步论证了色身无常、虚妄可灭的思想。类似的说法,佛典中常见。南本《大般涅槃经》卷一谓寿德优婆夷等人:

> 为度无量百千众生,故现女身呵责家法。自观己身,如四毒蛇;是身常为无量诸虫之所唼食,是身臭秽,贪欲狱缚;是身可恶,犹如死狗;是身不净,九孔常流;是身如城,血肉筋骨皮裹其上,手足以为却敌楼橹,目为窍孔,头为殿堂,心王处中。如是身城,诸佛世尊之所弃舍。凡夫愚人,常所味着,贪淫、瞋恚、愚痴罗刹止住其中;是身不坚,犹如芦苇、伊兰、水沫、芭蕉之树;是身无常,念念不住,犹如电光、暴水、幻炎;亦如画水,随画随合;是身易坏,犹如河岸临峻大树;是身不久,当为狐狼、鸱枭、鹏鹫、乌鹊、饿狗之所食噉。谁有智者,当乐此身?①

后秦竺佛念译《最胜问菩萨十住除垢断结经》卷四《灭心品第十一》则说菩萨:

> 兼化缘觉、声闻之乘,随从劝进,令至道场。若在愦乱烦恼之中,教人行寂,不兴众想。……行大慈悲,不怀怯弱,然后乃致解身无主,及内外法亦复如是。视其众生,如己骨肉,有所求索,先彼后己。大衰坚强,所济不虚,皆使得立奇特之德,心识寂净,亦不动转。观察身本,无可贪者。复为众生而说不净:是身如城,终无盈虚;身如沟涧,时时流溢;身如炽火,吞薪无厌;亦如江湖,投海无满。如是最胜菩萨教诲,分别思惟,知之不净,亦使前人兴不净想,深入辩才,亦无滞碍,逮得总持,无所遗忘。所教之言,不失次第。常得审谛,正受三昧,恒入寂然诸度无极,降伏魔怨,去邪乱想。如是最胜菩

---

① 《大正藏》第12册,第606页下栏。

萨观身,达知内外无有处所,亦如幻化、影响、焰光。①

唐菩提流志译《大宝积经》卷十七《无量寿如来会第五之一》又曰:

> 菩萨以定慧力降伏魔怨,成无上觉,梵王劝请转于法轮,勇猛无畏。佛音震吼,击法鼓,吹法螺,建大法幢,然正法炬,摄受正法及诸禅定;雨大法雨,泽润含生;震大法雷,开悟一切;诸佛刹土,普照大光,世界之中,地皆震动。魔宫摧毁,惊怖波旬,破烦恼城,堕诸见网,远离黑法,生诸白法。②

佛教认为破虚妄不实的烦恼城,得听闻佛法。相应地,《太上一乘海空智藏经》则易之为道典,方法与手段完全一样。

3) P.2773《太上一乘海空智藏经》卷八《贡献品》曰:

(前略)

1. 云何得生往到彼国? 彼大
2. 安乐,隔碍海水,云何而往当到彼国? 尔时众
3. 中有一人曰:"我曾见彼海中三船,大船可载
4. 无量数人,中船可载百千万人,小船可载十
5. 千万人。以此三船有大神力,不畏风浪,蒿(篙)
6. 橹拖(柂)棹,皆新坚固。我等自往海水船中,泛越
7. 渚测(侧),当到彼岸,甚大欢乐。"尔时四众得闻是
8. 语,心大欢喜,各各庄持,一千二百卌万人齐
9. 心欲去,往到彼岸。尔时复有不去之徒五
10. 千万人,各共送别,送诣于海边,同别辞去。分
11. 别既竟,尔时众中有五万人即上大船,有
12. 九万人复上中船,有十万人复上小船。各随

---

① 《大正藏》第10册,第994页中一下栏。
② 《大正藏》第11册,第92页上栏。

13. 其意,上船毕竟,举帆便发,风调顺流,须臾

14. 千里。尔时海岸,不去之徒皆唤叹曰:"是等

15. 群愚,何取死入于大海,望至彼岸,宁

16. 灭身命,云何可至?"尔时乘船泛舟而往,

17. 浮景而行。然此海中有大洲屿,于洲屿中复

18. 有国土。于是三船同到一国,国大丰有,自然

19. 饮食,国中人民皆生善心。金银七宝以为城

20. 舍。尔时小船各共言曰:"我所乘船,船力微弱,

21. 不堪复行,计我本国出十万里,此国高梁(膏粱),于

22. 我乃足,愿住此国。"于是小船便住此国。中船

23. 大船举帆复去,经一国,其土平正,七宝满

24. 国,自然衣食,无有中天,寿得其年,便即命过,

25. 魂升天堂,身体不灰。乘中船人,复谓言曰:"我

26. 所乘船,船力微弱,不堪复进,且住此国,功德

27. 受报,于我以(已)足,请止此国。"于是便住。乘大船

28. 人,举帆而去,往到彼岸极大乐国,国土人民,

29. 黄金为地,碧玉为阶,七宝行树上生甘果,七

30. 宝宫殿,寿命长延,与道合德。于是受生,得

31. 道自然。

本处三船之喻,毫无疑问是借鉴了《法华经》的三车之喻。《妙法莲华经》之《譬喻品》中,载佛对舍利弗说:有一长者之家突遇大火,然其诸子游戏不辍,长者便说门外有种种羊车、鹿车、牛车"可以游戏,汝等于此火宅,宜速出来",其子便"竞共驰走,争出火宅"。① 经中羊车,比喻声闻乘,他们只修四谛,仅是自度,此如羊之奔逸,不回顾后群;鹿车比喻缘觉乘,他们修十二因缘,虽然

---

① 《大正藏》第9册,第12页下栏。

也是自度,但略有为他之心,似如鹿之奔逃,尚能回顾后群;牛车比喻菩萨乘,他们修行六度,主要是欲度别人出于三界,就像负轭之牛,安忍苦难,普运一切。不过,《太上一乘海空智藏经》对此三车喻既有借鉴,也有所创新。譬如,《法华经》以三车作喻,旨在说明弘教之时要根据众生根机的不同,采用不同的教法,而最终目标则是相同的,都可济度有情众生,这也就是天台宗所说的会三归一。然《太上一乘海空智藏经》的三船之喻,似乎更重视三船(乘)目标的不同。易言之,道教更重视修行果位的高下之别,它认为最后一船所达到的境界才是最高、最完美者。当然,从经文内容看,它实际上又融会了佛教西方净土的说教。什译《佛说阿弥陀经》即曰:

> 尔时佛告长老舍利弗:从是西方过十万亿佛土,有世界名曰极乐。其土有佛,号阿弥陀,今现在说法。舍利弗,彼土何故名为极乐?其国众生,无有众苦,但受诸乐,故名极乐。又舍利弗,极乐国土,七重栏楯,七重罗网,七重行树,皆是四宝周匝围绕,是故彼国名曰极乐。[①]

两相比较,道典的"极大乐国"与佛典的"极乐国土"在"乐"这一点,区别甚微。

(5)P.3021＋P.3876《道教中元金箓斋会讲经文》

该讲经文中,取材于佛典之譬喻文学者甚众,有的还直接点明了所引佛典,如:

1.《登真隐诀》云:"学道之心,常如忆朝之食,未有不得之者也。"

2.案《法华经·法师品》中:"譬如有人,渴乏须水,于彼高原穿凿求之,犹见干土,知水

---

① 《大正藏》第12册,第346页下栏。

3. 尚远,施功不已,转见湿土,遂渐至泥,其心决定,知水必近,菩萨修道,亦复如是。"

其中,所引《登真隐诀》之语,亦见于陶弘景《真诰》卷六,后者作:"学道之心,常如忆朝食,未有不得之者也。"[①]所引《法华经》的文句,则见于什译本卷四《法师品第十》,[②]文字基本相同,仅于"菩萨"之后多出"修道"二字。这可能是道教讲经者自行添加的,于义亦通。更为重要的是讲经者引佛经的目的,当在强调二教对于修道观念的重视,而且都是以饮食喻发心。

在 P. 3021＋P. 3876《道教中元金箓斋会讲经文》中,更多的情况是未点明所引佛典的出处,兹亦按原卷先后次序,择要举例如次:

例1:

1. 又如出家人,如牛渡海水。出家人如牛,俗人如众生,欲度海,其牛先入海,人随

2. 后,口衔牛尾,两手苞(泡)水,两脚打水,以大将小,得达彼岸。如贫道以将大

3. 乘经典,度一切众生,达到彼岸。

把出家人比作牛,佛典中习见。如题为"后汉西域沙门迦叶摩腾共法兰译"的《四十二章经》曰:"佛言:'诸沙门行道,当如牛负行深泥中,疲极不敢左右顾,趣欲离泥以自苏息。沙门视情欲,甚于彼泥,直心念道,可免众苦。"[③]东晋僧伽提婆译《增一阿含经》卷八则载有世尊之偈曰:

犹如牛渡水,导者而不正,一切皆不正,斯由本导故。众

① (日)吉川忠夫、麦谷邦夫编,朱越利译:《〈真诰〉校注》,北京:中国社会科学出版社,2006年,第213页。

② 《大正藏》第9册,第31页下栏。

③ 《大正藏》第17册,第724页上栏。

生亦如是,众中必有导,导者行非法,况复下细人。萌类尽受苦,由王法不正。犹如牛渡水,导者而行正,从者亦皆正,萌类尽受乐,由王法教正。①

于此,道士亦自喻为渡海之牛,手法与佛典相同。此外,"海"还暗用了佛典的"苦海"喻,昙无谶译《大般涅槃经》卷二曰:"今见佛涅槃,我等没苦海,愁忧怀悲恼,犹如犊失母。"②萧齐沙门释昙景译《摩诃摩耶经》卷上则云:"生死苦海,甚可怖畏。"③盖佛教以为有情众生沉沦于生死苦恼之中,渺茫无际,犹如入于大海难于自拔,故称苦海。

例2:

1.往昔有一王,随其臣佐别置一宫宫人美女,召诸百姓,得金一斤,遂即放宫。后时有

2.一人贤老,少失阿耶,娘见在。其儿家贫,无金,遂烦恼怨,遂病。其阿娘见儿病,

3.语儿道:"我为儿觅得金也。汝但吃食。"儿闻此语,忽

4.然惊起,心大欢喜。报阿娘云:"其金何在?"其母[□](曰):"汝耶当死之时,有一金钱置汝阿

5.耶口中着在。"其儿遂[□](启)阿娘语:"发阿耶墓。"见阿耶尸骨分散,于髑髅欲取钱,[□]

6.其口合,取不得。乃觅凿,凿其阿耶板齿,却然始取。持金钱,遂将钱进王。王怪,遂付

7.狱官勘当:"汝何处得其金钱?我召经今[□][□],何淹迟?"其人被勘当,遂即

---

① 《大正藏》第2册,第587页上栏。
② 《大正藏》第12册,第375页下栏。
③ 《大正藏》第12册,第1007页下栏。

8. 依实具言。云云。下作四句偈："生时空手来，死时空手死，口中置金钱，不免儿

9. 龃齿。"

此则故事实取自康僧会译《六度集经》卷六之《童子本生》。经云：

> 昔者菩萨为独母子，朝诣佛庙，捐邪崇真，稽首沙门，禀佛神化，朝益暮诵。景明日升，采识众经。古贤孝行，精诚仰慕，犹饿梦食。所处之国，其王无道，贪财重色，薄贤贱民。王念无常，自惟曰："吾为不善，死将入太山乎？何不聚金以贡太山王耶？"于是敛民金，设重令曰："若有匿铢两之金，其罪至死。"如斯三年，民金都尽。王诡募曰："有获少金以贡王者，妻以季女，赐之上爵。"童子启母曰："昔以金钱一枚着亡父口中，欲以赂太山王，今必存矣。可取以献王也。"母曰："可。"儿取献焉。王令录问所由获金，对曰："父丧亡时，以金着口中，欲赂太山。实闻大王设爵求金，始者掘冢发木（墓）取金。"王曰"父丧来有年乎？"对曰："十有一年。"曰："尔父不赂太山王耶？"对曰："众圣之书，唯佛教真。佛经曰：为善福追，作恶祸随。祸之与福，犹影响焉。走身以避影，抚山以关响。其可获乎？"王曰："不可。"曰："夫身即四大也，命终四大离，灵逝变化，随行所之。何赂之有？大王前世布施为德，今获为王。又崇仁爱，泽及遐迩。虽未得道，后世必复为王。"王心欢喜，大赦狱囚，还所夺金。

> 佛告诸比丘："时王欲以民间余金残戕害无罪者，菩萨睹民哀号，为之挥泪，投身命乎厉政，济民难于涂炭。民感其润，奉佛至戒，国遂丰沃。时童子者，吾身是也。菩萨锐志度

无极,精进如是。"①

若把道士的讲经内容与《童子本生》相较,便可发现讲经者在借鉴本生故事基型的同时,也有所创新:一方面对原经的某些细节稍作删节与更改,语言更加通俗易懂;另一方面为了突出人生无常之理,适应讲经之需要,在故事结束时增加了一首五言四句偈(案:当作散场之用),而在本生经中,则无相关偈颂。后一点尤其重要,因为它使故事的文体性质发生了变化,即把本生故事变成了譬喻文学(寓言)。

例3:

1.猕猴在于山中逐处取乐,采种种花果。后时被人布案在于泉石之下,谓

2.言有种种妙花果,而上其案上,遂被胶两脚及手。将口放手,总被胶着,擎

3.至人间,受种种苦恼。如我一切众生,随处贪爱,唯躭无量声色,一旦无常,受诸苦

4.恼,由如猕猴被湛,受无量苦恼。

此则譬喻,本来敦煌本道典 P.2388《太上妙法本相经》卷廿三中亦有涉(关于这一点,可参后面之录文)。但笔者认为,更直接的来源在于佛典。如昙无谶译《大般涅槃经》卷二十五曰:

善男子,譬如雪山悬峻之处,人与猕猴俱不能行;或复有处,猕猴能行,人不能行;或复有处,人与猕猴,二俱能行。善男子,人与猕猴能行处者,如诸猎师纯以𫄨胶置之案上,用捕猕猴。猕猴痴故,往手触之,触已粘手;欲脱手,故以脚踏之,脚复随着;欲脱脚,故以口啮之,口复粘着;如是五处,悉无得脱。于是猎师以杖贯之,负还归家。雪山崄处,喻佛菩萨所

---

① 《大正藏》第3册,第36页中—下栏。

得正道；猕猴者，喻诸凡夫；猎师者，喻魔波旬；黐胶者，喻贪欲结；人与猕猴俱不行者，喻诸凡夫、魔王波旬俱不能行；猕猴能行人不能者，喻诸外道有智慧者，诸恶魔等虽以五欲，不能系缚；人与猕猴俱能行者，一切凡夫及魔波旬，常处生死，不能修行。凡夫之人，五欲所缚，令魔波旬自在将去，如彼猎师黐捕猕猴，檐（担）负归家。①

刘宋求那跋陀罗译《杂阿含经》卷二十四也载有同型故事，只是把前者的"猕猴"换成"猿猴"，且文字略有不同而已。② 同人所译《宾头卢突罗阇为优陀延王说法经》又载：

当知国土犹如罗网，亦如胃弶；如深淤泥，亦如洄波，又如海浪；如林被烧，亦如危岸，犹如地狱。何有智者，当乐贪着，如是大苦；何有智者，当生乐想。如是大王，呜呼怪哉，被欺乃尔，被诳乃尔。犹如空拳，诳于小儿；速疾不停，犹如幻化；五欲欺诳，亦复如是。犹如猿猴，在高山顶见云弥布，以为坚实，谓为是地，便以身投堕百丈岩，丧其身命，一切碎灭。③

刘宋沮渠京声译《治禅病秘要经》卷二则曰：

若行者好作偈颂、美音赞叹，犹如风动娑罗树叶，出和雅音，声如梵音，悦可他耳。作适意辞，令他喜乐。因是风向，贡高憍慢；心如乱草，随烦恼风，处处不停；起憍慢幢，打自大鼓，弄诸脉零。因是发狂，如痴猿猴采拾花果，心无暂停，不

---

① 《大正藏》第 12 册，第 517 页上栏。

② 参《大正藏》第 2 册，第 173 页中—下栏。又，对于《大般涅槃经》与《杂阿含经》所说的这则猿猴寓言，赵宋沙门日称译《父子合集经》卷十二有偈曰"譬如胶着猕猴身，无智疑惑不能脱"（《大正藏》第 11 册，第 953 页中栏），后者所述事同。

③ 《大正藏》第 32 册，第 786 页中栏。

能数息。当疾治之！①

由此可知,道教讲经者的取材基础虽出于《大般涅槃经》《杂阿含经》,但寓意方面则同时综合了其它的佛典。此表明,道教讲经者不但对相关佛典相当熟稔,而且善于综合和创新。

例4:

1. 如大(太)行山南是泽州,山北是路(潞)州,两界山内有一家驱驴驮[□](物),每日兴生。后时打

2. 驴脊破,放驴在于山中而养。有智惠人语道山中有大虫,及无数,则何计

3. 挍(较)而免于虫咬？取麻,假作师子皮,在驴成(?)着。后时,此驴乃作声,被他大虫

4. 撆(惊)丧咬[□](吃)。如道士道人,虽着黄衣黑服,不依经法,心乃不持戒,行合不(不合)

5. 语,由始(犹如)假驴开口语,废他门坐(座)。

6. 清净智惠水,沐浴烦恼尘。信力常坚固,自然归至真。

本处文字原卷书手多有讹脱,然主体内容尚可明了。不过,据笔者研究,是则讲经道士所用的寓言对柳宗元《黔之驴》的创作产生过影响,②虽然讲经者把故事发生的背景安排太行山,表面上看是一则完全中国化的寓言。若细考其渊源由来,则和佛经有莫大的联系。业师陈允吉先生曾指出《黔之驴》的故事原型和西晋沙门法炬译《佛说群牛譬喻经》、鸠摩罗什译《众经撰集譬喻经》、北凉佚名译《大方广十轮经》、唐玄奘译《大集地藏十轮经》有

---

① 《大正藏》第15册,第338页中栏。

② 参拙撰《佛教与〈黔之驴〉——柳宗元〈黔之驴〉来源补说》,载《普门学报》2006年第2期第177—189页。

关。① 此外,这一同型故事还见于义净译《根本说一切有部毗奈耶破僧事》卷十。② 兹引《大方广十轮经》卷六之经文如下:

> 善男子! 若有众生起于麤弊,愚痴恶口,自谓为智。……譬诸恶行律师,而教人言如是谄曲,难得人身,亦失声闻、辟支佛乘,常趣恶道。不欲亲近诸有智者,而唱是言:"作师子吼,我是大乘。"善男子! 譬如有驴着师子皮,自以为师子。有人远见,亦谓师子。驴未鸣时,无能分别。既出声已,远近皆知非实师子。诸人见者,皆悉唾言:"此弊恶驴,非师子也。"③

而且经中的这种比喻性说法被初盛唐以后的教内人士广为传扬,窥基撰《成唯识论掌中枢要》卷三即曰:"如正法灭事,并驴披师子皮教。"④更为有趣的是:道士讲经取譬的目的与《大方广十轮经》有相同点,都旨在批评那些恶口不守戒行者。不过,他对佛、道两教中的坏戒者的都一视同仁,毫无偏袒之意。但是,作为散场诗的四句五言偈(见录文第 6 行),宗旨又回到道教一边。

例 5:

> 1. 譬如沙糖甚美至甘,本从甘蔗中出。其蔗乃从不净中来,若着不净中,

> 2. 即好大乘经典,至微至妙。贫道虽脓血来身,若无阿师,不能生人善心,为说

---

① 陈允吉:《柳宗元寓言的佛经影响及〈黔之驴〉故事的渊源和由来》,载《古典文学佛教溯源十论》第 202—233 页,特别是第 223 页。

② 《普门学报》2006 年第 2 期,第 183 页。

③ 《大正藏》第 13 册,第 707 页下栏-708 页上栏。又,是段经文还被唐初道世节选后编入《法苑珠林》卷三十《说听部第四》(参《大正藏》第 53 册,第 509 页中-下栏)。

④ 《大正藏》第 43 册,第 635 页中栏。

3.大法。

本则比喻中的喻体沙糖,显然是从印度佛教东传的产物,并且是用甘蔗制作而成。于此,佛典中多有记载。如唐义净译《根本说一切有部毘奈耶药事》卷一曰:

> 缘在室罗筏城,时有具寿颉离伐多,于一切时,不乐求觅,见者多疑。时诸苾刍,共号为颉离伐多,为少求故。其少求者后于晨朝着衣持钵,入城乞食,次第行乞。遂闻压甘蔗声,因即往见,作沙糖团,以米粉相和。①

同人所译《根本说一切有部苾刍尼毘奈耶》卷十二又云:"事须沙糖,宜待甘蔗。"②窥基《瑜伽师地论略纂》则说:"甘蔗变味者,谓沙糖煎甘蔗作。"③甘蔗的生长,乃从粪、土等不净物中生长。慧琳《一切经音义》卷十二释"乔答摩"曰:"梵语也,义译云牛粪种,或名甘蔗种,或名泥土种。"④此即暗示了甘蔗与"不净"的关系。道士讲经的设喻方式,比较复杂:其中开头的两句构成补喻关系,而整体说来又是借喻,即沙糖喻道法(大乘经典),甘蔗喻道士。

例6:

1.譬如弟子家内有一场谷,持打了,首聚着地上,总来杨(扬)簸,其中大有□粃

2.土草等物。合坐施主,喻如一场谷,未得杨(扬)簸;今者座下女男(男女),其中即有因行

3.者,即有看音乐者,亦有看法师好恶者,又有无心听者,即时道场为初

---

① 《大正藏》第24册,第3页上栏。
② 《大正藏》第23册,第968页下栏。
③ 《大正藏》第43册,第14页下栏。
④ 《大正藏》第54册,第380页下栏。

4. 聚，屡未得说法因缘。次弟（第）待一两日间，即与弟子说因缘；次弟与施主受诫

5. 忏悔；由如谷中糠土秕□，杨（扬）簸得此恶物，并缘烧却，好者即留入仓□，一切众

6. 生愿闻经法，已后身上所有罪恶之业，喻如谷中土草秕□恶物，总皆与弟

7. 子烧却，作清净身，好不好？好！各各顶礼十方三宝！

本则比喻，若不细察，会以为取材于日常生活。但东晋瞿昙僧伽提婆译《中阿含经》卷二十九有云：

大目揵连，犹如居士秋时扬谷，谷聚之中若有成实者，扬便止住；若不成实及秕糠者，便随风去。居士见已，即持扫帚，扫治令净。所以者何？莫令污杂余净好稻。①

道士讲经信手拈来，用得恰到好处。而且说理生动，因为就信徒而言，谁不想清净成道？最后，讲经道士还来了个顺水推舟，竟然引导听众一起稽首礼拜十方三宝，整个过程极其自然，显示了讲经者的高超技艺。

例7：

1. 譬如不通悟众生，由如盲儿吃盐，作何颜色？只今凡夫众生，虽然亦有

2. 读经书，心中不悟道理者，谩学他诵经读书。喻如盲儿吃盐不见

3. 其颜色；一切不通悟众生，亦复如是。

虽然中土作品中也常以盲人取譬，如《淮南子·人间训》有

---

① 《大正藏》第1册，第611页中栏。

"盲者得镜"喻,①《世说新语·排调》则载有"盲人骑瞎马,夜半临深池"②之喻,然二者分别比喻无用之人或事物、乱闯瞎撞而导致的极度危险,均与讲经者的用法不相侔。考北本《大般涅槃经》卷十四有"盲人说乳喻",曰:

> 如生盲人不识乳色,便问他言:"乳色何似?"他人答言"色白如贝"。盲人复问:"是乳色者如贝声耶?"答言:"不也。"复问:"贝色为何似耶?"答言:"犹稻米末。"盲人复问:"乳色柔软如稻米末耶?稻米末者,复何所似?"答言:"犹如雨雪。"盲人复言:"彼稻米末,冷如雪耶?雪复何似?"答言:"犹如白鹤。"是生盲人,虽闻如是四种譬喻,终不能得识乳真色,是诸外道亦复如是,终不能识常乐我净。③

此喻在佛典中的寓意是说外道永远无法理解佛法真谛。道教讲经者的设喻与之如出一辙,亦在讥讽固执于经文本身而不通道典大意者。

例8:

1. 众生愚痴,或不信道法,如盲儿不见白象,莫(摸)着白象身,为言是瓮;

2. 着莫(摸着)脚,为言是柱;莫(摸)着了[□](耳),为言是簸箕;莫(摸)着尾,为言扫帚。忽然有

3. 一人报道:"此是白象。"即不信。众生愚痴,心盲不信大道天尊,由如盲儿不[□](识)

4. 白象。不信有白象,一切众生,亦复如是。

这是有名的"盲人摸象"寓言,多种佛典载之。如东吴支谦译

---

① 《淮南子·人间训》曰:"夫戟者所以攻城也,镜者所以照形也。宫人得戟,则以刈葵;盲者得镜,则以盖厄。"(《二十二子》,第1294页)

② 杨勇校笺:《世说新语校笺》,第735页。

③ 《大正藏》第12册,第446页下栏－447页上栏。

《佛说义足经》卷上、①康僧会译《六度集经》卷八《镜面王本生》、②西晋法立共法炬译《大楼炭经》卷三《龙鸟品第六》、③后秦佛陀耶舍共竺佛念译《长阿含经》卷十九《龙鸟品第五》④等。兹引竺佛念译《菩萨处胎经》卷三《想无想品第六》,曰:

> 佛告迦叶:"吾今与汝说识想受一一分别。过去九十一劫有王名智慧,专行十善以法治化,无有烦恼,察众生意行,知彼众生所念不同。即遣侍臣案行国界,诸有盲人尽仰来集宫庭。臣受王教,即出巡行国界,得五百盲人,将诣庭内。王复以五百白象罗列殿前,一一令诸盲人自在捉象。是时盲人,或捉象鼻,或捉象耳,或捉象头,或捉象脚,或捉象腹,或捉象尾。王问诸盲人曰:'象何所像类?'盲人答白:捉鼻者言如角,捉头者言如瓮,捉耳者言如簸箕,捉腹者言如箪,捉脚者言如柱,捉尾者言如概。时傍观有目之士笑彼盲者,不得象具相。盲人屏处,自共论说,各言己是,而共诤竞。此众生类,亦复如是,识想受法各各不同。"⑤

北凉昙无谶译《大般涅槃经》卷三十二引此故事时所说的寓意则不同,曰:

> 善男子! 如彼众盲不说象体,亦非不说。若是众相悉非象者,离是之外更无别象。善男子! 王喻如来正遍知也,臣喻《方等》《大涅槃经》,象喻佛性,盲喻一切无明众生。⑥

而道士借用此喻之目的,亦在说明众生无明。

---

① 《大正藏》第 4 册,第 178 页中栏。

② 《大正藏》第 3 册,第 50 页下栏—51 页上栏。

③ 《大正藏》第 3 册,第 289 页下栏。

④ 《大正藏》第 1 册,第 128 页下栏。

⑤ 《大正藏》第 12 册,第 1026 页中—下栏。

⑥ 《大正藏》第 12 册,第 556 页上栏。

（三）融合中、印文化为一体的作品

敦煌道教譬喻文学作品,亦常有融会中印宗教文化作品者。如:

1. P.2468《太上消魔宝真安志智慧本愿大戒上品》(原卷首题)曰:

（前略）

1. 太极真人曰:"夫道无也。弥络无穷,子欲寻之,

2. 近在我身,乃复有也。因有以入无,积念以得

3. 妙,万物云云(芸芸),譬于幻耳,皆当归空,人身亦然。

4. 身死神逝,喻之如屋。屋坏则人不立,身败则神

5. 弗居。当制念以定志,静身以安神,宝气以

6. 存精,思虑兼忘,冥想内视,则身神并一。身神

7. 并一,近为真身也。"

是段经文见于今存《正统道藏》中,但题名有异,作《太上洞玄灵宝智慧本愿大戒上品经》,①为古灵宝经之一。其中的"屋坏"之喻,要说明的是形神关系,考其来源,当有两种:一者在本土典籍,如《管子·内业》曰:"定心在中,耳目聪明,四枝坚固,可以为精舍。精也者,气之精者也。气道乃生,生乃思,思乃知,知乃止矣。"②《淮南子·原道训》:"夫形者,生之舍也,气者生之充也,神者生之制也,一失位则三者伤矣。……故以神为主者,形从而利。以形为制者,神从而害。"③两书都是以舍(也就是屋)作为喻体,分别论证的是精与心、神与形的主从关系。若把《管子》与《淮南

---

① 《道藏》第6册,第155页下栏。

② 《二十二子》,第155页。

③ 《二十二子》,第1210页。

子》所说的心、精、气、道、形、神等综合到一块，则与《太上消魔宝真安志智慧本愿大戒上品》所涉及的概念基本一致；二者在佛典，如东吴天竺沙门维祇难译《法句经》卷下《生死品》有偈曰："如人一身居，去其故室中。神以形为庐，形坏神不亡。精神居形躯，犹雀藏器中。器破雀飞去，身坏神逝生。"①梁代释宝唱编《经律异相》卷三十四引《佛说七女经》又有偈曰："若乘船度水，至当舍船去。形非神常宅，焉得久长居？"②可见佛典虽然也强调形、神之间有互为依存的一面，但更突出的是形坏神不灭的思想。而《太上洞玄灵宝智慧本愿大戒上品经》在"屋坏"喻之后的论述，显然融汇了《管子》《淮南子》等本土典籍与相关佛典的说教。对此会通佛、道之方法，后世高道多有承袭。如唐司马承祯《坐忘论》之《真观五》即曰："经云：'及吾无身，吾有何患？'次观于心，亦无真宰，内外求觅，无能受者。所有计念，从妄心生。然枯形灰心，则万病俱泯。若恶死者，应思我身是神之舍，身今老病，气力衰微，如屋朽坏不堪居止，自须舍离，别处求安。身死神逝，亦复如是。"③除了引用《太上洞玄灵宝智慧本愿大戒上品经》之"屋坏"喻外，其间所引之"经"见于《老子》十三章，"枯形灰心"源于《庄子·齐物论》，而"妄心"之说则出于佛典。④

2. P. 2388《太上妙法本相经》卷廿三曰：

---

① 《大正藏》第 4 册，第 574 页上栏。
② 《大正藏》第 53 册，第 185 页下栏-186 页上栏。
③ 《道藏》第 22 册，第 895 页下栏。
④ 如梁真谛译《大乘起信论》曰："依一切众生，以有妄心，念念分别，皆不相应，故说为空。若离妄心，实无可空故。"（《大正藏》第 32 册，第 576 页中栏）唐般刺蜜谛译《首楞严经》卷十载佛语阿难曰："妄元无因，于妄想中立因缘性。迷因缘者，称为自然。彼虚空性，犹实幻生。因缘自然，皆是众生妄心计度。"（《大正藏》第 19 册，第 154 页下栏）妄心者，虚妄分别之心，其能生起善恶业之妄识。

1. 猛虎所以入静(阱)，以其大故；渊鱼所以悬喉，以

2. 其伪故；野鹿所以着箭，以其犹故；翔鹰所以

3. 罗网，以其鸽故。是以真人不拘斯事，终不为

4. 累所缚。譬如弥猴从志岩岭，修习百刃(仞)之崖，

5. 戏于十刃(仞)之枝，终为猎师所得，所以者何？猎

6. 师不加追逐，不须绳索而自缚之。何以故？以

7. 痴(黐)胶捕之，故不加追驰，绳索缚之，正须担去。

8. 贪痴色欲，亦复如是。故真人择地而投，终不

9. 为胶所弸，行于崖枝，不为猎师所得，故能成

10. 真也。

本处使用的譬喻，大多和佛典有关。如北凉昙无谶译《佛所行赞》卷三《答瓶沙王品》曰：

> 麋鹿贪声死，飞鸟随色贪。渊鱼贪钩饵，悉为欲所困。[①]

隋阇那崛多译《佛本行集经》卷十四曰：

> 诸有欲痴不自在，展转五道无觉知。犹如陶师旋火轮，处处五欲自缠缚。犹如飞鸟犯罗网，亦如猎师布黐胶。贪他财宝无厌足，如鱼吞饵遇钓钩。[②]

唐般若译《大乘本生心地观经》卷六又曰：

> 譬如群鹿居林薮，食于丰草而自养，猎师假作母鹿声，寻声中箭皆致死。……譬如龙鱼处于水，游泳沉浮而自乐，为贪芳饵遂吞钩，爱味忘生皆致死。……若能舍离贪欲心，住阿兰若修梵行，必得超于生死苦，速入无为常乐宫。[③]

三经所说飞鸟、猎师布胶(按，此实为对前文所引《大般涅槃

---

① 《大正藏》第 4 册，第 21 页中栏。

② 《大正藏》第 4 册，第 717 页下栏。

③ 《大正藏》第 3 册，第 318 页上栏。

经《杂阿含经》等经中的"猿猴喻"之同型故事的概括)、鱼(或龙鱼)、鹿(或麋鹿)诸喻与《太上妙法本相经》里的比喻大致可以对应起来,并且都旨在说明贪痴色欲的危害性。而"虎落陷阱"喻,则是中土固有的说法。司马迁《报任少卿书》云:"猛虎在深山,百兽震吼,及在槛阱之中,摇尾而求食,积威约之渐也。"①《后汉书》卷四十一载宋均出任九江太守之前:"郡多虎暴,数为民患,常募设槛阱,而犹多伤害。"②则知以陷阱捕获猛虎乃古时常事。当然,禅宗兴起之后,相关的比喻也成了禅师们的话头之一。如宋闻蕴编《大慧普觉禅师语录》载宗杲(1089—1163)语曰:"猛虎不识阱,阱中身死。"③

3. P.2474《太上洞玄灵宝升玄内教经》卷第八曰:

1. 真神譬如兰(栏)中之畜、笼中之鸡,饴之
2. 者将欲其肥,乐之者将欲其肉,不知汤镬浚
3. 沸,刑俎期近,而鸡之与畜,各适其美,不以为
4. 苦。世俗愚人,亦复如是。

本比喻中的喻体"笼中之鸡",似从《庄子·养生主》之"泽雉十步一啄,百步一饮,不蕲畜乎樊中,神虽王,不善也"④化出,但属反用。因为,《升玄内教经》的主旨在于宣扬重玄之学,追求的是内心的超越,而非长生飞仙。此外,本比喻和《六度集经》卷六之《鸽王本生》也有某种联系。后者谓:

昔者菩萨身为鸽王,徒众五百,于国王苑,翱翔索食。国王睹之,敕令牧夫率网张捕,其众巨细,无有孑遗,笼而闭之,食以粳米肥肉,太官以供膳。鸽王见拘,一心念佛,悔过兴

---

① [清]严可均辑:《全汉文》,北京:商务印书馆,1999年,第268页。
② [宋]范晔撰:《后汉书》,北京:中华书局,1965年,第1412页。
③ 《大正藏》第47册,第846页中栏。
④ 《二十二子》,第21页。

慈,愿令众生拘者得解,疾离八难,无如我也。谓诸鸽曰:"佛经众戒,贪为元首,贪以致荣者,犹饿夫获毒饮矣。得志之乐,其久若电。众苦困己,其有亿载。尔等捐食,身命可全矣。"众对之曰:"见拘处笼,将欲何冀乎?"王曰:"违替佛教,纵情贪欲,靡不丧身者也。已自捐食,肥体日耗,间关得出。"顾谓余曰:"除贪捐食,可如我也。"言毕飞去。①

若把经中的"众鸽"换成"鸡",则知两则故事的细节,乃至寓意都极其相似。

4. P. 2385(2)《太上大道玉清经》卷十云:

1. 大慈天尊又告宝相曰:"下世愚夫不修大道、

2. 无上至法,而作是言:应灭此身,冀得情(清)灵,会

3. 真宗者。喻如下世昆仑山阳,往昔之时有一

4. 戎夫名曰忧波斯那,立性凶顽,多畜妻子。其

5. 第三妻,形貌甚鄙,累生十子。戎夫自计心陋

6. 此妻,妻又怀娠。于是戎夫但念其子,不假(暇)待

7. 产,酖煞其母。母既命终,剖腹出子。子犹未成,

8. 始凝胚混,随母烂坏,不可捉持,戎夫自恶。后方

9. 懊恼,而作是言:'我妻身体,不能如骡怀任之

10. 时,剖腹取子。'傍观之者而告之言:'长者当知

11. 骡怀任时,候其日满,知母欲产,剖腹出子,乃

12. 令子命。如长者妻,异于骡身,况复怀孕始经

13. 三月?假使月满,亦不煞母。剖腹取子,何如养

14. 母而育其子。子得长成,母得老死,何用煞之?

15. 而欲此儿绍隆家业,犹剪树根,望果成实,终

16. 不可得。'善男子,邪俗行尸,亦复如是。"

---

① 《大正藏》第3册,第34页上—中栏。

是处天尊说教,用了三个比喻:第一个刳腹取子喻,虽然旨在嘲讽佛教僧尼愚昧无知(此与唐初佛、道论争有关),但实际上取材于中国古史,《太平御览》卷八十三引《帝王世纪》谓夏纣曾"刳孕妇之腹而观其胎"。① 其实,对于纣的恶行,佛教方面曾加严厉批判,如初唐法琳《破邪论》。② 第二个骡怀妊喻,则从佛典化出。如西晋竺法护译《修行道地经》卷二《慈品第六》曰:"譬如竹树劈,芭蕉骡怀妊,还害亦如是,故当发善心。"③后秦竺佛念译《鼻奈耶》卷二曰:"譬如比丘,建陀利树果生枝折,竹苇子生则死,如骡怀躯,二命俱死。"④诸佛典中虽未明言骡怀孕是如何生产的,不过,道典制作者却承前文加以合理的推演,读来也令人信服。第三个剪树根喻,佛典中亦有相同的说法。后汉安世高译《佛说尸迦罗越六方礼经》曰:"贤者不精进,譬如树无根,根断枝叶落,何时当复连?"⑤唐菩提流志译《有德女所问大乘经》又云:"如树无根,则无枝叶华果等物。"⑥

5、P. 3021＋P. 3876《道教中元金箓斋会讲经文》

该道教讲经文使用的比喻,同样也有融会中印文化者。如:

例1:

　　1.喻如野鹿,初首将捉向人间,以绳结鹿项在于柱上,将种种饮食诸味与鹿

　　2.吃,鹿乃不肯吃。为野心日久,如我一切众生,放荡六情,躭淫累日。今法师

---

① 《太平御览》卷八十三,第 393 页。

② 《广弘明集》卷十一,见《大正藏》第 52 册,第 164 页上栏。

③ 《大正藏》第 15 册,第 190 页上栏。

④ 《大正藏》第 24 册,第 859 页下栏。

⑤ 《大正藏》第 1 册,第 251 页下栏。

⑥ 《大正藏》第 14 册,第 941 页中栏。

3.将种种大乘经典,如似饮食,一切众生实到道场,不肯听法,莫知有种种

4.罪福,□悟经文,如鹿初首,不知饮食有种种诸味,皆不能知,为不曾食故。

以鹿作喻,中、印经典中悉习见。中土如《庄子·天地》曰:"民如野鹿。"郭象注曰:"放而自得也。"[①]佛典中则俯拾皆是,像北魏瞿昙般若流支译《正法念处经》卷一《十善业道品》曰:"犹如野鹿,畏一切人,远善知识,近恶知识。"[②]同经卷三十一《观天品之十》又曰:"如野鹿信游,信欲亦如是。"[③]东魏月婆首那译《大宝积经》卷八十八则曰:"行真实行,不乐一处,当如野鹿,无所依止。"[④]显而易见,讲经道士综合了中、印相关野鹿喻中的相同寓意(如放逸、畏人等)之后,添加一些故事情节,便构成了一则全新的寓言故事。

例2:

1.又喻

2.如粪虽恶,散在薄埒(?)之地,布着皆能生种种之果,充我一切众生饥饱。今

3.法师身虽假合成身,无所可敬贫道身,当敬口中大乘经典,能遗(遣)

4.一切众生生种种善根。

按,古人早就知道粪虽恶,却能增加肥力。《礼记·月令·季夏之月》曰:"可以粪田畴,可以美土彊。"[⑤]王充《论衡》卷二《率性

---

① 《二十二子》,第43页。

② 《大正藏》第17册,第4页上栏。

③ 《大正藏》第17册,第182页下栏。

④ 《大正藏》第11册,第506页下栏。

⑤ 《十三经注疏》,第1371页下栏。

第八》曰："墝而埆者性恶,深耕细锄,厚加粪壤,勉致人功,以助地力,其树稼与彼肥沃者相似类也。"①讲经道士又自谓"假合成身",则暗用了佛典中的"身如粪舍(粪土)"喻。② 另外,从比喻的取材要素看,则和北本《大般涅槃经》卷十二里的"粪果"喻有某些相似处。后者曰:

> 如婆罗门幼稚童子,为饥所逼,见人粪中有庵罗果,即便取之。有智见已,呵责之言:"汝婆罗门种姓清净,何故取是粪中秽果?"童子闻已,赧然有愧,即答之言:"我实不食,为欲洗净,还弃舍之。"智者语言:"汝大愚痴,若还弃者,本不应取。"善男子!菩萨摩诃萨亦复如是,于此生分不受不舍,如彼智者呵责童子;凡夫之人,欣生恶死,如彼童子取果还弃。③

当然,严格地讲,"粪果"的寓义在于说明凡夫愚昧无知,只知欣生恶死,不知生死即涅槃。不过,从道士讲经的语气推断,他也有劝谏听众要明辨是非的用意。果如此,则部分地借用了"粪果"喻。

例3:

> 1. 譬如世间苍蝇,飞飞得一丈地,即坐飞不得。譬如鸿雁飞得千里万里

---

① 黄晖撰:《〈论衡〉校释》,北京:中华书局,1999年,第73页。

② 后秦鸠摩罗什译《禅法要解》卷上曰:"汝身骨干立,皮肉相缠裹。不净内充满,无一是好物。……五藏在腹内,不净如屎箧。汝身如粪舍,愚夫所保爱。"(《大正藏》第15册,第286页下栏－287页上栏)唐智昇撰《集诸经礼忏仪》卷上则曰:"贪嗔六贼无虚假,妄想悠悠循臭身。梦里种种纵横去,忽觉寂灭并虚然。四大无常归粪土,魂魄零落若个边。"(《大正藏》第47册,第462页上栏)

③ 《大正藏》第12册,第435页下栏－436页上栏。

2. 地,可不是知(智)惠? 苍蝇往向鸿鹰背上坐,鸿雁忽
然即飞去,此蝇即得

3. 随鸿雁去,可不是鸿雁苍蝇有因缘,提携将去? 一切
众生喻如苍蝇,法

5. 师由如鸿雁,提携弟子得上天堂,悉得离苦解脱。

按,东汉张衡《应闲》曰:"吾感去蛙附鸥,悲尔先笑而后号
也。"①钱钟书先生指出其本事和佛典所载雁负龟飞故事同类。②
旧题康僧会译《旧杂譬喻经》卷二即曰:

> 昔有鳖遭遇枯旱,湖泽干竭,不能自致有食之地。时有
> 大鹄,集住其边。鳖从求哀,乞相济度。鹄啄衔之,飞过都邑
> 上。鳖不默声,问:"此何等?"如是不止,鹄便应之。应之口
> 开,鳖乃堕地,人得屠裂食之。夫人愚顽无虑,不谨口舌,其
> 譬如是也。③

是故事在后世流传颇广,如《法苑珠林》卷四十六亦转引之,
但文字有异,像"鹄"便改成了"鹤",④于义则无别也。另外,"蝇"
在佛典中也时有所见,《大智度论》卷九四即曰:"譬如蝇无处不
着,唯不着火焰。"⑤于此,蝇是聪明的动物,这和道士讲经相同。
当然,讲经者在借鉴中、印同型故事时,也有较大的创新:一是改
变了原型故事的悲惨性结局,无能、弱小的一方由于强大有力者
的帮助而得到了圆满的果报;二是改变了原型故事人物的类型,
将具有不同功能的动物(鸥、鹄能飞,蛙、鳖能游)换成了相同功能
者(蝇、雁悉能飞也),只是能力有大有小而已;三是寓意也变了,

---

① 《后汉书》,第 1906 页。
② 钱钟书:《管锥篇》,北京:中华书局,1986 年,第 559—560 页。
③ 《大正藏》第 4 册,第 517 页上栏。
④ 《大正藏》第 53 册,第 638 页下栏。
⑤ 《大正藏》第 25 册,第 717 页上栏。

原型故事是嘲笑愚顽不谨口舌者,讲经文里则换为赞颂帮助弱小的强者,强者实是法师的自喻。

例4:

1. 譬如众生悟道理,由如一竿竹。若为是竹,安置斧镰,欲斫难。若入一节,直至到

2. 头,可不是心中开悟,悟解道理? 愚痴众生,由如斧斫饶节木相似,虽然斲,斫

3. 着即是节,却其损其□,可不是心中不通悟。法师只今讲经,只恐愚

4. 迷众生不通悟。法师心神,由如斫饶节木却损其斧。若得通悟,众

5. 生听法,省入心神,由如竹相似。愿座下弟子见法师讲此大乘经典一种,由如[斫]竹,

6. 心中常生通悮(悟),莫生愚痴。各各礼三宝!

是处文字,书手抄写时可能欠严谨,前后用词不统一,比如第1、第5两行取喻"斫竹",第2、第4两行却为"斫木"。不过对于听众而言,一般不会产生误解,所以笔者统一为对"斫竹"喻的分析。考《晋书》卷三十四《杜预传》引杜预曰:"昔乐毅藉济西一战以并强齐,今兵威已振,势如破竹,数节之后,皆迎刃而解,无复着手处也。"①《北史》卷十《周本纪下第十》载北周武帝宇文邕于建德五年(576)十月攻北齐时的要求是:"严阵以待,击之必克,然后乘破竹之势,鼓行而东,足以穷其窟穴。"②可知"破竹之势"主要用以形容作战节节胜利,比喻做事十分顺利。于此,佛典中也有类似的比喻,鸠摩罗什译《坐禅三昧经》卷下曰:"次第生苦法智、苦法

---

① [唐]房玄龄等撰:《晋书》,北京:中华书局,1974年,第1030页。

② [唐]李延寿撰:《北史》,北京:中华书局,1974年,第363页。

忍、断结使苦法智作证,譬如一人刈一人束,亦如利刀斫竹得风即偃。"①意思是说坐禅所发诸智,象利刀斫竹一样可断绝烦恼。其间的"得风即偃"也有"破竹之势"中的取势之意。道士讲经文,从所用语词"斫竹"看,与佛典相同,喻义则更接近"破竹之势",旨在说明听众开悟的过程。当然,按笔者的理解,讲经者所说的"节",还可能使用了双关的修辞手法,节者,结之谐音也。在佛典中,结,又作"结使",即使有情众生烦恼。其类甚多,如二结(指悭、嫉)、三结(如爱、恚、无明)、四结(如欲结、瞋结、痴结、利养结)、五结(如贪结、瞋结、慢结、嫉结、悭结)、九结(如爱、恚、慢、无明、见、取、疑、嫉、悭等)等等,不一而足。对治结使、烦恼的方法是般若智慧。苻秦僧伽跋澄译《鞞婆沙论》卷一即云:"慧过一切法上,如所说诸妙圣弟子,以慧刀断一切结缚。"②对此,讲经者借"节"比喻信众心中的结(痴、嗔、愚昧等),而自喻所讲大乘经典,则如斫竹之刀,可断听众之"节"。此外,道士以竹作譬,实喻听众数量之多。这种方法,也似从佛典中来,什译《妙法莲华经》卷一《方便品第二》即曰:"新发意菩萨,供养无数佛,了达诸义趣,又能善说法。如稻麻竹苇,充满十方刹。"③东晋佛陀跋陀罗译《观佛三昧海经》卷五《观佛心品第四》又载:"佛告阿难:云何名剑轮地狱?剑轮地狱者,纵广正等五十由旬,满中剑树。其树多少,数如稻麻竹苇。"④诸如此类的"竹",皆是比喻事物量大,不可胜数。

例5:

1.譬有两鸟在道相逢,一鸟有眼无翅,一鸟有翅无眼。于后不能飞去,两鸟

---

① 《大正藏》第15册,第280页上栏。
② 《大正藏》第28册,第418页上栏。
③ 《大正藏》第9册,第6页上栏。
④ 《大正藏》第15册,第671页上栏。

2.平章云:"公有眼无翅,某甲无眼有翅,若为得飞?"其[□](有)眼鸟答言:"我向你

3.背上坐,看道。你但知背负我,能不能?"其无眼鸟乃即欢喜,遂即背

4.负有眼鸟(之)鸟。两鸟相携,一时总得飞去。不是因缘接引,由如法师共弟

5.子有因缘,如得相见。今日弟子喻如无眼有翅鸟,虽有足,不得见

6.道;法师由如有眼鸟,视弟子道(逍)遥处,得免离苦难,到解脱处。

7.弟子可不是共法师有因缘?既知如此,当生恭敬心,生欢喜心,能不能? 各各

8.顶礼十方三宝! 云云。

考此故事在中、印经典中都有相似的原型。^①《韩非子·说林下》曰:"虫有虺者,一身两口,争食相龁也,遂相杀,因自杀。人臣之争事而亡其国者,皆虺类也。"^②佛典中则有著名的"二头鸟"(即共命鸟)喻。如隋阇那崛多译《佛本行集经》卷五十九曰:

> 尔时佛告诸比丘言:"我念往昔久远世时,于雪山下有二头鸟,同共一身,在于彼住,一头名曰迦喽嗏鸟,一名优波迦喽嗏鸟。而彼二鸟,一头若睡,一头便觉。其迦喽嗏,又时睡眠。近彼觉头,有一果树名摩头迦。其树华落,风吹至彼所觉头边。其头尔时作如是念:'我今虽复独食此华,若入于腹,二头俱时得色得力,并除饥渴。'而彼觉头,遂即不令彼睡头觉,亦不告知,默食彼华。其彼睡头,于后觉时,腹中饱满,

---

① 钱钟书:《管锥篇》,第 556—557 页。
② 《二十二子》,第 1144 页。

咳哕气出,即语彼头,作如是言:'汝于何处得此香美微妙饮食而噉食之? 令我身体安隐饱满,令我所出音声微妙。'彼头报言:'汝睡眠时,此处去我头边不远有摩头迦华果之树,当于彼时一华堕落在我头边。我于尔时,作如是念:今我但当独食此华,若入于腹,俱得色力,并除饥渴。是故我时不令汝觉,亦不语知,即食此华。'尔时彼头闻此语已,即生瞋恚嫌恨之心,作如是念:'其所得食,不语我知,不唤我觉,即便自食。若如此者,我从今后所得饮食,我亦不唤彼觉语知。'而彼二头,至于一时游行经历,忽然值遇一个毒华,便作是念:'我食此华,愿令二头俱时取死。'于时语彼迦喽嗏言:'汝今睡眠,我当觉住。'时迦喽嗏,闻彼优波迦喽嗏头如是语已,便即睡眠。其彼优波迦喽嗏头寻食毒华,迦喽嗏头既睡觉已,咳哕气出。于是即觉有此毒气,而告彼头,作如是言:'汝向觉时,食何恶食,令我身体不得安隐,命将欲死? 又令我今语言麤涩,欲作音声,障碍不利?'于是觉头,报彼头言:'汝睡眠时,我食毒华,愿令二头俱时取死。'于时彼头语别头言:'汝所为者,一何太卒! 云何乃作如是事也?'"①

表面看来,蚖喻、二头鸟喻和道士所讲的故事细节相差甚远,但笔者以为两者的核心要素是相同的,那就是相互帮助才能唯系生命。只不过道士对中、印经典进行了较大的改动:一者将共命鸟(或蚖)换成二只不同的鸟,并且分别赋予有眼无翅、有翅无眼的特点;二者将共命鸟(或蚖)二头之间的龃龉关系,改成了和谐共赢的关系。

当然,讲经者可能更多地借鉴了佛典中其它的相关比喻。如什译《大智度论》卷七十二云:

① 《大正藏》第 3 册,第 923 页下栏-924 页上栏。

"舍利弗,譬如有鸟身长百由旬,若二百三百由旬而无有翅,从三十三天自投阎浮提。舍利弗,于汝意云何? 是鸟中道作是念,欲还上三十三天,能得还不?""不得也,世尊!""舍利弗,是鸟复作是愿,到阎浮提欲使身不痛不恼,舍利弗,于汝意云何? 是鸟得不痛不恼不?"舍利弗言:"不得也,世尊!""是鸟到地,若痛若恼,若死若死等苦,何以故?""世尊,是鸟身大而无翅故。"①

此似为讲经者所说有眼无翅鸟之所本。南本《大般涅槃经》卷八《鸟喻品》又有"二鸟喻":

鸟有二种,一名迦邻提,二名鸳鸯。游止共俱,不相舍离。是苦、无常、无我等法亦复如是,不得相离。②

综上所析,可知道士讲经时的比喻具有很大的综合性,他是将中、印这几则比喻重新捏合、加工,然后再用它来论证法师和弟子其实也是一种"共命"关系。

二 敦煌道教譬喻文学之思想表现举隅

关于敦煌道教经典的思想表现,国内外学术界已有丰硕的成果。③ 笔者不拟再进行综论,兹仅就其譬喻作品中所涉及的两个

---

① 《大正藏》第 25 册,第 565 页中栏。
② 《大正藏》第 12 册,第 655 页中栏。
③ 相关研究概况,参刘屹《论 20 世纪敦煌道教文献研究》(载《敦煌吐鲁番研究》第 7 卷,北京:中华书局,2004 年,第 199—222 页)、林雪玲《敦煌道经研究的回顾与展望》(载敦煌学会编印《敦煌学》24 辑,第 47—59 页,2003 年 6 月)。比较重要的著作有《敦煌と中国道教》(《讲座敦煌》4,东京:大东出版社,1983 年)、砂山稔《隋唐道教思想史研究》(东京:平河出版社,1990 年)、山田俊《唐初道教思想史研究》(东京:平乐寺书店,1999 年)、王承文《敦煌古灵宝经与晋唐道教》(北京:中华书局,2002 年)等。

重要的且和佛教关系密切的新思想概念,举例略析如次。

1. 道性

"道性"一词,较早见于《老子河上公注》,其"道法自然"句下注曰:"道性自然,无所法也。"①嗣后敦煌本 S. 6825V《老子想尔注》里则两次使用了"道性"一词:一者"道常无为而无不为"条注曰:"道性不为恶事,故能神,无所不作,道人当法之。"二者"无名之朴,亦将不欲"条注曰:"道性于俗间都无所欲,王者亦当法之。"姜伯勤先生指出《想尔注》的道性论是对河上公注的发挥,似可概括为道性无为无不为论及道性清净论。②杨维中博士则认为这里的"道性"只是"道之性"的简称,是从另外一个角度对"道体"的说明,完整意义上的道性论迟至唐代方才形成,③其说可从。其实,从约产生于北周前的《升玄内教经》开始,道典开始大规模地融汇佛教思想。如 S. 0107 写卷云"得其真性,虚无淡泊,守一安神。见诸虚伪,无真实性,深解世间,无所有性",这里是用"无所有性"及"法空"来释"道性"之义。《道教义枢》卷八《道性义第二十九》则引《升玄经》曰:"臣知道反俗。何以故? 法性空故。"④"法性"和"空"的概念显然来自大乘中观学说。到了《本际经》,道性论成了经文中的一个中心论题,并且深深地烙上了中土佛教之佛性说的印迹。P. 2806《太玄真一本际经》卷第四《道性品》有云:

(前略)

1. 言道性者,即真实空,非空,不空亦不

2. 不空,非法非非法,非物非非物,非人非非人,非因

① 《道藏》第 12 册,第 8 页上栏。

② 姜伯勤:《敦煌艺术宗教与礼乐文明》,第 200 页。

③ 杨维中:《心性本体与道性本体:中国佛教心性论对道教心性论的影响》,《世界宗教研究》2003 年第 2 期,第 63—72 页。

④ 王宗昱:《〈道教义枢〉研究》附《〈道教义枢〉校勘》,第 346 页。

3. 非非因，非果非非果，非始非非始，非终非非终，

4. 非本非末，而为一切诸法根本。无造无作，名曰

5. 无为。自然而然，不可使然，不可不然，故曰自然。

6. 悟此真性，名曰悟道，了了照见，成无上道。

7. 一切众生，皆应得悟。

又有偈曰：

众生根本相，毕竟如虚空。道性众生性，皆与自然同。

前者对道性的描述，虽然也保留了道家固有的观点（如无为、自然之类），但大多数语汇及思想，读过佛典的人一定不会陌生，它与《中论》所说的"八不"可说是毫无二致，时人多有论之，故不赘引；后者则是从一切众生悉有佛性而来。对此，孟安排《道教义枢》卷八《道性义第二十九》综论之曰："道性以清虚自然为体。一切含识，乃到畜生、果木石者，皆有道性也。究竟诸法正性，不有不无，不因不果，不色不心，无得无失，能了此性，即成正道。自然真空，即是道性。"①尤其是后者，和吉藏《大乘玄论》卷三的说教如出一辙，吉藏曰："若欲明有佛性者，不但众生有佛性，草木亦有佛性。"②

既然一切众生悉有道性，其性质何在，又如何显现？于此，P. 2429《太上妙法本相经综说品第五》（原卷尾题如是）用了两组精彩的比喻，曰：

（前略）

1. 道

2. 有常有乐，有功有果，故能与之常乐，与之功

---

① 王宗昱：《〈道教义枢〉研究》附《〈道教义枢〉校勘》，第 346 页。

② 《大正藏》第 45 册，第 40 页中栏。又，虽然老、庄都曾提出道无所不在的思想，但那主要是从本体论和生成论的角度来说的，佛教讲一切众生乃至草木悉有佛性，则着眼于解脱论和修行论。于此，前揭杨维中论文已有所分析，可参看。

3. 果。是以一切众生悉有道性,称之偏有,种之

4. 则生,废之则不成。譬如种子,内有苗性,不种

5. 不养,岂获其实?一切众生虽有道性,不建不

6. 勤,终不成道。何以故?垄麦有膳,随垄而青,其

7. 膳终不可得,要须经冬涉春,至夏结实,桴扬

8. 入硙,罗莛(筵)付厨,和均膏水,巧手乃甘,浓味

9. 调美,和成以为食膳。一切众生虽有道性,

10. 亦与垄麦同耳,修之则为道,废之则为鬼麦,

11. 修则为膳,不修则为刍,一切众生亦复如是。所

12. 以者何?海有琼藥、珊瑚、马脑,何缘得之?及其

13. 采之,先利其器,涉山伐木,分析道理,细剖补

14. 合,成其船舫。纯刚铁列,张设开帆,摇橹擢揔,

15. 密安网候其宝所,深罟网候,乃取琼藥,宝

16. 货丰多,足以济世。凡夫积学,亦复如是。

经文为了说明道性实有,先以种子作喻,指出众生之有道性,亦如种子内含苗性。同样,正如从栽种到变成美味可口的佳肴,中间必须经历一系列的辛勤劳作,虽说一切众生都有道性,但众生不付诸具体的宗教实践,其具有的道性最终也不变成道果。第二组海有众宝喻,寓意与种子喻相同。即宝性是海本来就有的,然而世人若不经过造船、入海、置网等系列劳动,诸宝也不会自己跑到你的手中去。由此可知,道教一方面承认道性本有,却又十分强调修行(积学)的重要性。

当然,以种子作喻,并非道教的发明,佛教方面似乎用得更加广泛。如刘宋刘宋求那跋陀罗译《杂阿含经》卷四十五载毗罗比丘尼所说之偈曰:

此形不自造,亦非他所作。因缘会而生,缘散即磨灭。

如世诸种子,因大地而生,因地水火风,阴界入亦然。①

这里以种子发芽生长需要各种外在条件作喻,从而说明五阴、十八界的生成也没有自主性。再如失译人名今附秦录的《萨婆多毗尼毗婆沙》卷二《结淫戒因缘第一》则曰:

> 复次,如好田苗,若被霜雹摧折堕落,不得果实。犯此戒亦尔,烧灭道苗,不得沙门四果;复次如焦谷种,虽种良田,粪治溉灌,不生苗实。犯此戒亦尔,虽复勤加精进,终不能生道果苗实。②

此处一方面指出种子成苗之后还需要良好的生长环境,另一方面又指出只要是焦谷之种,无论如何都不能长出苗,更不用说结果了。由此说明持戒的作用和犯戒的严重后果,进而彰显修行的重要意义。《太上妙法本相经》对于积学、修行的强调,与此也有相通之处。

此外尚要补充说明的是,《大般涅槃经》对一阐提人能否成佛的态度前后是矛盾的,前十卷里持阐提无佛性说,如卷九有一个著名的比喻说:

> 譬如焦种,虽遇甘雨,百千万劫终不生芽。芽若生者,亦无是处。一阐提辈,亦复如是,虽闻如是大般涅槃微妙经典,终不能发菩提心牙,若能发者,无有是处。何以故?是人断灭一切善根,如彼焦种不能复生菩提根牙。③

这里的焦种,基本上同于什译《维摩诘所说经》卷二《不可思

---

① 《大正藏》第 2 册,第 327 页下栏。
② 《大正藏》第 23 册,第 515 页中栏。
③ 《大正藏》第 12 册,第 418 页上栏。

议品第六》所说的"败种"，①两者都是菩萨乘（大乘）对小乘的贬斥。然中土大乘佛教流行的是竺道生阐扬的一切众生悉有佛性说，特别是天台宗倡会三归一之教法，后者认为阐提无佛性乃是《法华》以前方等部的教相，而到法华时，又重显二乘（声闻、缘觉）可成佛义，并喻之为败根重生。湛然所述《法华文句记》卷八即说：

> 《宝性论》只云声闻出界根钝，不云根败。言根败者，迦叶于《方等》即是其人。若至《法华》，败根还复。②

不过，在隋唐时期的道性论中，道教似乎不曾有过类似阐提能否成佛的激烈论争，它一直强调一切众生悉有道性。《洞玄灵宝本相运度劫期经》即谓："大千之载，一切众生皆有道性。"③《道门经法相承次序》卷上又载潘师正答唐高宗李治"道家阶梯证果，竟在何处"之语曰：

> 夫道者，圆道之妙称。圣者，玄觉之至名。一切有形，皆含道性。然得道有多少，通觉有浅深，通俗而不通真，未为得道；觉近而觉远，非名圣人。……是诸行人初发道意，起回向心，如说修行，先持净戒。④

正因为众生所得道性有多少、深浅之不同，所以要达到圆满的境界，与道体为一，就必须坚持先从持戒等具体的宗教实践入

---

① 《大正藏》第14册，第547页上栏。又，类似的说法，经中习见。如《法苑珠林》卷九十引《宝梁经》曰："如旃陀罗所至之处，不到善处，何以故？自行恶法故。如是沙门旃陀罗所至之处，亦不到善道，多作恶业，无遮恶道法故。譬如败种，终不生牙。如是败坏沙门，虽在佛法，不生善根，不得沙门果。"（《大正藏》第53册，第947页下栏）旃陀罗是印度最为低贱的种姓，是不可接触者。佛经随顺世法取喻，旨在说明断灭善根者不能证悟涅槃境界。

② 《大正藏》第34册，第296页上栏。

③ 《道藏》第5册，第853页中栏。

④ 《道藏》第24册，第785页下栏—786页上栏。

手,这种观点和《本相经》完全一致。对此,李荣所造《太上灵宝洗浴身心经》亦有所阐释。S.3380 写本中有颂曰:

1. 元始无上大慈尊,善说众耶[□](颠)倒业。

2. 不悟妙本常清净,动则沈沦经万劫。

3. 妄想既植贪痴根,随根即生烦恼业。

4. 根业繁滋弥世界,善恶轮回互重合。

5. 狂迷竞贪耶伪菓,子菓不绝恒相接。

6. 烦恼垢重覆明珠,身心臭秽华清净。

7. 示我汲引道性水,洗涤千耶归一正。

8. 平等清净智惠汤,荡除痴垢开真性。

9. 有缘速入正观空,无为香水澄如镜。

10. 能照去来耶倒业,洗涤贪瞋归诚定。

11. 心垢恼病嚣以除,各复真根增惠命。

12. 慈尊所说颇思议,我故稽首咸恭敬。

统观全颂之思想特色,显然受到佛教"心(自)性本净,客尘所染"的影响。在佛教史上,小乘、大乘都持有此说:前者如姚秦昙摩耶舍、昙摩崛多等译《舍利弗阿毗昙论》卷二十七曰:"心性清净,为客尘染。凡夫未闻,故不能如实知见,亦无修心;圣人闻,故如实知见,亦有修心。心性清净,离客尘垢。"[①]唐玄奘译《大毗婆沙论》卷二十七曰:"谓或有执心性本净,如分别论者,彼说心本性清净,客尘烦恼所染污,故相不清净。"[②]大乘佛教则把自性清净心称作如来藏(佛性)等。刘宋求那跋陀罗译《胜鬘师子吼一乘大方便方广经》之《自性清净章第十三》曰:"此自性清净如来藏,而

---

① 《大正藏》第 28 册,第 679 页中栏。
② 《大正藏》第 27 册,第 140 页中栏。

客尘烦恼上烦恼所染。"①玄奘译《大般若经》卷五百七十八曰："若有得闻如是般若波罗蜜多清净理趣,信解受持,读诵修习,虽住一切贪嗔痴等客尘烦恼垢秽聚中,而犹莲华不为一切客尘垢秽过失所染。"②李荣颂中"身心臭秽华清净"之"华",实和玄奘所说的"莲华"同义,是借用佛典莲华出淤泥而不染之喻(关于这一点,前面已有分析,可参),旨在说明道性虽为妄想烦恼所覆,但其本性却清净无染,而修行的过程,就如同洗涤身心之尘垢一样,终极目标在于恢复本来所具的清净道性。

就李荣颂中使用的修辞手法而言,最常见者是譬喻,如贪痴根、邪伪果、道性水、智慧汤等。尤其是明珠喻,它和莲华喻一样比喻的都是道性。这种方法,佛典也用之。如《大智度论》卷五十九曰:"若水浊,以珠着水中,水即为清,是珠其德如是。"③《大乘无生方便法门》又曰:"譬如明珠没浊水中,以珠力故,水即澄清。佛性威德,亦复如是,烦恼浊水皆得清净。汝等忏悔竟,三业清净,如净琉璃内外明彻,堪受净戒。菩萨戒是持心戒,以佛性为戒。"④显而易见,若把佛典中的"佛性"改作"道性",其寓意则和李荣几无不同。

2. 净土

初唐孟安排《道教义枢》卷九《净土义第三十一》曰:

> 义曰:净土者,途开汲引,事假因缘。宝净业之有成,妙心识之所托。此其致也。《灵宝经》云:天尊成就,五方净土,度一切人。
>
> 释曰:今辩净土之名,略为五句。一者,土内纯是仙人,

---

① 《大正藏》第 12 册,第 222 页中栏。
② 《大正藏》第 7 册,第 988 页上栏。
③ 《大正藏》第 25 册,第 477 页中栏。
④ 《大正藏》第 85 册,第 1273 页中栏。

亦名仙人土,此如太清。二者,土内纯是真人,亦名真士,此
如上清。三者,土内纯是圣人,亦名圣人土,此如玉清。四
者,天尊为化主,则名天尊土。五者,众生业感,亦名众生土。
此则天尊众生,众生天尊,因缘净土,难可抑定,自在无方,不
可思议。又净土体义者,一往总论,即依正报,为净土体。依
正报者,七宝庄严,八骞弥覆,白环生实,洞响灵音,金精玉
池,宝台云观也。明正报者,年修命远,玉貌金容,淳善所生,
常报定命,运数限足,乃登神仙也,即直心名净土。经云:三
业既净,则六根净。六根净已,则国土净也。①

按照孟安排的梳理,则知道教"净土"说的成立,最早是出现
在《灵宝经》,而灵宝类道经恰恰和佛教的关系最为密切。而且,
净土论与道性论一样也是《本际经》讨论的重要思想议题之一。②
孟安排的五种净土之分类,在《本际经》卷六《净土品》里有相似的
说法,如 P.3310 曰:

(前略)

1. 净土之体,凡有五种:一者究竟平等净土,二者毕竟真
性净土,三者

2. 化物方便净土,四者业报差别净土,五者世

3. 间严饰净土。云何究竟平等净土?即真道界,

4. 离一切想,灭一切受,除一切漏,无有为行,究

5. 竟清凉,等虚空性,圆满净惠,悬处其中,即是

6. 众生终归窟宅,是名究竟平等第一净土。云

7. 何毕竟真性净土?所谓诸法性本自空,无作

8. 无生,无秽无净,是正观所游之处,是名毕

---

① 王宗昱:《〈道教义枢〉研究》附《〈道教义枢〉校勘》,第 347—348 页。
② 关于这方面的分析,可参日本学者山田俊《唐初道教思想史研究》一书。

9. 竟真性净土。云何化物方便净土？谓诸众圣

10. 修种种术，善巧方便，教导众生，以是方便起

11. 严净界，证太上时，还应此土统化众[□](生)，受化

12. 之徒，随所禀行各生其城，是名化物方便净土。

13. 云何业报差别净土？随众生根起种，行造

14. 业同，故共一净土，十方人天随业胜劣，致有

（后残）

P.2231 写卷则曰：

（前阙）

1. 有世界若干不同，太上众真乘愿力故，应生

2. 其土，示教开悟，是名业报差别净土。云何世

3. 间严饰净土？实是秽恶，以微善业感得七珍，

4. 而以装严宫殿形体，一时严饰，故名为净，是

5. 名世间严饰净土。（后略）

P.2231 和 P.3310 写卷虽不能直接连缀，但原本应是前后内容相续的。从目前留存的文字看，基本上可以确定五种净土的内含。孟安排的分类与之相比，前后相承的关系十分清楚，只是孟氏的排列次序稍有区别，并且把前三种净土和三清相联系。笔者最感兴趣的，是二书对业报差别净土的阐释，显然融汇了佛教的业缘说。对此，P.3371《太玄真一本际经》卷一《护国品》用譬喻方法进行了透彻的阐析，曰：

（前略）

1. "云何国土

2. 优劣不同，有秽有净，苦乐不等？唯垂旨诀，告

3. 所未闻。"天尊答曰："普得妙行，汝可复座，谛听

4. 在心。诸法清净，一相平等，本无净秽优劣之

5. 别，皆由众生业缘所感，随其福报，所见不同。

6. 譬如宝珠,色无偏正。若正色照者,其色即正;

7. 偏色照者,其色即偏。土之净秽,亦复如是,随

8. 其业缘,见有差别。汝今当知:若有众生无漏

9. 心感,愿往世者即见其国所有城池台榭山

10. 林静治,皆是七宝自然装挍,地如琉璃,无诸

11. 诸秽恶,其土人民皆习道德,不贪不欲,无嫉无

12. 妒,远离诸尘,不受诸受,昼夜所学常在法味,

13. 形容端正,寿命长远,是故此国名为净土。若

14. 有众生心有欲著,飘浪生死,流转世间,所感

15. 之土,其土秽杂瓦石丘墟,荆棘毒草,禽兽虎

16. 狼,更相残害。所有人民,诸恶遍造,具三毒心,

17. 作十恶业,躭着声色,爱乐世间诸不善法,邪

18. 淫放荡,瞋恚杀盗,执见愚痴,绮妄无实,自作

19. 自受,如影随形。五苦八难,三灾九厄,无常逼

20. 恼,不得自在。形相卑陋,寿无定年,是故此国

21. 名为秽土。以是义,故净秽不同,皆由众生业

22. 缘所感,譬如声响。声若清者,其响即清,若声

23. 浊者,其响即浊。响之清浊,随其本声。

佛教教义一般认为:一切有情众生皆由业缘而生,其造善业必招致乐果之报,反之必有苦果。如什译《维摩诘所说经》卷一《方便品》曰:"是身如影,从业缘现。"[①]《法华经》卷一《序品》又曰:"诸世界中,六道众生,生死所趣,善恶业缘,受报好丑,于此悉现。"[②]其间的善恶业报,当是不可更改的必然规律。《六度集经》卷四即曰:"夫善恶已施,祸福自随,犹影之系形;恶熟罪成,如响

---

① 《大正藏》第14册,第539页中栏。

② 《大正藏》第9册,第2页下栏。

之应声。为恶欲其无殃,犹下种令不生矣。"①东晋慧远法师《明报应论》又谓:"是故失得相推,祸福相袭,恶积而天殃自至,罪成则地狱斯罚。此乃必然之数,无所容疑矣。何者? 会之有本,则理自冥对,兆之虽微,势极则发,是故心以善恶为形声,报以罪福为影响。"②《本际经》的声响之喻,其渊源就在于此。同样,宝珠喻也出于佛典。北魏昙鸾(476—542)《无量寿经优婆提舍愿生偈注》卷下曰:

> 譬如净摩尼珠,置之浊水,水即清净。若人虽有无量生死之罪浊,闻彼阿弥陀如来至极无生清净宝珠名号,投之浊心,念念之中罪灭心净,即得往生。又是摩尼珠,以玄黄币裹,投之于水,水即玄黄,一如物色。彼清净佛土有阿弥陀如来无上宝珠,以无量庄严功德成就帛裹,投之于所往生者心水,岂不能转生见为无生智乎。③

隋阇那崛多译《大法炬陀罗尼经》卷六《三法藏品第十二》曰:

> 譬如妙宝,或颇梨珠,或琉璃珠,并余净宝置池水边,能令其水同于宝色。何以故? 以此宝珠清净力故,遥相映发,能令彼水随逐宝色。如是如是,毗舍佉,一切众生近善知识,其事亦尔。又彼水中随投余物,亦作宝色。此宝威光能变余色,异此宝外,不能变也。④

这里的宝珠喻,和前引《大智度论》《大乘无生方便法门》的明珠喻一样,都在强调佛(自)性清净,只是由于客尘所覆,才有清、浊之别。但从"诸法清净,一相平等"的观点出发,实无净、秽土之

① 《大正藏》第 3 册,第 18 页中栏。
② 《大正藏》第 52 册,第 33 页下栏。
③ 《大正藏》第 40 册,第 839 页上—中栏。
④ 《大正藏》第 21 册,第 684 页上—中栏。

别。《本际经》的这一思想,当和竺道生"佛无净土论"之影响有关。① 隋净影慧远《大乘义章》卷十九引生公语曰:"佛无色身,亦无净土。但为化物,应现住于众生土中。"②中唐澄观《大方广佛华严经随疏演义钞》卷二五又载:"生公说'有形皆秽,无形为净',则唯法性为净。"③易言之,从终极意义而言并不存在净土,然为了教化众生,才方便施设净土之说。也就是说,业报净土只是弘教的手段与方法。对此,P.2231《太玄真一本际经》卷六《净土品》明确指出:"有世界若干不同,太上众真乘愿力故,应生其土,示教开悟,是名业报差别净土。……'普得妙行,汝前所见十方土者,是诸上人化物功用,方便所起,亦是众生业报差别。'""示教"也罢,"化物"也罢,都同在强调教化(具体的修行)之用。

三 敦煌道教譬喻文学的影响

敦煌道教经典使用的譬喻文学作品,对后世也有一定的影响。现略举数例如下:

一者 S.00107《太上洞玄灵宝升玄内教经》曰:

1. 太上曰:"人情难制,犹如风中竖幡,飘飖不休,

2. 唯有圣人乃能禁止,令幡不动。凡愚之人,亦

3. 复如是,心情驰散,靡所不至,俄顷之间,想念

4. 百端。"(后略)

这里的风幡之喻,无疑会使人想起六祖慧能《坛经》里的一段公案。如元宗宝本说慧能受弘忍付法之后,来到广州法性寺,值

---

① 余日昌:《实相本体与涅槃境界——梳论竺道生开创的中国佛教本体理论》,成都:巴蜀书社,2003年,第215—253页。

② 《大正藏》第44册,第837页上栏。

③ 《大正藏》第36册,第194页上栏。

印宗法师讲《涅槃经》，时有风吹幡动，闻二僧争辩，一曰风动，一曰幡动，慧能进曰："不是风动，不是幡动，仁者心动。"①然考敦煌所出诸《坛经》写卷，并无此记载。其事之由来，最早似出于保唐宗《历代法宝记》，其中说到慧能：

> 后至海南制心寺，遇印宗法师讲《涅槃经》，惠能亦在坐下。时印宗问众人："汝总见风吹幡于上头，幡动否？"众言见动，或言见风动，或言见幡动，不是幡动，是见动。如是问难不定。惠能于座下立答法师："自是众人妄相心，动与不动，非见幡动，法本无有动不动。"法师闻说，惊愕忙然。②

北宋道原撰《景德传灯录》卷五则说：

> 至仪凤元年丙子正月八日，届南海遇印宗法师于法性寺讲《涅槃经》。师寓止廊庑间，暮夜风扬刹幡，闻二僧对论，一云幡动，一云风动，往复酬答，未曾契理。师曰："可容俗流辄预高论否？直以风幡非动，动自心耳。"印宗窃聆此语，竦然异之。翌日，邀师入室，征风幡之义。③

所以，我们以为流通本《坛经》里的"风幡"之喻，当是晚唐五代以后从其它相关文献中增补进去的。④ 虽然诸书在细节描写上略有不同，喻义却完全一样，都在论证万法唯心、境随心转的佛理。

不过，细绎印宗、慧能的风幡之喻，它和前引《本际经》的"人情难制，犹如风中竖幡"的说法也有一些相同之处，譬如二者都突

---

① 《大正藏》第48册，第349页下栏。
② 《大正藏》第51册，第183页下栏。
③ 《大正藏》第51册，第235页下栏。
④ 关于通行本《坛经》的版本来源问题，张培峰《〈六祖坛经〉与道家、道教关系考论》也有类似的看法，文载《文学与宗教——孙昌武教授七十华诞纪念文集》，北京：宗教文化出版社，2007年，第372—390页。

出了识心的重要性。相对说来,道教更强调凡圣之别,指出只有圣人才能做到忘情而不动心,佛教方面更侧重于本体论,认为凡圣一如,心性本清,仅是因了妄念才导致本性的迷失。

二者前文所揭《太上灵宝元阳妙经》卷八之"牧牛"喻,虽说出于佛典,但它在道教内部自成系统,后世引申者颇多,尤其是那些具有三教调和思想的道士。如:

1.《重阳全真集》卷十二之《小重山·述梦》曰:

> 梦见街前一只牛,偏能行得稳,性温柔,绳来牵拽便回头。高峰上卧月,最风流。　　随我任遨游,调和真逸乐,没忧愁。浑身白彻正堪留,超灵岸,相从入瀛洲。[①]

王重阳(1113—1170),乃金代全真教的开山祖师。创教之后,弘法手段之一就是劝信徒读诵《道德经》《清静经》《般若心经》及《孝经》,阐述儒释道三教一致之理。王重阳词中既言"浑身白彻",毫无疑问是指是大白牛,则知其词境非但吸引此前佛、道经典中的"牧牛"喻,而且还融会《法华经》中的大白牛车喻。《法华经》之《譬喻品》载有一长者家大火起时:宅内诸子沉于嬉戏,不知危险已致,长者施以方便,告诉诸子有羊车、鹿车、牛车在宅门之外,亦可游戏,诸子便争相出宅。至门外,长者赐诸子等一大白牛车。于此,火宅比喻苦难的器世间,羊车、鹿车、牛车、大白牛车分别比喻声闻乘、缘觉乘、菩萨乘、一佛乘。虽说王重阳词中的"牧牛"仍然比喻调伏身心,但"大白牛"的寓意已发生转变,当指道性。

2.南宋周无所住《金丹直指·序》曰:

> 余著《金丹十六颂》,直言性命之奥,故以"直指"言之。且明心见性,宗门事也;归根复命,玄门事也。宗玄异事,若

不可比而同之。然玄谓之炼丹，宗谓之牧牛。①

是序作于淳祐庚戌六月中瀚日，是年为公元1250年，已到南宋末期。《金丹直指》中则有《真土颂》曰："真土从来名强立，学人不晓谩傍求。若知真土为中道，何必骑牛更觅牛。"②其中的"牛"亦比喻众生之道性。虽说周氏作了"宗门""玄门"之分，然其"牧牛"之寓意，依然在强调修行持戒的重要性，目的即是明心见性。

3.元苗太素举，王志道集《玄教大公案》卷下曰：

> 所以离卦第五爻云："畜牝牛，亨。"人之嗜利趋名，随情逐物，恃明好察，骋俊矜能，何尝反照这点灵明？圣人设一畜牝牛为喻，畜牧养也。牛乃顺兽，牝牛顺而柔也。只今返照虚中，含光内烛，如牧牛相似，向一切逆顺调和为工夫，久久驯熟，柔顺安恬，习俗血气之性，自然消殒，本然真性，自然清真。③

这里则把"牧牛"之喻的源头和《易经》相联系，当有汇通三教之用意。实际上，最重要的仍在突出调心的方法是去伪存真，目的是识性。

4.元末明初王道渊撰《还真集》卷下《沁园春十一首》之《牧》曰：

> 赤脚蓬头，簑衣箬笠，随处安然。守无角牛儿，不离左右，同行同住，同坐同眠。常在家山，匀调水草，拗性之时着一鞭。牧回处，看辽天鼻孔，软索低牵。
>
> 闲来渴饮灵泉，把短笛横吹下岭前。喜牛儿安静，清风凉彻，放开心地，万事由天。彼此相忘，形神俱妙，花满前村

---

① 《道藏》第24册，第90页上栏。
② 《道藏》第24册，第90页下栏。
③ 《道藏》第23册，第907页下栏。

水满川。真消息,有世人问我,起手擎拳。①

于此,牛的形象更加柔顺可爱,变成了无角牛,似乎是说调伏时更加顺手。全词宣扬了性命双修的思想,歌颂了令人神往返本归真的自然境界。

总的说来,后世道教的"牧牛"喻与佛教相比,虽有相同之处,但因前者更多地突出自身的文化特点,特别是道家贵阴柔的思想,故牛的形象,多为牝牛,温顺之牛。

三者前揭 P.3021＋P.3876《道教中元金箓斋会讲经文》所用的诸多譬喻,在后世作品中也能找到相同或相似的用例。如:

1. 讲经道士以佛典驴之譬喻经典为基础撰作的寓言,除了对柳宗元《黔之驴》的创作产生影响外,在后世禅宗语录中也有所体现。晚唐释慧然所集其师临济义玄《镇州临济慧照禅师语录》(简称《临济录》)中即曰:

> 师云:"见因缘空,心空法空,一念决定断,迥然无事,便是焚烧经像。大德! 若如是达得,免被他凡圣名碍,尔一念心只向空拳指上生实解,根境法中虚捏怪,自轻而退屈。言我是凡夫,他是圣人。秃屡生,有甚死急,披他师子皮,却作野干鸣。大丈夫汉,不作丈夫气息,自家屋里物不肯信,只么向外觅?"②

于此,野干比喻的是修行未臻成熟而妄说真理者。他虽然披上了师子皮,仍然不是真师子,即发不出师子吼(指代佛法)。

2. 讲经者所用的"扬谷"喻,元人关汉卿《状元堂陈母教子》戏曲里则载有陈良佐对其兄陈良资之语:

> 大哥,你得了官也。我和你有个比喻:似那抢风扬谷,你

---

① 《道藏》第24册,第121页上栏。
② 《大正藏》第47册,第502页中—下栏。

这等秕者先行;瓶内酾茶,俺这浓者在后。①

虽然关汉卿表达的寓意不同,但其取譬的形式则和讲经者基本一致。

四者讲经道士的斫竹之喻,后世禅宗典籍里多有述及。如《筠州洞山悟本禅师语录》曰:

> 师到田畔,有师僧插田。有一僧倒插,师问:"阇黎因什么倒插?"对云:"心中活在。"师不言归院。翌日众僧普请出次,日先出。候问昨日倒插田僧出来,其僧末后出门。师问:"阇黎昨日东园斫竹谁?"其僧罔测云不知。②

悟本禅师即曹洞宗初祖良价(807—869),其所问斫竹,似是用竹比喻开悟。这点,另一故事则更有名。据《景德传灯录》卷十一载香严智闲(？—898):

> 一日因山中芟除草木,以瓦砾击竹作声,俄失笑间廓然惺悟,遽归,沐浴焚香,遥礼沩山,赞云:"和尚大悲,恩逾父母,当时若为我说却,何有今日事也?"仍述一偈云:"一击忘所知,更不假修治。动容扬古路,不堕悄然机。处处无踪迹,声色外威仪。诸方达道者,咸言上上机。"③

智闲乃沩山灵祐之法嗣,竹在其开悟中起了至关重要的作用,因为竹是虚空而无所住,正是这点与前揭斫竹喻中的"通悟"取得了一致性。职是之故,连竹杖也成了禅僧修行时的喜爱之物。据石霜楚圆(986—1039)编《汾阳无德禅师语录》卷下,宋初临济宗僧善昭(947—1024)有一首《竹杖》偈,曰:

> 一条青竹杖,操节无比样。心空里外通,身直圆成相。

---

① 王季思主编:《全元戏曲》第一册,北京:人民文学出版社,1990年,第300页。
② 《大正藏》第47册,第517页下栏。
③ 《大正藏》第51册,第284页上栏。

渡水作良朋,登山堪倚仗。终须拔太虚,卓在高峰上。①

寓意亦同于"斫竹"喻中的虚空义。此外,像苏东坡的《次荆公韵四绝》(其二)之"斫竹穿花破绿苔,小诗端为觅桤栽",②南宋画家梁楷之《六祖斫竹图》,其"斫竹"意象,虽和佛典关系更加密切,但我们认为唐代道士讲经所用"斫竹"喻,至少起了中介之用。

五者讲经道士所用的巧儿学袜喻,在形式上和"依样葫芦"具有大致同样的构思技巧。北宋释文莹《续湘山野录》曰:

> 国初文章,惟陶尚书穀为优,以朝廷眷待词臣不厚,乞罢禁林。太祖曰:"此官职甚难做,依样画葫芦,且做且做。"不许罢,复不进用。穀题诗于玉堂,曰:"官职有来须与做,才能用处不忧无。堪笑翰林陶学士,一生依样画葫芦。"驾幸见之,愈不悦,卒不大用。③

据此可知"依样葫芦"似为五代以后的习用俗语,然其寓意则和巧儿学袜相反。而且,其贬斥之义,后世延用不缀。清孔尚任《桃花扇》卷四第三十一齣《草檄》即曰:"只有一个史阁部,颇有忠心,被马、阮内里掣肘,却也依样葫芦。"④

---

① 《大正藏》第 47 册,第 627 页中栏。

② [宋]苏轼著,[清]王文诰辑注,孔凡礼点校:《苏轼诗集》,北京:中华书局,1982 年,第 1252 页。又:东坡在组诗之后自注曰:"公病后,舍宅作寺。"此指"元丰七年(1084)六月戊子,王安石请以所居上元县圆屋为僧寺,乞赐名额,从之,得以报宁禅院为额"事(参《苏轼诗集》第 1253 页),则知东坡次韵诗的写作背景和王安石舍宅作寺有关,进而我们可以确定苏轼的"斫竹"意象当出于佛典,而辑注中"斫竹"句下引韩退之诗"竹洞何年有,公初斫竹开"(同前,第 1252 页)以明典故出处,仅仅揭示了表层来源,尚欠深入。

③ [宋]文莹撰,郑世刚、杨立扬点校:《湘山野录·续录·玉壶清话》,北京:中华书局,1984 年,第 75 页。

④ [清]孔尚任著,王季思等注:《桃花扇》,北京:人民文学出版社,1998 年,第 218 页。

　　总之，敦煌道教譬喻文学形式多样，内容较为丰富，虽说其宗旨服务于教义宣畅，且对佛经多所借鉴，然其影响却绵延不绝，甚至还对佛教产生了反影响。

　　　　（本文原为《敦煌道教文学研究》第六章，特此说明）

第三辑

疑伪经与中国古代文学关系之检讨

　　在历代经录中，一般把翻译的佛典称为"经"（真经），将来历不明、真伪难辨者称作"疑经"，而非译经妄称为译经者叫做"伪经"。① 历来正统的佛教信徒，大多主张禁绝疑伪经。② 然在印度佛教中国化的过程中，疑伪经大量涌现，它们在中国佛教史上尤其是庶民佛教信仰中具有无比巨大的作用和深远的影响。特别是敦煌佛教文献之疑伪经被发现后，③极大地拓展了该课题的研究广度。

　　统观近百年来的疑伪经研究，张淼博士指出它具有三个突出的特点：一者多关注对后世影响较大的经典，如《高王观世音经》

---

　　① 其实在印度佛教史上，也有伪造佛说经典之事，如玄奘译《瑜伽师地论》卷九十九曰："诸以如来所说法教相似文句，于诸经中安置伪经，于诸律中安置伪律，如是名为像似正法。"（《大正藏》第30册，第872页下栏）另外，在佛教文化的传播中，即使是疑伪经，也有被翻译成其他语言的情况，如汉译藏之类（参许得存：《藏译佛典中的疑伪经》，载《佛学研究》2000年卷，第214—219页）。

　　② 中土此例甚多，于此各从律师、禅师著作中举出一例：前者如元照（1048—1116）撰《四分律行事钞资持记》卷二："又有疑经，谓真伪难明；复有伪经，浅近可别者，犹恐愚者虽见经文意，谓时赊土异，传文至此。焉知佛说，故特遮之。"（《大正藏》第40册，第260页下栏）后者如明末真哲（1614—?）《古雪哲禅师语录》卷十一："受戒之后，当朔望诵戒，及学大乘经典，不得为檀越诵《血盆》《三官》等伪经，傥有不遵者，即九师及同坛上中下座，皆得鸣鼓而攻，追其衣钵。"（《嘉兴大藏经》第28册，第358页下栏）

　　③ 这些经典主要收录于《大正藏》第85册"疑似部"。

《天地八阳神咒经》之类;二是对单部疑伪经的研究较多,而对这类经典的整体研究尚存在欠缺;三是多使用文献学的方法,较少使用思想、文化方面的探讨,同时也缺乏比较研究。①方广锠先生则概括说:"自 20 世纪下半叶,特别是 21 世纪以来,疑伪经研究已经成为国际佛教的一大热点",这一时期的研究具有两大贡献:"第一是进一步认识到佛教疑伪经与中国传统文化,特别是道教、民间巫道的密切关系。第二是对某部或某类疑伪经的研究有所推进。""不足是从全局看,还缺乏对疑伪经的总体把握。"②应该说,二人对疑伪经研究史的归纳是相当到位的。

如果我们把张、方二人的归纳总结之语,迻用于评述疑伪经与中国古代文学之关系的研究现状,也大体可行。在这一领域,同样可以说,国内外学人最为关注的是少数几部在中国文学史上具有重要影响的疑伪经,比如《父母恩重经》《盂兰盆经》《十王经》

---

① 张淼:《百年佛教疑伪经研究略述——以经录为中心的考察》,《敦煌学辑刊》2008 年第 1 期,第 122—133 页,特别是第 131—132 页。

② 方广锠:《中国佛教疑伪经综录·序言》,载曹凌编著:《中国佛教疑伪经综录》,上海:上海古籍出版社,2011 年。

《地藏菩萨本愿经》《楞严经》及有关观音信仰的疑伪经等,①而宏观观照与总体把握依然欠缺。本文撰作目的,就是想弥补这一缺憾。但因学力有所不逮,错误与疏漏在所难免,谨请方家不吝赐正。②

———————————

① 按,相关研究的代表性成果主要有郑阿财《敦煌孝道文学研究》(台北:石门图书公司,1982年),(美)太史文著、侯旭东译《幽灵的节日:中国中世纪的信仰与生活》(杭州:浙江人民出版社,1999年),萧登福《道佛十王地狱说》(台北:新文丰出版股份有限公司,1996年),(法)王杜丹(Françoise Wang-Toutain)《五至十三世纪中国的地藏信仰》(*Le boddisattva Ksitigarbha en Chine du Ve au XIII siècle*,Paris,1998)、(美)智如(Zhiru)《一个救度菩萨的形成——中国中古的地藏菩萨》(*The Making of a Savior Boddhisattva:Dizang in Medieval China*,Honolulu,2007)、尹富《中国地藏信仰研究》(成都:巴蜀书社,2010年),周裕锴《诗中有画:六根互用与出位之思——略论〈楞严经〉对宋人审美观念的影响》(《四川大学学报·哲学社会科学版》2005年第4期,第68—73页),(英)Glen Dudbridge(杜德桥)《妙善传说:观音菩萨缘起考》(*The Legend of Miaoshan*,Oxford University Press,2004)、(美)于君方(Chün-Fang Yü)《观音:菩萨中国化的演变》(*Kuan-yin:the Chinese Transformation of Avalokitesvara*,New York,2001)、周秋良《观音故事与观音信仰研究——以俗文为中心》(广州:广东高等教育出版社,2009年)等。

② 本文暂不对佛教疑经、伪经概念的历史演变进行爬梳,只用其普通义。另外,经之真、伪,也仅非依据历代经录所载而定。如《银蹄金角犊子经》(又名《孝顺子应变破恶业修行经》《孝顺子修行成佛经》),《众经目录》卷四、《大周刊定众经目录》卷十五、《开元释教录》卷十八等悉认为伪,然经方广锠先生考证,指出它实际上是印度佛教密教初期根据印度的民间故事改写的佛本生故事,属于翻译典籍(参氏论《关于〈佛说孝顺子修行成佛经〉的若干资料》,《方广锠敦煌遗书散论》第286页,上海:上海古籍出版社,2010年)。而历代所传玄奘大师翻译的《心经》,近来研究者则有斥其为伪者,参(美)那体慧(Jan Nattier)《〈心经〉:一部中国的伪经?》(*The Heart sūtra:A Chinese Apocryphal Text? Journal of the International Association of Buddhist Studies*,pp.153-223)、纪赟《〈心经〉疑伪问题再研究》(《福严佛学研究》第7期,第11—80页,2012年4月)。

一 从文学史言，疑伪经本身就是古代宗教文学
不可分割的组成部分之一

中国的古代文学史著作，历来对佛教文学作品不够重视，所给篇幅也不是太多，更不用说其中的疑伪经了。但从笔者的阅藏体会看，疑伪经本身就是古代宗教文学创作中不可分割的一部分，它们在文学发展史上具有举足轻重的作用。之所以说它们是文学创作，因为与其所模仿、借鉴的译经（真经）相比，创新点在在处处，多所体现，而新撰型的表现尤为突出（例详后文）。

从经文结构言，传世的完整的疑伪经，大多数与译经一样具有序分、正宗分、流通分。一般说来，序分叙述经典产生的时间、地点及说法原由与主要听授者之类。正宗分，论述一经之宗旨，它是经文的核心所在。流通分，则突出受持经文的利益功德，并劝信众广为流传。而三分经文的做法，自古以来，都归于东晋道安法师名下。[①] 其目的，正如明憨山老人释德清（1546—1623）于万历戊戌（1598）孟夏佛成道日作《观楞伽记略科题辞》所云："科以分经，从古制也。……盖经经各有纲宗，科乃提纲挈要，使观者得其要领。"[②]而具有三分结构，且在中国佛教文化史上占有一席之地者，除了前述《父母恩重经》《盂兰盆经》《十王经》《地藏菩萨本愿经》《楞严经》之外，尚有《像法决疑经》《观世音三昧经》《最胜

---

① 有趣的是，历史上最早对佛典真伪进行辨别者，亦是道安。僧祐《出三藏记集》卷五《新集疑经伪撰杂录》谓："昔安法师摘出伪经二十六部。"（北京：中华书局，1995年，第224页）而相关问题的讨论，可参李素洁《道安疑伪经判别标准研究》（上海：上海师范大学硕士学位论文，2007年）。

② 《卍续藏》第73册，第690页上栏。

妙定经》《敬福经》《斋法清净经》《咒魅经》《救护众生恶疾经》《善
恶因果经》《法王经》《佛为心王菩萨说头陀经》《十往生阿弥陀佛
国经》《净土盂兰盆经》《要行舍身经》《禅门经》等。当然,与译经
一样,疑伪经中也存有一些不具备三分经文结构者,如《高王观世
音经》《天公经》《续命经》《如来成道经》《三厨经》等。[①] 有趣的
是,疑伪经多无所谓的译者,但撰作时为了证明经典真实、可靠,
亦有标明译师、强调经出梵本者,如《开元释教录》卷十八载三阶
教僧师利于景龙三年(709)伪造《瑜伽法镜经》二卷,并作序文曰:
"三藏菩提流志三藏宝思惟等于崇福寺同译。"而智昇为了求证此
事,故"曾以此事亲问流志三藏",而流志的回答是:"吾边元无梵
夹,不曾翻译此经。"[②]再如敦煌写本 S. 2673《佛说三厨经》,则题
为"西国婆罗门达多罗及阇那崛多等奉诏译",显然是抄写者的拉
大旗作虎皮之举。

无论疑伪经是何种结构,相对于译经而言,它们都是一种再
创作。而这种创作,并非空穴来风,多有经典依据。其制作方法
多样,简言之,分两大类型:一曰抄经,二曰新撰。

而抄经多为节抄,主要方式有二:一者从同一部大经迻录相
关经文,如东晋慧远(334—416)的《大智论抄》二十卷(一名《要
论》),就是从鸠摩罗什所译一百卷本中节录而成。二者从不同译
经中汇抄经文,如僧祐(445—518)指出"《法苑经》一百八十九卷"

---

① 需要指出的是:同一类型的疑伪经,其经文结构有的具备三分科文,
有的则无,如大、小本《延寿经》就如此(曹凌编著:《中国佛教疑伪经综录》,
第 377、379 页)。此表明同型疑伪经的撰作、流播过程都是动态而多变的,
当是因应不同信众、不同场合而作的调整。

② 《大正藏》第 55 册,第 672 页下栏。

是"撮撰群经，以类相从"①而成。对抄经的价值，总体而言是负面的，道安（312—385）《道行般若经序》即谓："抄经删削，所害必多。"②但是，由于抄出者身份之异，所抄经典的历史定位也大相径庭。如前述慧远《大智论抄》就被认可，等同于真经，且被后世诵读或引用；③而南齐竟陵王萧子良（460—494，居士）主持抄出的多部抄经（如《抄未曾有因缘》《抄贫女为国王夫人经》等），在《大唐内典录》卷十，被收录于《疑伪经论录》，在《开元释教录》卷一八，则被编入《伪妄乱真录》，总之，是完全纳入了疑伪经的行列。④

既然是抄经，正如道安所言，对原经必有删削之举，而如何删削，就可表现出抄经者独到的宗教思想观，甚至是宗教文学观。比如萧子良齐永明七年（489）十二月请定林上寺释僧柔、小庄严寺释慧次等人于普弘寺抄出的《抄成实论》九卷，其实用于上林寺的讲经。据周颙《序》，是论原文自"自《发聚》之初首，至《道聚》之末章"，共有二百零二品，易使读者"义溺于邪门"，故"刊文在约，降为九卷。删繁采要，取效本根"。⑤ 易言之，删繁就简的目的，

① 《出三藏记集》，第 221 页。又，关于僧祐对疑伪经与抄经认识之研究，可参冈部和雄《僧祐の疑伪经观と抄经观》，Journal of Buddhist studies 2，第 63—74 页，1971 年 12 月。

② 《大正藏》第 8 册，第 452 页中栏。

③ 如《续高僧传》卷十六谓法憻所诵经有"《法华》《维摩》及《大论钞》"（《大正藏》第 50 册，第 556 页下栏），此《大论钞》即《大智度论抄》。而唐释大觉撰《四分律行事钞批》卷十三、卷十四、宋释惟显编《律宗新学名句》卷三，则有引用。凡此，表明慧远是作，唐宋时期仍然行于世。

④ 关于萧子良抄经的意义与后世影响，参藤谷昌纪《萧子良の抄经·著作の性格について》（《印度学佛教学研究》第 56 卷第 1 号，第 211—218 页，2007 年 12 月）。

⑤ 《出三藏记集》，第 406 页。

是为了讲经的需要。因此,抄撮之后的《成实论》,对原经内容而言,它显然是一个新的经本了。

新撰疑伪经,最常见者是依据某一主题,采撷多种译经(或以某部经为主,再依傍其他的译经),或模仿其结构,或吸收其语言,重新撰集而成,相对于其所参考、借鉴的原经而言,它是一种新的创作。如《像法决疑经》,它以佛说《大般涅槃经》后在跋提河边沙罗双树间的说法为背景,①其主体内容围绕佛陀和常施菩萨的对话而展开:前半部分借佛陀之言,描述了佛灭千年后佛法衰颓的惨象;后半部分则提出了应对的方法,主张信众应修布施大悲行。该经流露出在南北朝末期开始盛行的强烈的末法思想,对后来三阶教思想的产生,起了先导之用。其中的主人物常施菩萨,在传世文献中,只见于疑伪经,除了本经外,还有两部疑伪经:一曰《大通方广忏悔灭罪庄严成佛经》,二曰《示所犯者瑜伽法镜经》(即后文所说《瑜伽法镜经》)。名之为"常施",当是对应经中的布施主旨。再如题为"京安国寺大德安法师译"的敦煌本《佛母经》(又名《大般涅槃经佛母品》《大般涅槃经佛为摩耶夫人说偈品经》),据李际宁先生考察,它其实是以《摩诃摩耶经》为主,兼采《佛入涅槃密迹金刚力士哀恋经》、北本《大般涅槃经》等而成的疑伪经,它融合了佛教世界观与中国的孝道报恩思想。② 今存写卷可分成四个系统,但各自之间的文字差异较大,此表明诸本撰作并非出于一人之手,而是因应不同需要而产生的。其中,最具特色、内容最

---

① 按,此背景借自昙无谶译《大般涅槃经》卷一《寿命品》之开篇(《大正藏》第 12 册,第 365 页下栏)。正如此,故智顗《法华文句》卷九把它作《涅槃经》的结经,说:"《像法决疑经》,结成《涅槃》。"(《大正藏》第 34 册,第 128 页上栏)

② 李际宁:《敦煌疑伪经典〈佛母经〉考察》,《北京图书馆馆刊》1996 年第 4 期,第 82—89 页。

丰富的是 P. 2055 写卷,它多出了大迦叶自鸡足山赶赴佛陀涅槃处礼佛足的文字。个人以为,从文学手法言,当是与佛母形象相映衬,他代表弟子们对佛陀的怀念。而该卷塑造的佛母形象,最为生动感人,如谓其知悉佛祖涅槃后的情形是:

> 尔时摩耶夫人闻此语已,浑捶自扑,如太山崩。闷绝躃地,由如死人。有一天女,名曰普光,将水洒面,良久乃苏。……尔时摩耶夫人手持此物,作如是言:"我子在时,恒持此物。分身教化,和同人天。今舍我入般涅槃。此物无主,去也!"便即散发,绕棺三匝。唤言:"悉达!悉达!汝是我子,我是汝母。汝昔在王宫,始生七日,我便命终。姨母波阇,长养年岁。逾城出家,三十成道,覆护众生。今舍我入般涅槃,不留半句章偈。悉达!痛哉!苦哉!"

其间,无论人物动作、语言、心理之描写,都堪称声情并茂,算得上是绝妙的文学作品了。

当然,新撰的疑伪经也可以直接迻录译经文字,比如偈颂的使用。前述《佛母经》(B. 6629 写卷)之《无常偈》曰:"诸行无常,是生灭法。生灭灭已,寂灭为乐。"它实摘自东晋法显译《大般涅槃经》卷三。① 更有趣的是,依据译经撰出的伪经,又可成为其他伪经的蓝本,从而形成"伪经的伪经"。如《开元释教录》卷十八指出《瑜伽法镜经》:

> 即旧伪录中《像法决疑经》前文增加二品,共成一经。初云《佛临涅槃为阿难说法住灭品》,此品乃取奘法师所译《佛临涅槃记法住经》,改换增减,置之于首。次是《地藏菩萨赞叹法身观行品》,后是《常施菩萨所问品》,此品即是旧经。据

---

① 《大正藏》第 1 册,第 204 页下栏。

其文势,次第不相联贯。景龙元年,三阶僧师利伪造。①

据此可知,师利伪撰《瑜伽法镜经》的基础是《像法决疑经》(《常施菩萨所问品》即是此经的改写本,内容基本一致,文字略有区别)。而新增二品中,有取自玄奘译经者(按,今存《瑜伽法镜经》中此品佚失,不便比较),另一品内容,则可能是取自早于不空(705—774)《百千颂大集经地藏菩萨请问法身赞》的异译本。②

此种“伪经的伪经”,并不少见,如敦煌所出题为藏川撰述之《十王经》,就是依据以 S.3147 为代表的伪经《阎罗王授记经》而撰出的,而《十王经》又是另一伪经《地藏十王经》的主体。③ 从文学创作角度言,《地藏十王经》是二次改编本。而前述《佛母经》有四个系统,则知其至少经历过三次的文学改编(或曰创作)。

此外,疑伪经又有因应突出社会现实问题而操作者,如敦煌所出《新菩萨经》《劝善经》,是唐五代时期民众疾病恐慌心理的反映;④从文学样式言,则可归为传帖、告疏。⑤ 还有的则改自道教经典,是佛、道思想融合的体现(例见下文)。

总之,无论疑伪经的操作是以何种方式完成的,我们都可以视之为文学作品,进而纳入古代宗教文学史的范畴之中,唯有如此,才可彰显其应有的学术价值。

---

① 《大正藏》第 55 册,第 672 页下栏。

② 曹凌编著:《中国佛教疑伪经综录》,第 454 页。

③ 参拙著《汉译佛典文体及其影响研究》,第 530—534 页。

④ 于赓哲:《〈新菩萨经〉〈劝善经〉背后的疾病恐慌——试论唐五代主要疾病种类》,《南开学报》(哲学社会科学版)2006 年第 5 期,第 62—70 页。

⑤ 圆空:《〈新菩萨经〉〈劝善经〉〈救诸众生苦难〉校录及其流传背景之探讨》,《敦煌研究》1992 年第 1 期,第 59 页。

二 从思想史言,疑伪经是印度佛教中国化
最直接的文本体现

印度佛教中国化的关捩在于思想领域(当然,礼仪也是极其重要的层面之一,但礼仪直接服务并表现思想),特别是和本土儒、道思想的调和,无论般若学、涅槃学等学派的兴起,还是本土佛教宗派的产生,甚至最终的三教合一,无不与思想史的演进息息相关。

首先,疑伪经最能体现佛教中国化的核心思想——孝道。

众所周知,佛教提倡出家修行,要求僧尼落发与不婚,此与《孝经·开宗明义章》"身体发肤,受之父母,不敢毁伤,孝之始也"、[1]《孟子·离娄上》"不孝有三,无后为大"[2]的孝道思想显然相悖,故中古以降,佛教常在这一点上受到儒、道两家的猛烈攻击。面对困局,释家一方面在佛典传译时有意加入一些孝道的说教,意在表明印度佛教中也有此思想观念。如《那先比丘经》说:"人于今世好布施,孝于父母,于当来世当得其福。"[3]日本学者中村元先生经比对,发现这段文字巴利文原文不存在,大概是译者所加。[4] 另一方面,则制作宣扬孝道思想的疑伪经,其中,报父母恩主题者影响最大,单《父母恩重经》就有四个系统的传本,它们

---

① 《十三经注疏》,第 2545 页中栏。
② 《十三经注疏》,第 2723 页中栏。
③ 《大正藏》第 32 册,第 711 页中栏。
④ (日)中村元:《儒教思想对佛典汉译带来的影响》,《世界宗教研究》1982 年第 2 期,第 27 页。

广布于中华大地及日、韩等地的古代写经之中。① 而佛的著名弟子,如目连、观音,甚至于释迦牟尼本人,也成了家喻户晓的孝子形象。

若追究这种文学现象的成因,自然与孝道在中土社会生活中的巨大影响密切相关,因为无论僧俗,其幼时接受的经典教育中,《孝经》是必不可少者。在此,仅举《续高僧传》为例,如卷六载释慧约(452—535)"七岁便求入学,即诵《孝经》《论语》",②卷九谓释灵裕(518—608)"年登六岁,……至于《孝经》《论语》,才读文词,兼明注解",③卷十三记释道岳(568—638)"家世儒学,专门守业,九岁读《诗》《易》《孝经》,聪敏强识,卓异伦伍"。④ 而释家注疏佛典时,亦极力统合中印文化中的孝道因子,隋智顗(538—597)说,灌顶(561—632)记《菩萨戒义疏》即云:

> 一标所结名,即是木叉;二能成胜因,谓孝事等。《宝藏经》云:"孝事父母,天主帝释在汝家中。又能行孝,大梵尊天在汝家中。又能尽孝,释迦文佛在汝家中。"睒摩菩萨亲服患愈,慈心童子火轮速灭,即其灵应。《尔雅》云:"善事父母为孝。"孝即顺也。太史叔明用顺释孝。《孝经钩命决》云孝字训究竟,是了悉始终色养也;亦可训度,度是仪法,温清合仪也。"⑤

木叉,是"波罗提木叉"之略,指僧尼应持守的戒条。智者大师于此,实际上是在解释《梵网经》经文:"尔时释迦牟尼佛,初坐菩提树下,成无上觉。初结菩萨波罗提木叉,孝顺父母、师、僧、三

---

① 曹凌编著:《中国佛教疑伪经综录》,第 359—367 页。

② 《大正藏》第 50 册,第 468 页中栏。

③ 《大正藏》第 50 册,第 495 页中栏。

④ 《大正藏》第 50 册,第 527 页上栏。

⑤ 《大正藏》第 40 册,第 570 页下栏。

宝,孝顺至道之法,孝名为戒,亦名制止。"①既然孝都纳入了律学范畴,则它必然会起到规范僧人行为的作用。睒摩菩萨,即佛经中最著名的孝子——佛陀的前世之一——睒子,他后来还成为二十四孝之一。慈心童子,即慈童女,亦为佛本生,事见《杂宝藏经》卷四《慈童女缘》,经文主旨是:"于父母所,少作不善,获大苦报;少作供养,得福无量。"②故事旨在通过慈童女孝与不孝的业报对比,从而劝诫世人应尽心孝养父母。

孝道被教内外共尊,其实,从人伦角度就很好理解。日本净土宗初祖源空(1133—1212)《黑谷上人语灯录》卷二云:

> 凡在家出家人,皆有父母,必当务孝养。在家孝养,出《论语》《孝经》等;出家孝养,如经论广说之:如释尊担父王金棺,目连得通度亡母等,此即出家孝养也。……凡孝养之法,虽有内外,而共赞至道之法,称至德要道,最足以为往生业也。③

由此可见,无论出家与否,社会人伦对父母的普遍情感要求都是孝。此外,源空还特别强调,行孝是所有修行者(包括在家者)往生西方净土的前提和最佳选择。④

其次,疑伪经更契合信众,尤其是庶民阶层的现实需求。

从存世作品看,相比译经,绝大多数的疑伪经篇幅都很短小,

---

① 《大正藏》第24册,第1004页上栏。

② 《大正藏》第4册,第451页下栏。

③ 《大正藏》第83册,第120页下栏。

④ 按,源空此观点,其实是承中土而来,比如中唐高僧法照(746—838)《净土五会念佛略法事仪赞》卷下《父母恩重赞文》曰:"努力须行孝,孝行立身名。皇天将左助,诸天亦赞之。……劝修三福业,净土目前明。"(《大正藏》第47册,第490页上栏)尤可注意者,法照是赞乃据《父母恩重经》敷演而成。而净土法门,又是中国佛教的典型代表之一,在庶民阶层影响至深至巨。

根本没有像六百卷那样的《大般若经》、一百二十卷那样的《大宝积经》。而且,也不讨论艰深的佛理,而以信仰性、可操作性强著称。而古代的庶民阶层,相较于士大夫阶层而言,接受文化教育的程度显然要低很多(赵宋以前尤甚),所以这种性质的疑伪经更适合他们持诵,用于指导宗教修行也相对方便。经典的伪撰者,正是抓住了这些特点,大力迎合信众的现实需求与迫切愿望,构建了一大批简单易行的经本。如前述《新菩萨经》《劝善经》,仅二三百字,倡导众面对疾病恐慌时,只要念佛(如"大小每日念一百口阿弥陀佛"之类)、写经("写一本,免一身;写二本,免一门;写三本,免一村"云云),就可以祛灾禳祸。

又如 P.2340《佛说救护身命经济人疾病苦厄》(首题如是,尾题作"《救护身命经》一卷"。按,是经又简称《救护身命经》《护身命经》《护身经》等),乃敦煌三界寺道真所持诵。笔者以为,经首"济人疾病苦厄"六字,极可能是经卷持有人道真所加,意在概述经之主旨、功用,笔者对照经文内容,①果然十分契合。有意思的是,俄藏 Дx.11679 写经题记曰:"咸亨元年(670)四月三日,清信女佛弟子初千金,为身久在床枕,无处依托,今敬造《救护身经》,愿得除愈,离障解脱,受持读诵。"经文的实用性,真是不言而喻!因为生老病死,是每个人都要面对的啊!

再如北敦14427《天公经》,全文约三百字,却无比自重身价:"此经虽小,多有威神,亦胜《法华》,亦胜《涅槃》。""谁能抄此经者,手上螺文成;谁能看此经,眼中重光生;谁能听此经,历劫大聪明。""日读七遍,除罪一千万万劫,得成佛道。"细究全经,仅在突出宣说、读诵受持本经灭罪启福的功德,一点也看不出它义胜《法华》《涅槃》的地方何在? 因为它根本就不需要宣畅会三归一或阐

---

① 参《大正藏》第85册,第1325页上栏－1326页上栏。

提成佛的高深佛理。

而且，大多数疑伪经，都不约而同地提倡易行道的净土法门，如前举诸经，或要求称名念佛，或授记将来往生时的瑞相，或融汇了对极乐美景的描述。这也是疑伪经广为流传的原因之一。

复次，疑伪经多有融摄道教思想者。

佛教中国化的完成，其最重要的标志是禅宗（特别是南宗）的诞生。而禅宗与老、庄思想密不可分之关系，学术界研讨已多，故不赘述。此仅就疑伪经之融摄道教长生思想及相关法术者，略举两例。

毋庸讳言，趋乐避苦、恋生怕死是人之常情。如《益算经》（又名《七千佛神符经》《益算神符经》《七千佛神符益算经》等），就是以《太上老君说长生益算妙经》《太上老君说益算神符妙经》为蓝本而撰制的，[①]尤以前者为甚，甚至其十五个道符的名称（见 S.2708 写卷）都和道经大同小异。其他，如六甲将军、北斗星信仰之类，无不和道教有着千丝万缕的联系，而其终极目的，就是为了"过灾度难，延年益寿，受符以后，寿命延长，……愿受一百二十岁。"再如敦煌写本中有三个不同体系的《佛说三厨经》，它们实际上是改自《老子说五厨经》，并吸收了道教行厨、辟谷、服气等修仙方法。[②]

疑伪经佛道同尊之举，正反映了庶民阶层的信仰特点，即它

---

① 关于本经与道典关系的比较，可参增尾伸一郎《日本古代の咒符木简，墨书土器と疑伪经典——〈佛说七千神符经〉もしくは〈佛说益算经〉の受容》（《东洋の思想と宗教》第 13 号，第 78—104 页，1996 年 3 月）、萧登福《道教术仪与密教典籍》第陆编第壹条（台北：新文丰出版股份有限公司，1994 年）等。

② 有关《三厨经》，前贤时俊研讨较多，最新成果，参曹凌：《〈三厨经〉研究——以佛道交涉为中心》，《文史》2011 年第 1 期，第 119—150 页。

并不严格区分二教界线,而是以实用为主,易行就好。对此,有僧人也深以为是,《续高僧传》卷十六载释昙相(? —582)称赞李顺兴"胎龙多欲强练,游行俗仙,助佛扬化",①可谓一语中的,点出了问题的关键,即借助道教仙术,可使佛教传播更广更快,吸引更多的信众。

三 从欣赏趣味言,疑伪经塑造的人物形象更 符合中土民众的审美心理

如果把数量庞大的汉译佛典都视为文学作品,则它们成功地塑造了一大批色彩斑斓、性格鲜明的文学形象,从而构成了世界文学史上最具活力的宗教人物之画廊。单就本生经而言,佛陀的形象就千差万别,让人眼花缭乱,更遑论佛弟子及当时印度社会各阶层的人物了。而与译经相比,疑伪经所塑造的文学形象,则主要集中在少数几个人身上,大家耳熟能详者是目连、观音、地藏(或十王)、普贤等。易言之,菩萨远比佛祖更受世人的爱戴。

前文已言,孝道是疑伪经产生的最重要的思想基础。疑伪经塑造的文学人物虽少,其主体却多是孝道精神的践行者,最著名的莫过于目连和妙善公主(千手观音化身之一)了。

本来,南传佛教济度饿鬼母亲者是舍利弗,②在中国则变成了目连。这种变化的根源在于,舍利弗虽称智慧第一,而上天入地的救母方式乃是神通,故神通第一的目连取代舍利弗而成为故

---

① 《大正藏》第50册,第558页下栏。

② 释印顺:《初期大乘佛教之起源与开展》,北京:中华书局,2011年,第355页。

事的主角,自然更具合理性。有趣的是,唐代疑伪经为目连构建了一个中国化的家庭背景。如华严五祖宗密(780—841)《盂兰盆经疏》卷下疏解"佛言汝母罪根深结"经文时,云:

> 有经中说:定光佛时目连名罗卜,母字青提。罗卜欲行,嘱其母曰:"若有客来,娘当具膳。"去后客至,母乃不供,仍更诈为设食之筵。儿归,问曰:"昨日客来,若为备拟?"母曰:"汝岂不见设食处耶?"从尔已来五百生中,悭悭相续,故云"罪根深结"。[①]

宗密对于所引之经,并未交待具体的名称,原因是此经来源不明,性属疑伪经。[②] 但此经影响实在太大了,连敦煌本《大目乾连冥间救母变文》前半部分的内容,也多是承它而敷演开来。[③] 不过,后者"青提",偶有作"清提"者,民间讲唱文学,字词的使用,

---

① 《大正藏》第 39 册,第 509 页下栏。

② 宗密之师华严四祖澄观(738—839)对伪经的态度,则相当决绝,其《大方广佛华严经随疏演义钞》卷五十对《探玄记》引《像法决疑经》之经文,明确指出:"此是伪经,故疏不引。"(《大正藏》第 36 册,第 392 页上—中栏)

③ 按,业师陈允吉先生在《〈目连变〉故事基型的素材结构与生成时代之推考》(载《佛教与中国文学论稿》,上海:上海古籍出版社,2010 年,第157—182 页)中对目连小名罗卜的原由有精彩的考证,指出它源自梁武帝天监十七年(518)敕扶南国沙门僧伽婆罗所译《文殊师利问经》,此论洵是。不过,先生谓宗密疏解"佛言汝母罪根深结"的文字几乎全部从《目连变文》而来,似证据不足。窃以为,宗密疏所引"经"与《目连变》所述,更可能依据的是同一部疑伪经。此外,《文殊师利问经》在佛教史上并不出名,它所说的信息,更多是通过其他的著名经疏而广为世人所知,如隋智顗《妙法莲华经文句》:"大目揵连,姓也,翻赞诵,《文殊问经》翻莱茯根。"(《大正藏》第 30 册,第 13 页中栏)唐窥基《阿弥陀经疏》引《文殊问经》云:"大目揵连,此云萝茯根,其父好噉,因物为名。"(《大正藏》第 37 册,第 315 页下栏)"莱茯根""萝茯根",与"罗卜"其义一也。

同音替代现象相当普遍,故不能说谁对谁错。① 目连之母入地狱,本在说明因果报应、自作自受;然目连救母之举,正如宋人释日新《盂兰盆疏钞余义》所言"青提乳哺目连,如赵盾济食灵辄,皆恩之实事""目连得神通度脱青提,如灵辄为甲士扶赵盾轮,皆报之实事"。② 中外报恩故事的相提并论,并都归结为"实事",正体现了中土传统文化有恩必报的思想理念。到了元明后的戏剧,目连的整个家庭都彻底中国化了,他自己叫傅罗卜,父母则叫傅相(湘)、刘青提(或刘四贞)。

当然,目连形象之所以深入人心,除了他的救母孝行外,还得益于中古以降广为流行的盂兰盆法会。对此,宋人有两首诗说得好:一是韩淲(1159—1214)《寄乙上人》曰:"盂兰盆会日,元自目犍连。摄化应无量,追修亦有缘。"③ 二是林同《目连会》云:"能将身入地,拔取母生天。岁岁盂兰会,今犹说目连。"④"摄化"也罢,"岁岁"也好,无非说明目连已成为一种特殊的文化符号,具有穿越时空的精神感召力。

至于印度的观音,本为男性形象,但传入中土之后,却变成了人见人爱的女性菩萨,⑤具有母性的慈爱和无私奉献的精神。其中,妙善公主的故事最感动人。它早在北宋就较为流行,主要有两大类型:一是蒋之奇(1031—1104)所传《香山大悲成道传》,说

---

① 又,后世亦有作"清提"者,如明行海说《大方禅师语录》卷一云:"目连至孝的证果,富相造福的升天,清提有头无尾,隋在泥底,不落因果,不昧因果。"(《嘉兴藏》第 36 册,第 827 页下栏)

② 《卍续藏》第 21 册,第 569 页中栏。

③ 北京大学古文献研究所编:《全宋诗》,北京大学出版社,1998 年,第 52 册,第 32557 页。

④ 《全宋诗》第 65 册,第 40634 页。

⑤ 参(法)石泰安著,耿昇译:《观音,从男神变女神一例》,载《法国汉学》,北京:清华大学出版社,1999 年,第二辑,第 86—192 页。

妙善公主虽贵为妙庄严王的三公主,但因立志出家修行,故被父王嫌弃。后来,父王患上迦摩罗恶疾,需要无嗔人手目作药饵,而妙善不计前嫌,主动献上以报父母生育之恩。此事内典多有转录,如南宋祖琇撰于隆兴二年(1164)所撰《隆兴佛教编年通论》卷十三,宋宗镜述、明觉连重集《销释金刚经科仪会要注解》卷一等,仅是文字上略有不同。从蒋氏《传》原文多用"尔时"句式及相关内容推断,其祖本是一部模仿《法华》等经而撰出的疑伪经。① 二是张耒(1054—1114)《书〈香山传〉后》所记,文中称妙善为楚庄王的女儿,把一个佛教菩萨的出身附会到中国历史上某个真实的国王身上,这只能是民间的思维。② 而后来的方志,则把这种传说当作信史加以记录,《正德汝州志》卷六"大悲菩萨"条就如此,曰:"楚庄王之季女也,名妙善。母夫人方妊之夕,梦吞明月。及将诞育,六种震动,异香满宫。光照内外,国人骇异,谓宫中有火,……劝戒多谈因果、无常、幻妄,宫中号为佛心。后入香山,葺宇修行,草衣木食,人莫知之,三年成道。"③此处所说妙善降生时的种种瑞相,显系仿袭佛陀降生传说而来。不过,当时前一版本的影响更大,张守得悉蒋氏《传》后,作有《余旧供观音,比得蒋颖叔所传〈香山成道因缘〉,叹仰灵异,因为赞于后》,曰:

> 大哉观世音,愿力不思议。化身千百亿,于一刹那顷。
>
> 香山大因缘,愍念苦海众。慈悲示修证,欲同到彼岸。受辱

---

① 比蒋之奇时代稍晚的朱弁(1085—1144)《曲洧旧闻》卷六《蒋颖叔〈大悲传〉》核以《楞严》《大悲观音》等经后指出:"考古德翻经所传者,绝不相合。"言下之意,是,妙善传说的生成,并非出于译经,而是伪作。

② 周秋良:《观音本生故事戏论疏》,北京:中国戏剧出版社,2008年,第10页。

③ 《天一阁藏明代方志选刊》,上海:上海古籍书店,1963年景印本,第66册《汝州志》卷六,第23页。

不退转,是乃忍辱仙。抉眼断两手,不啻弃涕唾。欻然千手眼,照用无边际。……我今仰灵踪,欢喜发洪愿。今生未丧世,誓愿永归依。更与见闻者,同登无上法。①

此一方面呼应了蒋氏关于妙善是千手观音(大悲观音)化身的观点,同时也表明自己虔诚的归依情感。后来刘克庄(1187—1268)《挽章孺人》则说:"此女安知非妙善,夫人亦恐是摩耶。遥知兜率迎归去,天乐泠泠夹路花。"②所用典故,旨在赞扬章孺人的伟大母性与善行,预言其必有好报,定将往生兜率净土。

而地藏与普贤菩萨,其文学形象,则分别与《地藏菩萨本愿经》《占察善恶业报经》《普贤菩萨说证明经》等疑伪经关系密切,且更注重地狱的拯救功能。限于篇幅,这里我就不展开了。

四 从影响言,疑伪经既为后世作家提供了大量的文学创作素材,进而形成固定的母题;同时,又促进了某些佛教法会仪式的形成与流播

疑伪经的受众主体是庶民阶层和普通百姓,故从影响层面言,多表现在通俗文学之创作。于此,单就敦煌佛教文学言,便有大量鲜活的例证,其间,不少创作素材都源于疑伪经,进而还形成了一些固定的母题,泽被后世。除了前述《目连变文》之目连救母故事(宋元以后多表现为戏剧样式)外,重要者俯拾皆是,兹再补充两例如下:

---

① 《全宋诗》第 28 册,第 18009 页。
② 《全宋诗》第 58 册,第 36626 页。

(一)父母十恩德

所谓父母十恩德,具体指:第一怀担守护恩,第二临产受苦恩,第三生子忘忧恩,第四咽苦吐甘恩,第五乳哺养育恩,第六回干就湿恩,第七洗濯不净恩,第八为造恶业恩,第九远行忆念恩,第十究竟怜愍恩。表现这一母题的作品,除了《父母恩重经讲经文》(P. 2418、B. 8672)外,尚有《十恩德赞》(S. 5591 等)、《父母恩重赞》(S. 2204 等)、《孝顺乐赞》(P. 2483)等,据业师张涌泉先生考察,它们都是源于 P. 3919 写卷中的第一种《佛说父母恩重经》。[①] 此经在教内外文艺创作中都有充分的表现,如敦煌与大足石刻中的《父母恩重经变相》,元王子成集《礼念弥陀道场忏法》卷六,[②]甚至于道教也有所借鉴,制作了《太上老君说报父母恩重经》[③]等。十恩德之所以广为流传,经久不衰,在于它描写了人们日常生活中共同的经验感受,因为父母对儿女的关爱无微不至,无处不有。

(二)地狱十王

此母题出于题为唐人藏川所述的《十王经》,从而构成了一个固定的文学形象组合,又称十殿阎王,具体包括秦广王、初(楚)江王、宋帝王、五官王、阎罗王、变成王、太山王、平等王、都市王和五道转轮王。他们在地狱(或曰冥府)的功能,是为了裁断亡者的罪

---

① 参张涌泉《以父母十恩德为主题的佛教文学艺术作品探源》,《旧学新知》,杭州:浙江大学出版社,1999 年,第 316—332 页。又,曹凌结合前贤时俊的研究成果,将传世《父母恩重经》分成四种类型(《中国佛教疑伪经综录》第 358—366 页),后世文艺作品受第三型影响最多。

② 《卍续藏》第 74 册,第 103 页上。

③ 《道藏》,第 11 册,第 470 页下栏—473 页上栏。

业轻重。亡者死后的初七日,乃至七七日、百日、一周年、三周年,将被依次追至各王面前,由其判定亡灵的轮回之处。南宋末天台僧人志磐撰《佛祖统纪》卷三三在"十王供"中,对阎罗、五官、平等、泰山、初江、秦广等六王的出处有所考证,并谓欧阳修也曾梦见十王。① 今人萧登福先生则对道佛两教地狱十王的形象演变史有比较充分的文献梳理,②可参看。诸王在后世文学作品中,可以独立出现,③而出现频率最高的当属阎罗王。此外,不少历史人物,因其铁面无私,亦被称作"阎罗××",最著者莫过于"阎罗包老"——包拯(999—1062)了。④ 后世有关包公的小说戏剧,叙述其审判奸佞小人时,常有其装扮阎罗王的情节,若穷其原委,亦有《十王经》的影响在呢。

疑伪经的撰作,还促进了某些佛教法会仪式的形成与流播,除《盂兰盆经》之于盂兰盆会(目连会)、《楞严经》之于楞严会等世人熟知的以外,还有不少重要者,比如:

1.《大通方广忏悔灭罪庄严成佛经》

该经又称《大通方广庄严成佛经》《大通方广经》《方广灭罪成佛经》《大方广经》《方广经》等,共三卷。依其制作的忏文主要有陈文帝的《大通方广忏文》⑤及 S.4494(1) 的同题忏文(拟)。从广义上讲,本经属佛名类经典,主要在于宣扬与佛名信仰相结合的

---

① 《大正藏》第 49 册,第 322 页上—中栏。

② 萧登福:《道佛十王地狱说》,台北:新文丰出版股份有限公司,1996 年。

③ 不过需要指出的是,在美术作品中,十王形象依然是整体出现,参(德)雷德候著,张总等译:《万物:中国艺术中的模件化和规模化生产》,北京:生活·读书·新知三联书店,2005 年,第 221—247 页。

④ 刘克庄《挽汪守宗博二首》(其一)云:"应似柳侯驱疠鬼,又疑包老作阎罗。"(《全宋诗》第 58 册,第 36639 页),则知该传说在两宋早已播于众口了。

⑤ 载《广弘明集》卷二十八,见《大正藏》第 52 册,第 333 页下栏。

忏法(方广忏)。此忏仪后来流传到日本,并成为佛名会的基础,可见影响之远。①

2.《要行舍身经》

该经也叫《菩萨要行舍身经》《舍身经》。敦煌遗书中目前共发现二十九号写卷,其中 S.2624 有写经题记云:"清信弟子史苟仁,为七世父母、所生父母、前后死亡写。开元十七年(729)六月十五日记。"经文内容主要在说舍身法(人死后施散尸体的仪式)及其功德(在龙华初会中得到解脱),则知史苟仁抄经当有荐亡之用意。敦煌文献中还抄有多种《舍身愿文》(或作《佛说舍身愿文》《尸陀林发愿文》,见 S.1060、S.2044、S.4318b、S.6577b 等),智昇《开元释教录》卷十八谓《要行舍身经》后附录有《舍身愿文》,②可见愿文的创作依据就是《舍身经》。

疑伪经的影响虽然主要发生在俗文学层面,但自中唐以后,喜爱俗文学的士大夫也日渐增多,他们的创作,亦有涉及此类经典者,如白居易(772—846)就是典型之一。其《与济法师书》中就两次征有伪经《法王经》经文,③并与《维摩》《法华》《金刚》等五经进行比较,且谓诸经"皆济上人常所讲读者",则知《法王经》在当时僧俗二界中都有相当的影响。《和梦游春诗一百韵》则谓:"《法句》与《心王》,期君日三复。"句下并有自注云:"微之常以《法句》及《心王头陀经》相示,故申言以卒其志也。"④《心王头陀经》(又

---

① (日)阿纯章:《奉请三宝の由来——智顗以前に中国で行われた忏悔法を中心に》,《印度学佛教学研究》第 56 卷第 1 号,第 191—196 页,2007年 12 月。

② 《大正藏》第 55 册,第 672 页中栏。

③ 谢思炜校注:《白居易文集校注》,北京:中华书局,2011 年,第 351 页。

④ 谢思炜校注:《白居易诗集校注》,北京:中华书局,2006 年,第 1133 页。

称《头陀经》），即伪经《佛为心王菩萨说头陀经》，[1]元稹（779—831）、白乐天同为中唐通俗诗歌的代表人物，如此好读伪经，亦从一个侧面反映出时代的风气与特点。

最后，应该说明的是，中土固有的文学作品，特别是道家与道教经典，它们对疑伪经的撰作也有相当的影响。对此，萧登福先生的相关大著中已有所论列，[2]就不用我多置余喙了。

（本文原载《哈尔滨工业大学学报》2012 年第 6 期，《高等学校文科学术文摘》2013 年第 1 期转摘，《中国古代近代文学研究》2013 年第 2 期转载）

---

① 首发此覆者是陈寅恪先生，参《敦煌本〈心王投陀经〉及〈法句经〉跋尾》，载《金明馆丛稿初编》，北京：生活·读书·新知三联书店，2001 年，第 201—202 页。
② 萧登福：《道家道教影响下的佛教经籍》，台北：新文丰出版股份有限公司，1995 年。

"狸猫换太子"与佛典

"狸猫换太子"是我国说部中一则非常出名的故事,一般认为它出自清代民间艺人石玉昆所编的《三侠五义》。但是关于这则故事的形成,清人俞樾在《重编〈七侠五义传〉序》中谓其"殊涉不经,白家老妪之谈,未足入黄车使者之录",故他别撰第一回,援据史传,订正俗说,并易书名为《七侠五义》。[①] 近人胡适先生在《中国章回小说考证》中对《三侠五义》的故事流变有较详细的考察,且指出"狸猫换太子"故事是"把元、明两种故事掺合起来,调和折衷,组成一种新传说,遂成为李宸妃故事的定本"。[②] 其历史主义的研究方法,给我们良多启迪,可以说为后来者奠定了坚实的基础。不过,就"狸猫换太子"这一关键性内容而言,胡先生则未加具体分析,仅仅指明它是《三侠五义》中新添的部分之一,这就有美中不足之憾。笔者拟从相关的佛经故事出发,来探讨该故事的源头,也为世人深入了解汉译佛典对中国古代文学的影响提供一个具体的例证。

---

① [清]石玉昆述、俞樾重编:《七侠五义》,北京:宝文堂书店,1980年,第1页。

② 胡适:《中国章回小说考证》,合肥:安徽教育出版社,1999年,第307页。

一 与相关佛典之比较

为了详细比较"狸猫换太子"与相关佛典之关系,兹先将《三侠五义》中第一回"设阴谋临产换太子,奋侠义替死救皇娘"的故事简介如下。它主要有七个情节单元构成:(1)宋真宗一日上朝,钦天监文彦博上奏说夜观天象,见天狗星犯阙,恐于储君不利。尔时恰值李、刘二妃俱各有娠,真宗便赐她们玉玺龙袱各一个,镇压天狗星。又各赐金丸一枚,内藏有先皇九曲珠子一颗,上刻妃子姓名和宫名,让她们随身佩带,且声明如有生太子者,即立为正宫。(2)三个月后玉宸宫李妃生下一子,金华宫刘妃却与总管都堂郭槐定计,将狸猫剥去皮毛,阴命守喜婆尤氏趁分娩忙乱之际把李妃所生太子换出。又令宫女寇珠送往销金亭用裙带勒死。(3)寇珠却与陈琳定计,把太子放在妆盒里,偷送出宫。路上恰巧碰见郭槐与刘妃,差点被他们识破真相。(4)陈琳借给八千岁送皇上御赐的祝寿果品之机,把太子送入王府。八千岁便将太子养为己子。(5)刘妃将李妃产下妖孽之事奏明圣上,李妃立即被打入冷宫。不久刘妃亦产下一子,被立为皇后。(6)刘后所生之子六岁时突然夭折,真宗便立八千岁的第三世子为太子,太子实为李妃所生。刘后见太子长相酷似天子,加上太子无意中路过冷宫,见李妃受苦而生怜悯之心,回去替李妃求情,故引得刘后生疑。刘后便拷问寇珠,寇珠撞阶而死。(7)刘后因不得真情,便转恨李妃,说她怨恨诅咒皇上。真宗听后大怒,赐白绫七尺,令李妃自尽。幸有小太监余忠替死,李妃扮作余忠,在秦凤帮助下,逃到陈州安身。秦凤自己却烧死冷宫之中。这宗冤案,便构成了《三侠五义》中包公系列故事的引子。后来小说第十五回"斩庞昱初试龙头铡,遇国母晚宿天齐庙"至第十九回"巧取供单郭槐受戮,

明颁诏旨李后还宫"等五回中主要写包公勘破此冤案的经过。重
要的情节有四:(1)包公自陈州办案回来,在草州桥歇马放告,有
个住在破窑洞里的瞎婆子前来告状,诉说自身凄苦遭遇。包公见
她有龙袱金丸为证,方知她实为当今国母李宸妃。(2)包公之妻
李氏用古今盆医好了李妃的双眼。李妃先见八千岁的王妃狄娘
娘,说明自身来历。狄氏引她见仁宗,母子始相认。(3)包公奉旨
审郭槐,郭熬刑不招。包公设计灌醉郭槐,假扮阎罗王开堂,套出
郭氏口供方结案。(4)刘后在病重之时闻知此事,便一命呜呼。
以上故事颇离奇曲折,神话色彩极浓。但其中的核心情节——嫔
妃争宠,用狸猫谋害太子,则与敦煌佚经《佛说孝顺子修行成佛
经》相类。

俄藏敦煌遗书 ДХ.02142、ДХ.03815 拟题为《佛经》^①的写
卷有云:

(前缺)

1.[产]牛见此太子,摩角触□□□□自没,抵此太子

2.□□□,产牛懊恼,遂便吞之。夫人问其黄门,曰:
"得□□□□。"

3.[黄门]答言:"牛踏不死,牛遂吞之。"夫人问曰:"我望
踏煞,□交

4.□□之,宁容不死。"

5.□□闻之,甚大欢喜:"此产牛如是,可赏赐!"喂饲倍
常,肥于本□。

6.[第三]夫人□在愚康楼上,不能自下。二后作书与

----

① 俄罗斯科学院东方研究所圣彼得堡分所、俄罗斯科学出版社东方文
学部、上海古籍出版社编:《俄藏敦煌文献》第9册,上海:上海古籍出版社;
莫斯科:俄罗斯科学出版社东方文学部,1998年,第44页下栏。

王:"此小夫人,正□

7.□□,朝(早)诳圣王。王去之时,其言辞道产太子,如今不产太子,

8.[却]产猫子。

9.[国王]闻道此语,搥胸懊恼言:"其辞道'我产太子',如今不产

10.太子,正产猫子。此妇人是妖,或(惑)不(大)众,故欲朝(早)或(惑)诳我,耻招□□。"□

11.畏国用,急遣黄门作□□□。二后几(髡)其头发,脊背打破,安着磨

12.坊中,将作输课奴婢,日责重课。"我还之日,勿使我见。"未令幽□。

13.时王游戏回还,见大夫人断理宫殿以(已)讫,亦当欢喜。第二[夫人]

14.刺绣补方以(已)讫,亦当欢喜。第三夫人,于即不问。尔时国王靳[理]

15.国事,可迳(经)三日。东敞(厂)底斛产牛生一犊子,银蹄今(金)角。当牛之[人]

16.来告王曰:"此东厂底斛产牛,比年以来,独自孤养,与牛不同,生

17.一犊子,银蹄今(金)角,方整可喜,国内无双。"王闻道是:"抱将来

18.看。"当牛之人,遂抱将来。王见犊子,喜乐欢悦,不可思议。王即搥(下残)

这则文书,《俄藏敦煌文献》的编者虽将其拟题为《佛经》,但

经笔者比勘,它实与 B. 8300 号同属《佛说孝顺子修行成佛经》。①
该经又名《孝顺子应变破恶业修行经》《银蹄金角犊子经》。它最
早见于隋仁寿二年(602)所撰的《众经目录》卷四,被判为伪经,
历代经录因之。方广锠先生认为它是印度佛教初期密教所撰的
本生故事,②观点可从。

　　为了说明问题,且依 B. 8300(玉字 64 号),③将 ДХ. 02142、
ДХ. 03815 所残的经文内容概述如下(B. 8300 首残尾全,尾题作
"《佛说孝顺子修行成佛经》一卷"。但它与 ДХ. 02142、ДХ.
03815 不能直接缀合):太子转生成银蹄金角牛犊后,其父栴陀罗
颇黎王的两位夫人因垂命至死,需银蹄金角的心肝作药。银蹄金
角在屠户的帮助下逃到国外,娶舍婆提国公主为妻,在金城国还
原成人身并成为该国国王。后来夫妻二人往诣父王国土,见生母
第三夫人在磨坊中受尽折磨,故而向岳父借兵前去问罪。太子之
父栴陀罗颇黎竖白幡投降,但太子不让其父跪降,由此父母并子
三人相会,抱头痛哭。太子虽然原谅了父王的大夫人、二夫人,但
二后谍心不舍,故终遭罪报,受到天帝释的严厉惩罚。而太子及
母不转凡身,即身成佛。

　　若我们把《佛说孝顺子修行成佛经》中的"猫换太子"与《三侠

---

①　B. 8300 号敦煌佚经多次提到"银蹄金角",此与 ДХ. 02142、ДХ.
03815 所叙主人公名字同,故可断定它们皆出自《佛说孝顺子修行成佛经》。

②　方广锠:《敦煌遗书〈佛说孝顺子修行成佛经〉简介》,载《敦煌学佛教
学论丛》,香港:中国佛教文化出版公司,1998 年,第 389—414 页。又,方先
生此后续有研究,撰出《〈佛说孝顺子修行成佛经〉的资料与研究——印度、
中国、朝鲜文化交流之一例》(收入《疑伪经研究与"文化汇流"》,桂林:广西
师范大学出版社,2018 年,第 60—106 页),笔者此处重新录文,即参考了方
先生的部分观点。

③　中国国家图书馆编:《国家图书馆藏敦煌遗书》第 57 册,北京:北京
图书馆出版社,2007 年,第 258—261 页。又,该卷新编号为北敦 0426。

五义》中的"狸猫换太子"相比较,便不难发现两者在内容上有惊人的相似之处:(1)故事背景相同,皆发生在宫闱之内。(2)主人公身份相同,男的为皇帝、太子,女的则为皇后、王妃。(3)故事题材相同,都写嫔妃争宠而设计谋害太子及其生母。(4)谋杀太子的方法相同,都是用猫换出太子。(5)故事结局相似,好人皆得到平反昭雪,坏人则受到恶报。(6)故事主题相似,都有宣扬佛教因果报应观以及孝道观的倾向。当然,两者的不同之处也不少,且择要列表如次:

区别项＼篇名	《三侠五义》	《佛说孝顺子修行成佛经》
杀害太子之主谋	刘妃、郭槐	第一夫人、第二夫人
帮助太子出逃者	陈琳、寇珠等	黄门、屠户等
太子出逃地	八千岁家(国内)	邻国舍婆提(国外)
太子出逃方式	放在妆盒里	先变成牛犊,复返人身
太子之结局	得承正统	即身成佛
太子生母产后的生活	被贬冷宫,后又流落破窑	被遣磨坊作奴婢
太子生母之结局	享尽荣华富贵	即身成佛
处罚太子生母者	宋真宗	栴陀罗颇黎王及第一夫人
破案人	包公	太子本人

从以上比较的结果看来,两则故事之间定有承继关系。不过,由于它们生成的文化背景不同。《狸猫换太子》在借用《佛说孝顺子修行成佛经》的关键性情节之同时,亦摈除了后者中不符合中土文化的内容,如佛经中有太子转生成牛犊,而且他以牛身娶得邻国公主为妻后才还原人身,靠的是岳父的兵马去兴师问罪之类。这在中土人士看来,简直是不可思议,所以这些情节到了

《狸猫换太子》里都没有了,而是增加了一个破案高手包公,让他把故事的前后经过串起来,更符合中国人的审美情趣,这就是创新所在。更何况《狸猫换太子》是公案小说,而《佛说孝顺子修行成佛经》为本生谭,①两者的文体有别。那么,佛教经典又是如何影响到中土的创作? 这点容后再叙。

至此,需要指出的是,在佛藏中与前揭敦煌佚经相同的佛经还有《大阿育王经》,其传译到中土的时间要早于《佛说孝顺子修行成佛经》。梁代著名高僧祐(445—518)在《释迦谱》中引有该经经文:

> 八国共分舍利,阿阇世王分数得八万四千,又别得佛二髭还国。道中逢难头禾龙王从其求分舍利,阿阇世王不与。便语言:"我是龙王,力能坏汝国土。"阿阇世王怖畏,即以佛髭与之。龙王还于须弥山下,起水高八万四千里,于下起水精塔。阿阇世还国,以紫金函盛舍利,作千岁灯火,于五恒河沙水中塔葬埋之。后阿育王得其国土,王取夫人,身长八尺,发亦同等,众相具足。王令相师观之,师言当为王生金色之子。王即拜为第二夫人。后遂有身,满足十月。王有缘事,宜出外行,王后妒嫉,便作方便,共欲除之。募觅猪母即应产者。语第二夫人言:"卿是年少,甫尔始产,不可露面视天。"以被覆面,即生金子,光照宫中。盗持儿去杀之,即以猪子著其边,便骂言:"汝云当为王生金色之子,何故生猪?"便取轮头拍,因内后园中伏菜。王还,闻之不悦。久久之后,王出后

---

① B.8300号《佛说孝顺子修行成佛经》卷尾有"佛告阿难:尔时太子,我身是。尔时父王者,今我父悦头檀是"等句,故可判定本经为本生谭。另据《太平广记》卷三九七"麦积山"条说:"其山有散花楼,七佛阁,金蹄银角(按,应为'金角银蹄')犊儿。"所谓金角银蹄犊儿,实指绘有《佛说孝顺子修行成佛经》的壁画。可见该佛经故事至迟在唐五代就流播于民间了。

园,见之忆念,迎取归宫。第二夫人渐得亲近,具说情状。王闻惊怪,即杀八万四千夫人。①

这则用猪仔换太子的故事在内典里十分出名,后被道世编入《诸经要集》卷第三及《法苑珠林》卷三十七中,仅是文字略有不同而已。它与《狸猫换太子》也有许多相近处,如故事题材相同,都是写二妃争宠,其中一妃便设计要谋杀太子。特别是故事起因完全一样,皆源于妒嫉。如《三侠五义》里说是"皆因刘妃心地不良,久怀嫉妒之心",便定计要害李妃。《大阿育王经》里亦明言:"王后妒嫉,便作方便,共欲除之"。在叙太子出生时,都有某种预兆。如《三侠五义》里是讲上天垂兆,《大阿育王经》里是相师占卜。情节安排上,都以正邪对立为基础来展开叙述。如《大阿育王经》里是第一夫人与第二夫人的冲突,《三侠五义》里是刘妃与李妃的纠缠。凡此种种,皆表明《狸猫换太子》的形成亦受到过《大阿育王经》的滋乳。不过《大阿育王经》的相关情节过于简单(或许僧祐编撰《释迦谱》引经时有所删节所致),这就为后来的借用者提供了广阔的想象空间。如《大阿育王经》叙第二夫人生金色子之后,缘王有事外出,使第一夫人有机可乘盗杀太子。同谋是谁? 具体经过如何? 经文里没有交代,仅以"便作方便,共欲除之"一笔带过,所以不够引人入胜。到了《狸猫换太子》中,故事编撰者设计了刘后与太监郭槐共谋的情节,这就合乎情理了,其人物刻划亦较佛经丰富多彩,如同为太监(《佛说孝顺子修行成佛》之"黄门",亦是"太监"意),就有郭槐的奸诈及陈琳的忠贞;同为下人,有尤氏的见利忘义和寇珠的宁死不屈的对比。此外,既然要让太子活下来而又不被刘妃发现,所以设计了八千岁夫妇将其收为己子的情节。更有甚者,让刘妃也产太子,但又遭恶报而夭折。举凡此

---

① 《大正藏》第50册,第78页下栏—79页上栏。

类,皆见故事编撰者的匠心独运,推陈出新,从而使《大阿育王经》的相关故事彻底中国化。

另据有关史书记载,中土自西晋以降都有所谓阿育王塔的相关故事流传,如《法苑珠林》卷三十八中就辑有"西晋会稽鄮县塔、东晋金陵长干塔、姚秦河东蒲阪塔、北周岐州岐山南塔、隋并州净明寺塔"等二十一塔,皆在阿育王所造的八万四千塔之列。[①] 因此,《大阿育王经》里的这则离奇故事在民间当会广为流播,民间艺人把它重加编撰亦在情理之中。再则,内典中叙及用猫作诱饵来进行宫廷争斗的故事时有所见。如义净译《根本说一切有部毗奈耶》卷四十六叙述顶髻王因造杀父、杀阿罗汉二逆业后,他怕生堕无间地狱,便重新召回被放还的二位佞臣。但二位佞臣并不死心,于是教会两只猫——底洒、布洒,让它们使顶髻王相信杀父、杀阿罗汉并无罪过,最后王"即舍阿罗汉,见发起邪心",使"诸五众,既无饮食,并皆四散",[②]从而诡计得逞。

由上分析可知,《狸猫换太子》故事的形成,定然受到过前揭佛典的影响,特别是借用了《佛说孝顺子修行与佛经》与《大阿育王经》的相关情节,结合本国的有关历史记载与传说,重加结撰,才创造出一个彻底中国化的故事文本来。

二 故事生成的历史基础

"狸猫换太子"在《三侠五义》里是包公系列破案故事之一。它作为小说的引子,起到了串联牵合"包公"与"李妃"故事的作用。而且该故事的形式,是有一定的历史依据。且先看李宸妃其

---

① 《大正藏》第 53 册,第 584 页下栏—585 页上栏。
② 《大正藏》第 23 册,第 880 页中栏。

人其事,《宋史》卷二四二载:

> 李宸妃,杭州人也。……初入宫,为章献太后侍儿。庄重寡言,真宗以为司寝。既有娠,从帝临砌台,玉钗坠,妃恶之。帝心卜:钗完当为男子。①

同卷又云:

> 初仁宗在襁褓,章献以为己子,使杨淑妃保视之。仁宗即位,妃嘿处先朝嫔御中,未尝自异。人畏太后,亦无敢言者。终太后世,仁宗不自知为妃所生也。

> 明道六年,疾革,进位宸妃,薨,年四十六。初章献太后欲以宫人礼治丧于外。(中略)夷简乃请治丧用一品礼,殡洪福院。夷简又谓内都知罗崇勋曰:"宸妃当以后服殓,用水银实棺,异时勿谓夷简未尝道及。"崇勋如其言。

> 后章献太后崩,燕王为仁宗言:"陛下乃李宸妃所生,妃死以非命。"仁宗号恸顿毁,不视朝累日,下哀痛之诏自责。尊宸妃为皇太后,谥庄懿,幸洪福寺祭告,易梓宫,亲哭视之。妃玉色如生,冠服如皇太后。以银养之,故不坏。仁宗叹曰:"人言岂可信哉?"②

于此,有两点值得注意:一是仁宗之降生,已有异兆。这在小说《三侠五义》里已有搬用,故不赘论。二是仁宗下诏自责、开棺改葬等举措都可引起全民的注目,唤起全民的同情,对有关李宸妃的传说之生成起了推波助澜的作用。"狸猫换太子"或许就产生于此际。何况仁宗自谓"人言岂可信哉",其中给人的印象是:对李宸妃的死因,当时就有多种不同的猜测和传闻。到了哲宗、

---

① [元]脱脱等撰:《宋史》,北京:中华书局,1977年,第8616页。章献太后,即刘后。

② 《宋史》,第8616—8617页。

徽宗朝的王铚，其所著的《默记》里所载的李宸妃传说就和正史有所不同，添入了民间传说的成份，如谓李宸妃殡在奉先寺大井之类。[①] 到了元剧《抱妆盒》里，神话的意味更加浓重，像叙仁宗出生有"红光紫雾罩定太子"之类，有点玄乎。更为重要的是它加重了刘后的罪过，虚构了太子由八千岁抚养的情节。可见民间文艺完全剥夺了刘后对仁宗皇帝的抚育爱护之恩，让她变成了一个贪恋权势、刻薄寡恩的恶后形象。究其原因在于：李宸妃作为一个弱者，直到临死也不能与亲生骨肉相见，这未免太不近情理，太不人道。所以，民间对她的同情是越来越多，最后竟由悲剧变成了喜剧，在"狸猫换太子"等故事中，她得以母子团圆。

次说包公的历史。《宋史》卷三一六里有他一篇传记，才千余字。其中说到他立朝刚毅，贵戚宦官都怕他。世人以包拯笑比黄河清。童稚妇女皆知其名，当时呼为待制。京师且有谚语说："关节不到，有阎罗包老。"由此可知，为人正直刚强、廉洁自律是包公的特点，所以后来的许多民间传说把他塑造成清官的典范。

至若包公的断案清明，《宋史》本传载：

> 知天长县，有盗割人牛舌者，主来诉。拯曰："第归，杀而鬻之。"寻复有来告私杀牛者。拯曰："何为割牛舌而又告之？"盗惊服。[②]

---

① 王铚：《默记》，北京：中华书局，1981年，第9页。另据《大足石刻志略校注》，在半边庙有建于南宋绍兴二十三年（1153）的淑明皇后龛，此"淑明"似为"明肃"音近颠倒之误。明肃即为刘皇后，她襁褓而孤，是由蜀人龚关携至京师后才进入宫廷而发迹的。此淑明皇后的塑像是林□意为妻室罗氏所造，似是道教仿佛教送子观音像而成。刘长和等先生怀疑《狸猫换太子》的所本即出于此（参刘长久、胡文和、李永翘编：《大足石刻研究》，成都：四川省社会科学院出版社，1985年，第331—332页），虽非确证，聊备一说，姑录于此，以供读者参考。

② 《宋史》，第10315页。

看来包公断案,确有手段。民间传说于此是越来越神奇,乃至有"日断阳事,夜断阴事"①的神话。既然他本领非凡,那么所谓李宸妃的冤案也只好由他来昭雪平反了。

有趣的是,包公故事还被宋明僧人收入自己的文集中。如净善(1174—?)《禅林宝训》卷一载:

> 明教大觉琏和尚,住育王。因二僧争施利不已,主事者莫能断。大觉呼至,责之曰:"昔包公判开封,民有自陈以白金百两寄我者亡矣,今还其家,其子不受。望公召其子还之。公叹异,即召其子语之。其子辞曰:'先父存日,无白金私寄他室。'二人固让久之。公不得已,责付在城寺观修冥福以荐亡者。予目睹其事。且尘劳中人尚能疏财慕义如此,尔为佛弟子不识廉耻。若是,遂依丛林法摈之。"②

这条材料,净善注明是出自《西湖广记》。大觉琏和尚援引包公断案之事来教育丛林弟子,可知包公的故事早在两宋时就流播甚广了。

明人德清(1546—1623)《憨山大师梦游全集》卷三十二《得包公砚书〈心经〉跋》则说:

> 往闻包公守端州一砚不留之说,视为漫谈。及予来粤,询之父老,云:"昔包公治端,革贵砚之弊,偶得一美者,携之归。过羚羊峡口,风波大作。公云:'吾生平无愧心之事,无虐民之政,何以有此?'因视其砚云:'岂山灵吝此物耶?'遂投之水中,风波乃止。自后时时光怪发于水上,渔人网得之。

① "日断阳事,夜断阴事"之典故,最早似见于唐临《冥报记》卷下所载"河东柳智感"之事。其中说到柳氏是"夜判冥事,昼临县职"(详见《大正藏》第51册,第801页中—下栏)。后代谓包公"日断阳事,夜断阴事"的传说,当源出于此类佛家宣教小说。

② 《大正藏》第48册,第1016页下栏—1017页上栏。

自尔光怪不复见。①

据史书载,包公曾在端州(今广东高要县)为官。其清廉自律的故事至明仍为当地人民所传诵,故德清游粤时于此亦津津乐道。

既然有关包公的传说故事僧家都了如指掌,那么他们对佛典中的奇异故事更不会熟视无睹。他们在对普通信众讲经说法、唱导宣释时定会援引它们,加以敷演开解,增强宣教的吸引力。这种释家宣唱在唐五代叫俗讲与转变。它们多以内典中的本生、本行、因缘、譬喻等经典故事为题材,重加编撰,施唱于寺庙法会上。敦煌遗书中就有 P. 4524《破魔变文》、S. 2614《大目乾连冥间救母变文》以及 S. 4571《维摩诘经讲经文》等多种写卷。至两宋,释家的讲唱活动并未消亡,如吴自牧《梦粱录》载当时的讲唱伎艺中有谈经一项,谓"演说佛书"是也,还有说参请,谓"宾主参禅悟道"②是也。而周密《武林旧事》"诸色伎艺人"条又载有善说经的"彭道名法和、陆妙慧女流、余信庵、陆妙静女流、周春辩和尚、达理和尚、啸庵、隐秀、借庵、保庵、戴悦庵、息庵、混俗、许安然、有缘、戴忻庵、长啸和尚"③等十七人。从中可知,参加说经伎艺的僧俗之士都有,可见该项活动在当时是很受人喜爱的。但一些持律精严的僧人于此颇有不满。如元照《四分律行事钞资持记》指出:"如今礼诵讲经,或复世俗杂伎,心希他物,通号邪缘。"④又谓:"多尚乞求,谄笑趋时,巧言媚俗。"⑤由此反而证明,正是因为唐宋时期

---

① 《卍续藏》第 73 册,第 693 页下栏。
② 吴自牧:《梦粱录》,杭州:浙江人民出版社,1980 年,第 196 页。
③ 《文渊阁四库全书》第 590 册,台北,台湾商务印书馆,1986 年(景印本),第 291 页。
④ 《大正藏》第 40 册,第 361 页上栏。
⑤ 《大正藏》第 40 册,第 282 页下栏。

佛教通俗讲唱的兴盛,从而才使佛教经典在民间迅速流播,为它们影响到本土文学的创作提供了契机。我总疑心"狸猫换太子"故事并非产生于清代,而极有可能在两宋时就形成了。正如前揭内典所示,包公故事早在宋代就被僧人引用。那么民间艺人(包括讲经说法的僧人)移植相关佛典于宋仁宗及其母李宸妃身上,创造出一个全新的传说,绝非什么天方夜谭。

(本文原载《河北学刊》2002年第2期,《文摘报》2002年5月5日转摘,收入本书时略有修改)

佛教与《黔之驴》

——柳宗元《黔之驴》故事来源补说

　　柳宗元(773—819)是唐代最著名的寓言作家,《三戒》即为其代表作。其中《黔之驴》一文,读过中学的人大都耳熟能详。它虽然篇幅短小,却寓意深刻,是佛教东传后受佛经文学之影响而开出的一朵奇葩,历经千余年仍芳香四溢,读来发人深省。有关其故事素材的来源问题,是由梵学大师季羡林先生最早提出并加以研究的。1947 年 10 月他撰写了《柳宗元〈黔之驴〉取材来源考》,①季先生从印度古代的民间故事集《五卷书》《益世嘉言集》《故事海》及巴利文的《佛本生经》中找出了柳氏寓言故事的原型。但问题在于:季先生所说的这些故事集在柳宗元的时代都没有传译到中土,柳河东是如何借鉴并创造出一个中国化的寓言故事的呢? 故季先生自己最后也只好推断说:"柳宗元或者在什么书里看到这故事,或者采自民间传说,无论如何,这故事不是他自己创造的。"虽说季先生的这个推断还留有疑问,问题不能说已经得到了彻底的解决,其首创之功却具有深远的学术史意义。他的研究,当然,还有梁启超、陈寅恪、胡适等人的佛教文学研究实绩皆告诉我们:研究古典文学,特别是魏晋以降的古代文学,如果不懂得一点印度文学和佛教文学方面的知识,有些疑难问题是不会得

---

① 该文原载 1948 年《文艺春秋》(上册),后来收入作者论文集《比较文学与民间文学》(北京:北京大学出版社,1991 年,第 48—54 页)。

到正确的答案的。众所周知,自后汉安世高起,大量的佛经被传译到中国,它们对中国文化的许多层面都产生了巨大的影响。职是之故,对佛经翻译文学的研究,应该也是古代文学研究的一个重大课题,或曰是题中应有之义。1990年——时隔四十多年之后,复旦大学中文系的陈允吉先生,受季先生论文的启发,撰出《柳宗元寓言的佛经影响及〈黔之驴〉故事的渊源和由来》,^①他从汉译佛典中找到了更为直接的证据,如西晋沙门法炬译《佛说群牛譬喻经》、鸠摩罗什译《众经撰集譬喻经》、唐玄奘译《大乘大集地藏十轮经》等佛经中,皆有出于同一原型的佛经故事,并结合柳宗元的人生阅历和思想状况,基本上证实了季先生的推断,即《黔之驴》的创作素材是源自域外文学。近年来,笔者研习敦煌文献,时有所获,从中检出一条材料,更能证实两位先生的观点,故不揣浅陋,续貂于此,还望两位先生多加海正。

敦煌遗书 P.3021＋P.3876 中有一段话说:

1. 如大(太)行山南是泽州,山北是路(潞)州,两界内山中有一家驱驴驮[□](物),每日兴生。^②后时打

2. 驴脊破,放驴在于山中而养。有智惠人语道山中有大虫,及无数,则何计

3. 挍(较)而免于虫咬?取麻,假作师子皮,在驴成(?)着。后时,此驴乃作声,被他大虫

4. 搫(惊)丧咬[吃]。如道士道人,虽着黄衣黑服,不依经法,心乃不持戒,行合不(不合)

----

① 该文载《中华文史论丛》第46辑(上海:上海古籍出版社,1990年),后收入《佛教与中国文学论稿》(同前,2010年,第419—446页)。

② 按,"兴生",同于"兴易",指做生求利益的意思,为敦煌文书中的常用词,如《大目乾连冥间救母变文》说:"昔佛在时,弟子厥号目连,……于一时间,欲往他国兴易。"

5.语，由始(犹如)假驴开口语，废他门坐(座)。

项楚先生最早发现本写卷之内容乃是"道教法师讲经稿本"。① 后来，王卡先生则拟题为《道教中元金箓斋讲经文》。② 笔者经过仔细爬梳，发现该卷的突出特色是使用了大量譬喻文学作品，其中还有不少出自佛经譬喻者。③

由于 P. 3021＋P. 3876 抄卷书写较为潦草，有不少文字难以辨认，故笔者录文或许还有差错，但基本上可以释读全文。而且，故事梗概是相当清楚的，讲的是驴子被主人穿上麻，假装成狮子以利放养，最终被老虎识破真相而遭灭顶之灾。该故事口语色彩极浓，用了不少中古时期的俗语词，如大虫，就是指老虎。晋干宝《搜神记》卷二《扶南王》条就说："扶南王范寻养虎于山，有犯罪者，投于虎，不噬，乃宥之。故虎名大虫，亦名大灵。"④唐李肇《国史补》卷上亦谓："大虫，老鼠，俱为十二相属。"⑤

为了便于说明 P. 3021＋P. 3876 抄卷所引之故事与柳氏寓言之同异的问题，兹先引柳氏原文如下：

> 黔无驴，有好事者船载以入。至则无可用，放之山下。虎见之，庞然大物也，以为神，蔽林间窥之。稍出近之，憖憖然莫相知。他日，驴一鸣，虎大骇，远遁。以为且噬己也，甚恐。然往来视之，觉无异能者。益习其声，又近出前后，终不敢搏。稍近益狎，荡倚冲冒，驴不胜怒，蹄之。虎因喜，计之曰："技止此耳！"因跳踉大㘎，断其喉，尽其肉，乃去。噫！形

① 项楚：《王梵志诗校注》，上海：上海古籍出版社，1991年，第728页。
② 王卡：《敦煌道教文献研究——综述·目录·索引》，第233页。
③ 参拙撰《敦煌道教文学研究》，成都：巴蜀书社，2009年，第364—375页。
④ ［晋］干宝撰，汪绍楹校注：《搜神记》，北京：中华书局，1979年，第24页。
⑤ 《唐国史补·因话录》之《唐国史补》，上海：上海古籍出版社，1979年，第31页。

之庞也类有德,声之宏也类有能。向不出其技,虎虽猛,疑畏卒不敢取。今若是焉,悲夫!①

　　明眼人一看便知,柳氏寓言与敦煌写卷中所讲的驴虎争斗之故事真是如出一辙。所不同的是:一者写卷所引故事发生的地点是在太行山的泽州(按,唐贞观元年后州治在今山西省晋城县)与潞州(唐以后州治在今山西长治县)之间的两界山,按现在的地理方位而言是华北,而柳氏寓言则改成了黔,即今贵州,按今之地理方位而言是在西南。柳氏是唐之河东(今山西永济县)人,考虑到他的《三戒》是作于被贬永州(今湖南零陵)时的事实,因此把地点改为与之相近的贵州,倒也合情合理,更何况黔地乃是当时文化落后的地区,而写卷所及的泽州、潞州与柳氏的家乡河东,从地理方位言同属今天的晋南地区,是当时的文化发达之地,从感情上说作者不太可能把它作为讥讽与批判的对象。二者写卷的驴虎争斗故事是被用来嘲讽佛道两教中那些不读经论不守戒律的人。其中,黄衣指代道士,黑服指代道人(僧人)。而柳氏寓言讽刺的则是那些"形之庞也类有德,声之宏也类有能"的徒有其表的外强中干者,讽刺的对象似乎特指当时的某些政治性人物,与写卷专门讽刺不守戒律之出家人有所不同。三者写卷中的驴是被主人披上麻衣而伪装成狮子的,这个细节在柳氏寓言里则被弃置未用。

　　P.3021＋P.3876写卷的抄出时间,目前尚不能遽定。但据其中所涉的地理知识,似可看出一些端倪。如其所说泽州,本为春秋时之晋地,秦属上党郡,隋改为泽州,唐时迭有废置。《新唐书·地理志》三曰:"泽州高平郡,上。本长平郡,治濩泽,武德八

---

① 〔清〕董诰等编:《全唐文》卷五八五,上海:上海古籍出版社,1990年,第2616页上栏。又,后文所引柳氏作品,皆出于这一版本,不再一一标注。

年徙治端氏，贞观元年徙治晋城，天宝元年更郡名。"①《旧唐书·地理志二》则有"乾元元年复为泽州"之记载。② 潞州，北周建德七年置，当时州治在襄垣，唐以后州治在今山西长治县。《旧唐书·地理志二》载："潞州大都督府：隋上党郡。武德元年，改为潞州，领上党、长子、屯留、潞城四县。二年。置总管府，管潞、泽、沁、韩、盖五州。……贞观十七年，废韩州，以所管襄垣等五县属潞州。……天宝元年，改为上党郡。乾元元年，依旧为潞州大都督府。"③从地名变更看，写卷所引故事可能生成于乾元元年（758）之后。所谓泽州在南，潞州在北，征诸唐时地理之实况，亦符焉。可知故事编撰者的态度是认真的，目的自然是为了增加故事的可信性。但其所引驴虎争斗之事，毫无疑问是出于佛经。其间有两点尤可注意：一者驴是被伪装成狮子的，这一点可溯源到季羡林先生所说的印度古代的民间故事，如《五卷书》卷四之第七个故事、《益世嘉言集》卷三之第三个故事。不过，这两个故事中驴所穿的是老虎皮（陈允吉先生把它们归为"老虎皮系"）。我个人认为，写卷中的这个细节，与季先生所揭出的巴利文《本生经》之第一百八十九个故事《狮子皮本生经》更为接近，如两者都说到驴是用来为主人驮物做生意的。④ 在汉译佛典中，前述陈允吉先生之论文中已经揭示出有和巴利文《狮子皮本生经》相类的经文，如《众经撰集譬喻经》之"师子皮被驴，虽形似师子，而心是驴"及《大乘大集地藏十轮经》之"有驴被师子皮，而便自谓以为师子，有

---

① ［宋］欧阳修、宋祁等撰：《新唐书》，北京：中华书局，1975年，第1008页。

② ［后晋］刘昫等撰：《旧唐书》，北京：中华书局，1975年，第1478页。

③ 《旧唐书》，第1476页。

④ 关于巴利文《狮皮本生经》的中译本，见季羡林先生《比较文学与民间文学》（第51—52页）但P. 3876写卷中的"狮子皮"不是真皮，是用麻来替代的，而《狮子皮本生经》中驴穿的是真狮子皮。

人遥见,谓其师子。及至鸣已,皆识是驴"(陈先生把它列为"狮子皮系")。二者假装成狮子的驴被虎识破真相的原因是它的叫声。这一点,在汉译佛经中,有类似说法的除了陈允吉先生提到的东晋法炬所译的《佛说群牛譬喻经》及玄奘译的《大集地藏十轮经》外,尚可补充一例,那就是唐代义净大师所译之《根本说一切有部毗奈耶破僧事》卷十中的一则故事,该故事也有与《群牛譬喻经》相同的地方,为便于说明问题,兹详引经文如下:

> 世尊告曰:汝诸苾刍!……汝等应听! 我曾于昔在不定
> 聚行菩提萨埵行时,中在牛趣,为大特牛,每于夜中,遂便于
> 彼王家豆地随意餐食。既其旭上,还入城中,自在眠卧。时
> 有一驴,来就牛所,而作斯说:"大舅,何故皮肤血肉悉并肥
> 充? 我曾不睹暂出游放。"牛告之曰:"外甥,我每于夜,出餐
> 王豆,朝曦未启,返迹故居。"驴便告曰:"我当随舅同往食
> 耶?"牛遂告曰:"外甥,汝口多鸣,声便远及,勿因斯响反受缨
> 拘。"驴便答曰:"大舅,我若逐去,终不出声。"遂乃相随至其
> 田处,破篱同入,食彼王苗。其驴未饱,寂尔无声,既其腹充,
> 即便告曰:"阿舅,我且唱歌。"特牛报曰:"片时忍响,待我出
> 已,后任外甥作其歌唱。"作斯语已,急走出园。其驴于后遂
> 便鸣唤。于时王家守田之辈,即便收掩,驱告众人:"王家豆
> 田,并此驴食。宜须苦辱,方可弃之。"时守田人截驴双耳,并
> 以木臼悬在其咽,痛杖鞭骸,趁之而出。其驴被辱,展转游
> 行。特牛既见,遂于驴所说伽他曰:
>
> 善歌大好歌,由歌果获此。见汝能歌唱,截却于双耳。
> 若不能防口,不用善友言。非但截却耳,舂臼项边悬。
>
> 驴复伽他而答之曰:
>
> 缺齿应小语,老特勿多言。汝但行夜食,不久被绳缠。
>
> 世尊告曰:汝诸苾刍! 勿生余念,往时特牛者,即我身

是。昔日驴者，即提婆达多是。往昔不用我言，已遭其苦；今日不听吾说，现受如斯大殃。①

义净大师所译的这则故事，从佛经文体而言，是为佛本生故事。其中的驴，亦是被嘲笑的对象，其愚蠢之处在于本性难改，即因鸣叫被人识破而遭痛打。不过，它的结局还算不错，因为毕竟没有像其他故事中的驴一样而命丧黄泉。

由以上分析可以看出，P. 3021＋P. 3876 所引的这个寓言故事，是综合了多个汉译佛经故事而重新结撰的。它的创新之处在于：把故事原有的印度文化背景完全中国化了，如地点的更换、手法的更换（指用麻来代替佛经中的真狮子皮）、俗语词的运用（像"大虫"一类的说法）等。那么佛经故事是如何进入释家讲唱的呢？考诸《高僧传》卷十三之论"唱导"时有云："唱导者，盖以宣唱法理，开导众心也。……至中宵疲极，事资启悟，乃别请宿德，升座说法。或杂序因缘，或傍引譬喻。"②可见在唱导时，可以杂取佛经中的因缘、譬喻一类富于文学性的故事来吸引听众。而在唐五代的释家俗讲说法中，亦有相同的措施。如 P. 3849、S. 4417 皆说到了这一点。兹引后者如下：

夫为俗讲，先作梵了。次念菩萨两声，说押坐了。素唱《温室经》。法师唱释经题了。……讲《维摩》，先作梵，次念观世音菩萨三两声，便说押坐了。便索唱经文了。唱曰："法师自说经题了。"便说开赞了。便庄严了。便念佛一两声了。法师科三分经文了。念佛一两声，便一一说其经题名字了。便入经说缘喻了。便说念佛赞。

其间"入经说缘喻"，和慧皎所讲"杂序因缘，傍引譬喻"，其意

---

① 《大正藏》第 24 册，第 151 页上－中栏。
② 《高僧传》，第 521 页。

无别。征诸敦煌变文,这类讲唱作品留存至今的也有不少,如《目连缘起》《金刚丑女缘起》等等,我就不赘举了。

复次,道教也有讲经(俗讲)、唱导一类的通俗宣唱,①其间来自佛教经典者极多,尤其是在 P. 3021＋P. 3876 写卷。所以,笔者颇为怀疑,P. 3021＋P. 3876 中这则驴虎相斗的寓言故事,可能是先形成于佛教讲经,然后又被道士所袭用。

柳宗元《黔之驴》寓言,与 P. 3021＋P. 3876 写卷所引驴虎相斗故事有许多相同之处,特别是:两者都以驴和虎为主人公,驴的失败之因都在于它的鸣叫,寓意皆十分深刻。有这么多的相同点,无非是表明柳氏的创作定然受过 P. 3021＋P. 3876 所引故事的影响。那么,柳氏又是从何处得知这个故事的原型呢? 这有三种可能:一是柳子厚是从民间听来的,因为 P. 3021＋P. 3876 既言故事发生在泽州和潞州之间的两界内山中,则该故事极可能最早流行于该地,柳子厚的故乡离泽州、潞州都不远,他是完全有可能听得这个有趣的故事的。二是柳氏从释、道两家的俗讲中听来的,而最早出于释家俗讲的可能性似更大一些。柳子厚幼年在长安度过,他当有机会去听释道两家的俗讲。三是柳氏是从亲读汉文佛经中得来的。后来他被窜南荒,心情郁愤,才撰出《三戒》以泄其懑,以寄其怀。据《送巽上人赴中丞叔父召序》之自叙说:"自幼好佛,求其道,积三十年。"这位巽上人,即永州龙兴寺的重巽和尚。柳宗元初到永州时,没有容身之所,便在永兴寺借宿了好几年。这篇序作于重巽应召湖南观察使柳公绰之时,考柳公绰任该职时在元和六年至八年(811—813)间,当时子厚年近四十,则他亲近佛法始于十岁左右。柳氏一生和多位僧人交往,如浩初、文约、元嵩、文郁、濬上人、琛上人等。又曾借居寺院,应该说,他是

---

① 这方面的详细分析,参拙撰《敦煌道教文学研究》,第 101—130 页。

有机会去亲阅藏经的。这点从柳氏所存相关诗文中常用佛典的事实即可得到明证，时贤于此论述多矣，我就不再置余喙了。所以，这种可能性也很大。当然，柳氏也可以通过多种渠道而得知相关的素材。总之，是与佛教最有缘。

前文已经讲到，P. 3021＋P. 3876 所引驴虎相斗故事的目的是在批判和讽刺"虽着黄衣黑服，不依经法，心（身）乃不持戒，行不合语"的佛、道两教之出家人。若在佛教方面，中唐开始出现狂禅，因为洪州宗倡"即心即佛"，从而把此前较为严肃的禅风引向狂荡，此后诸僧习禅，往往不执法相而轻视读经持戒，任情放纵。而且洪州禅势力特别大，《传法正宗记》卷七即说马祖道一是："以其法归天下之学佛者，然当时之王侯大人慕其道者，北面而趋于下风，不可胜数。"[①]柳子厚其人，他对佛教的态度与当时一味崇禅贬律的风气恰恰相反，他是尊律贬禅。如元和三年（808）于永州时所作《龙安海禅师碑》即谓："佛之生也，远中国仅二万里；其没也，距今兹仅二千岁。故传道益微，而言禅最病。拘则泥乎物，诞则离乎真，真离而诞益胜。故今之空愚失惑纵傲自我者，皆诬禅以乱其教。"显而易见，其批判的重点在于"诞"，也就是习禅中的无拘无束、诞妄纵恣，这毫无疑问是针对洪州新禅风而言的。《送琛上人南游序》则旗帜鲜明地表达了对当时禅风不满的琛上人的推崇："今之言禅者，有流荡舛误，迭相师用，妄取空语，而脱略方便，颠倒真实，以陷乎己。……吾琛则不然，观经得《般若》之义，读论悦三观之理，昼夜服习而身行之。有来求者，则为讲说。"准此可知，柳氏对于琛和尚的推崇，是因为他观经谈论，深悟般若空观且服膺"三观"之理。三观，即天台宗的假、空、中之"一心三观"。在此，子厚表明了自己的宗门认同。他对法华宗确属情有

---

① 《大正藏》第 51 册，第 750 页上栏。

独钟,前面所说龙兴寺的巽上人,就是天台九祖湛然的再传弟子,故南宋志磐《佛祖统纪》把柳宗元列入天台法嗣,并不是无稽之谈。而被洪州宗抛弃的读经、持律,在柳氏的佛教理念中却占有极其重要的地位。前者如《送巽上人赴中丞叔父召序》所讲的"且佛之言,吾不可得而闻之矣。其存于世者,独遗其书。不于其书而求之,则无以得其言。言且不可得,况其意乎?"《送琛上人南游序》讲得则更为直接,所谓"佛之迹,去乎世久矣! 其留而存者,佛之言也。言之著者为经,翼而成者为论。其流而来者,百不能一焉。……世之上士,将欲由是以入者,非取乎经论,则悖矣!"后者如元和九年(814)所作的《南岳大明寺律和尚碑》,序中说道:"儒以礼立仁义,无之则坏;佛以律持定慧,去之则丧。是故离礼于仁义者,不可言儒;异律于定慧者,不可与言佛。"子厚把释家持戒类比成儒家的守仁义,与他厉于行的人生态度相吻合。因此,柳氏《黔之驴》寓言创作的批判精神与写卷故事所表达的理念也有相通之处。

综上所述,我们可以肯定地说,柳宗元《黔之驴》确确实实是在佛经文学的滋乳下创作出来的一个具有中国特色的寓言。

(本文原载《普门学报》2006 年第 2 期,收入本书时有较大删改)

张继《剡县法台寺灌顶坛诗》之解读

　　一说起唐代诗人张继,我们都会不约而同地想起他《枫桥夜泊》中的名句"姑苏城外寒山寺,夜半钟声到客船"。在有唐一代近三百首涉及梵钟的诗作中,最为读者耳熟能详的就莫过于此了。① 细绎张氏开篇云"月落乌啼霜满天,江枫渔火对愁眠",显然蕴含着浓重的羁旅行役、漂泊乡思以及功名难就等愁苦,而寺院钟声恰好有息苦和惊醒尘世俗人之用,可见诗人对佛教苦谛有很深切的体验,并希望能在悠悠梵钟声中实现离苦得乐的人生境界。

　　其实,就张继一生行迹而言,②其游历大江南北,所交名士多与佛法有缘,如灵一是著名诗僧,刘长卿、独孤及、皇甫冉等则和禅宗关系密切,而所历者如长安、洛阳、姑苏、杭州、会稽、洪州等,又是寺院林立之地,故其诗作每每言及佛禅义理自在情理之中。③

---

　　① 此统计数字,参李时铭《论梵钟的起源与唐诗梵钟的佛教意义》,载《逢甲人文社会学报》第 8 期(2004 年 5 月),第 55—74 页,特别是第 68 页。

　　② 关于这方面的研究,参傅璇琮《张继考》,《唐代诗人丛考》,北京:中华书局,1980 年,第 209—219 页;储仲君《张继的行迹及其他》,载《文学遗产》1991 年第 3 期,第 104—106 页。

　　③ 不过,据凌郁之考证,清编《全唐诗》卷二四二所辑张继之诗《城西虎跑寺》《游灵岩》《宿白马寺》,实为元明人所作。参凌郁之《〈全唐诗〉张继诗混入元明人诗十一首考》,载《文学遗产》2010 年第 1 期,第 138—140 页,特别是第 139 页。

在张继生活的时代，佛教各宗派都有长足的发展，但过往研究最关注的是禅宗、净土对诗人创作的影响。实际上，其他宗派也不可小觑，比如由开元三大士掀起的密教信仰，就引起了盛唐以降一大批著名文士的注目，比如王维、高适、李白、李华、任华、元载、李端、卢纶、顾况、权德舆、孟郊、韩愈、卢仝、张籍、王建、白居易、柳宗元、刘禹锡、姚合、张祜、段成式、李商隐、司空图、徐夤等，真是不胜枚举了。对此，黄阳兴博士已做了初步爬梳，①足资参考，不过，在文本细读方面似有遗珠之憾，如本文要检讨的张继《剡县法台寺灌顶坛诗》，窃以为就很值得深入剖析一番。其诗曰：

> 九灯传像法，七夜会龙华。月静金田广，幡摇云汉斜。
> 香坛分地位，宝印辨根牙。试问因缘者，清溪无数沙。②

诗题中所说的法台寺，据宋高似孙撰《（嘉定）剡录》（清道光八年刻本）卷八"僧庐"条云：

> 惠安寺在剡县之阳，旧曰般若台寺，又曰法华台寺。（晋义熙二年，南天竺国有高僧二人入金华。师道深，弟子竺法友，授《阿毗谭论》一百二十卷，甫一宿而诵通。道深遂赞法友："释迦重兴，今先授记。"遂往剡东峁山，复于剡山立般若台寺。会昌废，咸通八年重建，改法华台寺。天祐四年，吴越武肃改兴邑寺。大中祥符元年，改今额。）……寺有灌顶坛。（张继《剡县法台寺灌顶坛诗》……）赵嘏有《早发剡中法堂寺诗》。（当是法台寺。"暂息劳生树色间，……回首尘中见此

---

① 黄阳兴：《咒语·图像·法术——密教与中晚唐文学研究》，深圳：海天出版社，2015年。

② 陈尚君辑校：《全唐诗补编》，北京：中华书局，1992年，第892页。

山。")寺有增胜堂,寺僧彦强所居,王铚题诗。①

由此可知,法台寺肇始于东晋,本名般若台寺,但遭遇会昌法难而废,至懿宗咸通八年(867)才复建。若据《高僧传》卷四竺法友传,②则知法友之师是竺法(道)潜,字法深,法友所创之寺,本来就叫做"法台寺",③它和后来梁代会稽剡人释昙斐所居"法华台寺",④可能指同一所寺院;《剡录》所说"道深",则似混合竺法(道)潜的字号而致误。至于赵嘏有诗纪法台寺,至少说明该寺是剡中名胜之一。特别是张元忭撰《绍兴府志》(万历刻本)卷二十一明确指出其旧有胜迹中有应天塔、灌顶坛、增胜堂等,所录除张继《题灌顶坛诗》、赵嘏《早发法台诗》、王铚《题增胜堂诗》外,尚有张性《寓惠安寺诗》,则知本寺自唐至明,题咏之作代不乏人。

理解张诗的关键,主要在于准确把握诗题之"灌顶坛"。顾名思义,灌顶坛是密教行仪中的坛场之一,它专用于灌顶。如唐菩提流志(?－727)神龙三年(707)夏至景龙三年(709)春译出的《不空羂索神变真言经》三十卷,其卷三载《灌顶真言》必须用"于灌顶坛内,左手执瓶,右手按顶,加持七遍,即为灌顶结印发

---

① 按,小括号内的文字,原为高似孙之注,但笔者征引时多有删节。又,南宋施宿撰《(嘉泰)会稽志》卷八所叙嵊县惠安寺历史渊源,与高氏所说大同小异,但未录张继、赵嘏、王铚等人的诗作;而《剡录》所引赵嘏诗,《全唐诗》卷五四九题作《朝发剡中石城寺》,误。另,李谟润《〈全唐诗补编〉佛寺小考》(载《河南师范大学学报》(哲学社会科学版)2011年第6期,第193—196页,特别是第194—195页)对法台寺的历史沿革有较详细的说明,可参看。

② 《高僧传》,第156—159页。

③ 按,不同版本的《高僧传》对此寺院名称说法不一,《大正藏》校勘记指出:"剡县城南台寺"之"南"字后,"宋""元""明"本多一"法"字。笔者以为甚是,其意指法台寺在剡县城南。

④ 《高僧传》,第341—342页。

愿"。① 同人景龙三年冬译毕《一字佛顶轮王经》五卷,其卷四又曰:

> 次为灌顶。其坛西门外,当如法作四肘严饰灌顶水坛,如法结界悬缯幡花,如法安置一盘饮食,四角然灯,……阿阇梨当自擎取大坛中心佛前香水瓮,诵《一字顶轮王咒》,咒香水瓮一百八遍。出于坛外,一一次第唤引弟子到灌顶坛,右绕三匝,教令床上面东结跏趺坐。其阿阇梨,亦自上坛床边端立。②

一行大师(683—727)撰《大毘卢遮那成佛经疏》卷八则说:

> 此灌顶坛又在火坛之北,亦令四方均等,唯置一门,门向坛开也。其坛四角外画四执金刚:火方是东南,置住无戏论;涅哩底方,置虚空无垢;风方,置无垢眼;伊舍尼方,被杂色衣。坛中作八叶大莲花王,鬘药具足。于四叶中,置四伴侣菩萨。③

总之,灌顶坛是密教坛场不可或缺的组成部分之一,它虽然专用于灌顶仪式,但同样注重身、口、意三密(身密指手结印契,口密指咒语、真言和陀罗尼,意密指本尊之法相)的配合以及观想尊像。灌顶的实施,是由阿阇梨对弟子进行秘密传授,外人不得参预。而且,灌顶坛的布置自有程序要求,如尊像的排列,就得严格按照尊卑次第,地位最尊者置于坛中心。

北宋赞宁《大宋僧史略》卷上"传密藏"条曾总结说"灌顶坛法始于不空,代宗永泰年中敕建灌顶道场处,选二七人为国长诵《佛顶咒》,及免差科地税云"。④ 然据前引菩提流志译经,则知完整

---

① 《大正藏》第 20 册,第 242 页中栏。
② 《大正藏》第 19 册,第 251 页中栏。
③ 《大正藏》第 39 册,第 665 页中栏。
④ 《大正藏》第 54 册,第 240 页下栏。

的灌顶坛法至迟在唐中宗恢复帝位时就传入中土。后来经玄、肃、代三朝皇帝不遗余力的倡导,才形成了晚唐释行琳《释教最上乘秘密藏陀罗尼集序》所称赞的"秘教大布于支那,坛像遍模于僧宇"①之盛况。天宝十三载(754)到至德二载(757),张继恰好在会稽太守于幼卿处做幕府,②期间作有《会稽秋晚奉呈于太守》《会稽郡楼雪霁》《酬李书记校书越城秋夜见赠》,《剡县法台寺灌顶坛诗》亦应撰出于此时。而且,诗题明言"灌顶坛",则知其内容定与密教有关。具体所指,我们细读诗歌正文后可知它是指密教之药师坛场。

中土药师信仰流传甚早,在题为金刚智译《药师如来观行仪轨法》③之前的经典,历代经录所载主要有五种:一是题为东晋帛尸梨蜜多罗译《佛说灌顶经》卷十二之《灌顶拔除过罪生死得度经》;二是佑录所载宋孝武帝大明元年(457)"秣陵鹿野寺比丘慧简依经抄撰"而成的《灌顶经》一卷,僧祐还特别注明它"一名《药师琉璃光经》,或名《灌顶拔除过罪生死得度经》","此经后有续命法,所以遍行于世";④三是隋大业十二年(616)达摩笈多译《药师如来本愿经》;四是唐玄奘永徽元年(650)译《药师琉璃光如来本愿功德经》;五是义净神龙三年(707)译《药师琉璃光七佛本愿功德经》(以上五种,后文简称《药师经》)。而晋译本与慧简本,据方广锠、伍小劼师徒之考证,都是中土伪经,它们西传印度被译成梵文后,再回传中土,方先生把这种出口转内销的现象称之为"佛教

---

① 陈尚君辑校:《全唐文补编》,北京:中华书局,2005 年,第 1108 页。
② 王辉斌:《张继生平订正》,载《淮南师范学院学报》2002 年第 4 期,第 37—38 页。
③ 《大正藏》第 19 册,第 22 页下栏—29 页上栏。
④ 《出三藏记集》,第 225 页。

发展中的文化汇流"。① 此外,隋唐时期的《药师经》译本,则携带了当时兴起于印度的密教文化之因子,尤其是义净译本"可以明显看出药师佛的密教化倾向""在唐阿地瞿多译《陀罗尼集经》中,也可以看到密教化以后的药师佛形象"。②

正如僧祐说,晋、宋二本《药师经》流行之因在于续命法,晋本介绍其法为:

> 当劝请众僧七日七夜斋戒一心,受持八禁,六时行道,四十九遍读是经典。劝然七层之灯,亦劝悬五色续命神幡。阿难问救脱菩萨言:"续命幡灯,法则云何?"救脱菩萨语阿难言:"神幡五色四十九尺,灯亦复尔,七层之灯,一层七灯,灯如车轮。若遭厄难,闭在牢狱,枷锁着身,亦应造立五色神幡,然四十九灯,应放杂类众生至四十九,可得过度危厄之难,不为诸横恶鬼所持。③

据此,则知续命法的实施主体是僧人,实施时长是七日七夜,实施程序是读经、燃灯、造幡和放生,目的在于为有情众生济苦脱难,续命延寿。特别值得注意的是,仪式十分重视"七"与"七七"(四十九)。

与晋、宋本《药师经》相比,唐高宗永徽五年(654)四月十五日

---

① 参方广锠《药师佛探源——对"药师佛"汉译佛典的文献学考察》(《宗教学研究》2014 年第 2 期,第 90—100 页)、《关于梵汉〈药师经〉的若干问题》(同前,2015 年第 2 期,第 80—84 页),伍小劼《〈灌顶拔除过罪生死得度经〉与"文化汇流"》(《南亚研究》2010 年第 2 期,第 112—122 页)、《〈大灌顶经〉形成及作者考》(《华东师范大学学报》(哲学社会科学版)2011 年第 3 期,第 105—111 页)等。

② 方广锠:《药师佛探源——对"药师佛"汉译佛典的文献学考察》,《宗教学研究》2014 年第 2 期,第 99 页。

③ 《大正藏》第 21 册,第 515 页中栏。

译毕的《陀罗尼集经》卷二所辑《药师琉璃光佛印咒》①的主体内容虽然基本一致，但后者密教色彩更浓，比如配合燃灯续命法者，既要求持印，又增加了诵《法印咒》(一短一长，短者五句，长者又叫《药师琉璃光佛大陀尼咒》，有二十一句)，还特别交待了药师坛场的治地法、供养法、主尊药师佛及其眷属在内外院落中的位次之类，显然具有更强的操作性。佚名《陀罗尼集经翻译序》②又谓该经是由比丘大乘琮等十六人、英公(李世勣)鄂公(尉迟德)鄂公等十二人助成坛供后开译，是从《大明咒藏》中撮要钞译《金刚大道场经》而成。换言之，阿地瞿多所传药师坛法，至迟在高宗初期就已经具备较完整的印度三密仪轨。义净译本，踵事增华，程序更加繁复，所持神咒也更多。盛唐金刚智译《药师如来观行仪轨法》、不空译《药师如来念诵仪轨》，③除了主体内容与义净译本相同外，还更详细地介绍了印、咒的配合，尤其是不空译本交待了加持用药来对治心病身病的方法途径，意在强调"药师佛"无量无边之"药用"功德。而至德二载唐肃宗敕令释元皎于凤翔府开元寺置御药师道场之举，更是惊艳天下：

> 更择三七僧，六时行道，然灯歌呗，赞念持经，无敢言疲，精洁可量也。忽于法会内生一丛李树，有四十九茎，具事奏闻，宣内使验实。帝大惊喜曰："此大瑞应。"④

因"李"为唐朝国姓，恰值安史之乱，元皎所建药师道场能感生李树，自然迎合了肃宗的中兴梦，所以，他才喜出望外地说"瑞

---

① 《大正藏》第18册，第799页上—下栏。

② 《大正藏》第18册，第785页上—中栏。

③ 是经《大正藏》第十九册有两个编号：即 NO. 924A 和 NO. 924B，前详后略，后者最大区别是没有续命法，笔者于此介绍的是详本。

④ 《宋高僧传》，第617页。

李繁滋，国之兴兆”，并封元皎为“内供奉”。[①] 当然，李树“四十九茎”之数，也与药师续命法之“七七”相符。如果说以前续命法的施行目标多是个体生命对生死的超越，此时却有巨大的政治象征意义，它要续的是大唐王朝之命，毫无疑问，肃宗热切盼望佛教密法能永远护佑着他的国家。而皇帝对凤翔府开元寺瑞应事迹的大力宣扬，自然会引起天下诸寺的效仿，从而掀起建设药师坛场的高潮。当时身在会稽的张继，便极可能亲历了这样的灌顶法会，并用五律描述了自己的观感，现逐联分疏如下：

一者，首联的“燃灯”意象与“七夜”之法会持续时间，和前述五种《药师经》所说相同。其“七夜”，实是对经文“七日七夜”的略称；特别是金刚智译《药师如来观行仪轨法》，明确要求归依药师佛者必须建立七日七夜的曼荼罗道场。[②] “九灯”一词，稍有歧义，故有必要多说几句。若把“九”理解为实数，则与诸经所说“四十九”之燃灯数不符，但似乎也可视为诗人因五言字数所限，所以他才与第二句一样用了省略法，即整联表达的意思是：灌顶坛燃起了四十九盏明灯，众僧在坛中不断诵经，法会则要持续七昼夜。当然，从佛教文献记载看，中印都偶有燃九灯之举，如《高僧专》载刘宋吴兴余杭释净度每遇邑中斋集：“辄身然九灯，端然达曙，以为供养，如此者累年。”[③]阿地瞿多译《陀罗尼集经》卷一则说佛顶三昧曼荼罗应“庄九盏灯置道场中”。[④] 但二者都无七日七夜连续燃灯斋供之说，因此，我们可以排除张继“九灯”典出这两种文献的可能性。更可探究的是博研儒释百家之学并一度身着道服

---

① 赞宁《大宋僧史略》卷下“内供奉并引驾”条则说：“内供奉授僧者……元皎始也。”《大正藏》第54册，第250页上栏。

② 《大正藏》第19册，第24页上栏。

③ 《高僧传》，第416页。

④ 《大正藏》第18册，第787页上栏。

的释法琳（572—640），其《辩正论》卷二《三教治道篇》辨析佛道斋
法时说：

> 《明真仪》云："安一长灯，上安九火置中央，以照九幽长
> 夜之府。正月一日、八日、十四日、十五日、十八日、二十三
> 日、二十四日、二十八日、二十九日、三十日夜中，安一长灯，
> 令高九尺，于一灯上燃九灯火，上照九玄。"其佛家娑罗、药
> 师、度星、方广等斋，威仪轨则，本无法象，世人并见，何所
> 表明。①

此处所引《明真仪》，是道教斋仪之一。法国汉学家苏远鸣
（Michel Soymié）在《道教的十斋日》一文中指出，"仪"乃"科"之
误。②《明真科》是东晋末南朝初所出《洞玄灵宝长夜之府九幽玉
匮明真科》的简称（敦煌道经中有八件写本），幸运的是，前揭法琳
所引文字恰恰见于《正统道藏》本《明真科》，仅是个别地方略有不
同（意义则基本相同），如"安灯"云云，经文原作"又安一长灯长九
尺，上安九灯置中央，以照九幽长夜之府"；③"正月一日"云云，原
经前面多有"常以正月、三月、五月、七月、九月、十一月，一年六
月"诸字，"三十日"后则多"一月合十日，及八节日、甲子日、庚申
日，于家中庭"等字，然后再叙"安一长灯"之事，④意谓一年六月
中的十斋日、八节日（指农历立春、春分、立夏、夏至、立秋、秋分、
立冬、冬至）等一些特殊时日都要燃九灯。除了燃九灯外，该经又
说"禳解天灾"时，"春则然九灯，亦可九十灯，亦可九百灯；夏则然
三灯，亦可三十灯，亦可三百灯；秋则然七灯，亦可七十灯，亦可七

---

① 《大正藏》第 52 册，第 497 页中。
② 载《法国汉学》丛书编辑委员会编：《法国汉学》第二辑，北京：清华大
学出版社，1997 年，第 28—49 页，特别是第 35—36 页及第 48 页注[28]。
③ 《道藏》第 34 册，第 387 页下栏。
④ 《道藏》第 34 册，第 384 页下栏。

百灯;冬则然五灯,亦可五十灯,亦可五百灯"①,由此可知,一则当时道教明真斋会的举办时间亦非连续的七日七夜,二则虽有燃九灯及其他灯数之说,却没有使用"四十九灯"。更可注意者,明真斋燃灯是在信徒家中举行,此与张继所说的寺院迥然有别②,所以,我们也可排除张氏"九灯"典出道教斋仪的可能性。而且,法琳对比佛道斋会时就以药师等斋作为释家代表,对待两教斋仪的态度,泾渭分明,其意在于坚守释家本位,对抗初唐皇权袒护道教的政治威权。③

二者,颔联重点强调了两点:一是坛场所用之幡,此即诸《药师经》所述续命法不可或缺之五色幡,而药师坛场灌顶时它也是必备的法物之一,敦煌文书北大 D180《药师道场坛法》(原卷首题如是)即要求"用五色番(幡)一口,长四十九尺",一行撰《药师瑠璃光如来消灾除难念诵仪轨》则说"奉香花菓食,五色成幡盖"。④二是灌顶时间,无论"月静""云汉斜",都表明是在夜深人静之时。本来密教灌顶,昼夜六时(晨朝、日中、日没、初夜、中夜、后夜)悉可,李颀《长寿寺粲公院新凿井》即说"钟鸣时灌顶,对此日闲安",⑤所谓钟鸣时,指用六时鸣钟磬(钟磬,梵语 ghanta,音译"犍

---

① 《道藏》第 34 册,第 387 页中—下栏。

② 据唐一行大师撰《药师瑠璃光如来消灾除难念诵仪轨》曰"得持明灌顶,阿阇梨印可。然后乃修持,山林闲静处,河池及海岸,或自居住处。涂拭曼拏攞,方圆随本意"(《大正藏》第 19 册,第 20 页中栏),则知药师灌顶坛也可建于自家居所,但一定要事先得到阿阇梨的灌顶和印可。坛城形状,则方圆随意。

③ 尹富:《十斋日补说》,《世界宗教研究》2007 年第 1 期,第 26—34 页,特别是第 28 页。

④ 《大正藏》第 19 册,第 20 页中栏。

⑤ 《全唐诗》卷一三四,第 313 页上栏。

稚")来表示修道的时间单元；①权德舆《石瓮寺》则说"石瓮寒泉胜宝井，汲人回挂青丝绠。厨烟半逐白云飞，当昼老僧来灌顶"，②此则谓日中之时也可灌顶。张继之所以特别强调"月静"与"云汉斜"之时（主要指中夜），可能有未发之覆。盖灌顶时需用咒水，而咒水时间正如贾岛《赠圆上人》"古塔月高闻咒水，新坛日午见烧灯"所言，③似多在月高人静时。此外，该联"金田"，典出给孤长者黄金布地建祇洹精舍而供养佛陀之故事，④此喻剡县法台寺。

---

① 如中唐诗人王建《新修道居》云"世间无所入，学道处新成。两面山有色，六时闻磬声"（《全唐诗》卷二九九，第 752 页上栏），明末清初曹洞宗高僧天界道盛禅师(1592—1659)《武夷西来岩记》则说"予与二三子，磅礴翠微间，六时钟梵，每漏逗于九曲之岸"（《嘉兴藏》第 34 册，第 723 页中栏）。

② ［唐］权德舆撰，郭广伟校点：《权德舆诗文集》，上海：上海古籍出版社，2008 年，第 107 页。又，"寒泉"之"寒"，一作"灵"。而所汲石瓮寺泉水，加持后用于灌顶。一般说来，灌顶之水多取于井，菩提流志译《佛心经》即谓召诸龙法是"但取井水一椀，咒经一千遍"（《大正藏》第 19 册，第 14 页上栏）；当然，也可用泉水，如不空译《佛说金毗罗威德童子经》载欲得他心智者，当"取药诵咒，泉水服之"（《大正藏》第 21 册，第 372 页中栏）；甚至是井水、泉水混用后再咒之（参阿质达霰译《秽迹金刚说神通大满陀罗尼法术灵要门》，《大正藏》第 21 册，第 158 页下栏）。泉水井水，皆天然之水，只是动静形态有别而已。细究权诗之意，则知当时灌顶多用井水，不过，由于石瓮寺自有洞中深泉（中唐马戴《题石瓮寺》即云"修绠悬林表，深泉汲洞中"，此与权诗前两句，正可互参。马诗见《全唐诗》卷五五六，第 1423 页上栏），所以才不用寻常井水。

③ 齐文榜校注：《贾岛集校注》，北京：人民文学出版社，2001 年，第 458 页。另，对本诗的分析，可参拙撰《贾岛佛教诗研究二题》，《佛教与中国文学散论——梦枕堂丛稿初编》，南京：凤凰出版社，2012 年，第 163—168 页）。

④ 北宋释道诚《释氏要览》卷上"金地"条曰："或云金田，即舍卫国给孤长者侧布黄金，买祇陀太子园建精舍，请佛居之。"（《大正藏》第 54 册，第 263 页上栏）

三者,颈联则抓住了密教灌顶道场主尊眷属像的等级、位次以及印契使用法等特点。"香坛分地位",指药师佛(主尊)及其眷属(如十二药叉大将)在坛场中的位次安排,虽说各神像都有自己固定的座台,他们在灌顶坛这一神圣空间的排序却与世俗社会一样,是按尊卑顺序排座次的。一行《药师瑠璃光如来消灾除难念诵仪轨》"涂拭曼拏攞,方圆随本意。置二伽阏水,安排下七位"①所说,正好透露了这层意思。日本真言宗所传《觉禅钞》卷三之药师法,则详细介绍了药师三尊(又称东方三圣,中尊是药师如来,其左右胁侍分别为日光遍照菩萨、月光遍照菩萨)、八菩萨(一指文殊、观音、大势至、宝檀花、无尽意、药王、药尚、弥勒。另有其他说法,不赘)、十二药叉(按一行所述,他们可与中土十二时神对应)的由来、图像及其在坛场中的位次,②亦可参考。"宝印辨根牙"一句,则指阿阇梨修密法时需自始至终都使用手印(梵语mudrā,又译印契),但最重要的是根本印(心印),它通常配合根本咒(心咒)或大咒,一行《药师瑠璃光如来消灾除难念诵仪轨》即说其根本印之结契法是"二羽内相叉,两腕稍相去,开张三二寸",所用真言为"曩谟婆誐嚩帝……",③共十三句。不空《药师如来念诵仪轨》亦云药师如来根本印是"以左右手头指以下八指反叉入于掌,以二大指来去"而成,此与一行所说区别不大,根本印真言作"唵,战驮袛哩,娑婆诃",④则更简明,未知孰是,俟考。

四者,尾联"因缘者"指包括作者在内的灌顶坛之参预者,其自问自答的句式,既与首联所说"七夜会龙华"(龙华,此指灌顶道场)者相呼应,又总结了自己灌顶后的感受:"无数沙",一方面比

---

① 《大正藏》第 19 册,第 20 页中栏。
② 《大正藏·图像部》第 4 册,第 413 页下栏−422 页下栏。
③ 《大正藏》第 19 册,第 21 页下栏−22 页上栏。
④ 《大正藏》第 19 册,第 29 页下栏。

喻一切众生悉有平等佛性，另一方面赞颂了密教即身成佛的功德，其迅疾性，就像清澈溪底的细沙，一望便可显现。同时，本联表明作者对密教灌顶护国佑民之用，似有较高的认同感。

以上主要多层次、多角度地分析了题目与诗歌文本中的几个关键词，我们便基本上可以推定张继所写佛教法会内容是药师道场之灌顶景象。该诗在密教文学史上具有相当特殊的地位，它不但是教外作家第一首较完整展示三密特点的灌顶诗，也是最具密教特色的药师赞。虽说李颀《长寿寺粲公院新甃井》、权德舆《石瓮寺》、卢纶《送契玄法师赴内道场》、李洞《终南山二十韵》等诗都说到了释家灌顶之事，却都一笔带过，未有手印、尊像位次等方面的任何说明；而梁肃《药师琉璃光如来画像赞》《药师琉璃光如来绣像赞》、吕温《药师如来绣像赞》、穆员《绣药师琉璃光佛赞》、清昼《画药师琉璃光佛赞》、郭崧《药师像赞》等作，仅重在赞颂药师如来的无量功德，却未涉及药师坛法的任何灌顶要素。此外，张继之诗也从侧面印证了晋唐药师信仰的密教化进程，本来敦煌文献、传世文献都有大量的写经、造像题记及药师忏、药师会一类的仪轨性作品，[①]其中中晚唐时期的一些应用性文书也交待了药师印、咒一类的密法及曼荼罗之尊像排列法，不过，都不如张诗说的简约而相对完整。而张氏之前俗家所撰药师信仰之作，与相关密法无关，如南朝陈武帝的《药师斋忏文》，[②]依然只强调晋宋本《药师经》续命幡灯法的禳灾祈福之用。北周张元七日七夜燃七灯转

---

① 相关介绍，可参拙撰《敦煌密教文献论稿》（北京：人民文学出版社，2003年，第182—233页）、党燕妮《中古时期敦煌地区的药师佛信仰》（《南京晓庄学院学报》2013年第6期，第84—94页）等。

② 载《广弘明集》卷二十八，见《大正藏》第52册，第334页中—下栏。

《药师经》而使其祖父盲而复明之故事中，①转读僧也没有用三密法，更遑论灌顶仪式了。

一般而言，密教坛场在仪式结束后都要被清理拆除，不复留下任何痕迹，所以，佛教考古发现的坛城实物屈指可数。② 而张继诗所说灌顶坛，从《（嘉定）剡录》卷八到《（万历）绍兴府志》卷二十一都有记载，按后者的说法，寺中旧有灌顶坛等胜迹大概是元至元（1335—1340）中废，因此，唐时所立灌顶坛至元末都似有所保留，这也算是密教史上的一段奇迹吧。

最后，由本诗解读引申出一个小话题，即在佛教诸派中密教最重神秘仪式，那么，对反映其形态的诗歌如何才能更好地作出有效阐释呢？ 孙绍振先生曾主张："文学文本是由表层的意象、中层的意蕴和深层的规范形式构成的立体结构"，文学文本的解读任务，只有"借助多层次的具体分析"，才可能"达到最大限度的有效性"，③其所论虽重点针对世俗题材，但它对宗教题材之文学作品的解读也有启迪之用，即在扣住宗教仪式特点的前提下，我们可从教派史、教派文学史及佛教社会史的视角切入文学文本，进而揭示出作者所寄寓的特殊的宗教情感。易言之，从文学文本的表层结构入手而揭橥其深层宗教意蕴，既是研读宗教文学作品的难点和重点，也是最有效的途径之一吧。

（本文原载《中国俗文化研究》第十二辑）

---

① 载《法苑珠林》卷六十二，见《大正藏》第 53 册，第 761 页中栏。又，张元之事，《周书》卷四七本传亦载，它宣扬了释家之孝。

② 张宝玺：《安西发现密教坛场遗址》，《敦煌研究》2005 年第 5 期，第7—9页。

③ 孙绍振：《文论危机与文学文本的有效解读》，《中国社会科学》2012年第 5 期，第 168—184 页。

第四辑

被遮蔽的佛教文学史:杨广《净土诗》略论

　　作为亡国之君的杨广(569—618),本来在隋代佛教制度建设、佛教义学整合①和佛教文学创作方面颇有作为,但是,其佛教文学作品一直在中土流传的并不多,为人熟知的仅有道宣《广弘明集》卷三十辑录的《谒方山灵岩寺》《正月十五日于通衢建灯夜升南楼》《舍舟登陆示慧日道场玉清玄坛德众》②等少数诗作。究其成因之一,很可能是唐代净土宗高僧的有意遮蔽,因为日本奈良正仓院所藏《圣武天皇宸翰杂集》(后文简称《杂集》)中就抄录了《隋大业主净土诗》(下文简称《净土诗》)32 首,它为研究奈良时期中日宗教思想交流和中唐法照“净土五会念佛诵经观行仪”(后文称“广法事赞”)的思想来源都提供了原始可靠的历史文献,③很值得再检讨。

_____

　　① 参袁刚《晋王杨广和天台智者大师》(《中国史研究》1997 年第 2 期,第 81—94 页)、杜文玉《隋炀帝与佛教》(《陕西师范大学学报》2001 年第 2期,第 108—117 页)、王永平《隋炀帝招揽江南之高僧与南朝佛学之北传——以〈续高僧传〉所载相关史实为中心的考察》(《扬州大学学报》2019 年第 2 期,第 97—116 页)等。

　　② 《大正藏》第 52 册,第 360 页上栏。

　　③ 参冈下大慧《聖武天皇宸翰雜集に見えたろ隋大業主净土詩に就いこ》(《东洋学报》第 17 卷第 2 号,第 1—85 页,1928 年 10 月)、岩井大慧《広法事讃を通して再び聖武天皇宸翰雜集净土詩を論ず》(《东洋学报》第 21卷第 2 号,第 67—104 页,1932 年 1 月)等。又,岩井大慧认为彦琮《愿往生礼赞偈》是代炀帝而作,此不取。

一　杨广《净土诗》再校及他引情况略说

有关杨广32首《净土诗》最新的校勘本,见于王晓平先生《日本正仓院藏〈圣武天皇宸翰杂集〉释录》(简称"王校"),①但还有少许疏漏。兹以"王校"为基础,参照唐人净土礼赞之引文(他引之异体字、俗字,或意义无别的异文,不出校记),并加编号,再校后列"表一"如下:

表一　杨广《净土诗》新校文本

序号	诗歌文本
1	法藏因弥远,极乐果还深。异珍参作地,众宝间为林。花开希有色,波扬实相音。何当蒙授手,一遂往生心?
2	浊世难还入,净土愿弥深。金绳直界道,珠网缦垂林。见色皆真色,闻音悉法音。莫谓西方远,唯须十念心。
3	道场一树迥②,德水八池深。往往分渠溜,处处列③行林。真珠变鸟色,妙法满风音。自怜非上品,空羡发诚心。
4	夜④闻严净国,剩起至诚因。观日心初定,想水念逾真。林宣上品法,莲合下生人。既⑤言同志友,从余洗客尘。

---

①　《国际中国文学研究丛刊》第3辑,第67—70页。

②　迥:"王校"作"逈",形近而误。法照《广法事赞》作"逈"(即"迥",《大正藏》第85册,第1249页下栏),是。鲍照《学刘公幹体五首》其二"树迥雾萦集",可证。

③　列:"王校"作"别",此据《广法事赞》而改。

④　夜:"王校"作"也",此据法照《净土五会略法事仪赞》(后文简称《略法事仪赞》)改(《大正藏》第47册,第489页中栏),因"夜"字表明了修道时间。

⑤　既:"王校"作"奇",此据法照《广法事赞》《略法事仪赞》改。原抄本音近而误。

续　表

序号	诗歌文本
5	白豪山乍转,①宝手印恒分。② 地水俱为镜,香花同作云。业深诚易往,因浅宝难闻。必望除疑惑,超然独不群。
6	放光周远刹,分化满遥空。花台三品异,人天一类同。寻树流香水,吹乐起清风。在兹心若净,谁见有西东。
7	回向渐为功,西方路稍通。③宝幢承厚地,天香入远风。开花重布水,覆网细分空。愿生何意切,正③为乐无穷!
8	十劫道先成,严界引群情。金砂彻水照,玉叶满枝明。鸟本珠中出,人唯花上生。敢请西方圣,早晚定相迎。
9	净刹本难俦,④无数化城楼。四面垂铃匝,六反散花周。树含⑤香气动,水带法声流。未尝闻苦事,谁复辨春秋?
10	欲选当生处,西方最可归。间树开重阁,满道布仙衣。香饭随心至,宝殿逐身飞。有因皆可入,⑥只自往人稀。
11	未知何处国,不是法王家。⑦ 偏求有缘地,冀得早无邪。八功如意水,七宝自然花。于彼心能系,当必往非赊。

---

①　白豪:即白毫,指佛相好之眉间白毫光相。又,本句善导集《往生礼赞偈》、智昇集《诸经礼忏仪》(后文分别简称"善导本""智昇本")皆引作"五山毫独朗"(《大正藏》第 47 册,第 444 页中栏、第 471 页中栏)。

②　本句:《广法事赞》作"四海自恒分"(《大正藏》第 85 册,第 1249 页下栏)。

③　"西方路稍通""正":"王校"作"西路稍然通""只",此据善导本、智昇本、《广法事赞》《略法事仪赞》改。后者所引,语义更明确。

④　本句:《略法事仪赞》作"净国本无忧"。

⑤　含:"王校"作"贪",原抄本形近而误,此据《广法事赞》。《略法事仪赞》作"合",亦可。

⑥　本句:善导本、智昇本作"有缘皆得入",《广法事赞》《略法事仪赞》作"有缘皆得往"。

⑦　此两句:善导本、智昇本、《广法事赞》作"十方诸佛国,尽是法王家"。

续 表

序号	诗歌文本
12	净土无衰变,一立古今然。光台百宝合,音乐八风宣。池多说法鸟,空满散花天。已生得不退,随意既①开莲。
13	已成穷圣理,真有遍空威。在西时现小,俱是暂随机。叶珠相映饰,沙水共澄晖。欲得无生果②,彼土必须依。
14	心带真慈满,光含法界圆。遍土花芬映,列树盖重悬。闻香足是食,见色本为禅。生即无余想,谁云非自然。③
15	千轮明足下,五道现光中。悲④引恒无绝,人归亦未穷。口宣犹在定,心静更飞通。闻名皆愿往,日发几花丛。
16	慧力标无上,身光被有缘。动摇诸宝国,侍坐一金莲。鸟群非实鸟,天类岂真天?须知求妙乐,会是戒香全。
17	远寿如来量,遥音大士⑤观。无缘能摄物,有想定非难。花随本心变,宫移身自安。希闻出世境,须共入禅看。⑥
18	恒明四海色,高贮一瓶光。莲开人独处,波生法自杨。珠璎和日月,风树合宫商。倘如今所愿,何谈得真常?⑦
19	光舒救毗舍,空立引韦提。天来香盖捧,人去宝衣赍。六时闻鸟合,四寸践花低。相看无不正,岂复有长迷?

---

① 既:"王校"同智昇本、《广法事赞》,作"晚",此据善导本、《略法事仪赞》改。

② 果:"王校"作"早",据善导本、智昇本、《广法事赞》《略法事仪赞》改。

③ "遍土"等六句:善导本、智昇本、《广法事赞》迥异(三者文字有别,意义相同),如善导本作"无缘能摄物,有相定非难。华随本心变,宫移身自安。悕闻出世境,须共入禅看",此大同于"王校"第17首。

④ 悲:"王校"作"非",据善导本、智昇本、《广法事赞》本改,后者义胜。

⑤ 士:"王校"作"土",形近而误。大士,指观音菩萨。

⑥ "无缘"等六句:《广法事赞》作"遍土花分映,烈树盖重悬。闻香皆是食,见食本为禅。生则无余想,谁云非自然",此同于"王校"第14首。

⑦ "莲开"等六句:《广法事赞》作"真珠和日月,映地乃千光。闻声开旧习,宝树镜他方。弦歌空里唱,风树合宫商"。

续 表

序号	诗歌文本
20	势至威光远,观音悲意浓。大小全相类,左右共成双。花飞日日雨,珠悬处处幢。自嗟深有障,所念未能从。
21	印手从来异,分身随类同。心至慈光及,人盛①宝池充。见树成三忍,闻波得五通。若解真严净,应观土亦空。
22	欲兴三昧道,止观一经开。心中缘像②入,掌里见花来。天乐非因鼓,法服不须裁。莫言恒彼住,有力念当回。
23	普为弘三福,咸令灭五烧。发心功已建,系念罪便销。鸟化珠光转,风好乐声调。俱忻行道路,宁愁圣果遥?
24	座花非一像,映地乃千光。钟声闻旧习,宝树镜池方。③ 无灾由处静,不退为朋良。问彼前生辈,超斯几劫强?
25	圣所明门入,天衣业地居。自觉乘通易,即验受身虚。枝阴交异影,光体一寻余。但能逾火界,足得在金渠。
26	树非生死叶,池无爱见波。火来念声少,想成正观多。④ 莲中胎化亲,音内苦空和。五门能早建,三界岂难⑤过?
27	珠色仍为水,金光即是台。到⑥时花自散,随愿叶还开。游池更出没,飞空互往来。真心能⑦向彼,有善并须回。

① 异、盛:《广法事赞》作"宝""感",未知孰是。
② 像:"王校"作"相",据《广法事赞》改。
③ "座花"等四句,善导本、智昇本、《广法事赞》基本相同(仅个别文字有异),如善导本作"坐华非一像,圣众亦难量。莲开人独处,波生法自扬"。
④ "火来"两句:《广法事赞》作"旧会声闻少,新来正士多"。
⑤ 难:"王校"作"还",据《广法事赞》改。
⑥ 到:"王校"作"以",据善导本、智昇本、《广法事赞》改。
⑦ 能:"王校"作"如",据善导本、智昇本、《广法事赞》改。

续 表

序号	诗歌文本
28	六根常合道，三涂永绝名。念顷[①]游方遍，还时得忍成。地平无极广，风长是处清。寄言有心辈，共出一危城。
29	洗心甘露水，悦眼妙花云。同生机易识，等寿量难分。乐多无废道，声远不妨闻。如何兹五浊，[②]安然火自焚？
30	台里天人现，光中侍者看。悬空四宝阁，临迴[③]七重栏。疑多边地久，德少上生难。且莫论余愿，[④]西望已心安。
31	天亲回向日，龙树往生年。乐次无为后，心超有漏前。共沼花光杂，隔殿网阴连。欲叙庄严事，妙乐岂能宣？[⑤]
32	一土安恒胜，万德寿偏存。聊兴[⑥]四句善，即叹十方尊。微沾慧海滴，渐信向城因。[⑦] 回与众生[⑧]共，先使出重昏。

在中土传世文献中，杨广《净土诗》主要被初唐善导《往生礼赞偈》、[⑨]盛唐智昇《集诸经礼忏仪》卷下、[⑩]中唐法照《略法事仪赞》[⑪]《广法事赞》[⑫]所引用，但它们都没有提及炀帝其人。而且，各人所引文字、首数、次序皆与杨广原作有别（当然，主要的思想内容则无太大区别）。现列“表二”如下，以便读者对照：

---

① 顷："王校"作"须"，形近而误，据善导本、智昇本改。

② 兹五浊：善导本、智昇本作"贪五浊"，《广法事赞》作"贪五欲"，悉可。

③ 迴："王校"作"迴"，据善导本、智昇本、《广法事赞》改。

④ 愿："王校"作"事"，据善导本、智昇本、《略法事仪赞》《广法事赞》改。

⑤ 本句：《广法事赞》作"妙绝不能宣"。

⑥ 兴："王校"作"与"，据《广法事赞》改。

⑦ "渐信"句：《广法事赞》作"愿向智城门"，语义似更胜。

⑧ "众生"：《广法事赞》作"苍生"，亦可。

⑨ 《大正藏》第47册，第444页上栏—445页中栏。

⑩ 《大正藏》第47册，第471页中栏—472页上栏。

⑪ 《大正藏》第47册，第489页中—下栏。

⑫ 《大正藏》第85册，第1249页上栏—1251页上栏。

表二　杨广《净土诗》他引次序对照表

他引本之排序 杨广诗序号	善导本次序	智昇本次序	《略法事仪赞》次序	《广法事赞》次序
1	1	1	1	1
2	2	2	2	2
3	未引	未引	未引	12
4	未引	未引	3	3
5	4	4	未引	13
6	未引	未引	4	4
7	6	8	5	5
8	8	10	6	6
9	未引	未引	11	7
10	7	9	7	8
11	9	11	未引	9
12	10	12	8	10
13	3	3	未引	11
14	5	7	9	16
15	18	5	未引	14
16	19	6	未引	15
17	未引	未引	未引	17
18	未引	未引	未引	18
19	12	14	未引	19
20	未引	未引	未引	20
21	未引	未引	未引	21
22	未引	未引	未引	22
23	13	15	未引	23

续　表

他引本之排序 杨广诗序号	善导本次序	智昇本次序	《略法事仪赞》次序	《广法事赞》次序
24	11	13	未引	24
25	未引	未引	未引	25
26	未引	未引	未引	26
27	14	16	未引	27
28	17	19	未引	28
29	15	17	未引	29
30	16	18	10	30
31	未引	未引	未引	31
32	未引	未引	未引	32

　　从"表二"可以看出,杨广的 32 首《净土诗》,善导、智昇都引了 19 首(内容相同),但二者引用顺序并不相同;法照两次引用,一是《略法事仪赞》只引 11 首,数量最少,二是全部引用 32 首的《广法事赞》,其排序与杨广原作也有较大区别,因为前面 15 首的顺序基本上被法照打乱了。

　　此外,善导本、智昇本都把杨广《净土诗》置于彦琮法师《愿往生礼赞偈》之中,《略法事仪赞》连彦琮名字也略去了,《广法事赞》又归入"琮法师、导和上《净土礼赞》",总之,无论哪种文本,都对杨广其人其作只字不提。当然,后世所传各种净土礼赞文本,彦琮、善导、智昇、法照都有过不同程度的改编和加工,从某种意义上讲,他们确实也享有署名权。

　　彦琮《愿往生礼赞偈》在善导本、智昇本都处于"六时礼赞"之第五时"晨(辰)时礼拜",但其配合的总礼拜数不一:一为"二十一拜",一为"二十二拜";而且,引导礼拜的表白之开头,一用"南无",一则不用。《略法事仪赞》《广法事赞》既未标注礼拜时间和礼拜数，表白则用"一切恭敬"开头。

从时间顺序言，隋代彦琮似是第一位将杨广《净土诗》编入"往生礼赞偈"的高僧，入唐以后，善导、智昇、法照又以不同的方式把彦琮《愿往生礼赞偈》纳入相关的净土礼赞仪轨中，特别是法照的《广法事赞》，全面吸纳了 32 首《净土诗》。当然，他也依据五会念佛的要求，对杨广诗句作了适度的文字修改，如第 26 首"火来念声少，想成正观多"，便改成"旧会声闻少，新来正士多"，意在对比参加新旧念佛法会之信众身份的异同。

二　杨广《净土诗》的创作时间及其经典依据

与其父杨坚一样，杨广一生与佛教也有不解之缘，无论是为晋王、太子时期，还是继位之后，都广交名僧，广建道场，广造佛像，广度僧尼，建立译场，并支持天台宗、三论宗的建立，影响甚大。开皇十一年(591)十月二十三日，他在智者大师处受菩萨戒，戒名"总持菩萨"；①登基后，则被日本使者称为"海西菩萨天子"。② 兹据杨广崇佛事迹，略考其《净土诗》的创作时间和思想来源如次：

（一）创作时间

最早引用《净土诗》的彦琮法师③圆寂于隋大业六年(610)七

---

① 《国清百录》卷二，《大正藏》第 46 册，第 804 页上栏。

② 《隋书》卷八十一《东夷·倭国传》，北京：中华书局，1973 年，第 1827 页。

③ 按，隋及隋唐之际有两位僧人叫彦琮，两人事迹之考辨，参钟书林：《〈大藏经总目提要〉之〈唐护法沙门法琳别传〉作者辨正——兼论隋朝彦琮、唐朝彦琮、唐朝彦悰》，《文献》2012 年第 1 期，第 153—162 页。

月二十四日，①因此，杨广撰写《净土诗》的时间定然早于这一时间。据《续高僧传》卷2《隋东都上林园翻经馆沙门释彦琮传》，②可知彦琮是当时著名翻译家，精通佛、道典籍，深得文帝父子的信任尊崇。他还擅长佛教礼仪，开皇元年（581）曾撰《唱导法》，其特点是"改正旧体，繁简相半"，道宣称"即现传习，祖而行之"，故笔者颇疑善导所说"彦琮法师《愿往生礼赞偈》"，就是其制定《唱导法》中流传于后世的文本之一；同年，彦宗又与当世文坛名家陆彦师、薛道衡、刘善经、孙万寿等人共著《内典文会集》。开皇三年，年仅十五岁的晋王杨广，即与年长自己十二岁的彦琮交往，延请其讲《金光明》《胜鬘》《般若》等经，而"王之新咏旧叙，恒令和之"，即彦琮是最早加入晋王文学集团的北方名僧之一。开皇十二年，夺嫡成功的晋王在京城造日严寺，"降礼延请，永使住之"。杨广登基之后，大业二年（606），东都新治，彦琮"与诸沙门诣阙朝贺，特被召入内禁，叙故累宵，谈述治体，呈示文颂，其为时主见知如此。因即下敕，于洛阳上林园立翻经馆以处之"。

从彦琮的佛教活动区域看，在杨广为帝之前，他主要在京城长安弘法；杨广即位以后，他便随之来到东都洛阳，并职掌译事直至圆寂。既然日本圣武天皇天平三年（731）所抄《杂集》称《净土诗》的作者是"大业主"，③似乎暗示《净土诗》作于杨广为帝之时，

①　《大正藏》第50册，第437页下栏。

②　《大正藏》第50册，第436页中栏－439页下栏。又，元人昙噩述《新修科分六学僧传》卷十五（《卍续藏》第77册，第201页上－中栏）亦有《彦琮传》，叙事更简洁，也可参看。

③　日本著名学者内藤湖南《圣武天皇宸翰杂集跋》即指出"隋大业主，即炀帝。……此所录卅二首，命意矜庄，词无浮荡，足见其欣求之诚"（印晓峰点校：《内藤湖南汉诗文集》，桂林：广西师范大学出版社，2009年，第118页）。

结合彦琮和炀帝的交往，彦琮采《净土诗》入《愿往生礼赞偈》的时间，可能在大业二年其被召入内禁之时，而《愿往生礼赞偈》似是当时"呈示"的"文颂"作品之一。

至于杨广原作的创作时间，可结合其为父皇杨坚的建寺造像之史实做些合理的推断。唐初法琳《辩正论》卷三有云：

> 大业元年，为文皇帝造西禅定寺，并式规大壮，备准宏模，起如意之台，列神通之室，……又于高阳造隆圣寺，碑文秘书郎虞世南撰。……又于并州造弘善寺，傍龙山作弥陀坐像，高一百三十尺。[①]

按，仁寿四年（604）杨坚去世，杨广即位，次年改元大业。杨广为显孝道，大建七所佛寺及建无遮大会，为文帝追冥福。[②] 其中，在并州既营建了弘善寺，又凿造阿弥陀佛大像。盖杨坚出生、成长乃至为逆取帝位寻找合法理据，都和佛教关系密切，如开皇三年六月那连提耶舍所出的《德护长者经》就公然宣称杨坚是月光童子的化身，"于阎浮提大隋国内作大国王，名曰大行，能令大隋国内一切众生，信于佛法，种诸善根"。[③] 仁寿元年，安德王杨雄等大臣所上《庆舍利感应表》称颂杨坚为帝"积因旷劫，宿证菩提"所致，其"降迹人王"就是为了"护持世界"，[④]难怪杨坚非常自

---

① 《大正藏》第52册，第509页中－下栏。又，宋本觉编集《释氏通鉴》卷六则把杨广造西禅定寺、隆圣寺的时间系于大业元年，把建造弘善寺和弥陀坐像的时间系于大业二年（《卍续藏》第76册，第71页中－下栏），因时间晚出，暂不取其说。而所谓龙山，也就是今太原附近的天龙山，有关该地的石窟造像，李裕群《天龙山石窟分期研究》（《考古学报》1992年第1期，第35—61页）有较详细的介绍，可参看。

② ［元］释熙仲集：《历朝释氏资鉴》卷五，《卍续藏》第76册，第177页上栏。

③ 《大正藏》第14册，第849页中栏。

④ 《广弘明集》卷十七，《大正藏》第52册，第216页下栏。

豪地说"朕兴由佛法,而好食麻豆,前身定从道人中来"。^① 作为儿臣的杨广,自然也希望其父身后能往生极乐世界,甚至是主尊阿弥陀佛来亲迎。所以,笔者怀疑 32 首《净土诗》是大业元年杨广为并州阿弥陀佛坐像落成之相关仪式所作的偈赞,次年,则被彦琮辑入《愿往生礼赞偈》中。而 32 首之数目,大约是相配于佛三十二相吧。此外,选择在并州造阿弥陀佛坐像,可能还有两方面的考虑:一是就杨广自身说来也有特殊的纪念意义,因为开皇元年他被父皇封为并州总管,前后达八年之久;二是在隋代造像中最受欢迎的是阿弥陀佛,^②而杨广造此大像当受时代风尚的影响。如 1974 年西安市雁塔区出土的董钦造鎏金铜阿弥陀佛像之发愿文即云:

> 开皇四年七月十五日,宁远将军武强县丞董钦敬造陀佛像一区,上为皇帝陛下,父母兄弟、姊妹妻子,俱闻正法。
> 赞曰:
> 四相迭起,一生俄度,唯乘大车,能驱平路。(其一)
> 真相□□,成形应身,忽生莲座,来救回轮。(其二)
> 上思因果,下念群生,求离火宅,先知化城。(其三)
> 树斯胜善,愍诸含识,共越阎浮,俱食香食。(其四)^③

七月十五日是盂兰盆节,追荐冥福也是题中应有之义。董钦的赞词,和杨广《净土诗》一样表达了往生西方的强烈愿望。

---

① [宋]祖琇撰:《隆兴编年通论》卷九,《卍续藏》第 75 册,第 153 页上栏。

② 华方田:《隋文帝与隋代佛教的复兴》,《佛教文化》2003 年第 1 期,第 30 页。

③ 王乐庆:《丝路佛教传播与祈愿的情感表达——西安地区佛教造像记旨趣管窥》,《石河子大学学报》2017 年第 6 期,第 109 页,但个别文字笔者据文意有改动,如愍、俱,王氏录作憨、镜,显然有误。

当然，以上只是初步的考证，暂时还不能成为定论。

（二）经典依据

杨广 32 首《净土诗》的撰作，全有经典依据，主要是净土宗（弥陀信仰）佛典（如《观无量寿经》《无量寿经》《阿弥陀经》等）及教内阐释之作。限于篇幅，仅举数例，以见其端要：

一者第一首"法藏因弥远"，显然是把法藏比丘（即阿弥陀佛未成佛时的法名）作为愿往生西方净土的榜样，有总括组诗之用。而杨广以"法藏"开篇的写作手法，当受谢灵运景平二年（424）《和从弟惠连无量寿颂》的启示，大谢诗云：

> 法藏长王宫，怀道出国城。愿言四十八，弘誓拯群生。净土一何妙，来者皆清英。颓年欲安寄，乘化必晨征。①

有意思的是，大谢此诗在净土宗文学史上即被称为《净土咏》。②

二者第二首首句"浊世难还入"，高度概括了《阿弥陀经》经文的要旨，经中载释迦牟尼之训示曰：

> 舍利弗！如我今者称赞诸佛不可思议功德；彼诸佛等，亦称说我不可思议功德，而作是言："释迦牟尼佛能为甚难希有之事，能于娑婆国土五浊恶世——劫浊、见浊、烦恼浊、众生浊、命浊中得阿耨多罗三藐三菩提，为诸众生说是一切世间难信之法。"舍利弗！当知我于五浊恶世，行此难事！得阿

---

① 顾绍柏校注：《谢灵运集校注》，郑州：中州古籍出版社，1987 年，第311 页。
② ［唐］飞锡撰：《念佛三昧宝王论》卷中，《大正藏》第 47 册，第 140 页中栏。前引顾绍柏书谓，焦本《谢康乐集》诗类题名《净土咏》，误。盖其未注意飞锡所引谢灵运《净土咏》也。

耨多罗三藐三菩提，为一切世间说此难信之法，是为甚难！①

浊世，即五浊恶世的简称。如果前述杨广作诗动因——追父冥福——推测不误的话，则"浊世难还入"还从侧面印证了杨坚是历劫修行的化身，暗喻其父"降迹人王，护持世界"的人生经历，堪与释迦牟尼的"浊世难还入"相提并论。换言之，杨坚就是大隋王朝的现在佛。结尾"唯须十念心"之"十念"，即出《观无量寿经》"十六观"之"下辈（品）观"：

> 佛告阿难及韦提希：下品下生者，或有众生作不善业、五逆十恶，具诸不善。如此愚人以恶业故，应堕恶道，经历多劫，受苦无穷。如此愚人，临命终时，遇善知识，种种安慰，为说妙法，教令念佛。彼人苦逼，不遑念佛。善友告言：汝若不能念彼佛者，应称"归命无量寿佛"。如是至心，令声不绝，具足十念，称"南无阿弥陀佛"。称佛名故，于念念中除八十亿劫生死之罪，命终之时，见金莲花，犹如日轮，住其人前。如一念顷，即得往生极乐世界。于莲花中，满十二大劫。莲花方开，当花敷时，观世音大势至以大悲音声，即为其人广说实相除灭罪法。闻已欢喜，应时即发菩提之心。②

所谓十念，昙鸾《无量寿经优婆提舍愿往生偈》（《往生论注》）卷上释曰：

> 百一生灭名一刹那，六十刹那名为一念。此中云念者，不取此时节也。但言忆念阿弥陀佛，若总相、若别相，随所观缘，心无他想，十念相续，名为十念，但称名号亦复如是。③

此处的"念"，可理解为"忆念"，忆念的是阿弥陀佛的总相或

---

① 《大正藏》第 12 册，第 348 页上栏。
② 《大正藏》第 12 册，第 346 页上栏。
③ 《大正藏》第 40 册，第 834 下栏。

别相，而且口称名号，心无他想，凝思相续至十，就叫十念。如此循环往复观想阿弥陀佛相之庄严，即使是十恶之人，也可往生西方净土。

三者第九首三四两句"四面垂铃匝，六反散花周"，直接依据是《无量寿经》，经中描述无量寿国曰：

> 又以众宝妙衣遍布其地，一切人天践之而行。无量宝网，弥覆佛上，皆以金缕真珠百千杂宝奇妙珍异庄严绞饰，周匝四面，垂以宝铃。光色晃曜，尽极严丽。自然德风，徐起微动，其风调和，不寒不暑，温凉柔软，不迟不疾。吹诸罗网及众宝树，演发无量微妙法音，流布万种温雅德香。其有闻者，尘劳垢习，自然不起，风触其身，皆得快乐。譬如比丘，得灭尽三昧。又风吹散华，遍满佛土，随色次第而不杂乱，柔软光泽，馨香芬烈。足履其上，陷下四寸。随举足已，还复如故。华用已讫，地辄开裂，以次化没，清净无遗。随其时节，风吹散华，如是六反。[①]

诗与原经，一简洁，一铺排，对比鲜明，然净土意象及其要义则完全相同。

四者第十一首五六句"八功如意水，七宝自然花"之"八功如意水"，《无量寿经》《观无量寿经》《阿弥陀经》都有叙述，如《阿弥陀经》曰：

> 极乐国土有七宝池，八功德水充满其中，池底纯以金沙布地。四边阶道，金、银、琉璃、颇梨合成。上有楼阁，亦以金、银、琉璃、颇梨、车璩、赤珠、马瑙而严饰之。池中莲花，大如车轮，青色青光，黄色黄光，赤色赤光，白色白光，微妙香

---

① 《大正藏》第12册，第272页上栏。

洁。舍利弗！极乐国土成就如是功德庄严。①

对照经文可知，"七宝"指七宝池，"自然花"指池中莲花。

五者第十二首三四两句"光台百宝合，音乐八风宣"，概括了《观无量寿经》第二观"水想观"的部分内容：

> 又似星月悬处虚空，成光明台，楼阁千万，百宝合成，于台两边各有百亿花幢无量乐器，以为庄严。八种清风，从光明出，鼓此乐器，演说苦空无常无我之音，是为水想，名第二观。②

六者第二十三首结尾所说"俱忻行道易，宁愁圣果遥"，则承昙鸾《往生论注》卷上倡导的"易行道"而来，后者强调：

> 谨案龙树菩萨《十住毗婆沙》云："菩萨求阿毗跋致有二种道，一者难行道，二者易行道。"难行道者，……譬如陆路，步行则苦。易行道者，谓但以信佛因缘愿生净土，乘佛愿力便得往生彼清净土。佛力住持，即入大乘正定之聚，正定即是阿毗跋致。譬如水路，乘船则乐。③

昙鸾把念佛往生的解脱方法视作简单易行，杨广对此深表赞同。

七者第二十六首之"五门能早建"的思想主张，源于婆薮槃豆（天亲）造、北魏菩提流支译《无量寿经优婆提舍》（《无量寿经论》），是论指出：

> 如是菩萨智慧心、方便心、无障心、胜真心，能生清净佛国土，应知是名菩萨摩诃萨随顺五种法门，所作随意，自在成就。……何者五门？一者近门，二者大会众门，三者宅门，四

---

① 《大正藏》第 12 册，第 346 页下栏。
② 《大正藏》第 12 册，第 342 页上栏。
③ 《大正藏》第 40 册，第 826 页上－中栏。

者屋门，五者园林游戏地门。此五种门：初四种门，成就入功德；第五门，成就出功德。……菩萨如是修五门行，自利利他，速得成就阿耨多罗三藐三菩提故。①

八者第三十一首开头两句所说的天亲、龙树二菩萨，因二人分别有《无量寿经论》《十住毗婆沙论》，而二论对净土思想在中土的发展甚有影响，故杨广也把他们列为往生的典范，是较为特殊的个案。若按南宋宗晓《乐邦文类》卷一的归纳，《入楞伽经》有"佛记龙树往生乐国"事。②

通过对杨广八首《净土诗》关键意象或佛教名相的简析，则知隋炀帝对当时流行的各类净土经典及其思想是了如指掌的。

三　杨广《净土诗》被遮蔽的原因

即便彦琮、善导、智昇、法照等人撰作的净土礼忏文引用了杨广《净土诗》（但诸本都没有出现杨广或炀帝之名），要不是《圣武天皇宸翰杂集》点明其作者是大业主，杨广作诗的史实很可能就永不为后人所知。而最早引用《净土诗》的彦琮，由于其《愿往生礼赞偈》不是独立流行，而是靠善导本、智昇本和《略法事仪赞》的辑录才保存下来，即使彦琮原本提到了当时圣上的大名，但唐人辑录时也可以删改。换言之，隋代僧人的作品，并不见得都保持了最初的面貌。如费长房开皇十七年（597）所撰《历代三宝纪》卷三"帝年下"有云："大业元，炀帝广立（高祖文帝第二子，在位十三年）……（大唐）戊寅（武德元）……癸亥"。③ 这种版本，显然是唐

---

① 《大正藏》第 26 册，第 233 页上栏。
② 《大正藏》第 47 册，第 150 页上栏。
③ 《大正藏》第 49 册，第 48 页下栏。

人修改后的"杰作"。其与历史事实不合者至少有三处：一者"炀帝"是武德元年（618）李渊对杨广的追谥，二者杨坚庙号高祖、谥号文皇帝是在杨广所上，三者"大唐"云云是唐人口吻。凡此叙述，绝不可能发生在开皇十七年。①

此外，杨广作为亡国之君，即便其《净土诗》主题鲜明，文学性强，影响也远播日本，但在中土净土宗文学史上，它仍然难逃被遮蔽的命运。虽说法照《广法事赞》对其32首《净土诗》基本上是照单全收，却依然被置于"琼法师、导和上《净土礼赞》"中。

（本文收入2019年5月于浙江大学召开的"敦煌学学术史研讨会暨中国敦煌吐鲁番学会2019年理事会"论文集，收入本书时略有修改）

---

① 《大正藏》校勘记指出："高祖……年"十二字、"大唐……亥"九十七字，宋、元、明本无，是。

论九色鹿本生的图文传播

　　本生经与中土固有叙事文学最大的区别是其主要人物形象中,常常以动物为角色。佛陀其前世修行时,或曾是鹿、牛、马、象、狮子、老虎、鸽子、鹦鹉,飞禽走兽,陆生水生,悉有所涵盖。而无论中、印,其经典除了文学传播形式外,图像传播也同样盛行。唐义净译《根本说一切有部毗奈耶颂》卷三即说寺院壁画:"可在檐廊壁,画佛本生时,难行施女男,舍身并忍事。"①东魏孝静帝天平二年(535)四月八日所刊《中岳嵩阳寺碑铭序》描绘当时寺院雕塑、绘画的盛况为:"塔殿宫堂,星罗棋布。内外图写本生、泥曰,十□尊仪,无量亿数,皆范金为相,裁玉成毫。"②隋开皇四年(584)九月廿五日撰出的《阮景晖等造象记碑》又说:"壹羊壹马,表始育出奇;四枯四荣,显告终之异。于是道场兴会,建斯三善;炎摩普集,明此双空。……至如狂象无识,尚侠(挟)病以归依;毒龙少智,犹带怒以伏道。况我人天,靡不宗敬。"③其"表始育出奇"的羊、马以及毒龙,实指叙述佛前世为羊、为马、为大力毒龙的

---

　　①　《大正藏》第24册,第656页中栏。
　　②　[清]王昶:《金石萃编》卷三十,《石刻史料新编》第一辑第一册,台北:新文丰出版公司,1982年,第524页下栏。其中,泥曰即涅槃,其内容属于佛传。
　　③　[清]陆增祥撰:《八琼室金石补正》卷二十四,北京:文物出版社,1985年,第148页中一下栏。

本生故事,^①它们与调伏狂象等佛传故事一样,所塑造的佛陀形象,无不让信众生起崇敬之心、归依之情。兹以两则故事为例,略述其图、文传播情况如下。先从九色鹿本生说起。

一 汉译佛典九色鹿本生故事略说

九色鹿,译经偶作金色鹿。^② 在汉译佛典中,其故事类型主要有二:一曰诗偈概述型,如隋阇那崛多译《大宝积经》卷八十曰:

> 我昔曾作九色鹿,饮水食草恒河边。其水深广漂流急,有人堕河我救之。其人贪财受王募,多将兵众来害我。我求菩提行慈悲,于彼人所亦无恨。^③

此八句七言诗,佛陀是以第一人称叙述的,只讲出了故事的大致脉络及其主旨,而无关故事的细节。再如唐地婆诃罗译《方广大庄严经》卷五曰:

---

① 如大力毒龙本生出《大智度论》卷十四(《大正藏》第 25 册,第 162 页上栏)。

② 如隋阇那崛多译《大宝积经》卷八十之"我昔曾作九色鹿……"(《大正藏》第 11 册,第 462 页中一下栏)所述内容与唐地婆诃罗译《方广大庄严经》卷五之"尊忆昔为金色鹿……"(《大正藏》第 3 册,第 566 页中栏)相同,则知九色鹿、金色鹿所指相同。"金色鹿",慧琳《一切经音义》卷三十九谓其梵语是"翳泥耶"(《大正藏》第 54 册,第 566 页上栏),《翻译名义集》卷三则说"伊尼延,或伊泥延,此云金色。正言翳(乌奚)尼延。《大论》明三十二相,第八名伊泥延,鹿膊相"(《大正藏》第 54 册,第 1109 页下栏),可知金色并非指鹿全身为金色,只指"膊"这一部位的颜色,且它也是佛陀三十二相之一。又,刘震先生通过排比巴梵汉藏佛典,归纳鹿的体貌分为三种情况:可以是白色或金色有斑点、金色无斑点和九色三种情况。参《德国佛教艺术史研究方法举隅:以九色鹿故事为例》,《佛教史研究的方法与前景》,北京:中华书局,2013 年,第 55 页。

③ 《大正藏》第 11 册,第 462 页中一下栏。

尊忆昔为金色鹿,见人渡河而被漂。因起慈心以救之,后反加害无瞋恨。①

此四句七言诗所述内容更加浓缩,因是宫中彩女歌颂世尊所唱,故改用第二人称(尊),增强了亲切感,但核心情节与前者一样。二曰完整叙事型,它们今存四个译本,即康僧会译《六度集经》卷六《修凡鹿王本生》,②支谦译《菩萨本缘经》卷三《鹿品》、③《佛说九色鹿经》,④义净译《根本说一切有部毗奈耶破僧事》(简称《破僧事》)卷十五。⑤ 为清眉目,现把这四则故事的主要情节及其要素列表如次:

表 1　完整叙事型九色鹿本生故事主要情节及要素一览表

经名 情节(要素)	修凡鹿王本生	鹿品	佛说九色鹿经	《破僧事》卷十五
鹿出游方式	独自游戏	带领众鹿游止雪山	独自饮食水草	带领五百眷属,惊怖食草,警惕性极高
救溺水者地点	江边	雪山某河边	恒水边	波罗疤斯国大河

----

① 《大正藏》第 3 册,第 566 页中栏。

② 《大正藏》第 3 册,第 33 页上－中栏。后文再引该经,皆出此,不复出注。

③ 《大正藏》第 3 册,第 66 页下栏－68 页中栏。后文再引该经,皆出此,不复出注。

④ 《大正藏》第 3 册,第 452 页中栏－453 页上栏。后文再引该经,皆出此,不复出注。又,《大正藏》该经收有两个版本,内容大同小异(另一版本见第 453 页中栏－454 页上栏,此处以前者为据)。

⑤ 《大正藏》第 24 册,第 175 页上栏－176 页中栏。后文再引该经,皆出此,不复出注。

续　表

经名 情节（要素）	修凡鹿王 本生	鹿品	佛说九色 鹿经	《破僧事》 卷十五
菩萨现身为鹿的 原因	×	为调众生	×	×
鹿王为同类说法	×	√	×	×
好友乌劝鹿王不 要施救	×	×	×	√
鹿王奋不顾身加 以施救	√	√	√	√
被救之人要求作 奴以示报恩	√	√	√	√
鹿王要求不能泄 密其藏身之所， 被救者爽快应允	√	√	√	√
国王夫人梦见鹿 王，欲以其皮为 衣之类	√	×	√	×
国王夫人梦见鹿 王处狮子座而为 大众说法	×	×	×	√
溺水者忘恩负义 而告密	√	√	√	√
告密完毕即得 恶报	面即生癞， 口为朽臭	×	面上即生 癞疮	×
国王带领军队前 去捕捉鹿王	√	√	√	√
危难之际，乌向 鹿报警	√	√	√	√
告密者手指鹿王 时遭受报应	×	两手落地	×	两手堕地

续　表

经名 情节（要素）	修凡鹿王 本生	鹿品	佛说九色 鹿经	《破僧事》 卷十五
鹿王主动到国王跟前说明事情缘由	✓	✓	✓	×①
国王下令保护鹿王的具体措施，或敕令的内容	自今日后恣鹿所食，敢有犯者，罪皆直死。	举国人民自今为始，不得游猎杀害为业。	自今已往，若驱逐此鹿者，吾当诛其五族。	王所游处山林旷野，悉施鹿王。我从今后永断杀生，亦令国人不得游猎。
国王夫人结局	恚盛心碎，死入泰山	×	×	鹿王为夫人说法，授五戒
天帝释考验国王	✓	×	×	×
前世与现世人物的对应关系	鹿王→佛；乌→阿难；国王→鹜鹭子；溺人→调达；国王妻→调达妻	鹿王→佛	九色鹿→佛；乌→阿难；国王→悦头檀；王夫人→先陀利；溺人→调达	鹿王→佛；国王→父王；②王夫人→先陀利；乌→阿难；溺人→调达

从表可知，就故事核心情节言，四者完全相同。但从整体相似性说，《修凡鹿王本生》《佛说九色鹿经》更为接近；而从前世、今

---

① 按，本经是告密者向国王坦白其不义行为才使国王明白事情的前因后果。

② 按，此处"父王"就是指《佛说九色鹿经》的"悦头檀"。另据西晋法立法炬译《大楼炭经》卷六（《大正藏》第1册，第309页上栏）、《四分律》卷三十一（《大正藏》第22册，第779页中栏），悦头檀即佛陀之父。

世人物关系说,《佛说九色鹿经》与《破僧事》相同。此外,各经又有自己的独特处,如四者发生的地点悉有区别;还有,国王夫人死入泰山、天帝释考验国王二情节,是《修凡鹿王本生》独有;说菩萨现身为鹿并为同类说法是《鹿品》独有;说鹿王警惕性高、鹿为国王夫人说法授戒,乃《破僧事》独有;而"诛五族"的保护措施,为《佛说九色鹿经》特有,是最具中国特色的说法。总之,它们的情节有交叉,有重复。

此处,从经文宣扬的核心思想言,也各有侧重:《修凡鹿王本生》被归在六度之"精进";《鹿品》末尾说菩萨所行是"尸波罗蜜","尸"即"尸罗"之略,意为清凉,[①]也就是持戒;《佛说九色鹿经》又归为羼提波罗蜜(忍辱);《破僧事》卷十五则重在批判提婆达多(调达)的忘恩负义。除了第四种属律部外,其他三种属于经部。这说明即便是同型故事在流传中,情节和思想主题都可发生变异。

二　九色鹿本生的图像传播

九色鹿图像,今存最早者是约公元前 2 世纪巴尔胡特大塔上的圆形雕塑(参图 1),[②]不过,对其图像分析,国内外学者看法不尽相同。如德国学者迪特·施林洛甫先生认为它可分成三个情节单元:(1)我们看到画面的下方那头鹿驮着一个人在水里游,此人被它所救,现在驮向岸边;(2)然而此人忘恩负义,他来到王宫,向国王讲述金色鹿的事情。国王对金光闪闪的鹿皮起了贪心,让

---

① 慧琳《一切经音义》卷二十一"尸波罗蜜"条,《大正藏》第 54 册,第 439 页中栏

② 转引自 Vidya Dehajia, *On Modes of Visual Narration in Early BuddhistArt*, *The Art Bulletin*, Vol. 72, No. 3, 1990, p. 386.

此人带路进入丛林。在画面右边,告密者用右手指着鹿时,国王
用箭瞄准了鹿。(3)在此瞬间,金鹿开始用人声说话,告诉国王它
救过此人性命,但被此人出卖。在画面中我们看到,国王和他的
随从双手合十,尊敬地倾听鹿的话语。施林洛甫又认为:第二个
空间单元——王宫,还没有被纳入故事中去,这三个再现故事情
节的场景,发生在一个统一的森林里,而森林是由水、树木和鹿来
表示的。第一个救落水者的场景,构成了一个独立的单元,而此
处接下来的两个场景,按照"完整化"的表现方式,合并成这样的
形式:

图1 巴尔胡特《九色鹿本生》雕塑

这头鹿自身融合了故事情节的两个阶段——国王的攻击和

313

敬礼。① 宁强先生则说它选取了五个情节(参图 2):(1)九色鹿在水中救人;(2)溺人告密;(3)国王张弓欲射鹿;(4)九色鹿诉说;(5)国王下令禁止猎鹿。各个情节之间的关系形成一个漩涡形,在构图的中心达到高潮。② 当然,二人的解说词,都不同程度地受到经文的影响,如前者所说告密者的"王宫"汇报,后者所说国王禁猎之事等,就图像本身而言,并无直接体现。

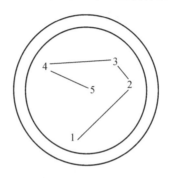

图 2 巴尔胡特《九色鹿本生》故事情节示意图

约公元 3 世纪的犍陀罗则发现了两幅浮雕,皆用带状构图式。其中一幅③内容较上述巴尔胡特的本生图丰富,它从右至左表现了六个情节单元:(1)鹿在最右边首次出现,它往水里观看,可能看见了溺水者;(2)鹿把这个人驮出了水;(3)那个人跪在鹿面前,感谢它的救命之恩;(4)画面左半边可能表现了告密者在王宫的场景,但已不存;(5)鹿卧在树下,树上有一只鸟。鹿和乌鸦

---

① (德)迪特·施林洛甫著,刘震、孟瑜译:《叙事和图画——欧洲和印度艺术中的情节展现》,兰州:兰州大学出版社,2013 年,第 73—74 页。

② 宁强:《从印度到中国——某些本生故事构图比较》,《敦煌研究》1991 年第 3 期,第 3 页。

③ 图见《叙事和图画——欧洲和印度艺术中的情节展现》,第 75 页。

是朋友,国王靠近时,后者发出了警告;(6)鹿站着等候国王的来临。①

公元 5 世纪时期的阿旃陀石窟中,现残存 3 幅九色鹿本生壁画,保存相对完整的是第 17 窟,新增的场景主要有:(1)国王夫人做梦,梦见鹿为在王宫说法;(2)告密者由于背信弃义,他的双手断落在地;(3)国王让鹿登上华车,自己和随从跟在后面。②

从上述介绍可知,印度及犍陀地区的九色鹿本生图的叙事情节展现,随着历史进程,它们大体遵循由简单向复杂演变的规律。易言之,时间越后,与经文的吻合度越高。

但我国的九色鹿本生图,出现时间集中在 5、6 世纪,与阿旃陀基本同时而略晚。属于 5 世纪的是克孜尔千佛洞窟顶的菱格本生故事画,它们只择取一个关键性的情节:"有的作溺人长跪向九色鹿拜谢。有的作九色鹿跪伏在乘马执剑的国王面前,讲述溺人负义之事";③"有的作王合掌向鹿"(参图 3)。④

---

① 参《叙事和图画——欧洲和印度艺术中的情节展现》,第 74—75 页。又,施林洛甫推测乌鸦的出现与犍陀罗地区流布的根本说一切有部的本子有关,而刘震认为它和《修凡鹿王本生》《佛说九色鹿经》文本在年代上相接近(《德国佛教艺术研究方法举隅:以九色鹿故事为例》,第 47 页)。

② 按,此处比较据《叙事和图画——欧洲和印度艺术中的情节展现》(第 80 页)概括而来。

③ 姚士宏:《克孜尔石窟本生故事画的题材种类(二)》,《敦煌研究》1987 年第 4 期,第 21 页。

④ 转引自占跃海:《敦煌 257 窟九色鹿本生故事画的图像与叙事》,《艺术百家》2010 年第 3 期,第 198 页(其中,图片编号因行文需要而更改)。又,此线描图,原见 Grüwedel, Alt-Kutscha, p. 72, Fig. 45,其实物已不存。

图3 克孜尔千佛洞《九色鹿本生》壁画

　　而表现情节最多的是莫高窟第 257 窟西壁之《九色鹿本生》，其创作年代约在 6 世纪。① 它是敦煌现存北魏本生变相中最早作连环图画形式的一铺，也是敦煌唯一的一铺九色鹿变相（参图4）。② 但情节安排是："以话分两头说的形式，分别从左右两头向中间发展，高潮集中于画面的中央。"③

---

　　① 按，贺世哲先生认为此窟建于北魏中期，大约在公元 465—500 年左右。参《敦煌图像研究——十六国北朝卷》，第 179 页，兰州：甘肃教育出版社，2006 年。

　　② 金维诺：《敦煌本生图的内容与形式》，《美术研究》1957 年第 3 期，第 76 页。

　　③ 贺世哲：《敦煌图像研究——十六国北朝卷》，第 179 页。

图 4　莫高窟第 257 窟《九色鹿本生》壁画①

对于该图的图像叙事分析,或以为是六个情节单元,②或以为是八个情节单元,③最详细的是段文杰先生的十个情节单元说。它们分别为:(1)溺人水中呼天乞救;(2)九色鹿闻声至岸边,吩咐溺人不要惊怖;(3)九色鹿跳入激流,溺人骑上鹿背,双手抱住鹿颈部;(4)溺人长跪谢恩;(5)皇后说梦,国王悬赏;(6)溺人贪财告密;(7)国王驱车出宫,溺人车前引路;(8)国王乘马入山,侍者身后张盖;(9)九色鹿荒谷长眠,好友乌鸦啄而告警;(10)九色鹿直面国王,控诉详情。④

而整幅本生图,大致可分成三大部分:一者左部(图 5⑤),它主要叙述了段先生所说的 1—4 及第 9 情节;二者右部(图 6⑥),叙述的是 5—8 情节;三者中部(图 7⑦),在讲述高潮部分,即第 10 情节。此时,手指九色鹿的告密者与前一图(即跪者)相比,其

---

① 本图由敦煌研究院文物数字化所提供,谨致谢忱。

② 《叙事和图画——欧洲和印度艺术中的情节展现》,第 75—76 页。

③ 贺世哲:《敦煌图像研究——十六国北朝卷》,第 179 页。

④ 段文杰:《九色鹿连环画的艺术特色——敦煌读画记之一》,《敦煌研究》1991 年第 3 期,第 117 页。

⑤ 段文杰主编:《敦煌石窟鉴赏丛书 第 2 辑 第 2 分册 第 257 窟》,兰州:甘肃人民美术出版社,1992 年,第 23 页。

⑥ 《敦煌石窟鉴赏丛书 第 2 辑 第 2 分册 第 257 窟》,第 25 页。

⑦ 《敦煌石窟鉴赏丛书 第 2 辑 第 2 分册 第 257 窟》,第 24 页。

图 5　莫高窟 257 窟《九色鹿本生》壁画局部一

图 6　莫高窟 257 窟《九色鹿本生》壁画局部二

图 7　莫高窟 257 窟《九色鹿本生》壁画局部三

外表有一大变化，即全身长满了斑点，它应代表按照《修凡鹿王本生》《佛说九色鹿经》所说溺者告密毕面上立即生癞（疮）之事（只是画师手法夸张，让他全身布满斑点）。占跃海先生指出，这个"生癞疮"的特殊形象在构图中起着双重作用："在被看作引路人的同时，也可以看作是国王与九色鹿对话的陪衬。"①而挺立的九色鹿与国王的直面相对，正是那最富思想意义的包孕性顷刻，九色鹿要说些什么，乘马而来的国王又该如何决断，皆可让观者有想像的空间。

　　就莫高窟 257 窟九色鹿本生图像的渊源来说，它一方面"保留了场景顺序的印度法则——每个场景的时间顺序是服从于空间模式的：在丛林发生的事件都位于左方，在宫殿里的则在右边表现"；②另一方面，与克孜尔图像之间也有密切的联系，譬如：王后的服饰在克孜尔就十分常见；③早期克孜尔山水都是用图案式绘成，山用菱形构图，组成山的单元，④它们既可分割画面，又象征着实体的山水背景。257 窟的山水，起着同样重要的作用："既作为故事的背景，又作为分割画面场次的手段。"⑤而画面中的九色鹿之所以不向国王下跪，因为它代表的是释迦牟尼的前生。东晋慧远法师提出"沙门不敬王者论"，画师应接受了这一思想。⑥

　　总之，中土所传九色鹿本生图像，尽管种类不是很多，仅有少

---

　　①　占跃海：《敦煌 257 窟九色鹿本生故事画的图像与叙事》，《艺术百家》2010 年第 3 期，第 200 页。

　　②　《叙事和图画——欧洲和印度艺术中的情节展现》，第 77 页。

　　③　王镛主编：《中外美术交流史》，长沙：湖南教育出版社，1998 年，第 58 页。

　　④　霍旭初：《龟兹艺术研究》，第 34 页。

　　⑤　赵声良：《敦煌早期故事画的表现形式》，《敦煌研究》1989 年第 4 期，第 37 页。

　　⑥　贺世哲：《敦煌图像研究——十六国北朝卷》，第 180 页。

数几幅,但其核心情节与此前的汉译佛典多能相契。至于构图法,则是融合中印而成。

三　九色鹿本生的文学传播

如果说中土九色鹿佛经的图像传播主要在五六世纪,其文学传播则在六世纪以后。传播形式主要有三种:

一曰类书引用。其中,佛教方面有梁宝唱等集《经律异相》卷十一《为九色鹿身以救溺人》,①唐道世撰《法苑珠林》卷五十、②《诸经要集》卷八③等,皆是摘自支谦所译《九色鹿经》,文字与原经略有出入。外典则有《初学记》卷二十三《道释部》"菩萨第六"引《九色鹿经》曰:"菩萨为鹿,其毛九种色,角如白雪。"④虽然只有短短的三句话,却表明佛教轮回思想、大乘救度思想已为中土所接受。明人董斯张纂《广博物志》卷四十六亦摘引《九色鹿经》,⑤且文字上有所改动,特别结尾说"其人因癫而死",这种结局是前述汉译佛典都没有的,当是编者所加,虽表明其爱憎分明的态度,却不符合原典称颂的忍辱精神以及佛教反对冤冤相报⑥

---

① 《大正藏》第53册,第59页下栏—60页上栏。

② 《大正藏》第53册,第666页中—下栏。

③ 《大正藏》第54册,第69页中—下栏。

④ [唐]徐坚等著:《初学记》第556—557页,北京:中华书局,1962年。

⑤ [明]董斯张纂:《广博物志》,长沙:岳麓书社,1991年(影印本),第1022页下栏—1023页上栏。

⑥ 这种说教两宋以后较为常见,如王日休《龙舒增广净土文》卷三云:"生净土得道之后,皆度脱一切冤亲,岂不胜冤冤相报,彼此无出期者乎?"(《大正藏》第47册,第260页下栏)《虚堂语录》卷五则载虚堂智愚上堂说法有偈颂"德山托钵"曰:"德山疑处问岩头,惹得浑家一地愁。父又咒儿儿咒父,冤冤相报几时休。"(《大正藏》第47册,第1021页中栏)

的说教,因为告密者毕竟没有使鹿王毙命,罪不当诛的呀!

二曰佛教经疏的引用。如初唐普光《俱舍论记》卷十八云:

> 如鹿菩萨角白如雪,其毛九色,亦救人命。昔有一人为水漂溺,或出或没。鹿入河救,人命得存。王访此鹿,知者重赏。其人示处,将杀鹿时,其人着癞,亦受现报。王问知委,便不杀鹿,因乃发心。如《九色鹿经》说。由恩别故,令果差别。故《正理》云:于有恩所起诸恶业,果现可知。由此比知,行报恩善,其果必定。①

普光,世称大乘光。玄奘所译经典,大多由他笔受。永徽五年(654),奘译出《俱舍论》,先密授之,普光因此而撰《俱舍论记》三十卷。前引内容,玄奘另一弟子法宝所撰《俱舍论疏》卷十八也有类似的说法:"菩萨本生曾作鹿王,角白如雪,其毛九色。⋯⋯王问所由,便不杀鹿,因乃发心。本生经说也。"②两相对照,则知后者所引亦出《九色鹿经》,只是前者直接点明了引经目的是为了说明果报差别的成因。此外,中唐华严宗高僧澄观《大方广佛华严经随疏演义钞》卷五十,则同时摘引了《鹿品》《九色鹿经》(但文字悉有改动),并说明二经"事缘一同"。③

三曰净土法会之《鹿儿赞文》。今存三个文本:④一见于法照撰《净土五会念佛略法事仪赞》卷下(原题如是,前三句句尾附注

----

① 《大正藏》第41册,第285页上栏。

② 《大正藏》第41册,第684页上栏。

③ 《大正藏》第36册,第389页中—下栏。

④ 关于这三个文本,陈开勇先生认为它们都出于法照之手,参《法照〈鹿儿赞文〉考》(《敦煌学辑刊》2006年第3期,第152—157页)。又,陈氏对三写本艺术上的高低之分及故事来源都作了较为详尽的考释,可看。而笔者对此,也有所补充(参拙撰《汉译佛典文体及其影响研究》,上海:上海古籍出版社社,2010年,第258—263页。此处介绍,即删改拙撰而来)。

和声辞"沙罗林",①余者未注,省略之故。此本后文简称"藏本");②二是敦煌本 S. 1441Vd,原抄在《维摩押座文》(首题)之后;三是 S. 1973Vb,抄在《社司转帖》(拟)之后,且有题记曰"比丘僧善惠书记",可见它是善惠比丘所抄出。但敦煌本都未抄录题名与作者。为资比较,先把三种文本迻录并列表如下:

表 2 三种《鹿儿赞文》一览表

藏本	S. 1441Vd	S. 1973Vb
昔有一贤士(沙罗林),恒日在山林(沙罗林)。百鸟同一宣(沙罗林),相看如兄弟。有一傍行人,失脚堕流泉。手把无根树,口称观世音。鹿儿闻此语,便即跳入水,语:"汝上鹿背,将汝出彼岸!"汝得出彼岸,步步向鹿跪:"无物报鹿恩,与鹿作奴仆。""鹿是草间虫,不用作奴仆。饥时食百草,渴即饮流泉。欲得报鹿恩,莫道鹿在此。"	昔有一贤士,住在流水边。百鸟同一巢,相看如兄弟。有一傍河人,失脚堕流泉。手把无根树,口称观世音。鹿儿闻此语,逃(跳)入水中心,语:"汝上鹿背,将汝出彼岸!"赵人出彼岸,与鹿作奴仆。"鹿是草间虫,饥来食百草,渴即饮流泉,不用作奴仆。有人问此鹿,莫道在此间。"有一国王长大患,夜梦九色鹿。"谁知九色	昔有一贤师(士),住在深山林(娑)。有一墓(募)何如(知),失脚堕流泉(娑)。受墓(手摸?)无根树(娑),口称观世音(娑)!鹿便调(跳)入水(娑),语:"汝上鹿贝(背)(娑),飞(将)汝出彼岸(娑)!""□□崖脚□(娑),无物报鹿恩(娑)!"有一国王长患疾(娑),夜夜梦见九色鹿(娑)。逐鹿逐鹿处(娑),赏金与千两(娑),□风(封)与万户(娑),神知了鹿处

---

① 按,既有和声,则知其必为实用文本。另,唐人南卓《羯鼓录》"食曲"中有"九巴鹿"(《羯鼓录·乐府杂录·碧鸡漫志》,上海:古典文学出版社,1957 年,第 15 页),"巴"当是"色"之形讹。《九色鹿》与此赞文所用音乐有无关系,俟考。

② 《大正藏》第 47 册,第 482 页中栏。

藏本	S. 1441Vd	S. 1973Vb
有一国王长患,妃夜夜见九色鹿。若不得九色鹿,大命难可续。国王出敕集群臣:"谁知九色鹿,有人知鹿处,分国赐千金。"阃儿闻此语,叉手向王前:"臣知九色鹿,恒在流水边,启王多将兵,此鹿甚轻便。" 国王将兵百万众,围绕四山林。国王弯弓欲射鹿,听鹿说一言:"国王是迦叶,鹿是如来身。""无人如(知)鹿处,只是坏车大患人。" "昔日救汝命,何期今日害鹿身。传语黑头虫,世世难与恩。" 普劝道场诸众生,努力各发菩提心。	鹿,分国赏千金。"赵人闻此语,叉手向王前:"臣知九色鹿,长在流水边。" 国王闻此语,处分九飞龙:"将兵百万众,违(围)绕四山林。" 有一慈乌树上叫:"鹿是树下眠。" 国王张弓拟射鹿,听鹿说一言:"大王是迦叶,鹿是如来身。凡夫不昔(惜)贤,莫作圣人怨。" 国王闻此语,便即写(卸)弓弦。弓作莲花树,箭作莲花枝,翅作莲花叶,忍辱颇思议。"无人知鹿处,只是大患儿。报道黑头虫,世世莫与恩。"	(娑)。鹿在何处存(娑)?鹿在流泉[□](边)(娑) 国王出兵八万众(娑),围绕深山林(娑)。国王长(张)弓欲石(射)鹿(娑),鹿便屈脚住(娑):"国王是加摄(迦叶)(娑),鹿是如来身!"弓作莲花树,箭作连如令(莲花枝),[□](翅)作连花叶,足作连(莲)花根。 保(报)道[□](道)场云:"众等各发菩提心!黑头虫,难与恩,世世不须论!"

其中善惠本用草书抄写,加上今存墨色较淡,故难于一一辨别,暂且录文(校正)如上。需要说明的是"娑"字,当为"娑罗林"略称,它与藏本"沙罗林"同义,本指释迦牟尼涅槃处,但这里都用作和声辞。

虽说两个敦煌写本都没有标明赞文的作者,然而考虑到它们的主体内容与藏本相同、语言也多雷同,且抄出时间更晚的客观事实,故笔者倾向于藏本为法照原作,敦煌本是藏本的改编本。特别善惠本,改编者极可能就是善惠本人。

无论三者孰先孰后,它们的故事基型都出于支译本《佛说九色鹿经》。当然,三种赞文对原经悉进行了改造,并加入了唐代义净译本中的内容。比如:(1)把《九色鹿经》故事发生的地点——印度"恒水",换成了非常模糊的说法,或是流泉边,或是深山林;(2)对经中故事人物关系有所调整,仅交代了国王前世是迦叶、[①]鹿是如来,而其他人物的前世皆略而不论;(3)增加了"黑头虫"的说教,这是从义净译《根本说一切有部毗奈耶破僧事》卷十五而来,后者云鹿王欲救溺水者时:

> 是时老乌,来诣王所,便即告言:"此黑头虫,都无恩义,勿须救拔。若得离难,必害鹿王。"时彼鹿王为慈悲故,不取乌言,往溺人所,背负而出。

此外,三种赞文在承袭《九色鹿经》时又各有特点:(1)藏本承袭了经文中国王妃梦见九色鹿的情节;(2)藏本、S. 1441Vd 都保留了经中"乌"之角色,而 S. 1973Vb 则保留了经中的"应募人"角色(按,本写卷作者似采用了倒叙法,即先叙述了溺水者后来应募国王之事。这其实大大地改变了经文的叙事顺序);(3)两种敦煌本同时增加了国王所射之箭变成莲花的情节,这是从佛传降魔故事而来,它除了见于本章第一节所引《过去现在因果经》卷三外,又见梁代僧祐编《释迦谱》卷一所引《瑞应本起经》:

> 尔时魔王左手执弓,右手调箭,语菩萨言:"汝刹利种,死甚可畏,何不速起? ……今若不起,但好安坐,勿舍本誓,我试射汝。一放利箭,苦行仙人闻我箭声,莫不惊怖,昏迷失性;况汝瞿昙,能堪此毒? 汝若速起,可得安全。"魔说此语以怖菩萨,菩萨怡然,而不惊不动。魔王即便挽弓放箭,并进天

---

① 支谦译《九色鹿经》说国王前世是悦头檀,悦头檀即净饭王,他是佛陀的父亲。三种《鹿儿赞文》把经中的"悦头檀"改成"迦叶",而迦叶是佛陀的弟子,如此一来,鹿(佛陀的前世)的地位就高于国王了。这种改造,突出了法照等人对佛祖的尊重。

女。菩萨尔时眼不视箭，箭停空中，其镞下向，变成莲华。[①]

对此，敦煌本叙述更加铺张扬厉，它们把弓箭的各个组成部分(弓、箭身、箭翅等)一一对应于莲花的主干、枝、叶之类，意象具体得多；(4)敦煌本都把梦见鹿王的人物从国王妃改成了国王自己，从而使全部人物的性别都统一为男性；(5)S. 1441Vd 宣扬的主题是忍辱精神，这同于支谦译本；S. 1973Vb 与藏本宣扬的则是发菩提心；(6)S. 1973Vb 的内容，世俗化程度最高，如国王的悬赏布告中就有封万户之语。

最后，顺便说一下，《鹿儿赞文》应用于净土法会，因其受众之多，还促进了表示忘恩负义之俗语"黑头虫"在宋元民间的盛行。于此，陈开勇先生已举出了许多具体的语料并有全面的分析，[②]我就不赘言了。

四　九色鹿本生图、文传播之异同

通过以上介绍，可知晋唐时期九色鹿本生的图、文传播之异同，主要表现在以下几个方面：

一者从传播内容言，所关注的人物形象都集中在九色鹿、国王、告密者(溺者)、国王夫人身上(人物排序依其在图像出现频率之高低而定)。但是，文学传播的内容，总体(包括类书、佛经注疏、赞文等)说来，较图像方面更为丰富些。特别是《鹿儿赞文》，融汇了一些鹿王本生所没有的内容，如观世音信仰之类。

---

① 《大正藏》第50册，第32页下栏。又，《杂宝藏经》卷三《大龟因缘》则记载了提婆达多雇五百善射婆罗门持箭射佛，而所射之箭变成各种莲花的神变之事(《大正藏》第4册，第464页中栏)。

② 陈开勇：《宋元俗文学叙事与佛教》，上海：上海古籍出版社，2008年，第65—83页。

二者从传播途径言,图像的传播线路较为明确,可归纳为印度→犍陀罗→中土;文学传播从目前掌握的资料来说,中间似有断层,至少在新疆尚未发现相关的宣教本。另外,唐前的九色鹿本生经,主要译于南方,可奇怪的是当时并没有相应的图像传播。原因何在,百思不解。

三者从传播的时间顺序言,图像的叙事传播略早于文学传播。但文学传播持续时间更长,一直持续到宋元以后。[①]

四者无论图、文叙事,都受到了中土固有文化的影响。图像如敦煌壁画之九色鹿不跪拜国王,是沙门不拜王者思想的反映;文学方面则如国王"封万户"云云。

(本文原载《哈尔滨工业大学学报》2014 年第 4 期)

[①] 按,本处所说图、文情况,皆不涉及当代,如 1981 年由上海美术电影制片厂摄制的动画片《九色鹿》(导演钱家俊、戴铁郎,编剧潘洁兹)及小学语文课本《九色鹿》白话改编故事等。

净土五会念佛与密教音乐关系之检讨

对于中唐法照创立的五会念佛法门,敦煌学界主要从教义、教史及文学层面进行了较深入的探讨,[①]但有一个看似简单其实不然的问题被研究者忽略了,即"五会念佛"之"五会"的音乐来源。对此,宋人志磐曾发生误会,其所撰《佛祖统纪》卷二十六有夹注说:"当是五日为一会耳。"[②]这种风马牛不相及的解释被今人所弃用。如《佛光大辞典》"五会念佛"条说:

> 为唐代法照依《无量寿经》所创之念佛法门。又作五会真声。法照模仿《无量寿经》中风吹宝树,出五音声,而定五会念佛之法,令道俗欣美净土。此仪式每集合音声佳美之道俗数人,威仪齐肃,分为五会,依五种高低缓急之音调而念佛。其第一会平声缓念,第二会为平上声,亦缓念,第三会非缓非急念,第四会渐急念,第五会阿弥陀佛四字转为急念。此五会念佛具有除五苦、断五盖、截五趣、净五眼、具五根、成五力、得菩提、具五解脱、能速疾成就五分法身等利益。现在

日本真宗本愿寺派犹持守此一念佛法门。①

这实际上是概述法照《净土五会念佛略法事仪赞》②中的相关内容而来,其《五会念佛》明确指出:

> 问曰:五会念佛,出在何文？答曰:《大无量寿经》云:或有宝树,车渠为本,紫金为茎,白银为枝,琉璃为条,水精为叶,珊瑚为华,玛瑙为实,行行相值,茎茎相望,枝枝相准,叶叶相向,华华相顺,实实相当。荣色光耀,不可胜视。清风时发,出五会音声,微妙宫商自然相和。③

《大无量寿经》,即《无量寿经》。法照征引的经文,从"或有宝树"至"自然相和"句,确系出于曹魏康僧铠的译文,④但他做了一处重要的改动,即把"出五音声"换成"出五会音声"。我们认为这种改动,是法照有意为之,除了寻求经典依据之外,他还有自己的解释:"五者会是数,会者集会。彼五种音声,从缓至急,唯念佛法僧。"⑤易言之,法照的五会念佛是指五种不同集会时的五种特殊的佛教音声。这与一般的理解,大异其趣。如北魏昙鸾《赞阿弥陀佛偈》云:

> 清风时节吹宝树,出五音声宫商和。微妙雅曲自然成,

---

① 慈怡主编:《佛光大辞典》,高雄:佛光出版社,1988 年,第 1166 页。

② 关于法照所编净土五会念佛的仪轨,主要有两种形式:一是《净土五会念佛略法事仪赞》,此为略本(简称《略法事赞》),保存于日本,后收入《大正藏》第 47 册,编号是 NO.1983;二是详本(也叫《广法事赞》),出于敦煌藏经洞,原为三卷,现存两卷,即 P.2066 写卷之《净土五会念佛诵经观行仪卷中》,P.2250、P.2963 等写卷之《净土五会念佛诵经观行仪卷下》,释依淳对此有注解(http://www.cuhk.edu.hk/crs/cshb/data/image/paper4.doc),《大正藏》第 85 册《古逸部》亦有校录,编号为 NO.2827。

③ 《大正藏》第 47 册,第 476 页上—中栏。

④ 《大正藏》第 12 册,第 270 页下栏—271 页上栏。

⑤ 《大正藏》第 47 册,第 476 页中栏。

故我顶礼清净熏。①

隋慧远撰《无量寿经义疏》则说：

> 所出声中出五音者，所谓宫商角徵羽等五种音也。②

敦煌本《无量寿经义记》卷下又说：

> 第四劝修，从"无量寿佛为诸声闻菩萨"已下，明阿弥陀佛于七宝树下广说妙法也。叹七宝出五音声，此音声中辩宫商角徵羽、苦、空、无常、无我之音声。③

可见，通常理解的"五音声"，是中土音乐传统意义上的"五音"。而"五会念佛"中的"五音"，其表现是：

> 势点大尽，长者即是缓念，点小渐短者，即是渐急念，须会此意。
>
> 第一会平声，缓念南无阿弥陀佛。
>
> 第二会平上声，缓念南无阿弥陀佛。
>
> 第三会非缓非急，念南无阿弥陀佛。
>
> 第四会渐急，念南无阿弥陀佛。
>
> 第五会四字转急，念阿弥陀佛。④

尤其是"势点"一词，提醒我们"五会念佛"，当别有来源。

考唐义净所译《根本说一切有部毗奈耶杂事》卷六有云：

> 苾刍诵经，长牵音韵作歌咏声，有如是过，由是苾刍不应歌咏引声而诵经法。若苾刍作阐陀声诵经典者，得越法罪。若方国言音须引声者，作时无犯。言阐陀者，谓是婆罗门读诵之法。长引其声，以手指点空而为节段。博士先唱，诸人

---

① 《大正藏》第 47 册，第 423 页中栏。

② 《大正藏》第 37 册，第 105 页下栏。

③ 《大正藏》第 85 册，第 243 页中栏。

④ 《大正藏》第 47 册，第 476 页中栏。

随后。①

据此，虽然阐陀声是婆罗门的诵经之法，注重引声，且以特殊的手势——点——来划分节奏或段落，本来佛教是反对以这种方法来施行诵经音声的，但如果是出于传法的需要，也可使用。另据《五分律》卷二十六记载：有婆罗门兄弟二人，原来诵习阐陀鞞陀（即吠陀）书，后来出家，听众比丘诵经时便讥笑他们不明长短音、轻重音等诵经之法；众比丘乃往佛所，佛的回答是："听随国音读诵，但不得违失佛意。"②易言之，婆罗门的引声诵经法并没有被佛教彻底否定，在特定的场合仍然可用。特别是印度密教兴起之后，婆罗门教所重视的陀罗尼、真言、咒语一类的"语密"，更是堂而皇之地进入了佛教修行的方便之门，而且随着密教东传，也影响到了中国佛教，时至今日传唱不止。③

法照的五会念佛，实是改造五祖弘忍门下资州禅系流行的引声念佛而来。④ 如《历代法宝记》载资州、净众保唐禅系的修行方法是："先教引声念佛，尽一气，念绝声停。"⑤宗密《圆觉经大疏释义钞》卷三又谓宣什南山念佛法门的引声念佛是："其初集众礼忏等仪式，如金和上门下欲授法时，以传香为资师之信。……然后令一字念佛，初引声由念，后渐渐没声、微声乃至无声。"⑥按照印顺法师的解释，引声念佛的"含义"是："先引（长）声念，渐渐的低

---

① 《大正藏》第 24 册，第 232 页下栏。

② 《大正藏》第 22 册，第 174 页中栏。

③ 吴立民先生指出，汉传佛教以念诵唱赞来修行，其本质即是持口密。参《论声明与修行的关系——佛教音乐之道（上）》，《法音》2000 年第 2 期，第 13—17 页。

④ （日）塚本善隆：《唐中期の净土教》，日本东方文化学院京都研究所，1933 年，第 137—138 页。

⑤ 《大正藏》第 51 册，第 185 页上栏。

⑥ 《卍续藏》第 9 册，第 534 页下栏－535 页上栏。

声念,再渐渐的微声念,声音轻到只有自己听到。再不用出声音念,而是意想在念佛。"①望月信亨认为,法照的五会念佛与南山念佛禅"由有声至无声正相反,其缓急之次第,想是彼法相反之转用罢"。② 实际上,法照的老师承远是资州禅系处寂的门人,承远自然对引声念佛耳熟能详,所以,法照永泰年间到南岳投师承远后受到启发,从而创立了五会念佛法门。

事实上,"引声念佛"中的"引声(引)",本身就是语密之术语,是咒语(真言、陀罗尼)读诵法之一,主要指是元音的延长。如唐善无畏、一行译《大毗卢遮那成佛神变加持经》卷七之《如来座真言》曰:"南麼三曼多勃驮喃阿。"译者在"阿"后有注说:"引声急呼。"③更值得注意的是不空译《金刚顶瑜伽中发阿耨多罗三藐三菩提心论》,经云:

> 准《毗卢遮那经疏》释阿字,具有五义:一者阿字短声是菩提心,二阿字引声是菩提行。④

这里同样是说到"阿"的读诵法,而"引声"与"短声"的对比,显然表明"引声"是"长元音"。"引"者,长也,故译者在真言的读诵法的夹注中有"长引"的说法,比如隋阇那崛多译《五千五百佛名经》卷三对"唵"字注曰:"重声长引。"⑤宝思惟译《观世音菩萨如意摩尼陀罗尼经》在咒语"婆噜吉帝说"后注云:"长引声。"⑥意

---

① 印顺:《中国禅宗史》,南昌:江西人民出版社,1990 年,第 133—134 页。

② (日)望月信亨著,释印海译:《中国净土教理史》,台北:华宇出版社,1986 年,第 189 页。

③ 《大正藏》第 18 册,第 49 页中栏。

④ 《大正藏》第 32 册,第 574 页上栏。

⑤ 《大正藏》第 18 册,第 330 页上栏。

⑥ 《大正藏》第 20 册,第 200 页中栏。

即读到"说"字时,要延长其中的母音音值。职是之故,法照所说"长者缓念"中的"长者",应指长元音,而"短者"当是短元音。其"缓""急"之别,指音速的慢与快。而且,在今存五会念佛仪轨中,有密咒的具体运用,如《略法事赞》之《请观世音赞文》曰:

> 迦摩那目佉,迦摩那母者,娜迦摩者那。迦摩那荷悉哆迦摩那佉辨。平声引。

> 祢迦摩那上声迦摩娜上声沙摩转沙喝罗二合摩娜讫差二合南无悉底。观世音菩萨,南无观世音菩萨!①

其中,"辨"字本读去声,但按咒语念诵力存梵音特色的要求,故注明是"平声引",意谓发平声之音且要延长为长元音。

法照的"五会念佛",除了运用密教咒语的诵经音声外,还借鉴了金刚智译《金刚顶瑜伽中略出念诵经》卷四中所说的四时赞咏法,经曰:

> 其赞咏法:晨朝当以洒腊音韵,午时以中音,昏黄以破音,中夜以第五音韵赞之。如不解者,随以清好音声赞叹,常应每日四时念诵,谓晨朝、日午、黄昏、夜半也。②

日僧安然《金刚界大法对受记》卷六则曰:

> 其赞咏法:晨朝当以洒腊音韵,午时以中音,黄昏以破音,中夜以第五音韵赞之。如不解者,随以清好音声赞咏。云云。……

> 又洒腊音者,准《灌腊经》,四月八日灌佛腊像。今洒腊者与灌腊同,其音曲者大唐行之,即平缓音;次中音者,非平非高,非缓非急;次破音者是高急音;次第五音韵者,弥陀念佛合杀五声中第五号之六声也。故《阿弥陀佛相好赞》云

---

① 《大正藏》第47册,第482页中—下栏。
② 《大正藏》第18册,第248页上栏。

"急"。第一会时平声入,弥陀佛! 第二极妙演清音,观世音大势至! 第三盘旋如奏乐,如奏乐! 第四要其用力吟,要其用力吟! 第五高声准急念,准急念! 闻此五会发人心,闻此五会发人心! 一到西方受快乐,受快乐! 闻此五会悟无生! 闻此五会悟无生!

昔斯那国法道和上现身往极[□](乐)国,亲闻水鸟树林念佛之声,以传斯那。慈觉大师入五台山,学其音曲,以传睿山,此有长声、二声、合杀、五声。古德每见略出经文,到彼四声之疑(疑之),安然以闻智聪和上及修和上,质此第五音韵。又检经之次,见《灌腊经》,了洒腊音。

又中院说珍和上说:灌腊音是缓声,中音是非缓非急声,破音是急声。以加初见,明了决之,若约慈觉大师所传赞言之《十六赞》《四智赞》《五赞》等曲是缓声、洒腊音,《百八名赞歌》等曲是非缓非急声、中音,《百字赞》《普贤赞》等曲急声、破音,《大赞》、《吉庆赞》等曲是准急声,第五音。①

于此,安然开篇征引的一段经文,显然源自金刚智的译经。而他所说的"法道",当是法照之讹;"斯那",即中国。其中,《阿弥陀佛相好赞》,当指《略法事赞》之《相好赞》,②该赞文七言十句,单句句末附加和声辞"弥陀佛",偶句句末则为"弥陀佛弥陀佛"。但《略法事赞》未注明念诵法,这里所标"急",当是"急念"之意;"第一会时平声入"至"闻此五会悟无生",依《略法事赞》,则知赞名是《五会赞》,但后者所用和声辞全是佛号,③而非像安然所记的一样,还有重复句末字句式的和声。

---

① 《大正藏》第 75 册,第 179 页上—中栏。
② 赞文见《大正藏》第 47 册,第 477 页上栏。
③ 参《大正藏》第 47 册,第 477 页上—中栏。另,《略法事赞》的赞文比安然所引多出十四句。

从安然的叙述中可知:法照创立的五念佛音声经由慈觉大师(即圆仁,794—864)传入日本,并配合于特定的歌辞,如《四智赞》^①用的是缓声(洒腊音韵)。而赞辞一般有两种形式,即梵语音译和汉语意译。比如《四智赞》的音译,出于输婆迦罗(善无畏)译《摄大毘卢遮那成佛神变加持经入莲华胎藏海会悲生曼荼攞广大念诵仪轨供养方便会》,曰:"嚩日啰二合萨怛嚩二合僧思孕反誐啰二合贺。一。嚩日啰二合啰怛曩二合摩弩怛嚂二合。二。嚩日啰二合达麽誐野奈。三。嚩日啰二合羯麽迦噜婆嚩。四。"^②而意译则见于《金刚顶瑜伽中略出念诵经》卷四,偈云:"金刚萨埵摄受故,得为无上金刚宝;金刚言词歌咏故,愿成金刚胜事业。"^③再如用第五音(准急)所唱的《吉庆赞》,^④据一行《大日经疏》卷八,它是梵语(音译)、汉语意译各有十一首偈。^⑤

另外,珍和上(即圆珍,814—891)对金刚赞咏声的分类,则更

---

① 按,《四智赞》的主旨是赞颂阿閦佛的大圆镜智、宝生佛的平等性智、阿弥陀佛的妙观察智和不空成就佛的成所作智(合称四智),它又叫《金刚歌咏偈》。

② 《大正藏》第18册,第68页上一中栏。

③ 《大正藏》第18册,第248页上栏。

④ 《吉庆赞》用于密教传法灌顶之时,旨在赞叹登觉位者,歌词内容多概括如来八相成道的事迹,所以又叫做《八相成道赞》。另外,关于《吉庆赞》的汉语意译之偈,也有不同的说法,如《金刚顶略出念诵经》卷四是四首十六句,曰:"诸佛睹史下生时,释梵龙神随侍卫,种种胜妙吉祥事,愿汝今时尽能获。迦毗罗卫诞释宫,龙王澍沐甘露水,诸天供养吉祥事,愿汝灌顶亦如是。金刚座上为群生,后夜降魔成正觉,现诸希有吉祥事,愿汝此座悉能成。波罗奈苑所庄严,为五仙人开妙法,成就无量吉祥事,愿汝今时咸证获。"(《大正藏》第18册,第251页中栏)但《阿阇梨大曼荼攞灌顶仪轨》则增加了一颂,曰"诸佛大悲方便海,普利法界众生海,尽未来际无疲倦,四无碍智汝当得"(《大正藏》第18册,第191页下栏),由此变成五颂。

⑤ 《大正藏》第39册,第667页上栏—668页下栏。

加简洁,他只列出了三种最基本的音调,即灌腊音(缓)、中音和破音(急)。其实,若仔细推敲法照的五会音声,最基本的也只有三种,即平音(缓)、中音(非缓非急)和破音。区别仅仅在于法照把平音分成两种(平声、平上声),把破音也分成两类(渐急、转急)。而平、中、破三种,实和《高僧传》所说"三位七声"中"三位"的音乐性质相同,它们对应于印度自吠陀时期就有的诵经三调,图示如下:

udatta ——→ 破音 svarita ——→ 中音 anudatta ——→ 平音①

按照安然的意见,法照的五会音声中至少有四种(第一会,第三会至第五会)是完全对应于金刚智所传的四时赞咏法,而圆仁把它们叫做长声、二声、合杀和五声。至于法照将密教四声赞咏变成五声念佛的直接原因,当是受《无量寿经》"出五音声"的影响,但实际含义又与原经截然不同,因为它并不是指宫商角徵羽等五声音阶。

刘长东博士指出:"法照的五会念佛行仪并不仅仅是单纯以音声去念佛,而是念佛与诵经、唱赞相结合的一种行仪。"②此话固然不错,因为五会念佛行仪中,确实诵经(咒)音声与呗赞音声是最为常见的,但是从五会念佛仪轨的文本看,其间还有佛曲的运用,有些可能来源于密教之固定曲目。比如:

(1)P.3156b《上都章敬寺西方念佛赞文》曰:

---

① 李小荣:《变文讲唱与华梵宗教艺术》,上海:上海三联书店,2002年,第186—195页。又,吠陀三声其实在中古时期就传入中土,如慧皎《高僧传》卷一说昙柯迦罗是"善学《四围陀论》"(汤用彤校注,北京:中华书局,1992年,第13页),僧祐《出三藏记集》卷十四则说鸠摩罗什是"博览《四围陀》、五明诸论"(苏晋仁、萧炼子点校,北京:中华书局,1995年,第531页)。

② 刘长东:《晋唐弥陀净土信仰研究》,成都:巴蜀书社,2000年,第411页。

分晖（纷飞）雅雅音闲乐，箫管时时妙响音。一乘妙法一乘宣，七音政（正）教一音传。一味皆沾一味润，一心念佛一心专。

（2）P. 2066《净土五会念佛诵经观行仪》卷中《阿弥陀经赞》说：

人至乘花坐宝林，天来奏乐曲幽深。六度已能调六律，八正还将和八音。

《净土乐赞》则说：

宝楼宝阁宝金擎，净土乐！池水金沙映底清。净土乐！法曲时时常供养，净土乐！莲花会里说无生。净土乐！

（3）P. 2250《净土五会念佛诵经观行仪》卷下《极乐五会赞》云：

千般伎乐绕金台，百宝莲花出水开。五会声声须急念，临终一一尽迎来。

《叹五会妙音赞》又说：

五音兼能净五蕴，闻名永劫离嚣尘。西方鼓乐及弦歌，琵琶箫笛杂相和。一一唯宣五会法，声声皆说六波罗。

表面看来，歌辞内容赞颂的是西方极乐净土的音声之乐，有的列举了所用的乐器，如鼓、箫、琵琶、笛等，这主要是打击乐和管弦乐；有的虽然没有直接点明演奏时所用的乐器，如"天来奏乐"（即天乐，也叫天伎乐）、"千般伎乐"（即伎乐供养，包括天伎乐与世人所作的法伎之乐）及法曲（佛曲）等，但从相关的佛教文献看，它们其实也用到了多种器乐：如竺法护译《正法华经》卷八曰："天华天香及天伎乐，空中雷震，畅发洪音：钟、磬、大鼓、箜篌、乐器、箫、成、琴、瑟、铙镜若干，柔软哀声，歌舞节奏，调合克谐，无数亿百千劫供养奉侍。"①这里所说的钟、磬等,即是天乐所用。鸠摩罗什译《妙法莲华经》卷一则说:"若使人作乐,击鼓吹角贝。箫笛琴箜篌,琵琶铙铜钹。如是众妙音,尽持以供养。"②这里则是世人作法伎之乐时使用器乐的情况。日本宁乐美术馆所藏敦煌变文《八相变》又说:"更有凤笙龙笛,齐奏八音,王(玉)律管弦,共传佛曲。"于此,描述的是佛曲的演奏实况。

当然,前揭敦煌净土歌赞中提及的各种乐器,主要是描摹西方极乐世界中的音乐情形,它们自身是否配置于净土歌赞,即是否和声乐相配合呢? 如果从前引《叹五会妙音赞》之"西方鼓乐及弦歌,琵琶箫笛杂相和"推断,应该是说鼓、琵琶、箫、笛等是配合于声乐之伴奏的。另外,善导《净土法事赞》卷下曰:"次打磬子,唱敬礼常住三宝!"③法照《略法事赞》卷上则说:"须知次第:一人副座,知香火、打磬,同声唱赞。……总须发至诚心,端坐合掌观想阿弥陀佛、一切贤圣,如对目前。若能如是用心,即贤圣降临,龙天护念。听闻经赞法事,令众等即于言下灭无量罪,获无量福,心开意解,速证甚深念佛三昧,得无生忍获大总持,具六波罗蜜神通自在。言讫,即打磬一下。作梵了,念阿弥陀佛、观音、势至、地藏菩萨各三五十声,然后至心稽请。"④准此则知磬也用于净土歌赞之行仪,并且起着调配法事进程的作用。

考唐人阿地瞿多于永徽五年(654)译出的《陀罗尼集经》在讲音乐供养时,有所谓的清乐两部,用以演奏《散花佛曲》《阿弥陀佛

---

① 《大正藏》第9册,第117页上栏。
② 《大正藏》第9册,第9页上栏。
③ 《大正藏》第47册,第437页下栏。
④ 《大正藏》第47册,第475页上栏。

曲》及《观世音曲》。①《陀罗尼集经》虽然是密教经典,但它所说的一些佛教行仪也通用于显教,如散花仪式。而无论是它所提到的《散花佛曲》,还是《阿弥陀佛曲》《观世音曲》,都应该可以通用于净土五会的音乐仪赞中。如法照撰辑《略法事仪赞》卷中即收有《散华乐文》《新阿弥陀经赞》《叹观世音菩萨》等。虽说法照未明言它们配合了哪种器乐曲,但笔者颇疑其歌赞所用的即是阿地瞿多译经里提到的那些佛曲。据经文可知,其间的乐器有长笛、箫、笙、筚篥、琵琶、击竹、箜篌、方响、筝、叶、铜钹等。② 更值得注意的是《陀罗尼集经》中明确指出其中的呗赞(主要是声乐)乃由阿阇梨所作,而清乐演奏是乐人所作,并且要求"其乐人等,令香汤浴,着新净衣,勿食熏杂"。③ 易言之,演奏《阿弥陀佛曲》等器乐的是音声人,④而不是受过戒的比丘或比丘尼。而法照《略法事仪赞》卷上所说的"若道若俗,多即六七人,少即三五人,拣取好声解者,总须威仪齐整,端坐合掌,专心观佛,齐声齐和",其所谓的"道",指的是出家人,而所谓的"俗",即非出家的善于音声的人,也就是阿地瞿多译经中所讲的"乐人"。由此推断,法照净土五会念佛中的歌赞,主要是出家人演唱的,但是如果要用器乐伴奏(佛曲),特别是管弦乐的演奏,则需俗人(乐人或音声人)担当。

此外,据宋人陈旸《乐书》卷一五九"胡曲调"的记载,在李唐乐府曲调中有多种佛曲,如《阿弥陀佛曲》是乞食调,《观音佛曲》

---

① 参《大正藏》第18同,第889页下栏-890页下栏。另外,关于敦煌佛曲《散华乐》的来源与影响,参拙文《敦煌佛曲〈散华乐〉考源》(《法音》2000年第10期,第20—25页)。
② 《大正藏》第18册,第889页下栏。
③ 《大正藏》第18册,第893页下栏。
④ 关于寺属音声人的问题,参姜伯勤:《敦煌音声人略论》,载《敦煌艺术宗教与礼乐文明》,第509—526页。

为羽调。① 因此,在净土五会中配置于种种声乐的器乐,也可能演奏的是固定之曲调。

总之,净土五会念佛至少在三个层面上与密教音乐关系密切,即诵经音声(特别是密咒)、四时赞咏(梵呗)和佛曲(主要是器乐)。

(本文 2010 年 4 月发表于西安召开的"首届中国密教国际学术研讨会",后收入吕建福主编:《密教的派别与图像》,中国社会科学出版社,2014 年)

---

① 参《文渊阁四库全书》第 211 册,第 738 页。

附　录

中国汉传佛教文学思想史研究论纲

——从东晋到晚清

佛教虽然早在两汉之际就东传华夏，但正如梁启超《中国佛法兴衰沿革说略》所言"佛法确立，实自东晋"，[①]汤用彤也指出"东晋之世，佛法遂深入中华文化，人民对之益为热烈"，[②]仔细体会两位大师的言下之意，都旨在强调佛教中国化的起点是在东晋。此种论断，同样适用于中国佛教文学思想史之研究起点的确立，兹仅就东晋到晚清近 1600 年间的重要的汉传佛教文学思想史方面的一些问题，借鉴我们极其尊崇的著名音乐学家——黄翔鹏的研究思路，[③]择要列举相关论点如下。不当之处，敬请学界

[①] 梁启超：《佛学研究十八篇》，上海：上海古籍出版社，2001 年，第 4 页。

[②] 汤用彤：《汉魏两晋南北朝佛教史》，北京：北京大学出版社，1997 年，第 263 页。

[③] 黄翔鹏（1927—1997）在《中国古代音乐史的分期研究及有关新材料、新问题》中自谦地说："我是一个没有写过音乐史的音乐史工作者。……我没有写过史，只下了综合的功夫。"（《乐问》，北京：中央音乐学院学报社，2000 年，第 219 页），先生提倡的综合研究，对本文研究对象"中国汉传佛教文学思想史"同样具有指导意义。此外，其《乐问——中国传统音乐历代疑案百题》（同前，第 1—102 页）则表明先生看到了问题的症结所在，可惜天不假年，其已有的"大概而模糊"的答案未能变成清晰的音乐史巨著。不过，其"百问"中有很多的提问方式及所问内容，也给我们良多启迪，如：第 36 问"相和、清商，三调异同"中提醒研究者"千万不能把当时音乐情况的'一斑'，率尔当做了'全豹'"（同前，第 54 页）；第 62 问"宋、元寺观，何无伎乐之盛而得传承妙曲"（同前，第 80 页）、第 99 问"古今夷夏，今之中西关系问题总论"、第 100 问"古与今问题总论。后出材料可以作前事之证吗？埋藏物（考古材料）可以；口传、习尚、遗风也可以吗"（同前，第 102 页）；等等，不一而足，皆是发人深省之问。

同道批评指正。

一 研究对象的确立依据：从研究现状谈起

作为研究对象的"中国汉传佛教文学思想史"，其确立的核心概念，或者说根本依据有三，即汉传佛教、佛教文学和文学思想史。兹先从三个领域的研究现状谈起。

（一）汉传佛教

众所周知，产生于古印度南亚次大陆的佛教，作为世界三大宗教之一，她在世界文化史上具有特别重要的意义。佛教东传华夏后的中国化佛教，则最富于包容性，如流传至今的三大派别——汉传佛教、南传佛教、藏传佛教（藏密）在中国大地上依然葆有旺盛的生命力。当然，相对说来，在中国文化史上，汉传佛教的影响范围更为深广，故我们的讨论重点在汉传佛教方面。而国内外有关汉传佛教史的研究成果极其丰硕，并且早已是名家辈出的时代，著名学者也不胜枚举。

国内外对于汉传佛教史的研究，主要有两种撰著模式：一曰通史，二曰断代史。前者如（日）镰田茂雄《中国佛教通史》、杜继文《中国禅宗通史》、潘桂明《中国天台宗史》、魏道儒《中国华严宗通史》、孙昌武《中国佛教文化史》、李玉珉《中国佛教美术史》、祁志祥《中国佛教美学史》等。后者如（日）大内文雄《南北朝隋唐期佛教史研究》、道端良秀《唐代佛教史の研究》、柳田圣山《初期禅宗史书の研究》、石井修道《宋代禅宗史の研究》、竺沙雅章《宋元佛教文化史研究》、（美）斯坦利·威斯坦因《唐代佛教》、（荷）许理和《佛教征服中国：佛教在中国中古时期的传播与适应》、杨曾文《唐五代禅宗史》、江腾灿《明清民国佛教思想史论》等。但是，这些论著,总体说来,极少涉及或根本不涉及中国文学思想史方面的重大理论问题,因此,我们只能利用其史学研究成果,作为梳理相关汉传佛教文学思想史之重要理论问题的历史背景或文化背景。

(二)佛教文学

关于中国佛教文学的研究,大致有两种途径:一曰本体研究,二曰影响研究(当然,二者往往可以结合在一起)。前者主要是对佛教经典(以译经为主)的文学性(含文学手法、人物形象等)的研究;后者主要检讨的是汉传佛教与中国文学的关联性问题,而且大多数学人重点关注两个层面的问题:一是汉传佛教思想对古代作家生活、信仰及其文学创作、文学观念的影响,二是汉译佛典文学对古代文学作品题材、结构、人物、故事、情节、文体、叙事方法等方面的影响(后者常以本体研究为前提)。① 此外,中国佛教文学研究的全面展开,又和敦煌文献的发现有着千丝万缕的联系,因为后者的主体内容就是汉传佛教文献与文学。一百多年来,敦煌佛教文学的研究重点大致聚焦于四个方面:(1)以敦煌变文为代表的俗文学研究;(2)对以王梵志为代表的白话诗派研究;(3)敦煌佛教歌辞研究;(4)敦煌佛教仪式文书的研究。② 其已有成果,或多或少都有助于本课题的展开,并在某些方面做好了铺垫性的工作。

而以"佛教文学"为题的文学史著作,当前仅有孙昌武《中华佛教史·佛教文学卷》、谭桂林《现代中国佛教文学史稿》、李小荣

---

① 李小荣:《汉译佛典文学研究的回顾与展望》,《武汉大学学报》(人文科学版)2012年第2期,第7—9页。
② 李小荣:《晋唐佛教文学史》,北京:人民出版社,2017年,第18—22页。

《晋唐佛教文学史》等寥寥几种。四川大学中国俗文化研究所张弘主持的 2012 年度教育部重大攻关项目"中国佛教文学通史"，虽然课题组成员在《文艺研究》等重要刊物刊出不少单篇论文及出版了 1 部论文集《中国佛教文学研究》，但其系列专著尚未完成。武汉大学文学院吴光正主持的 2015 年度国家社科基金重大招标项目"中国宗教文学史"，拟出版 12 卷 25 册专著，但其"佛教文学史"部分(含藏传、南传佛教)，据了解，也只大体完成了初稿，离正式出版尚需一定的时日。换言之，中国佛教文学史的撰写，虽然已经引起了学术界同仁的高度关注，但现今还只处在研究范式的摸索中。

但综合论之，前述各类佛教文学之研究成果，它们提供的材料、方法、路径乃至相关结论，固然对我们研讨汉传佛教文学思想史颇多启迪，但这些成果本身，并未完整勾勒出汉传佛教文学思想史的发展轨迹，更不用说是理论体系的建构了。

(三)文学思想史

本文所说的文学思想史，毫无疑问是置于汉传佛教(即佛教中国化)的历史语境之中。这里的佛教文学思想，至少有两层含义：一指汉传佛教及其不同派别的文学理论(包括佛经翻译理论)和受汉传佛教思想滋养后而产生的文学观念及其批评理论，二指教内外文学创作(含汉译佛典本身及各类实用的仪式性作品)中所反映的文学思想。而后一点，坦诚地讲，我们主要是受青木正儿、罗宗强特别是罗先生的启发才联想到的。

日本学者青木正儿早在 20 世纪 30 年代就撰写了《中国文学思想史纲》，其开篇就强调了儒道两家文学思想的特色所在，这是较早对中国宗教文学思想进行宏观把握的论著。从 20 世纪 80 年代起，著名学者罗宗强则开创了古代文学思想史研究的"南开学派"，以《隋唐五代文学思想史》的问世为标志，至今也走过了三十多年的历程。罗先生在"引言"中强调："文学思想不仅仅反映在文学批评和文学理论著作里，它还大量反映在文学创作中。"嗣后，其主编的八卷本《中国文学思想通史》，在"魏晋南北朝"部分及以后各卷，虽然对佛教的某些文学思想有所讨论（如张毅《宋代文学思想史》就专门讨论了"活法""悟入"以及"新禅宗"与宋代文学思想发展的关系问题），但因其重心并不在佛教文学思想史领域，故留给后来者的拓展空间较多。更为重要的客观历史事实是，历代僧人的文学创作数量巨大、内容极其丰富，其所蕴含的佛教文学思想正是有待开掘的大宝库。而且，教外人士的释家题材之作（从东晋以降，名家辈出，如谢灵运、王维、白居易、柳宗元、王安石、苏轼、黄庭坚、元好问等），甚至有明确反佛思想者（如韩愈、朱熹等）的文学作品，同样也蕴含了程度深浅不一的佛教文学思想。

（四）其他关联性的研究领域

若说与本课题关联性更高一些的研究成果，应该是如下几个领域：

1、从罗根泽《中国文学批评史》第一册起，古代文学批评界、古代文论界对佛教文论（含佛经翻译理论）都较为关注。同类著作，叙说魏晋以后各时段的文学理论问题时，或多或少都会涉及佛教方面的文论，如张少康、刘三富《中国文学理论批评发展史》，王运熙、顾易生主编《中国文学批评通史》，詹福瑞《中古文论范畴》等。特别是一些专门检讨佛教与文体理论或文学批评的著作，如康保成《中国古代戏剧形态与佛教》、高文强《佛教与永明文学批评》、蒋述卓《佛教与中国古典文艺美学》、张海沙《曹溪禅学与诗学》、吴静宜《惠洪"文字禅"之诗学内涵》、盖晓明《佛教与六朝文论》、周裕锴《中国禅宗与诗歌》、刘艳芬《佛境与唐宋诗境》

等,则相对专门化、精细化。但此类成果,主要聚焦于诗、禅关系问题,尤其是意境论、文字禅和以禅喻诗方面的论著数不胜数,讨论相当热闹。

2、学术界在梳理中国美学史时,也会兼顾汉传佛教观念与古代文学思想或文艺美学的关系,较有代表性的是李泽厚、刘纲纪主编的《中国美学史》和叶朗、朱良志主编的《中国美学通史》。至于佛教美学或禅宗美学的论著,则多从宗教立场爬梳相关佛教美学观念的生成史或不同宗派的审美发展史,如张节末《禅宗美学》、王耘《隋唐佛教各宗美学》、皮朝纲《禅宗音乐美学著述研究》、王振复《汉魏两晋南北朝佛教美学史》。但是,这些论著的研究重心并不在佛教文学思想史,因此,其理论体系的自洽性以及所阐发的佛教或禅宗审美观念,只能作为我们研究的参考,至多是构建理论体系的起点之一吧。

3、就诗僧队伍而言,不但人数多,而且传世的僧诗作品数量也极其巨大,如杨镰任总主编的《中国历代僧诗总集》就收录了两晋至晚清3000多位诗僧的13万多首作品。因此,历代诗僧的诗学主张、文论思想以及诗僧群体研究,向来备受国内外学人的瞩目,相关成果也较丰富,对此,李舜臣已有较好评述,①我们就不重复了。但在研究中,对历代僧诗作品中所蕴含的文学思想开掘得不深不透。

4、文学批评史上一些与佛学、禅宗关系较为密切的文论名著,像刘勰《文心雕龙》、皎然《诗式》、(日)空海《文镜秘府论》、严羽《沧浪诗话》等,向来也是佛教文论的中心话题。对此,既有大量文献整理方面的基础成果,又有以理论思辨见长的研究论著,

---

① 李舜臣:《20世纪以来僧诗文献研究综述》,《文学遗产》2013年第5期,第144—155页。

甚至不少学人,在两方面都有突出的成就:如郭绍虞既是中国文学批评史学科的重要奠基人之一,又撰有多种文论的校笺之作(代表作有《沧浪诗话校释》等);罗宗强既是中国文学思想史学科的开创者,又撰有《读文心雕龙手记》;张健一方面在宋代诗学领域卓有建树,撰有《知识与抒情:宋代诗学研究》,另一方面有《沧浪诗话校笺》。这种文献整理与文论批评相结合的研究路径,也是很值得参考的。

（五）小结

1.研究趋势

综上所述,目前与本文相关领域的研究趋势主要有六:(1)突出佛经原典(包括汉译佛典)的文学性分析及佛典文学对中国古代文学的影响研究;(2)突出汉传佛教思想对古代文学创作尤其是教内外名家名作的影响研究;(3)突出汉传佛教美学观念的本位研究;(4)从教派言,最重视禅宗与中国文学的关联性研究,对汉传佛教其他宗派如净土宗、天台宗、华严宗、密宗、律宗等与中国佛教文学的关系及其文学思想的研究,则相对欠缺;(5)从文学文体言,最受关注的是汉传佛教和中国古典诗歌、小说和戏剧的关联性研究,其他像散文、词、赋等文体,鲜有学人问津,即便刊出的少数专题性论著,也缺少全面性、系统性;(6)从历史时段看,备受重视的是中古、唐宋,而元明清以及现当代的拓展空间甚大。

2.存在的问题

就目前研究存在的问题而言,主要表现在:(1)多重视传统的佛教文论思想研究,对佛教文学作品中反映的文学思想研究不足,尤其是现当代这一时段。(2)对佛教名相演化为文学批评术语的时代语境、历史进程缺少全面观照,较少分辨其阶段性变异和总结历史发展的基本规律,对一些核心概念(如"形象""真实"

"妙悟"等)的共时性与历时性之关系的认识有待加深。(3)不少研究者未能抓住儒、道、释三教思想的异同、互动、冲突或融合的历史进程,对教内外相同或相似概念内涵与外延的异同,缺乏细致深入的比较。比如儒、释、道都讲"中",但"中庸""中道""中和"的异同如何,学人多语焉不详。特别是三教合一之后,释家中道文学思想的独特性又是如何体现的? 前贤时俊,似未深究。(4)即便为影响研究,也多着眼于汉传佛教对古代文论与文学创作的单一影响,而较少探讨古代文论、文学创作对汉传佛教发展史的影响。(5)汉传佛教文学思想的专题研究,与汉传佛教史的研究一样,古今贯通的意识不够强烈,古代与近现代割裂的现象比较严重。因此,章培恒提倡的中国古今文学演变的研究范式,①也可以移植于汉传佛教文学思想史。(6)较少关注汉传佛教文学思想本身的地域性特征及其在不同地区、民族之间的传播与接受。尤其是宋、辽、西夏、金、元、清各朝的情况较为复杂,很值得全面检讨。(7)汉传佛教作为东亚历史文化的共同载体之一,其文学思想在域外(以日、韩、越为代表)的传播与变异,尚缺少系统梳理。域外相关汉传佛教经典的回归,对中土佛教文学思想、文学创作的影响与作用,也是有待开垦的新领域之一。

　　3. 研究对象及研究架构

　　从已有周边相关领域的研究现状看,大致归纳起来,本论题属于典型的多学科和跨学科的综合研究,它是以国内外已有的中国佛教史、中国文学史、中国文学思想史、中国佛教文学史以及佛教文学、比较宗教学、比较文学、民族学、民族文学、民族宗教学等多方面的研究成果为基础,并且以传世的汉文大藏经、中国历代

---

　　① 骆玉明:《中国文学的路——谈章培恒先生的中国文学史研究》,《复旦学报》(社会科学版)2011 年第 5 期,第 35—40 页。

(含现当代)僧俗二众所创作的各类佛教文学作品及相关出土文献、考古资料为主要研究对象,既注重原始文献的整理与阐释,更重视提取汉传佛教文学思想发展史上的关键词,意在勾勒相关佛教文学中重要思想观念(如观想、意境、文字禅、妙悟等)的生成演变轨迹,总结各类文学作品所反映的佛教文学思想;同时兼顾世界文化史上汉文化圈内僧侣们用汉语写作的佛教文学作品,旨在从更广阔的文化视野中来揭示中国汉传佛教文学思想的深刻性、丰富性及其深远影响。

在确立研究对象之后,我们基本可以建立本研究的三大架构:(1)本位研究,即对中国汉传佛教文学思想史内在的发展脉络进行纵向的梳理;(2)关联性研究和比较研究,即对汉传佛教的文学思想和并非源自汉传佛教的文学思想之异同、互动进行较全面的描述,尤其重点关注佛教中国化及三教合一、僧俗互动历史背景中佛教文学思想的新变及其成因;(3)域外传播与影响研究,即对中国汉传佛教之文学思想在日本、韩国、朝鲜、越南的传播接受进行考察,尽量弄清楚传播接受的途径、方法和效果的具体表现。

二 研究方法

结合本选题研究对象的特殊性和复杂性,我们拟采用的方法有:

(一)文献整理法和田野调查法

首先是要对佛教文献与佛教文学作品进行全面和系统的整理,摸清楚与汉传佛教文学思想有关的文献家底,建立大数据,绘制作家、作品的历史地理分布图;其次,应进行必要的田野调查。据我们所知,单福州涌泉寺就保存了宋元以来禅宗特别是明末清初曹洞宗鼓山禅系的数百卷作品，全国各地寺院以及域外保存的佛教文学作品，更是不计其数，若能组织团队充分调研，收获定然不少。如李春沐、王馗《梅州客家佛教香花音乐研究》就从实地调查中获得了许多新材料，提供了许多此前未见的有价值的佛教音乐文学作品，展示了特殊的佛教文学思想。相对于汉传佛教音乐研究者而言，文学研究者在这方面的缺陷较为明显。

（二）文献释读与理论总结相结合的方法

佛教文献的释读，相对于一般的历史文献、文学文献说来要难得多。汤用彤早就指出"通佛法有二难，一名相辨析难，二微义证解难"，[①]加上佛教史有时真伪难辨，文献研究就难上加难。但无论如何困难，尽力弄懂读透原始文献及相关文学作品、文论作品之后，才有可能进行思想史的清晰梳理。如南宋著名诗人杨万里《水泅》二首：一曰"淡日轻云雨点疏，大泅随雨起清渠。跳来走去琼盘里，创见龙宫径寸珠"，二曰"至宝何缘识得全，骊珠浮没只俄然。金仙额上庄严底，只许凡人见半边"。[②] 由于校笺者不熟悉相关佛典，对此竟然没有任何解说性的文字。其实，本诗由水珠联想到佛典的"额珠"喻，寓意较深，语言活泼，趣味盎然，是典型的"诚斋体"。换言之，诚斋诗论中，佛教文学思想也占有一定的位置。其他对佛典视而不见的类似情况，在今人的文学古籍整理著作中十分常见。所以，我们极力提倡文献释读的正确性。当然，谁都不能保证释读的绝对正确，但至少它是我们始终努力的方向之一。

---

① 汤用彤：《汉魏两晋南北朝佛教史》，第 206 页。
② （宋）杨万里撰、辛更儒笺校：《杨万里集笺校》，北京：中华书局，2007年，第 1650 页。

（三）文学本位、历史还原和对宗教"了解之同情"的大综合法

本课题的研究，其归宿在中国文学，所以适用于中国文学的一切行之有效的研究方法都可参用，更何况不少的文学思想观念是反映于文学创作中，若不能分析文本、正确阐释作品的含义，所有的预期都会落空。而文学思想史也好，汉传佛教史也罢，都属于史学范畴，故还原相关汉传佛教文学思想观念的生成过程和时代变迁的关系，自然是题中应有之义。佛教作为中国传统宗教之一，教内向来的研究是"唯证乃知"，显然有强烈的护教意识。但是，随着近代西方学术思维的兴起，教外的佛教研究更强调"学术立场的客观化"。换言之，"护教学"与"宗教学"，"证"与"学"之间有时存在不可调和的矛盾和冲突。① 我们觉得，最好的方法（或态度）是研究者对宗教、历史都应有陈寅恪所说的"了解之同情"。② 因此，这里所说的"大综合"是值得提倡的。如诗圣杜甫大历二年（767）所作《秋日夔府咏怀奉寄郑监李宾客一百韵》自述其佛教信仰时有句云"身许双峰寺，门求七祖禅"，清代以来的研杜名家（如钱谦益、仇兆鳌、杨伦、朱鹤龄、浦起龙等）以及当代学者（吕澂、郭沫若、柳田圣山等）都卷入了"谁是七祖"（备选人为神会、普寂、怀让）的论争。考诸佛教史籍，其实宋宗鉴集《释门正统》卷八"慧能"条③早就引杜诗"门求七祖禅"为据，指明"七祖"

---

① 参陈坚:《护教学还是宗教学:汉语佛教研究方法的再反思》,《华东师范大学学报》(哲学社会科学版)2008 年第 4 期,第 7—15 页;唐忠毛:《"学""证"之间——近代以来佛教研究方法的困境及其反思》,同前,第 22—30 页。

② 陈寅恪:《金明馆丛稿二编》,北京:生活·读书·新知三联书店,2001 年,第 279 页。

③ 《卍续藏》第 75 册,第 357 页上栏。

是普寂。换言之，教内早就认定杜诗中的"七祖"了，教外学人却依然为此大费周章，这说明洞悉教内外各方立场的重要性。而当下对本诗的研究重点，我们以为应探讨杜甫特定时期思想转向的背景、动因以及这种转向对杜诗其后创作的影响。唯其如此，才能在杜甫与禅宗关系研究上有所创新，有所进步。

（四）内部研究的小综合法

这是基于汉传佛教史内部，它也涉及多种研究领域和学科的融会贯通。比如，汉传佛教史包括音乐、舞蹈、绘画、书法、戏剧史方面的材料和乐论、舞论、画论、书论和剧论等艺术思想，教外作家如王维、白居易、苏轼、黄庭坚、赵孟頫等人都有多方面的文学艺术才能，不少僧侣如慧远、僧祐、道宣、贯休、广真、今释、苏曼殊、弘一等，也多才多艺。因此，梳理汉传佛教文学思想史之时，也需要兼顾汉传佛教中的艺术思想史，毕竟文学、艺术相通之处甚多。尤其是"南宗""北宗"之说对佛教艺术思想发展史的影响，更值得关注，这在董其昌、朱耷、傅山等人身上的表现特别明显。

（五）多元比较法

针对本课题的特殊性，我们在研究中需要使用多元比较法。其层面至少有二：一是汉传佛教文学思想与中土固有的儒家、道家文学思想的异同比较问题。特别是在人生论、心性论、创作论、语言论、风格论等方面，可说是同中有异、异中有同，因此，只有在比较中才能分辨出汉传佛教特有的文学思想。二是汉传佛教内部各派别文学思想之间的异同比较。如禅、净、密、唯识、天台、华严、律宗等在不同的历史阶段，其文学思想有趋同的要素，也有独特的质素；又如禅宗有"不立文字"到"文字禅"的变异；宋代临济宗宗杲"看话禅"与曹洞宗正觉"默照禅"的文学观念判然有别；古代、近代的禅净合流之异同何在,它对佛教文学思想的新变有无影响? 诸如此类的问题,只有通过多元比较,才可能有较明晰的结论。

三 各时段的研究重点和难点

(一)东晋南北朝

本期研究的重点难点主要有:

1. 东晋南北朝佛教"义学"与文学思想的发展

中古时期,佛教盛行的思想有般若学(六家七宗)、涅槃学、地论学、成实学、摄论学等。但过往的研究,多聚焦于般若学、涅槃学与文学思想的关联性分析,对其他佛教义学与文学思想发展之关系,多无整体性观照。如张弘、高文强是目前在中古佛教文论用力甚勤的两位有代表性的中青学者,就汉译佛典不少重要的哲学观念与中古文学思想(诗学概念)的关联性有过较为充分的文献梳理和理论分析。但是,留待开垦的地方尚多,比如,佛教哲学概念转换为诗学概念的机制何在,途径若何,显在或潜在的效果是什么? 因此,如下几个问题可予以特别注意:(1)佛教"义学"演进与中古"文义"写作观念的关联;(2)佛教"义学"与传统诗学"言志"观的发展;(3)"名理奇藻"相结合的文学思想;(4)"形神之辨"与南朝重"神"的文艺观。

2. 佛典汉译与中古文学思潮研究的新课题

上世纪对此问题有较系统爬梳的理论著作是蒋述卓的《佛经传译与中古文学思潮》。进入 21 世纪后,随着汉语言学界对译经词汇、语法研究的深入,以及语言接触和文化互动研究范式的确立,尤其有道典"翻译"论[①]作参照之后,学术界对佛典汉译过程所反映的文学思想便有了更多的切入点,除了可以深化传统的"文质论"研究之外,又增加了佛教语言观、圣典起源论、宗教文体比较、神圣叙事观等新的研究课题。

3. 僧侣创作中所反映的佛教文学思想

过往对东晋南北朝佛教文学的研究,多着眼于这几方面:(1)译家和佛教史学家的译学主张及其在当世或对后世的影响;(2)支遁、慧远等人的"山水佛教观"及其对大小谢创作的影响;(3)东晋、南朝"诗僧"的诗歌创作;(4)刘勰《文心雕龙》与佛教思想有无关系的论争。总体说来,文学理论、批评实践与文学创作的研究大多处于分裂的状态。我们则受罗宗强文学思想史研究方法的启迪,努力把两者结合在一起。事实上,在支遁、慧远等东晋诗僧群中,理论与创作、宗教修行与佛教审美是并行不悖的,支遁"即色游玄"和慧远"形象本体"的诗学观,同时在其创作中有充分的表现。

4. 士大夫创作和王室创作中所反映的佛教文学思想

按照荷兰学者许理和提出的士大夫佛教和王权佛教的分类,我们既可以延续过往使用的影响研究法,即分析佛教影响士大夫创作、王室创作的途径、表现和成效,又可以更重视从文本入手,即从多角度解读作品中呈现出来的佛教文学思想。同时,不论对士大夫的创作,还是对王室成员(包括皇帝本人)创作的文本解读,都需注意群体性、时代性和地域性的变迁。比如,同为描述佛教景观,大、小谢的差异显而易见。南、北朝佛教创作中反映的文学思想之区别,同样如此。

---

① 参谢世雄:《圣典与传译——六朝道教经典中的"翻译"》,《中国文哲研究集刊》第 31 期,第 185—233 页,2007 年 9 月。

5.佛教与东晋南朝诗体之演变

这里所讲的三个问题,前人已有较好的研究成果(以陈寅恪、饶宗颐、陈允吉、张伯伟、刘跃进、汪春泓、许云和、吴相洲、梅祖麟、平田昌司等人为代表)。这三个问题分别是:(1)"三世之辞"与"诗骚之体"的转变,重点讲佛经与玄言诗的关联性;(2)佛教与南朝诗歌的声律关系;(3)宫体诗与佛教的关系。其中,争论最多的是第二个,或谓联接点在佛教转读,或谓在梵呗,或谓是悉昙学,诸如此类,不能定论。对此,我们可以通过汉译佛经偈颂音律的梵汉对勘,看看能否找到更确切、更直接的证据。当然,对新出土的古典梵语诗学文献,必须有更充分的释读。

6.南朝佛教文学思想的新变

相对于东晋而言,南朝佛教文学思想的新变更多些,重点表现在:(1)山水佛教之"悟"的思想更加深入人心,基本形成了"山水有梵音"的山水诗学思想;(2)山水佛教的表达,除了体现在山水诗之外,以宗炳为代表的山水艺术理论开始成型并产生积极的影响(甚至影响到后来北方佛教壁画中的山水创作);(3)涅槃佛性与南朝文学的情性观,这点普慧、盖晓明等已有较全面的文献梳理,我们可从比较视野加以重新阐发,如把上清道士陶弘景(陶与三教思想都有关系)纳入研究对象之中;(4)佛教与钟嵘《诗品》的诗学观。虽说存世史料并无钟嵘和佛教交涉的直接记载,但从《诗品》文本可以发现蛛丝马迹①,就做出了较好的尝试,我们可以沿用同样的思路,可能会有新的发现。

7.佛教僧传的神圣书写

东晋南北朝时期,教内创作对僧传(含尼传)题材较为重视,

---

① 参徐世民:《"滋味"说与佛教:基于对新材料的考查》,《江西社会科学》2015年第10期,第99—104页。

这是对传统传记文学的继承与发展，并且其作品对后世同型题材的写作也有良好的示范作用，同时，中古僧传本身又蕴含了较为特殊的佛教文学思想。对此，美国学者柯嘉豪曾以《高僧传》为例，借助西方宗教人类学的知识背景，着力分析了僧侣们是如何以文学形式塑造圣徒形象的（我们称之为"神圣书写"）。① 后来，陆扬用同样的方法写出了高质量论文《解读〈鸠摩罗什传〉：兼谈中国早期佛教文化与史学》。我们在此基础上，以仙传为参照，可把僧传中所反映的佛教文学思想条理化、系统化。

8. 释家宣教作品及造像记中所反映的佛教文学思想

东晋南北朝的释家宣传形式多样，内容也较丰富。教内的仪式性作品，除了在敦煌吐鲁番文献中有所发现外，传世的东西较少，故暂且不论。但是，被鲁迅《中国小说史略》称为"释氏辅教之书"的灵验记，以及北朝石刻文献中的造像记，日、韩两国及敦煌文献所存北齐释道纪编撰的唱导集《金藏论》，②则是我们研讨的重点。佛教灵验记、唱导两类作品都用于通俗宣教，其中反映的汉传佛教语言观、叙事学思想和叙事学伦理，都是值得全面总结的佛教文学思想。至于造像记，可借鉴西方"观看之道"理论，充分挖掘其所蕴含的特殊的佛教文艺思想。

9. 笔记小说和南朝民歌中所反映的佛教文学思想

对魏晋六朝笔记小说和佛教文学关系的研究，目前学界多集中于《世说新语》《搜神记》《搜神后记》《异苑》《荆楚岁时记》等书的讨论（尤其是《世说新语》），但聚焦的多是佛教思想、佛教人物、佛教活动对笔记小说题材方面的影响，而非检讨笔记小说所反映

---

① Kieschnick John: *The Eminent Monk : Buddhist Ideals in Medieval Chinese Hagiography*, Honolulu: University of Hawai'i Press, 1997.

② （日）宫井里佳、本井牧子编著：《金藏论：本文と研究》，京都：临川书店，2011年。

的佛教文学思想,对此,我们可以有所弥补。至于南朝民歌与佛教文学关系方面的探索,目前并不多见,仅有少数学人有所涉及,[①]故在此领域可以深耕细作之处尚多,如可从地域佛教传播和佛教音乐中国化进程的角度,细读南朝民歌文本而提出新见。

10.西域佛教文化与北朝佛教文学思想的互动

东晋南北朝时期,西域在中国佛教史上的重要地位不言而喻,佛教传播最重要的两种载体——经、像,皆主要由此而入中原,在此译出的佛典也不在少数。然过往研究,多聚焦于西域文化对中古小说的影响研究及西行求法高僧(如朱士行、法显、智猛等)、使臣(如宋云)在该地活动的生平事迹考证。其实,也可综合西域的译经活动及佛教壁画、佛教音乐东传等史料,并主要结合北方的佛教文学创作(如高允《鹿苑赋》、李颙《大乘赋》等)来梳理西域文化与北朝佛教文学思想的互动,意在对北朝佛教文学思想史的研究有所推动。

(二)隋唐五代

本期研究研究的重点难点主要有:

1.隋及初唐的佛教文学思想

我们之所以把隋和初唐放在一起讨论,是基于这几方面的考虑:一者,从中国佛教宗派发展史的角度看,大多数宗派如天台、华严、法相、律宗等均正式确立于此时,而慧能建立的南宗禅真正产生影响要到盛唐以后;二者,从佛典翻译史看,隋代、初唐译经数量巨大(特别是奘译佛典),译论中蕴含的佛教文学思想的内容

---

① 参陈开勇:《南朝民歌〈四月歌〉所反映的民俗佛教内容研究》,《吉首大学学报》(社会科学版)2001年第2期,第47—50页;许云和:《六朝释子创作艳情诗的佛学观照》,《文艺研究》2016年第6期,第49—59页。

也相当丰富；三者，从文学、文化交流史看，隋及初唐都倡导南北文学、文化合流（当然，到盛唐才真正实现这一目标）。至于其主体内容，重点梳理的是：（1）隋及初唐译经、译论中的文学思想。这是前贤相对忽略的问题，但可以那连提耶舍、阇那崛多、达摩笈多、波颇、玄奘译典为主，并结合彦琮、玄奘的译论主张进行文学理论的阐释。（2）隋及初唐僧侣创作反映的佛教文学思想。此可择取吉藏、智顗、慧远、道宣、道世、玄奘、义净等高僧的各体文学创作（含佛经注疏）进行文本细读，重点关注《大唐西域记》《释迦方志》《南海寄归内法传》和《法苑珠林》的序、颂作品，并用比较文学的方法进行理论阐释。（3）隋及初唐宫廷创作中所反映的佛教文学思想。就隋代而言，杨广无论太子期间还是即帝位之后，他与佛教的关系甚为密切，一方面支持三论宗、天台宗的发展并受过菩萨戒，另一方面其文学集团中不少成员（如诸葛颖、王胄等，包括杨广本人）都写过释家题材之作。初唐的宫廷作家群，按聂永华《初唐宫廷诗风流变考论》的划分，有贞观宫廷诗坛、龙朔宫廷诗坛、武后时期"文章四友""沈宋""珠英学士"以及中宗、睿宗时期的"神龙逐臣"和"景龙学士"之别，涉及作家甚多，其中不少还参与了当时的译场，但仅对少数作家如"沈宋"有过考察，[①]故整体拓展的空间较大。（4）初唐释氏碑铭创作中的佛教文学思想。目前，从佛教应用文体观来剖析佛教文学文本的方法较为常见，我们拟对王勃、卢藏用等大家之作进行梳理和总结。（5）初唐诗歌创作中的佛教文学思想。这方面前贤的个案研究较多，当下要做的是综合与概括，特别是与佛教诗学观相联系。

---

① 刘正平：《由"沈宋"看宫廷诗人与初唐佛教》，《吉林师范大学学报》（人文社会科学版）2014 年第 3 期，第 39—42 页。

2. 盛唐佛教文学思想的新变

盛唐是名家辈出的时代,尤其在诗歌创作上的成就耀辉千古,国内外学术界对名家名作与佛教思想、佛教文学关联性的研究,正处于方兴未艾之中、云蒸霞蔚之时,成果也极其丰硕。对这一时段的研究,难点在于如何寻绎、提炼佛教文论方面的关键词,以便能准确涵盖当时佛教文学思想新变的诸多层面。我们拟从佛教文学观念的演进和佛教文学题材的契合上寻找突破口,比如释家"妙悟",晋唐之际多结合在玄言诗、佛教山水诗以及净土诗赞(佛教观想)等题材,但到初盛时,接受其影响的诗人无所不在,即便是以道教思想为底色的李白、李颀和以儒家思想为主导的杜甫等人也不例外,其山水、游寺、题画、像赞类题材,同样打上了释家"妙悟"观的深刻印迹。虽说张海沙《初盛唐佛教禅学与诗歌研究》早有类似的思路,对盛唐山水田园边塞诗与佛教禅学的关联性有所揭示,但仍有可以深耕细作之处。职是之故,我们可总体上检讨其时佛教文学思想新变在诗人的创作心态、题材类型、诗境创造、意象选择等方面的突出表现。研究对象既以王维、孟浩然、常建、李白、杜甫、高适、岑参、王昌龄、崔颢等名家为主,也尽量选择其他二、三流诗家较有特色的作品,力争在文本细读上下足功夫并进行多维有效的解读。而佛教文学思想的溯源,同样主张多元共生,兼取禅宗、天台、华严、唯识,俾使结论圆融周详,如对王昌龄"诗学三境"的分析,即取此路径。

3. 中唐佛教文学思想

中唐文学的成就,同样也体现在诗歌创作上。

首先,从佛教诗歌发展史看,中唐是真正大规模出现诗僧群并得到时人认同的时代(参刘禹锡《澈上人文集纪》),著名者有灵一、清江、法振、护国、道标、皎然、灵澈、清塞、无可等,并且他们主要集中在大历时期的江左地区,故可称"大历诗僧"或"江左诗僧"。[①] 其中,也不乏创作与理论批评兼善者(如皎然)。目前,此类研究论著甚多,主要是要进行理论总结,并结合士僧交流和思想互动来讨论"中唐诗僧创作与文论中的佛教文学思想"。

其次,中唐诗歌流派纷呈,有尚怪尚奇的韩孟诗派、尚俗尚实的元白诗派;有并称的诗人群体如"大历十才子",有地方诗人群体如浙东诗人群、浙西诗人群、东都闲适诗人群,诸如此类的诗歌流派或诗人群落,其成员无不广交当时佛教不同宗派的名僧大德。虽然有个别诗人如韩愈出于夷夏之辨的文化立场而反对佛教,但包括韩愈在内的中唐诗人,几乎找不到不写释家题材者。因此,如何理清诗派(群体)成员与当时佛教不同派别间的复杂人事关系、同一诗人在不同人生阶段佛教主体信仰的转向(如柳宗元、白居易、贾岛等)及其对创作的影响,便成为本时段研究中的难点;从不同诗派、不同诗人群体的比较中找出各自独具特色的佛教诗学观,更是难上加难。即便如此,也可以讨论"中唐主要诗歌群体、诗歌流派的佛教文学观"。

再次,对后世影响深远的唐传奇,其兴盛期亦在中唐。但过往的研究,多挖掘其题材、故事类型、故事来源、叙事手法与佛经文学的关联,即多从汉译佛典对中唐传奇的影响层面进行相关的研究。这点固然相当重要,但我们更重视中唐传奇创作中反映的佛教文学思想,特别是在与其所蕴含的道教文学思想之比较后来彰显佛教文学思想的独特个性。

复次,有关中唐古文运动与佛教的关系,孙昌武较早系统论

---

① 参蒋寅:《大历诗僧漫议》,《广西大学学报》(哲学社会科学版)1993年第 2 期,第 77—82 页;孙昌武:《"江左诗僧"和中唐诗坛》,载《文坛佛影》,北京:中华书局,2001 年,第 207—232 页。

述过这一问题，①后来孙以楷、张武、卢宁、张新民等学人续有推进。但仍然可从细读古文文本入手，归纳总结中唐古文创作中反映的佛教文学思想（以梁肃、柳宗元、韩愈为中心，涉及天台、禅宗、律宗等佛教派别）。

4.晚唐五代佛教文学思想

进入晚唐五代，汉传佛教本身的发展出现一些新特点，那就是南宗禅势力一家独大，后世所谓"五家七宗"之"五宗"的沩仰宗、临济宗、曹洞宗、云门宗和法眼宗，无不成立于此时。而各宗禅师所存语录中多有偈颂一类的作品，吴言生《禅宗诗歌境界》首开从宗派立场研究禅诗的路径，其结论颇可借鉴。但是，若从"局内""局外"相结合的方法（即诗禅互动、僧俗联动和禅诗生成"场域论"的视域）来撰写"晚唐五代禅宗诗歌思想"，结论可能更周全。当然，也关注晚唐五代诗僧群体的地域分布（如庐山、湖湘、荆南、西蜀、岭南、敦煌）及其创作中所表现的佛教诗学观的异同。

胡遂《佛教与晚唐诗》注重从题材角度（如咏怀、怀古、隐逸、禅悦、酬赠）来讨论晚唐诗歌对佛教思想的情感抒发。其实，也可以时代为序，以诗人群体为纲，参照罗宗强《隋唐五代文学思想史》、余恕诚《唐诗风貌》等著作的分类法，重点检讨当时的"绮艳诗派""苦吟诗派""隐逸诗派"创作中所反映的佛教诗歌思想。

晚唐五代词的创作地域特色较为明显。从宗教文化的角度判别，大致说来，西蜀词多受道教文化的浸染，南唐词则和佛教文化关系密切。② 当然，敦煌佛教词作的研究成果甚多，而对南唐

---

① 孙昌武：《唐代"古文运动"与佛教》，《文学遗产》1982 年第 3 期，第52—63 页。

② 李红霞：《西蜀词与南唐词辨异》，《渭南师范学院学报》2000 年第 3期，第 97—99 页。

词和佛教文化关系细致的个案研究较为少见,^①故可从雅俗文化、佛道比较的角度,结合宗教地理因素及特定的社会历史背景来撰写"南唐和敦煌词作中的佛教文学思想"。

5. 敦煌佛教文学思想

敦煌佛教文学的研究,已经走过百年风雨,名家甚众,成果突出。但主要集中于王梵志的白话诗、俗讲变文、佛教灵验记和前面介绍过的佛教歌辞。统观其研究模式,多从佛教文化影响敦煌文学的角度展开,而较少从相关作品中挖掘其蕴含的佛教文学思想。我们的研究,除了利用已有研究成果来系统总结敦煌通俗文学创作中反映的佛教文学思想外,还计划重点检讨敦煌发现的疑伪经、佛事应用文学作品(如愿文、斋文、受戒文)所蕴含的释氏文学理念。特别是后面这几类作品,尚未有系统的研究成果。

6. 隋唐五代佛教文学思想的域外传播与接受

隋唐五代尤其是隋唐两朝,中国佛教文化的域外传播甚为广泛,主要流向地是日本和新罗(朝鲜)。其中,既有主动到域外弘法者(如鉴真),也有来华的学僧和文士,后者人数多,所起的作用也更大。单唐代,朝鲜的入华学僧就有182人。^② 特别是晚唐五代的新罗人崔致远,被称为是朝鲜古代文学的奠基人,其入唐时年仅十二岁,在唐学习,参加科考,中第并为官,十六年后才回国,通过崔氏在当世乃至后世而接受汉传佛教文学思想者不计其数。日本求法僧中,像空海、最澄、圆仁、圆珍等人留下的佛教文学作品,既是研究中日佛教文化交流的第一手宝贵资料,同时也补充

---

① 参王秀林《试论李煜诗词中的佛教文化意蕴》[《湖北大学学报》(哲学社会科学版)2000 年第 3 期,第 63—67 页]、陈葆真《李后主和他的时代:南唐艺术与历史》(北京:北京大学出版社,2009 年)等。
② 黄有福、陈景富:《中韩佛教关系一千年》,北京:宗教文化出版社,1999 年,第 22—24 页。

了中国传世史料的某些不足,更是隋唐五代佛教文学思想域外传播的最直接载体。当然,中、日、韩对此已有相当系统的研究论著。因此,我们拟综合相关成果,并结合入华学僧、文士回国后的文学批评和文学创作,总结汉传佛教文学思想域外传播的途径、方式、主体内容、表现形态和效果成因。而重中之重,自然是空海和崔致远的佛教文学思想及其影响。

7. 唐五代释家诗论的话语体系

唐五代释家艺文的繁荣,也促成了僧侣对文艺理论特别是诗歌理论的深入思考,甚至可以说此时诗论家的主体来自佛教。即便是教外批评家,如王昌龄、司空图等人,也和佛教文化、佛教诗学关系甚深。目前学术界,无论是对释家诗论的文献整理,还是对教内外重点人物(如皎然、王昌龄等)佛教诗论体系的研究,都较为全面和细致,近三十年来,祖保泉、孙昌武、李壮鹰、李珍华、张伯伟、许清云、萧丽华、贾晋华、许连军、胡玉兰、永田知之等咸有贡献。我们则以释家诗论的关键词为中心,在前人已有成果的基础上,重点分析三个问题:(1)佛教文学思想中的"南北宗"。此说首见于王昌龄《诗格》,其后在旧题贾岛《二南密旨》、僧虚中《流类手鉴》和徐夤《雅道机要》中续有讨论。李江峰、付佳奥则有所推进,①我们可结合南北禅宗史的演化及其在具体文学作品中的使用情况重加梳理和归纳。(2)意境论生成的思想基础。或谓源

---

① 参李江峰:《唐五代诗格南北宗理论探析——以王昌龄〈诗格〉和贾岛〈二南密旨〉为中心》,《长江学术》2007 年第 3 期,第 100—104 页转第 69 页;付佳奥:《从正变到句法:唐代先后两种南北二宗论新探》,《中国韵文学刊》2016 年第 2 期,第 38—43 页。

自唯识论,①或主张出自大乘中观论,②凡此种种,尚无定论。我们的看法是,追溯批评家已有知识系谱中的佛教文化因子固然重要,但结合中国思想发展史以及佛教中国化进程的影响也很有必要。(3)句法与体式论。在隋唐五代佛教诗学思想中,关于句法法则、体式的讨论是核心内容之一,也很有特点。对此,张伯伟《全唐五代诗格汇考》、刘伏玲《佛教对全唐五代诗格影响之研究》等论著,都作了较细致的理论渊源分析或文本释读。我们拟在此基础上,试从韩、日相关佛教文献(如《大日本佛教全书》)、诗话作品(如赵季主编《韩国诗话校注全编》)中发掘更多的批评史料,通过异同比较,更好地揭示其内涵、意义和价值。

(三)宋金元

在中国佛教文学发展史上,宋金元(含辽、西夏)也是很有特色的历史时段。其中,辽、西夏、金、元都是北方少数民族建立的政权(元还是大一统王朝),民族融合和佛教文化(含文学)的族际交流前所未有,很值得深入研究。对此,孙昌武《北方民族与佛教:文化交流与民族融合》已有较全面的史实梳理,但因其描述、分析重点放在佛教文化层面,所以,佛教文学尤其是佛教文学思想方面留待开拓之处还有不少。我们的研究重点难点主要有:

1. 宋金元佛教文学思想形成的文化背景和知识谱系

儒佛道三教关系,从早期的"三教一致",经唐代的"三教鼎立",至宋代,随着理学的出现与被定于一尊,遂形成了绵延千年

---

① 王振复:《唐王昌龄"意境"说的佛学解》,《复旦学报》(社会科学版)2006年第2期,第94—101页;蔡宗齐:《唯识三类境与王昌龄诗学三境说》,《文学遗产》2018年第1期,第49—59页。

② 姚君喜:《意境形成的哲学基础探源》,《兰州大学学报》(社会科学版)2000年第4期,第147—151页。

之久的以儒学为本位的"三教合一"的文化思潮,"以佛治心,以道养生,以儒治世"①便成为两宋以后的思想共识。在这一思想大潮中,从宋初的孤山智圆、明教契嵩等高僧开始,就一改过去扬佛贬儒的态度,反而主动研究儒学。宋人在佛教管理制度上,仿照儒家科举模式,采用比唐人更严格的"试经"制度来选拔僧才,大多数僧人是经过严格考试后才进入佛门的,宋僧元照在《释门登科记序》中便把度僧制度称为"释门登科",这充分说明世俗科举制度对宋代佛教制度的影响。由此,宋僧的文化素质、文学修养都远超前代。同样,辽、西夏、金、元时期的少数民族僧侣,其汉文化知识水平亦有大幅度的提升。而各朝僧士,既有内部交流,也有频繁的对外交流,并且僧人还积极参与儒士的文学活动,甚至有主动组织兼具诗社与法社性质者(像宋初省常主持的西湖白莲社,寄诗入社者有苏易简、王禹偁、宋白等当世名流),而士僧共组的诗社,相当普遍。僧人不仅从事文学创作,也从事文学批评,或探讨文学理论,或品评作家作品,或总结文学史,提出了一系列个性鲜明的文学观点与理论主张。教外名家大家的文学创作、文学理论,也和佛教思想有千丝万缕的联系,其知识谱系中,佛道是不必不可少的构成要素之一,刘克庄《纵笔六言七首》(其五)还自豪地说:"佛经六千余卷,聃书八十一篇。今为二氏学者,我则两端竭焉。"②而道教开宗立派的大师张伯端等,也同样精通三教典籍,同样宣扬三教一理的思想。因此,我们可以断言,宋金元佛教文学思想就是当时"三教合一"思潮的产物,而研究中的难点在于如何清晰地描述创作者主体信仰和知识谱系的动态变化。

---

① 《佛祖统纪》卷四十七载宋孝宗语,见《大正藏》第 49 册,第 430 页上栏。

② 北京大学古文献研究所编:《全宋诗》第 58 册,北京:北京大学出版社,1998 年,第 36691 页。

2. 宋金元僧侣的文学理论与批评实践

相比于此前的隋唐五代而言,本时段的僧侣作家队伍迅速扩大,如果说此前诗僧在僧团组织中还只是凤毛麟角式的人物,此际尤其是在两宋,高僧名僧中几乎没有不会写诗作文者,单李国玲《宋僧著述考》就收录了宋僧著述 1183 种(现存 818 种,佚亡 365 种),但它只涉及成部的著作,而留存一两首诗或三五篇文的僧尼,从本书无法得悉其详情。因此,材料的搜罗与补充,也是我们工作的重点之一。在此基础上,我们可着重讨论两个层面的问题:

(1)文学理论。宋金元僧侣对诗文的本质、功能、意境、灵感,以及诗禅关系、情理关系等重要理论问题有较深入的认识,如释道璨的"诗以心为宗"、湖州圆禅师的"畅情乐道"、圆至的"艺必游而后工"等命题,颇有价值。皮朝纲对此已有所提示,[1]但尚未展开深入的讨论。而为读者熟知的"文字禅""诗眼""道眼""活法""神骨"等诗学范畴,研究成果不胜枚举,需要我们再综合。有的则和道教诗学观念混用(如道眼、神骨、换骨、夺胎等),我们要进行异同比较。

(2)批评实践。宋金元僧侣对文学史上的名家如屈原、陶渊明、谢灵运、王维、王昌龄、岑参、李白、杜甫、皎然、韩愈、柳宗元、刘禹锡、白居易、贾岛、王梵志、寒山、船子、贯休、柳永、王安石、苏轼、黄庭坚、陆游、范成大等进行过作品评点和形象重构,虽说材料分散,但经过系统整理后发现释家极富"他者"眼光,它们对研究这一时期的释家文论颇有助益。同时,僧侣对"唐诗""宋诗"也有整体观照。凡此,都可以丰富宋金元佛教文学史、文学批评史

---

① 皮朝纲:《禅宗诗学著述的历史地位——兼论中国美学学科文献建设》,《西南民族大学学报》(人文社会科学版)2015 年第 1 期,第 66—72 页。

的研究内容。

3.宋金元佛教文学批评的新形式

颂古、评唱是宋金元僧侣独创的文学批评形式,它既借鉴中国传统经学阐释学的范式,又融入了许多佛学与艺术上的新元素,具有重要的诗学意义。如吴言生《禅宗公案颂古的象征体系》、魏建中《圆悟克勤禅学思想研究》、厉文兵《碧岩录》的禅学思想及其美学意义》、赵德坤《指月与话禅:雪窦重显研究》、宋隆斐《〈禅宗颂古联珠通集〉所录公案与宋朝五种颂古百则所录公案之对照研究》等,对相关问题都有所涉及。我们拟以圆悟克勤《碧岩录》、万松行秀《从容录》等颂古、评唱著作作为个案,重点探讨颂古、评唱的生成史、批评方法和特点,以及它们在中国诗歌思想史、中国文学批评史上的独特价值。

4.宋金元净土文学与密教仪轨中的佛教文学思想

宋代以降,随着佛教世俗化倾向日益加重,净土与密教的流播范围与影响也越来越大,其神佛信仰,以及造像、念诵、持咒、斋会等仪轨法则,不但深刻影响了僧人的文学创作,而且深刻影响了其文学思想。尤其是净土文学题材,在僧俗创作中大为流行,数量仅次于禅宗诗文;而密教中的一些护法神祇也被赋予独特的宗教与情感义涵,成为佛教文学的母题,继而进入僧俗的文学创作之中,也具有十分重要的思想理论价值。但是,目前对这方面的研究很不系统,仅有往生传、净土诗赞、佛教居士(如王安石、苏轼、张商英等)的净土信仰相对受到重视,如李炳海《净土法门盛而梅花尊——宋代梅花诗及其与佛教的因缘》、罗家欣《宋代佛教往生传研究》、杨彪《宋代天台净土研究:以宗晓〈乐邦文类〉为中心》、吴光正《楚石梵琦的禅净双修与〈西斋净土诗〉创作》等不多的论著。至于宋金元密教文学的研究,除刘黎明《中国古代民间密宗信仰研究》,闫伟伟《大悲咒与唐宋小说研究》,李翎《鬼子母

揭钵故事的流传与图像》,侯冲、张蓓蓓《眉山水陆考》等少数论著
利用宋元笔记小说、图像(含像赞)或新发现的手抄本等相关文献
来分析密教对当时佛教文学的影响以外,自成体系的宋元密教纯
文学类的研究专著尚未见到,更不用说是佛教文学思想史方面的
专著了。因此,此处所说净土文学与密教仪轨中所反映的宋元佛
教文学思想的研究,应是本选题较有特色的创新点之一。

5. 宋金元俗文学创作中的佛教文学思想

宋金元俗文学(包括话本、杂剧等)的创作深受佛教文学思想
的影响,它是佛教文学思想的重要载体,也是我们今天研究佛教
文学思想不可或缺的环节。佛教文学对宋金元俗文学的影响,不
仅表现在语言词汇、寓言故事的借用和改造,更表现在叙事技巧、
叙事结构的模仿和创新。目前这方面的研究,较有特色者是:(1)
康保成《中国古代戏剧形态与佛教》,它对"金元杂剧形态与佛教"
有较全面的梳理,作者注意发掘杂剧术语(如次本、表白、题目、正
名、敷演等)与汉传佛教的内在联系;(2)方敏《一代文学中的幽情
别趣——元杂剧中佛教影响初探》、陈洪《元杂剧与佛教》、郑传寅
《论元杂剧中的佛教剧》等几篇专题论文,则集中讨论了佛教对元
杂剧题材、内容等方面的具体影响,尤其是陈先生之作,视野宏
通,很有理论上的指导意义;(3)陈开勇《宋元俗文学叙事与佛
教》,以专题论文集的形式检讨了几个个案问题,作者在材料挖掘
上多有新见。至于类型学的研究,主要集中于目连戏,如朱恒夫
《目连戏研究》、刘祯《中国民间目连文化》、凌翼云《目连戏与佛
教》、田仲一成《元代佛典〈佛说目连救母经〉向〈目连宝卷〉与闽北
目连戏的文学性演变》等。总体说来,研究者多从汉传佛教影响
宋金元俗文学的角度切入,对文学创作中反映出的佛教文学思想
归纳总结较少,对南戏、诸宫调等作品关注不多。我们可在文学
类型学的研究上有所拓展,并在前贤时彦的基础上,借助现代叙

事学理论,较全面地描述宋金元俗文学作品中佛教文学思想的表现方式,并揭示其本质特征和发展规律。

6.宋金元教内外创作中所反映的佛教文学思想

宋金元时期,一方面,僧侣的文化素养迅速提升,文学创作能力极强,众体兼备,出现了一大批黄启江称之为"文学僧"①的佛教修行者;另一方面,文人士大夫深受汉传佛教思想的影响,尤其是王安石、苏轼、苏辙、黄庭坚、秦观、陈师道、陈与义、张耒、陆游、杨万里、范成大、刘克庄、元好问、方回等人,各体兼善,其文学创作中也反映了不少佛教文学思想。凡此,也是我们关注的重点之一。而且,目前学术界对诸位名家与佛教关系的检讨,成果甚众,我们需要的是更进一步的理论总结。此外,也需注意佛教派别以及禅宗内部不同宗派对诸家影响关联度的异同比较。

7.辽西夏金元少数民族僧侣创作中的佛教文学思想

尽管与宋对峙的辽、西夏、金、元诸北方民族政权的统治阶层崇拜密宗和藏传佛教,但其治下的汉族地区依然盛行汉传佛教的传统宗派(如禅宗、华严、净土和天台)。当时,即便是少数民族出身的僧侣作家,大都也加入了汉语佛教文学的创作队伍中,如契丹僧人寺公大师、回鹘僧鲁山等,因此,这是值得关注的新的研究对象。但目前该领域的研究相对薄弱,对此,李舜臣《辽金元佛教文学史研究刍论》②已有较为详细的总结。我们的想法是,尽量搜罗前贤有所忽略的相关文献和最新的研究信息(相对说来,国外对西夏、契丹、蒙古佛教语言文学方面的研究成果更为丰富),结合佛教社会生活史料进行文本细读和纵向对比,可能会有一些

---

① 黄启江:《一味禅与江湖诗——两宋文学僧与禅文化的蜕变》(台北:台湾商务印书馆,2010 年)、《南宋六文学僧纪年录》(台北:台湾学生书局,2014 年)。

② 《武汉大学学报》(人文科学版)2012 年第 2 期,第 14—17 页。

新的突破。举例说来,高华平《〈全辽文〉与辽代佛教》①曾归纳了辽代"千人邑"结社的特点,经幢铭、塔铭的内容,它们就可以和中古隋唐的同型文献进行异同比较。

8. 宋元佛教文学思想的域外传播与授受

宋元时期,日本、高丽等域外僧侣频繁往来中土。像高丽义天穿梭于宋、辽、高丽之间,既把在中国本土许多失传已久的华严典籍携回宋境,加速了宋代华严学的复兴进程;又把自己从宋、辽两地得到的四千多卷内外典籍带回高丽,编成《圆宗文类》和《高丽续藏》,促成了高丽佛教文化的繁荣;他还把自己搜集的辽僧著作(如非浊《随愿往生集》、鲜演《大方广佛华严经谈玄决择》等)传入大宋,从而突破了辽朝将书籍流入邻境者罪至死的法律束缚,在一定意义上充当了辽宋佛教文化交流的使者。宋、元两朝,日本入华僧人也不少,如北宋有名可查的来华日僧有 32 人,南宋约 180 人,元代则激增至 300 多人。北宋及南宋早期,来华日僧多为天台宗、真言宗、律宗以及净土宗僧侣,到了南宋中晚期,来华日僧多为禅宗僧人。② 其中,宋元入华日僧著名者有奝然、寂照、成寻、崇源、荣西、净业、圆尔辨圆等。而在宋末元初,还形成了一个僧人东渡日本的小高潮,如兰溪道隆、无学祖元、竺仙梵仙、清拙正澄等赴日之后,对日本禅宗文化与五山文学的发展起到了至关重要的作用。总之,无论是入华日僧、高丽僧回国,还是东渡日、韩者,都会携带大量的内外典籍入日入韩,其中就有中国士僧的诗文总集与别集(如李善注《文选》《集千家注分类杜工部诗》《五先生语录》等),也有诗论诗话(如《吕氏诗记》《冷斋夜话》《石

---

① 《郑州大学学报》(哲学社会科学版)2006 年第 5 期,第 28—31 页。
② 江静:《日藏宋元禅林赠与日僧墨迹考》,《文献》2011 年第 3 期,第 118—129 页。

门文字禅》等)一类的著作。随着这些著作在域外的传播,尤其是东渡僧人落地生根之后的开堂说法、咏诗作赋,中国佛教文学思想也在当地生根发芽,对当地僧侣的文学创作与理论批评产生了重要影响。目前,学术界的研究,多着眼于中日、中韩比较文学或佛教文化艺术交流史的角度,我们可在充分利用这类研究成果的基础上,重新爬梳相关域外文献,努力寻绎宋元佛教文学思想的域外传播轨迹和授受的一般规律。

(四)明清

本期佛教文学思想的发展,有三个重要的历史阶段:(1)明初佛教承袭宋元佛禅的余漪,僧俗佛教文学颇为繁荣。(2)明中叶以来,阳明心学蔚然成风,王学左派遁儒入佛,四大高僧砥柱中流,推动了三教同源、禅净合一与性相融通的佛教新思潮,"禅""讲"诸丛林名僧辈出,天台、贤首和唯识学都生机焕发,心学与佛学桴鼓相应,催生了晚明文学的新变局,文人群体形成了融通儒、释两家的新学风和讲求童心性灵的文学风气。明清之际,以钱谦益为代表的居士群体,以方以智为代表的遗民逃禅群体与以石溪为代表的画僧群体涌现,深化了佛教文学的解读视野。这一时期,《西游记》《金瓶梅》《四声猿》《牡丹亭》等小说戏剧回响着宗教信仰的和弦,或塑造着各式各样的僧尼形象,宗教徒的佛教叙事作品也在民间广泛流传。(3)晚清中、西文化的碰撞之中,佛学被视为传统文化的"精思妙理",为近代思想里的一股"伏流"。① 杨文会创办金陵刻经处,"以英文而贯通华梵"的理念培育佛学研究人才,一时精英荟萃,如苏曼殊、欧阳竟无、谭嗣同、梅光羲、释仁

---

① 梁启超:《清代学术概论》,上海:上海古籍出版社,1998年,第99—101页。

山、太虚等僧俗名流,亲炙其学,影响深远。章太炎、王国维等融筑中西学术传统,开始了现代文学批评话语的建构。目前,明清佛教文学与文学思想的研究都方兴未艾,但也存在以下亟待改进的三大问题:

一者对明清佛教思想前沿缺乏真切的把握与有效融摄。明清佛教研究向来较受冷落,陈垣、陈寅恪、周叔迦诸名家以下,仅有日本荒木见悟、长谷部幽蹊、台湾圣严法师等少数学者致力于此。究其原因,在于中国思想史界普遍认为明清佛教思想"创新者少,因袭者多",并简单地把明清佛教判为中国佛教的衰落期。① 近年来,虽然海峡两岸都涌现出一批较为出色的学者,如江灿腾、何孝荣、陈玉女、廖肇亨、曹刚华等,逐渐破除明清佛教研究中的某些桎梏,从单一的研究视角调整为向教派义理、政经制度、社会文化、文学艺术等层面的多元拓展。"近世佛教衰退"的这一命题,也引起了学术界的反思。在此背景下,重新评估佛教思想对明清文学的多层面影响,已是摆在文学思想研究者面前的迫切任务。文学思想的研究,必须充分吸收近十余年明清佛教研究的成果,在时序上分期、在教理上分派、在地域分区,进行具体微观的研究,形成既符合文学史发展实际又能体现佛教思想史发展进程的文学思想史。

二者对明清文学思想的重要性、复杂性估计不足,对文学思想的佛学质地缺少辨析能力。相对于中古隋唐宋元文学思想史的研究而言,明清文学史和批评史的研究者,大多忽视佛教义理对文学思想的深刻影响。事实上,这一时期,佛教思想向文学思想渗透的深度和广度,与前代相比并不逊色。从作家看,宋濂、李

---

① 常建华:《明清时期的佛教信仰》,《文史知识》1991 年第 5 期,第 93—97 页。

贽、王世贞、公安三袁、钟惺、钱谦益、方以智、龚自珍、梁启超等皆具有高深的佛学造诣，特别是晚明、晚清居士佛教的繁荣度远超宋元。从思想上看，这一时期，不仅禅学流行，华严学、唯识学也很有影响。明清之际，唯识学对诗学的集中影响尤其引人注目，如方以智的中边说，王夫之的现量、独头意识，钱谦益的熏习、见分、相分与香观说、胎性说，金圣叹的极微说等，都是唯识学在文学思想上的显现。近二十年来，陈洪、康保成、黄卓越、周群、孙之梅、廖肇亨、赵伟、李舜臣诸人对明清佛教诗学（含剧论）的研究创见甚多，但总体看来，明清佛教文学思想的研究仍处于拓荒阶段，对基本文献和基本问题的梳理仍然不够充分。文学思想的研究，必须全面了解佛教发展的原初态势和佛教典籍的全貌，系统把握明清佛教文学思想的基本问题和基本概念，充分估量政治、社会文化与佛教文学思想的关联性互动，形成既突出专题性又具有整体性描述的佛教文学思想史。

三者对明清佛教文学思想的历时性研究不够均衡，对僧俗创作中所反映的佛教文学思想挖掘不透。纵观目前的明清佛教文学研究，整体上看来，对晚明佛教文学思想的研究较为深入细致，但对明初佛教文学思想的研究相对薄弱，对雍正以后至戊戌以前佛教文学思想甚至佛教思想史的研究，面貌不清，因此，学术界亟需进行精细的文献整理，以便形成既具有阶段性特征又具有完整历史脉络的佛教文学思想史。此外，明清两代的文学文献，目前也没有完成分文体的总集，对僧俗创作中所反映的佛教文学思想的系统归类，也是本子课题研究的重点与难点之一。

本时段的研究，应立足于文学文献与思想文本的细读，融合观念史与文学思想史的研究方法，兼顾士大夫与诗僧两种创作主体，从思想、文学与社会文化等多维角度介入明清佛教文学思想史的论述，力求把握文学观念在佛禅语境中的宗教属性、在儒释文化融通中的文化意义、在中西文化碰撞中的现代性追向，进而全面建构明清文论的话语结构，揭橥其文化底蕴、诗学逻辑，形成既符合文学史发展实际又体现佛教思想史发展进程、既突出专题性又具有整体性、既具有阶段性特征又具有完整历史脉络的佛教文学思想史。

根据已经梳理出的明清佛教文学思想史的发展脉络，我们可重点研究如下几方面的大问题：

1. 明清佛教思想史重理与文学思想的建构

基于已有明清佛教文学研究的不足，我们的工作重点是重厘明清佛教思想史的主要趋势，重点辨析"明清佛教衰微说"的偏颇之处。虽然从教理层面说，相对于中古隋唐，是有所衰颓，但每个时代的文化皆有其自身的问题意识，明清佛教从衰颓到重建的过程中，在佛教经学建构、内外学融摄、世俗化渗透和现代性转型诸方面，仍有鲜明的特色与较大的发展。因此，必须从宗教人类学、社会文化学、社会生活史等多维角度，重新审视本时期的佛教思想特质。与此相关联，从明清佛教文献的厚重度、居士佛教知识维度的丰富性、各体文学创作中反映出的佛教思想观念影响的深广度、民俗层面多元视界以及佛教仪式文学作品的繁荣看，明清佛教文学思想本身样态多元，内容丰富，亟待深入整理与抉发。由此进入明清佛教文化史为背景的明清文学思想史视域，可能为重新认识明清文学思想史的知识谱系、重建其理论体系，提供更加多元的观照。

2. 明初佛教文学思想

其重点内容有：（1）以宗泐、来复、姚广孝及其周边的诗僧群体为中心，对明初诗僧的诗学思想（如"儒僧"化问题和"脱去空寂"的关系）和创作中反映的佛教文学思想观念进行全面检讨，同时分析诗僧创作衰落的内外成因，比如和明初僧伽制度的重构，与当时"文字狱"的关联等；(2)以宋濂、刘基、高启为中心，检讨明初儒释会通思想背景下的佛教文学思想的特质、作用和成因。

3.明代中后期佛教文学思想的繁荣

其重点内容包括：(1)阳明心学与狂禅运动。此在左东岭《王学与中晚明士人心态》《李贽与晚明文学思想》、赵伟《晚明狂禅思潮与文学思想研究》等已有成果的基础上，着重检讨"阳明禅"的兴起与影响、王学左派赵大洲、邓豁渠诸子、唐宋派与徐渭创作中的佛教文学思想观，以及《四溟诗话》等诗论著作中的佛教文论。(2)从李贽、公安三袁、陶望龄、黄辉、汤显祖、袁了凡、钟惺、陈继儒等人的佛教社会生活(含佛教学术活动)出发，在学理上检讨真空说、童心说、性灵说等文学思想与中观、华严、禅、净的内在联系，在时序上对此期文学思想的转进与佛教思想的关涉进行阶段性的董理。(3)明末四大高僧的佛教文学思想。虽说学术界对德清、袾宏、真可和智旭的研究成果相对集中，但可以再研讨的问题依然较多，如"文字禅""性情观""艺文弘法"的再阐发、"梦游"诗学的深化以及藕益智旭"文最说""心影说"之类的总结。(4)明末清初的诗僧创作与文学思想。此际从地域言，吴中、岭南、川滇尤盛；从派系言，华严南方系、临济密云系、临济汉月系、曹洞寿昌系等，诗僧辈出，都是可以全面开掘的新领域。

4.清初及清中期佛教文学思想的发展

其重点内容有：(1)钱谦益的佛教经学与文学思想。可全面梳理钱谦益佛教经学著述(《大佛顶首楞严经疏解蒙钞》《般若心经略疏小钞》《金刚经颂论疏记会钞》《华严经注》)的思想结构，从其知识谱系中的佛学因素(禅学、华严、唯识、楞严经学等)角度，系统清理其佛教文学思想的来源、构成、特色及贡献。与此同时，对吴伟业文学创作中反映出的佛教文学思想也略加梳理。(2)遗民逃禅现象及其文学思想。在全面梳理遗民逃禅历史文献的基础上，重新界定"遗民逃禅"的性质，着重研讨方以智等标杆性思想人物的佛教文学思想，空门遗民会通儒释的诗学理论以及诗画比较视野中的四大画僧（石涛、八大山人、石溪、弘仁）的佛教文艺观。（3）王夫之诗学体系、王士禛"神韵说"、袁枚"性灵说"中的佛禅内涵及其创作中反映的佛教文学思想。对这三位诗家与佛教文学的关系，学人已有较好的论述，我们需要加以系统化。（4）儒家诗教视域中的佛教文学观。此以叶燮、沈德潜为中心，虽说二人诗学的重心在儒家思想，但从其社会交往及其创作看，佛教文论也是不可忽略的组成部分之一。（5）乾嘉汉学视域下的佛教文学思想。此则以薛起凤、罗有高、汪缙、彭绍升等人为中心，拟从汉学视域下宋学与佛学的交汇入手，对诸人创作中体现的佛教文学思想进行探究。这一点，是前贤较为忽略的问题，似有补白之意。

5. 晚清佛教文学思想与现代转型

此一时段的佛教文学思想史，是研究中的最大难点。从中国文化思潮看，这是近现代转型的关键时期。由于涉及众多的历史人物及纷繁复杂的重大历史事件，故暂时采用点面结合的方法，重点讨论的内容是：（1）龚自珍、魏源的佛教文学思想。龚、魏二人是中国近代史上重要的思想家、文学家，两人关系密切，虽同属今文经学和经世派，但佛教思想对他们人生的影响则有不同的表现。大体说来，龚是由儒入佛，由禅宗而皈依天台，魏是亦佛亦道，禅净双修而以净土为归。[①] 对此论断，我们基本认同，然可以结合二人的文学创作及其交友网络，做更深入的研讨，特别是在二人佛教文学思想的当世影响方面。（2）晚清诗僧的艺文创作与

---

① 陆草：《论魏源的禅诗及其净土信仰》，《周口师专学报》1995 年第 1 期，第 1—6 页。

佛教文学思想。此时名气最大者莫过于当时广交不同诗派的晚清湖湘诗僧寄禅（八指头陀），他自然是关注的重点，但对其他诗僧、艺僧如了尘、大休、芥舟等，我们也可以有所论列，意在从更广阔的文化视野挖掘当时诗僧、艺僧创作中所反映的佛教文艺观。(3)晚清士大夫的佛教实践与文学思想。此处从中心人物言，是以杨文会为中心，从时间层面讲，又以"戊戌变法"前后为中心，从而串连起一系列关键的人物如欧阳竟无、谭嗣同、梅光羲、释仁山、释太虚等，进而揭示特殊时期僧俗名流的佛教文学思想。(4)宋诗派对佛教文学话语的检讨。这是近年来学术界比较关注的话题之一。"宋诗派"的特点是"合学人、诗人之诗二而一"，①而从佛学角度切入"宋诗派"研究成绩较为突出的是张煜的《同光体诗人研究》，正如题目显示的那样，其重点在同光体诗人陈衍、陈三立和沈曾植等人，实际上，也可以系统检讨道光、咸丰以来以程恩泽、祁寯藻、何绍基、郑珍、莫友芝、曾国藩等为代表的一系列宋诗运动者的佛教文学话语的来源、表现和作用。(5)章太炎、王国维的佛学书写与文学思想。这两位国学大师都是跨越晚清和"民国"的重要人物，在此，应重点梳理二人在清末作品中显现的佛教文学观。前者不信佛，却致力佛学复兴，究其用意在于"运用佛学来构筑他的道德论，以阐扬国民道德说；运用佛学创建世道平等论，以弘扬平等学说"；②后者则参照西方的宗教文艺观，把《红楼

①　陈衍：《石遗室诗话》，载钱仲联编校：《陈衍诗论合集》，福州：福建人民出版社，1999年，第879页。

②　章念驰：《章太炎与佛教的关系及其佛学特色》，《上海社会科学院学术季刊》1994年第3期，第150—157页。

梦》等古典名作视为解脱人生苦痛的佛教文本。① 比较而言，前者更指向社会改造，后者更倾向于自我解脱和艺术审美，由此切入二人佛教文学思想异同之比较，当更符合历史语境的真实性。

6. 小说戏曲评点及长篇小说、宝卷、佛教仪式作品中反映的佛教文学思想

本处重点内容有：(1)佛禅概念与小说戏曲评点的体系建构。近年来，学术界同仁对明清小说戏曲创作与佛教的关系多有探讨。但我们的着眼点在小说戏曲的评点，可以李贽、叶昼、冯梦龙、金圣叹、张竹坡等人的评点材料为依据，在黄霖、陈洪、谭帆等著名学者研究成果的基础上，选择源自佛教的评点术语如"极微""因缘生法""戏论"等进行深入细致的佛教意蕴方面的释读，意在揭示其转入文学批评的内在逻辑依据。(2)《西游记》《红楼梦》的宗教叙事和文学批评。此则以明清时期两部与佛教文化关系最为密切的长篇小说为例，以题材变化和历代接受情况为参照，较全面地梳理由宗教叙事所引发的文学批评观。(3)明清宝卷与民间佛教叙事中的文学思想。这是目前较少关注的新课题之一，可在车锡伦《中国宝卷研究》的基础上，借鉴刘守华《佛经故事与中国民间故事演变》所倡导的故事类型学的研究方法，重点梳理明清宝卷作品中反映的佛教文学思想及其特殊的文学社会学意义。(4)佛教仪式作品中的文学思想。明清两代遗存的佛教仪式作品(含佛教音乐文学作品)，传世大藏经中多有收录，而考古发现及田野调查所得的文献资料更是大放异彩，如北京智化寺的京音乐、甘肃张掖大佛寺发现的《诸佛世尊如来菩萨尊者名称歌曲》

---

① 钟明奇：《王国维〈红楼梦评论〉的佛家底蕴》，《安徽大学学报》(哲学社会科学版)2010年第2期，第44—49页；张兵：《论王国维〈人间词〉的多维文化背景》，《重庆大学学报》(社会科学版)2006年第1期，第91—95页。

等,过往的研究多聚焦于音乐体式,我们则转向其文学文本所蕴含的佛教文学思想。

7.汉藏佛教文学艺术交流与佛教文学思想的新变

明清两朝汉传佛教与藏传佛教在文学艺术方面多有交流,汉传佛教文学因此在创作题材、审美趣味等方面有所变化。但过往的研究,基本上集中于佛教图像学或佛教美术交流领域,文学观照较少,相对系统且有参考价值的是薛克翘《神魔小说与印度密教》,然而它的观察点在印度密教而非"藏密"。我们可从具体的文学文本(如《西游记》《封神演义》《子不语》《阅微草堂笔记》《聊斋志异》《谐铎》等)出发,结合当时藏传佛教文学的传播路径、范围,再做些更全面的资料爬梳,借鉴汉藏佛教艺术交流研究领域的已有成果,希望对由此而产生的佛教文学思想之新变的体认,更加深入细致,力求在实证的基础上进行理论提升。

8.明清佛教文学思想的域外传播

明清两朝,佛教文学思想藉由僧侣交往、使节往来等途径,在日本、越南等东亚、东南亚地区传播。像明初朱元璋就派出明州天宁寺住持仲猷祖阐、金陵瓦棺寺住持无逸克勤前往日本;建文帝朱允炆派出与日本来华高僧绝海中津过从甚密的道彝天伦禅师和一庵一如法师赴日,二人在日期间与五山僧侣交往广泛,赋诗吟咏,甚有影响。因此,明初佛教文学思想和日本五山僧侣文学的关系,就是可以深入讨论的话题。再如,明末清初有不少福建僧人东渡日本(如隐元隆琦、木庵性瑫等),他们对日本佛教文化、佛教文学的发展都产生了巨大的影响。① 同样,同时期也有一些僧侣往来于越南等地,如明末闽籍入越高僧圆炆有《拙公语

① 沈燕青:《明清时期福建的旅日僧侣及其对日本文化的影响》,《八桂侨刊》2000年第2期,第12—15页。

录》行世,其弟子明行、元韶、大汕等僧人也曾到越南弘法,特别是大汕的《海外纪事》,为中越佛教交流记录了浓重的一笔,具有极高的研究价值。①

(本文与杨遇青教授合作,原载《东南学术》2019 年第 1 期。《高等学校文科学术文摘》2019 年第 3 期转摘。写作过程中得到张弘、张培锋、何剑平、高文强、张勇、蔡彦峰、李江峰等师友的悉心指导和帮助,在此一并深致谢意。2021 年,是文获福建省第十届社会科学优秀成果奖三等奖。特此说明)

---

① 孙少飞:《石濂大汕赴越南弘法探析——基于〈海外纪事〉的考察》,《世界宗教文化》2017 年第 4 期,第 28—34 页。

图书在版编目(CIP)数据

敦煌宗教文学论稿 / 李小荣著. —杭州:浙江大学出版社,2025.4
ISBN 978-7-308-24520-3

Ⅰ.①敦… Ⅱ.①李… Ⅲ.①敦煌学－文学研究－文集 Ⅳ.①I206.2—53

中国国家版本馆 CIP 数据核字(2023)第 254339 号

敦煌宗教文学论稿

李小荣 著

责任编辑	潘丕秀	
责任校对	蔡 帆	
封面设计	项梦怡	
出版发行	浙江大学出版社	
	(杭州市天目山路 148 号 邮政编码 310007)	
	(网址:http://www.zjupress.com)	
排 版	大千时代(杭州)文化传媒有限公司	
印 刷	杭州高腾印务有限公司	
开 本	880mm×1230mm 1/32	
印 张	12.375	
字 数	300 千	
版 印 次	2025 年 4 月第 1 版 2025 年 4 月第 1 次印刷	
书 号	ISBN 978-7-308-24520-3	
定 价	88.00 元	

"浙江学者丝路敦煌学术书系"已出书目

序号	作者	书名	定价/元
1	朱 雷	敦煌吐鲁番文书研究	36
2	柴剑虹	丝绸之路与敦煌学	38
3	刘进宝	敦煌文书与中古社会经济	38
4	吴丽娱	礼俗之间:敦煌书仪散论	45
5	施萍婷	敦煌石窟与文献研究	45
6	王惠民	敦煌佛教图像研究	42
7	齐陈骏	敦煌学与古代西部文化	38
8	黄 征	敦煌语言文献研究	36
9	张涌泉	敦煌文献整理导论	39
10	许建平	敦煌经学文献论稿	38
11	方 豪	中西交通史	45
12	冯培红	敦煌学与五凉史论稿	38
13	黄永武	敦煌文献与文学丛考	45
14	姜亮夫	敦煌学论稿	42
15	徐文堪	丝路历史语言与吐火罗学论稿	48
16	施新荣	吐鲁番学与西域史论稿	36
17	郭在贻	敦煌文献整理论集	39
18	夏 鼐	丝绸之路考古学研究	40
19	卢向前	敦煌吐鲁番与唐史研究	48
20	贺昌群	丝绸之路历史文化论稿	48
21	张金泉	唐西北方音丛考	48
22	郑学檬	敦煌吐鲁番经济文书和海上丝路研究	78
23	尚永琪	敦煌文书与经像传译	78
24	常书鸿	敦煌石窟艺术	58
25	向 达	中西交通与西北史地研究	78
26	赵 丰	敦煌吐鲁番丝绸研究	88
27	李小荣	敦煌宗教文学论稿	88